Een chateau in de Provence

Katie Fforde bij Boekerij:

Keukengeheimen
De kunstminnaar
Een nieuwe kans
Wilde tuinen
Reddende engel
Levenslessen
Stoute schoenen
Kunst en vliegwerk
Halsbrekende toeren
Praktisch perfect
Schoon schip
Trouwplannen
Liefdesbrieven
Een verleidelijk voorstel
Zomerliefde
De kers op de taart
Met de Franse slag
Vrij spel
Iets ouds en iets blauws
Een zomer aan zee
Een tuin vol bloemen
Het buitenhuis
Een nieuw leven
Een liefde in de lente
Een feestelijke dag
Een chateau in de Provence

Katie Fforde

Een chateau in de Provence

Lizzie geniet van haar vrijheid, maar haar moeder
ziet haar het liefst zo snel mogelijk trouwen

Vertaald door Hanneke van Soest

BOEKERIJ

ISBN 978-90-225-9715-6
ISBN 978-94-023-1973-6 (e-book)
ISBN 978-90-528-6553-9 (audio)
NUR 302

Oorspronkelijke titel: *A Wedding in Provence*
Omslagontwerp: Johannes Wiebel | punchdesign, München
Vertaling: Hanneke van Soest
Omslagbeeld: © Shutterstock.com, Adobe.com
Zetwerk: ZetSpiegel, Best

Voor mijn dierbare vriendin Jane Wenham-Jones
1962-2021
met heel veel liefde

1

Parijs, herfst 1963

Alexandra kon haar opwinding nog steeds niet helemaal bedwingen. Ze was in Parijs! Toegegeven, het was voor vierentwintig uur, meer niet, maar het was een heldere oktoberdag vol mogelijkheden. Ze hield van Parijs, al was ze er slechts één keer eerder geweest, jaren geleden, toen haar kindermeisje haar had meegenomen zodat zij, het kindermeisje, haar vriendje kon bezoeken. Parijs had een diepe indruk op haar gemaakt en ze had van elk moment van haar verblijf genoten.

Morgen zou ze op de trein naar Zwitserland stappen en naar een etiquetteschool gaan, of wat het ook was dat haar goedbedoelende, fantasieloze voogden voor haar hadden bedacht. Maar vandaag had ze een dag voor zichzelf, en ze had al heel wat verkend.

Ze trok de ceintuur van haar Mackintosh-jas wat strakker aan toen aan de voet van Montmartre een windvlaag aan haar rukte terwijl ze omhoogkeek naar de Sacré-Coeur en bedacht hoe mooi die was. Toen ze de vele treden op wilde lopen, hoorde ze achter zich een gil. Ze draaide zich om en zag een mooie jonge vrouw met blond haar vol afschuw haar handen voor haar mond slaan. Er rolden aardappelen en uien van haar voeten weg en ze had een gescheurd boodschappennetje in haar hand. Ze stond op het punt in tranen uit te barsten.

'Ook dat nog!' jammerde de vrouw. 'Het zit me niet mee vandaag!'

Alexandra kon haar niet negeren. De vrouw leek niet veel ouder dan zij, twintig jaar, en was duidelijk overstuur. Ook sprak ze Engels, zij het met een Amerikaans accent.

'Kop op! Het komt goed. Ik help je wel.' Alexandra hurkte neer en begon in de omgeslagen rand van haar jas groenten te verzamelen.

'Wat aardig van je,' zei de vrouw, die nu niet langer klonk alsof ze in huilen zou uitbarsten. 'Maar als je geen tas hebt, kunnen we het net zo goed laten liggen!'

Alexandra keek naar haar schoot, de vrouw had een punt. Met alles tegen haar buik geklemd kon ze niet lopen. 'We kunnen het wel in onze zakken stoppen. O, moet je die knoflook zien!' Zelf was ze gewend aan kleine harde knoflookbollen, en de flinke paarsige bol, zo groot als een tennisbal, deed haar denken aan de kookcursus die ze onlangs in Londen had afgerond. Het eerste wat madame Wilson had gezegd was hoe armzalig de knoflook in Engeland was. Deze knoflook was overduidelijk Frans.

'Neem maar mee, als je wilt,' zei de vrouw. 'Ik heb geen zakken in mijn kleren. Ik kan er nu toch niets meer mee.'

'Zo erg is het allemaal niet,' zei Alexandra sussend. 'Stop in je handtas wat je kunt...'

De vrouw zwaaide met een piepklein handtasje in Alexandra's richting.

'Oké, in mijn zakken dan. En ik kan wel wat in mijn handtas stoppen, maar die kool is te groot.'

Alexandra's tas was een antieke posttas, redelijk ruim, alleen niet ruim genoeg voor iets ter grootte van een mensenhoofd.

'Dat is heel aardig van je, maar ik heb niets waar ik groenten in kan doen. Ik weet eigenlijk ook niet waarom ik dit allemaal gekocht heb. Vanavond geef ik een etentje en ik heb niet eens een menu! Ik kan niet koken, zelfs boodschappen doen voor een etentje lukt me niet! Wat zal mijn echtgenoot teleurgesteld in me zijn.'

'Zijn jullie pas getrouwd?' Dat moest haast wel, dacht Alexandra, gezien hoe jong deze vrouw was.

'Ja, nog maar net. En in dit tempo vraag ik me af of we één jaar wel halen. Vanavond houden we het eerste grote etentje dat hij me heeft gevraagd te verzorgen en ik heb nu al gefaald.' De vrouw was nog steeds overstuur, al huilde ze niet. 'Hé, kunnen we misschien ergens iets gaan drinken? Koffie of zo? Sinds onze aankomst in Parijs heb ik met niemand meer Engels gepraat, behalve met mijn man, die Amerikaans is, net als ik. En dat zou op zich niet zo erg zijn, maar ik spreek geen Frans.'

Alexandra, goedhartig van aard, kon de noodkreet van deze jonge vrouw, die erg eenzaam moest zijn, niet negeren. 'Ja, waarom niet? Daar is een leuk café. Heb je al geluncht? Ik niet. En ik spreek wel Frans. Niet perfect, maar goed genoeg.' Alexandra had trek. Omdat ze van elke minuut wilde genieten die ze in Parijs had, was ze te vroeg opgestaan om in haar *pension* te kunnen ontbijten en had ze al veel rondgelopen.

'O! Ik zou dolgraag ergens heen gaan waar ik geen strijd met obers hoef te leveren om mezelf verstaanbaar te maken,' zei de vrouw. 'Ik ben trouwens Donna.' Ze stak Alexandra een hand toe.

'Alexandra,' zei Alexandra, en ze schudde Donna kort de hand. 'Kom, dan we gaan iets eten.'

Toen ze beiden een bord *steak frites* voor zich hadden staan met een fles wijn erbij en in stilte een paar happen hadden gegeten, legde Donna haar mes en vork neer. 'Ik zal je snel mijn verhaal vertellen,' zei ze, 'en daarna wil ik over jou horen.'

Alexandra glimlachte. 'Steek van wal.'

'Goed, ik ben opgegroeid in Connecticut. Jong getrouwd met een heel aardige man, Bob, die mijn ouders goedkeurden, en toen moest hij voor zijn werk naar Parijs. Dat klinkt romantisch, en dat is het ook, alleen niet als je de taal niet spreekt, je man de hele dag weg is en je geen vrienden hebt. Ik heb niemand om mee te praten, behalve de dienstmeid, die geen Engels spreekt en een hekel aan me heeft. Mijn ouders zijn er niet blij mee dat ik zo ver weg ben en schrijven aldoor brieven met de vraag of Bob niet weer naar huis kan worden overgeplaatst. Nou ja, mijn moeder dan.' Ze was even stil om adem te halen. 'Dat ben ik zo'n beetje in het kort. Parijs is een prachtige stad, die ik graag beter zou leren kennen,' verzuchtte ze. 'Nu is het jouw beurt.'

'Je hebt me nog niets verteld over het etentje,' zei Alexandra, 'maar goed, ik zal je de belangrijkste feiten over mezelf geven. Ik ben opgegroeid in Londen en heb geen ouders, al heb ik wel familieleden die een oogje in het zeil houden. Ik had een heerlijk leven met vrienden in een groot huis van mijn familie, en nu moet ik naar Zwitserland.' Ze liet een korte stilte vallen. 'De familie ontdekte dat ik me niet gedroeg zoals zij gepast achtten, dus kreeg ik te horen dat ik het leven nu serieus moet nemen en moet doen wat zij zeggen.'

Zo gezegd leek het niet erg dramatisch, maar op het moment zelf was het afschuwelijk geweest. Ze was naar de bruiloft van haar goede vriendin Lizzie geweest, teruggekomen met David, vijftien jaar ouder dan zij en haar beste vriend, en had het huis volledig verlicht aangetroffen. Zodra haar angst dat er was ingebroken was weggeëbd, na ongeveer twee minuten, had ze beseft dat haar familie uit Zwitserland zichzelf had binnengelaten in het familiehuis. Het comfortabele leventje van David en haar was voorbij. David was zelfs niet mee naar binnen gegaan. Hij was bij een vriend gaan logeren tot de kust weer veilig was. Gelukkig hadden de familieleden een hekel aan Londen en waren ze niet lang gebleven, maar hun instructie aan Alexandra was duidelijk: de volgende maand moest ze naar Zwitserland komen.

'Wat erg dat je geen ouders meer hebt! Maar je hebt dus nog wel familie? Waarom hebben zij je na het overlijden van je ouders niet in huis genomen?' vroeg Donna.

'Dat weet ik niet. Maar ik ben blij dat ze dat niet hebben gedaan. Ik heb veel kindermeisjes en zo gehad die voor me zorgden. Ik vond het niet erg. Mijn familie wil het beste voor me, dat weet ik zeker, maar ik zou niet gelukkig zijn geweest als ik bij hen had gewoond.' Alexandra moest een slok wijn nemen om bij te komen van de gedachte. 'Ze zijn erg rechtlijnig en conservatief. Ik ben nogal een vrije vogel.'

'Goh!' zei Donna. 'Dat klinkt heel... avontuurlijk.'

Alexandra lachte. 'Het was leuk, vooral toen ik op de kookschool mijn beste vriendinnen ontmoette.'

'Ben je een gediplomeerde chef-kok?'

'Nee, zeker niet! Maar ik kan nu wel redelijk goed koken. Ik heb een paar professionele kookklussen gedaan met mijn vriendin Meg, die een briljante kok is.'

'Was ze maar hier,' zei Donna, die zich kennelijk het etentje herinnerde dat ze had geprobeerd te vergeten.

'Mag ik je iets persoonlijks vragen?'

'Ga je gang,' zei Donna. 'Het is zo fijn om met iemand te kunnen praten dat discretie me gestolen kan worden.'

'Ik ken het gevoel. Ik had een lieve vriend, een man, maar vriendinnen zijn anders, hè?'

Donna knikte. 'Wat wil je me vragen?'

'Heeft Bob een goedbetaalde baan? Ik bedoel, als geld geen bezwaar is, zou je iemand kunnen zoeken die het etentje voor je kan klaarmaken. Dan hoef jij je geen zorgen te maken. Zelf heb ik ook zulke klussen gedaan.'

'Ik had al iemand. Ik had een chef-kok geboekt, maar die liet weten dat hij niet kon komen. Bob zei: "O, dan doe je het toch zelf, schat. Het komt goed." Vervolgens vouwde hij zijn krant dicht en ging aan het werk. Zijn moeder kookte altijd wanneer zijn vader zakenrelaties meenam voor een etentje. Hij denkt dat vrouwen zulke dingen automatisch kunnen, gewoon omdat ze vrouw zijn.' Ineens zag Donna er weer uit alsof ze elk moment in huilen kon uitbarsten.

'En je hebt niet gezegd dat je dat niet kunt?'

Beschaamd keek Donna naar haar bord. 'Nee. Ik wil het type vrouw zijn dat etentjes kan verzorgen. Ik wilde hem niet teleurstellen.'

Alexandra reageerde niet. Hoewel ze probeerde niet verwijtend te kijken, vermoedde ze dat die poging mislukte.

'Zou jij het voor mij kunnen doen, Alexandra?' vroeg Donna, die nu heel jong en hulpeloos klonk. Ze boog zich naar voren, zodat haar lange blonde haar in haar wijnglas slierde.

Alexandra dacht aan de beperkte tijd die ze had om van Parijs te genieten. 'Je hebt een echte Franse chef-kok nodig! Daar zijn er vast honderden van. We zijn tenslotte in Parijs.'

'Weet jij er dan een met wie ik contact kan opnemen? Degene die vandaag afzegde kon niemand bedenken.'

'Dat wil niet zeggen dat ze er niet zijn.'

'Dat weet ik wel. Alleen, hoe vind ik er eentje op tijd voor vanavond?'

Daar had Donna een punt. 'Oké, het is erg kort dag, maar er moeten toch instanties zijn waarbij we het kunnen proberen.' Alexandra, die zichzelf als vindingrijk beschouwde, besefte dat als je geen contacten had, het bijna onmogelijk was om op zo korte termijn een chef-kok te vinden die in een privékeuken wilde koken.

'Wil jij het voor me doen?' smeekte Donna, die al haar charme in de strijd gooide. Ze maakte gebruik van de vaardigheden die bij haar vader en Bob ongetwijfeld goed werkten, en Alexandra merkte dat ze er zelf ook niet immuun voor was. 'Ook al ben je geen gediplomeerde chef-kok, jij hebt tenminste al eens gekookt.'

'Weet je, ik heb alleen vandaag nog om Parijs te zien...' Alexandra liet een stilte vallen, dacht een ogenblik na en besloot dat Zwitserland en alles waar het voor stond wel kon wachten. Ze had wat geld in het binnenvakje van haar handtas verstopt, reischeques die ze had gekocht met het geld dat ze in Londen had verdiend. Daar wist haar familie niets van. Dat geld zou ze gebruiken om wat meer tijd in Parijs door te brengen. Ze verbleef al in een heel redelijk geprijsd pension. Ze kon haar familie wel een telegram sturen om ze te laten weten dat ze in Parijs een vriendin had en nog even bleef. Ze hadden haar tenslotte al jaren amper gezien. Een paar dagen langer zou geen verschil maken. En waar kon ze beter haar Frans ophalen dan in Parijs?

Ze glimlachte naar Donna. 'Oké, ik doe het. Maar mét jou, niet voor jou, en ik wil er niet voor worden betaald. Wat je nu moet doen, is jezelf uit de problemen kopen! De Fransen zijn briljant als het om kant-en-klaar voedsel gaat. We kopen paté, veel kazen en een heerlijk dessert, en dan hoeven we ons alleen nog maar zorgen te maken over het stukje ertussenin.'

'Zoals jij het zegt klinkt het allemaal heel makkelijk,' zei Donna. 'Ik ben zo blij dat ik je ontmoet heb. Je ziet er heel chic uit, en toch ben je zo aardig. Als ik niet beter wist, zou ik gedacht hebben dat je Française was. Is je sjaal van Hermès?'

Alexandra knikte. 'Een cadeau van mijn oom. Toen hij vorige maand naar Londen kwam, besefte hij dat ik geen kind meer was en gaf hij me iets wat ik echt wil dragen.'

'Met je Mackintosh en de ceintuur zie je er nogal...'

Alexandra slaakte een zucht. 'Ik weet het. Ik heb er altijd anders uitgezien dan leeftijdsgenoten. Qua mode ben ik een beetje mijn eigen weg gegaan.'

'Ik wilde zeggen dat je op Audrey Hepburn lijkt. Je bent zo... cool. En heel stijlvol.'

'Echt? Wauw! Kom, we eten onze lunch op en dan gaan we je etentje regelen. Misschien moeten we wel een paar boodschappentassen kopen!'

Maar voor ze zich op het winkelen en koken kon storten, moest ze eerst een telegram sturen naar de mensen die haar de volgende dag in Zwitserland op het station zouden ophalen. Eerst moest ze een perfect bericht opstellen, zodat haar plan een paar dagen in Parijs te blijven hun een goed idee zou lijken. En dan moest ze het versturen, wat waarschijnlijk betekende dat ze een groot *bureau de poste* moest zoeken.

Ze bleven aan het restauranttafeltje zitten en Alexandra haalde een notitieboekje met ezelsoren tevoorschijn dat ze voorheen had gebruikt om de antieke voorwerpen in te noteren die ze als hobby kocht en verkocht om geld te verdienen, toen ze nog in Londen woonde.

'Kan ik helpen met de formulering?' vroeg Donna, nadat ze Alexandra een paar pogingen had zien doorstrepen.

Gewoonlijk was Alexandra er goed in haar familieleden te vertellen wat ze wilden horen. Toen ze nog in het familiehuis in Londen woonde, was ze er lange tijd in geslaagd voor hen geheim te houden dat ze geen betalende vrouwelijke huisgenoot had. Maar met dit telegram moest ze overbrengen dat wat ze ging doen naadloos aansloot bij wat zij voor haar wilden.

Aangezien hun voornaamste zorg was dat haar Frans niet goed genoeg was (ze vonden het te spreektaalachtig en te boers), richtte ze zich daar nu op, en daarnaast benadrukte ze dat ze haar aankomst in Zwitserland slechts kort uitstelde. Even had ze overwogen 'een paar dagen' te zeggen, maar toen besloot ze niet al te specifiek te zijn.

'Nee, dank je, volgens mij ben ik er wel uit. Wat denk jij?' Ze las het resultaat van haar inspanningen hardop voor.

'Prima! Terwijl jij daarmee bezig was, kreeg ik een geweldig idee. We geven het bericht telefonisch door aan Bobs secretaresse en vragen haar het telegram te sturen. Dan hoeven we niet langer te wachten met de voorbereidingen voor het etentje.'

Het kostte Donna niet veel overredingskracht om Alexandra daarmee te laten instemmen.

'Het is tenslotte een kleinigheidje,' zei Donna, 'als je het vergelijkt met het feit dat je mij uit een benarde positie hebt gered. We hebben elkaar pas net op straat ontmoet, we zijn niet eens vriendinnen!' Ze fronste haar wenkbrauwen. 'Nou ja, ik hoop dat we dat nu wel zijn, maar je snapt wat ik bedoel.'

Donna had in de *bistrot* de telefoon gevonden, dus zodra Alexandra het telegram had gedicteerd aan Bobs secretaresse, die Donna omschreef als 'buitengewoon efficiënt en volstrekt niet aantrekkelijk', waren Donna en zij vrij om te winkelen. Het zou een plezierige namiddag worden.

2

'Het is zo geweldig dat je met de taxichauffeur kunt praten,' zei Donna een paar uur later terwijl ze hun uitpuilende tassen in de kofferbak van een taxi laadden.

'Dat kun jij ook, als je oefent,' zei Alexandra. 'Wat is het adres?'

Donna woonde in een heel goed *arrondissement* vlak bij de Eiffeltoren. Alexandra besloot een ansichtkaart met Donna's adres erop naar haar familieleden te sturen. Dat zou ze zeker geruststellen. Het adres van het kleine pension waar Alexandra verbleef was lang niet zo indrukwekkend.

En Donna's appartement was prachtig. Het had hoge plafonds, enorme kamers met visgraatparket op de vloeren, marmeren schouwen en hoge ramen met uitzicht op balkons, Parijs en nog meer.

'Wat mooi!' zei Alexandra, die rondkeek in de salon en ondertussen dacht dat Bob wel heel goed moest verdienen om zich zo'n prachtig appartement te kunnen veroorloven.

'Dat is het inderdaad. Alleen... wacht maar tot je ziet waar ik moet koken.'

Alexandra volgde Donna naar de keuken. 'Ik begrijp wat je bedoelt!' zei ze ontzet. 'Het lijkt wel een gang met een gootsteen erin.'

'Hoe moet ik hier nou een etentje bereiden?' vroeg Donna. 'Het is al lastig genoeg om koffie en toast te maken.'

Het leek meer op een bijkeuken, vrij lang en heel smal. Er was een ondiepe gootsteen met een bordenrek erboven, het enige wat Alexandra deed denken aan de geliefde keuken die ze in Londen had achtergelaten.

'Volgens mij wordt er bij etentjes niet van je verwacht dat je zelf kookt,' zei Alexandra. 'Ik neem aan dat je kok hetzelfde zou hebben gedaan als wij spullen van buiten zou hebben meegebracht.'

'Of misschien ontvangen mensen hun gasten in een restaurant. Dat had Bob eigenlijk moeten voorstellen, maar goed, wij zijn Amerikanen!'

'Het geeft niet,' zei Alexandra, want Donna leek zich enigszins te schamen. 'We hebben paté, vers brood en boter als voorgerecht en een overheerlijke *Gâteau Saint-Honoré* als dessert, dus we hoeven alleen nog de kipschotel klaar te maken.'

'Dat is een prachtig dessert,' zei Donna, die keek naar het gebak dat tijdens de taxirit, verpakt in een witte kartonnen doos, op haar knie had gestaan. Goudbruine soezen rustten op een cirkel van bladerdeeg bespoten met slagroom. Een krans van gesponnen suiker vormde de finishing touch. 'Maar niemand zal denken dat ik dit heb gebakken.'

'Dat hoeven ze ook niet te denken,' zei Alexandra. 'Toen ik eerder in Parijs was, vertelde mijn kindermeisje me dat geen enkele Française het in haar hoofd zou halen voor een formeel etentje een taart te bakken.' Ze was even stil. 'Goed, wat doen we met de kip?'

Donna's adem stokte van ontsteltenis. 'Weet je dat niet? Je hebt al die groenten en kruiden gekocht – ik dacht dat je een recept in gedachten had!'

'Dat heb ik zo ook wel,' zei Alexandra zelfverzekerd. 'Kijk, hier staat een *Larousse Gastronomique*.' Ze haalde het grote, zwaargehavende boek uit de kast. 'Gelukkig hebben jullie hier een exemplaar van in het appartement.'

'We hebben het gemeubileerd gehuurd,' zei Donna. 'Ze beschouwen dat boek vast als onontbeerlijk, anders dan werkend sanitair en afvoeren die niet stinken.'

'Ik hoop dat mijn Frans goed genoeg is om obscure vaktermen te kunnen begrijpen.' Alexandra besefte dat Donna haar onzeker aankeek. 'Ga jij anders de tafel dekken. Dat kan je een hoop tijd kosten!'

'O ja. Ik kan ook op zoek gaan naar de borden. Er zijn honderden borden en glazen, in alle soorten en maten.'

'Kijk of er iets fraais bij zit om de paté op te serveren,' opperde Alexandra. 'En ook iets voor de kaas. Ik denk dat we die even uit de verpakking moeten halen.'

Ze was blij dat Donna de eetkamer weer in ging, want ze was niet zo zelfverzekerd als ze deed voorkomen en wilde niet bekeken of aangesproken worden terwijl ze het boek doornam. Maar ze had wel een kookcursus gevolgd en haar vriendin Meg, die dezelfde cursus had gevolgd, geholpen met het bereiden van lunches voor hooggeplaatste lieden, dus ze had wat ervaring.

Het duurde niet lang voor ze besloot wat door velen als de bijbel van de Franse keuken werd beschouwd neer te leggen en gewoon aan de slag te gaan. Ze had niet genoeg tijd om moeilijke culinaire termen te vertalen – de cursus die ze in Londen had gevolgd was voor jonge vrouwen, niet voor chef-koks. Als eerste hakte ze een paar uien fijn, net als een groot deel van de paarse knoflookbol die haar zo had aangesproken toen ze hem in de goot had zien rollen.

Ze was blij dat ze zo vooruitziend was geweest de slager te vragen de twee kippen in stukken te verdelen. Hoewel die nog wat moesten worden bijgesneden, hoefde ze zich in elk geval niet door al te grote stukken heen te hakken. Alle overgebleven stukjes gooide ze in een pan met de uienschillen, wat hele uien, wortels en een bosje tijm. Ze was niet echt van plan een bouillon te maken, maar dacht dat die misschien wel van pas zou komen.

Enkele uren verstreken, en uiteindelijk was de kleine keuken gevuld met de heerlijke geuren van kip, wijn en champignons. Er was een saus om over het gerecht te schenken en gehakte peterselie om daar weer overheen te strooien. Alexandra was moe. Ze wilde terug naar haar pension, daar op bed gaan liggen en niets doen. Het bereiden van een eenvoudige kipschotel was lang niet zo makkelijk als iedereen deed voorkomen, tenminste niet voor haar. Maar ze had het echt fijn gevonden Donna te kunnen helpen en vond het jammer dat ze elkaar hierna waarschijnlijk niet meer zouden zien. Terwijl ze hadden uitgevogeld welke glazen waar hoorden en gespeculeerd over hoe de gasten zouden zijn, waren ze vriendinnen geworden.

'Je weet dus zeker dat iemand het eten voor je zal opdienen?' vroeg ze. Eigenlijk wilde ze niet weg, ook al was ze moe.

'Ja hoor. Dat heeft Bobs secretaresse geregeld toen ze het etentje op de agenda zette. Zij heeft ook de chef-kok geboekt. Ik moet wel even tegen haar zeggen dat die niet is verschenen.'

'Dat moet je zeker doen!' zei Alexandra, die er al vrij snel wrokkig om was geworden dat een gediplomeerde kok niet was komen opdagen.

'Maar nu kan ik je tenminste deze geven.' Donna stopte een envelop vol Franse francs in Alexandra's hand. 'Niet tegenstribbelen. Stap gewoon in een taxi en ga terug naar je pension. Beloof je wel dat je morgenvroeg terugkomt om te horen hoe het is gegaan?'

'Beloofd,' zei Alexandra, die vermoedde dat er dan ook vast

een beroep op haar zou worden gedaan om te helpen met opruimen, ondanks de ingehuurde serveerster.

'Ik weet niet wat ik zonder jou had gemoeten, Alexandra,' zei Donna. 'Je was fantastisch.'

'Ik heb echt genoten! Ik wilde alleen...'

'Wat?'

'Dat ik meer dan een paar dagen in Parijs zou kunnen doorbrengen.'

'O, dat zou ik geweldig vinden!' zei Donna. 'We zouden samen de stad kunnen verkennen, en dan zou ik leren niet bang te zijn voor obers.'

Alexandra lachte en slaakte toen een zucht. 'Wat ik nodig heb is een goede reden om te blijven, zoals een baan. Als ik voor chique mensen kan werken, keurt mijn familie dat vast wel goed. Dan kan ik mijn Frans verbeteren bij mensen met het juiste accent.'

'Wat voor compertenties heb je? Steno, typen?' vroeg Donna.

Alexandra haalde haar schouders op en zuchtte opnieuw. 'Ik heb geen vaardigheden. Ik ben voor niets geschikt.'

'Dat is absoluut niet waar. Kijk eens wat je voor mij gedaan hebt!'

'Ik vond het heerlijk om te doen.' Donna en zij gaven elkaar een lange knuffel, waarna Alexandra in de kleine, krakende lift stapte.

Toen Alexandra zich de volgende ochtend om elf uur bij het elegante appartement meldde, trof ze daar Donna uiterst enthousiast aan.

'Het was fantastisch!' zei ze tegen Alexandra, zonder te wachten op een uitwisseling van hoe-gaat-het-met-je's. 'Ik ben je ongelooflijk dankbaar.' Donna nam Alexandra bij de arm en leidde haar naar de salon. De hoge ramen stonden open en op het balkon was een tafeltje gedekt. 'Ga zitten. Ik breng je koffie en wat dessert en dan zal ik je geweldig nieuws vertellen.'

Alexandra vond het prima te gaan zitten om Parijs in de zon aan zich te zien voorbijtrekken. Donna verscheen met koffie en een bord met soezen en slagroom: de Gâteau Saint-Honoré in onderdelen.

'Ik heb een bloedmooie man ontmoet,' zei Donna. 'Maak je geen zorgen, niet op die manier. Ik ben getrouwd met Bob en daar zal nooit iets aan veranderen. Maar deze man heeft een baan voor je! Wat dacht je daarvan? Hij had ook een bloedmooie vrouw bij zich, alleen daar gaat het niet om. Kun je je het voorstellen? Zodra ik hem over jou vertelde, was hij erg geïnteresseerd, vooral toen ik het over je familiehuis in Belgravia had.'

Alexandra's hart maakte een sprongetje. Ze wilde echt niet naar de etiquetteschool in Zwitserland, vooral niet wanneer de kans bestond dat ze in Parijs kon blijven en het leuk kon hebben met Donna.

'Wat voor baan? Weet je dat?' Alexandra wilde nu zo graag in Parijs blijven dat ze alles wel wilde proberen. Hoewel de knappe man waarschijnlijk een tweetalige secretaresse nodig had die niet alleen Frans sprak maar ook steno beheerste – in beide talen.

Donna trok een gezicht. 'Nee. Het mooie is wel dat het enkel voor een maand is. Misschien vindt je familie het niet erg als je maar een maand blijft. Families houden van vaste data, is mijn ervaring. De mijne wilde echt niet dat we naar Parijs gingen, maar toen ik zei dat het voor een jaar was, meer niet, voelden ze zich er een stuk beter bij.'

Alexandra knikte. 'Ik denk dat het bij de mijne net zo zal gaan. Ik moet alleen wel weten wat voor baan het is. Misschien ben ik niet geschikt. Ik heb je al verteld dat ik bijvoorbeeld geen steno kan.'

'Daar heeft hij niets over gezegd. Hij zei dat je moet kunnen koken, wat je heel goed kunt, Engels en Frans spreken, wat je duidelijk ook kunt, en autorijden. Kun je autorijden?'

'Ja,' zei Alexandra, 'al weet ik niet of ik het hier kan.' Ze probeerde zich voor te stellen dat ze door Parijs reed en voelde zich een tikje geïntimideerd.

'O, in Parijs, bedoel je? Dat snap ik. Parijzenaren verzinnen hun eigen verkeersregels.'

Alexandra zette zich over haar defaitistische houding heen. 'Ik heb in Londen leren autorijden, en als ik Hyde Park Corner aankan, kan ik vast ook aan het Parijse verkeer wennen. Voor een maand, zei je?'

Donna knikte. 'Dat vindt je familie vast wel goed, toch? Dan heb je een maand om je Frans bij te schaven, ook al vind ik dat je nu al prima Frans spreekt, en daarna kun je naar de etiquetteschool gaan.' Donna viel even stil, wat niet vaak gebeurde. 'Wat leren ze je daar, denk je?'

'O, ik weet niet. Hoe je cheques uitschrijft, de adel aanspreekt en in en uit sportwagens stapt zonder dat ze je onderbroek zien.'

Donna lachte opgetogen. 'Ha, volgens mij heb je zoiets in Amerika niet! Hoe dan ook, hier is zijn visitekaartje. Je wordt vandaag om twee uur op dat adres verwacht voor een sollicitatiegesprek. Alle informatie staat erop. Als je een referentie nodig hebt, wil Bob die je wel geven.'

Alexandra bekeek het visitekaartje en fleurde op. 'Hij is een graaf! Dat zal mijn familie geweldig vinden. Als ik de baan krijg, moet ik ze echt alle details sturen.'

'Uiteraard! Goed, wat trek je aan voor het gesprek?'

Dat stemde Alexandra tot nadenken. Ze had maar weinig kleren bij zich. 'Ik heb niet veel keus. De meeste van mijn spullen zijn waarschijnlijk al in Zwitserland. Ze zijn vooruitgestuurd, zodat ik in de trein niet met zware bagage zou zitten. Ik heb een pyjama, schoon ondergoed, deze jurk, een broek en een vest. Dat is het, min of meer.'

'En je Hermès-sjaal.'

'Ja, die kan nuttig zijn, maar is geen hele outfit.' Alexandra keek naar haar getailleerde, mouwloze jurk die tot op de knie viel. Het was een ontmoet-de-familie-jurk, dus die moest volstaan voor een sollicitatiegesprek. 'Deze is prima, denk ik, al zit er wel een beetje een kooklucht aan. Misschien vindt hij dat als Fransman niet erg. Hij beoordeelt me tenslotte niet op mijn kleding, hij wil alleen weten of ik geschikt ben voor de baan.' Even was ze stil. 'Weet je zeker dat hij niet heeft gezegd om wat voor baan het gaat?'

'Nee, maar maak je geen zorgen. Hij had het niet over secretariële vaardigheden of boekhouding, en als hij een secretaresse of boekhouder zocht, zou hij dat toch zeker gezegd hebben?'

'Als ze me in Zwitserland zulke dingen zouden leren, zou ik er veel liever naartoe gaan. Hoewel secretariële vaardigheden en rekenen voor volwassenen vast doodsaai zijn, zijn ze ook nuttig.'

Donna gaf Alexandra een klopje op haar knie. 'Het gaat je vast en zeker lukken die baan te krijgen. En het zal zo cool zijn je in Parijs te hebben. Dan heb ik een vriendin!'

'Ja! Dat zou ik geweldig vinden.'

'Weet je echt zeker dat je die jurk aan wilt? We kunnen even in mijn kast kijken. Ik kan je wel iets lenen. Je bent wat langer, dus mijn kleren zijn jou iets te kort, maar dat is misschien niet erg.'

Alexandra glimlachte. 'Deze jurk is prima, hoor, denk ik. Gisteren tijdens het koken heb ik er een schort over gedragen. Als je een lekker geurtje hebt dat ik kan opspuiten, zou ik dat heel fijn vinden. Om de lichte *eau d'oignon* te verdoezelen.'

'Parfum!' riep Donna uit. 'Daar heb ik zo veel van dat ik er een bad in kan nemen. Goed, ik stel voor dat we vroeg lunchen, zonder wijn, en dat we na je sollicitatiegesprek een feestje gaan vieren.'

'Misschien krijg ik de baan niet,' zei Alexandra. 'Eigenlijk heb ik nog nooit een sollicitatiegesprek gevoerd. Heb je tips?'

Donna schudde haar hoofd. 'Ik heb nog nooit een baan gehad.'

'Ik heb veel cateringbaantjes gehad en heb in antiek gehandeld, maar ik heb nog nooit een baan van negen tot vijf gehad.'

'Antiek? Wat spannend!'

'Een vriend van me heeft een kraam op de Portobello Roadmarkt. Ik mocht mijn spul bij het zijne zetten. Hij heeft me alles geleerd wat ik over antiek weet.'

Alexandra gunde zichzelf een moment van bespiegeling. In Londen had ze een heerlijk leventje geleid. Ze had een huis gedeeld met vrienden, geld verdiend door samen met een van haar vriendinnen te koken en te serveren, en in het weekend met een vriend in een antiekkraam gestaan. Ze was iemand die er altijd het beste van maakte, maar wonen in Zwitserland zou eenzaam en beperkt voelen. Thuis zou ze opgescheept zitten met haar saaie, vormelijke familieleden, en op de etiquetteschool zou ze omringd zijn door meiden met wie ze waarschijnlijk niets gemeen had.

'Laat je dan ten minste door mij opmaken,' zei Donna. 'Ik heb al mijn vrije tijd besteed aan oefenen met eyeliner aanbrengen zonder de boel uit te smeren. Je hebt zulke prachtige ogen, het zal leuk zijn te benadrukken hoe mooi ze zijn. Dan móét hij je die baan wel geven!'

3

Toen Alexandra die middag door de deur van een hoog, elegant gebouw liep voor haar sollicitatiegesprek, was ze nerveuzer dan ze had verwacht. Gewoonlijk had ze veel zelfvertrouwen en het maakte haar niet uit als ze de baan niet kreeg. Ze was tenslotte niet van plan geweest een baan te zoeken. Ze kon gewoon een paar dagen in Parijs doorbrengen en dan, na een leuke vakantie, op de trein naar Zwitserland stappen.

Maar toen ze bij de receptie de weg vroeg, merkte ze dat haar lippen droog waren, en ze aarzelde voor ze op de deur van het kantoor klopte. Ze haalde een paar keer diep adem en zei tegen zichzelf dat ze er klaar voor was.

Nadat haar was gevraagd binnen te komen, stond ze in een ruimte met twee grote bureaus. Aan het ene, bij het raam, zat een man te schrijven, en aan het bureau recht voor haar zat een vrouw die je zou kunnen omschrijven als een kenau.

Ze droeg een heel mooi zwart pak dat makkelijk van Chanel zou kunnen zijn, had perfect gekapt haar, twee rijen parels, een te wit gezicht en dunne lippen. Alexandra kreeg de indruk dat ze glimlachen vermeed om rimpelvorming tegen te gaan. Dat was maar ten dele gelukt.

Alexandra wenste nu dat ze iets uit Donna's uitgebreide garderobe had geleend. Haar eigen kleren waren van Londen naar Parijs gereisd en hadden heel wat wanhopig gekook met uien, knoflook en room moeten doorstaan – misschien was het schort niet afdoende geweest.

Aangezien het geen zin had spijt te hebben van haar kledingkeus bediende Alexandra zich van haar beste Franse accent, begroette ze de vrouw zo beleefd en formeel mogelijk en noemde haar naam.

Ze kreeg een hoofdknikje, een groet terug en een uitnodiging om op de stoel voor het bureau plaats te nemen.

'Ik ben *madame* Dubois, ik zal dit sollicitatiegesprek afnemen.' Daarop overhandigde zij Alexandra een formulier. 'Vul dit in, *mademoiselle*. Hier is een pen.'

In een opwelling voegde Alexandra vijf jaar aan haar leeftijd toe, en ze vulde het formulier in haar beste handschrift in. Haar laatste functie beschreef ze als 'bedrijfskok', hoewel ze niet wist of *chef d'entreprise* een goede omschrijving was voor het bereiden van lunches voor bestuursleden van banken in de Londense City. Maar iets beters kon ze niet bedenken.

Terwijl ze het ingevulde formulier teruggaf, troostte ze zichzelf met de gedachte dat dit als eerste sollicitatiegesprek toch wel behoorlijk zwaar was. Het betekende dat toekomstige gesprekken, waarbij het resultaat belangrijker was, waarschijnlijk makkelijker zouden lijken. Een sollicitatiegesprek met een angstaanjagende Parisienne die haar minachtend aankeek was ongetwijfeld een vuurdoop die haar zou sterken voor de toekomst.

Madame Dubois las het formulier, waarbij ze een paar keer haar wenkbrauwen optrok. 'Je bent dus Engelse?'

Alexandra knikte.

'En je spreekt Frans?'

Alexandra vond dat ze dat al vrij goed had aangetoond, maar knikte.

'Je kunt redelijk goed koken?'

Alexandra knikte. 'Dat heb ik gezegd – op mijn formulier.'

'*Mam'selle*, je schreef dat je het hoofd van een bedrijf was, en ik vermoed dat dat niet het geval is.' Ze kneep haar ogen tot spleetjes, wat waarschijnlijk moest doorgaan voor een glimlach. 'Misschien is je Frans niet zo goed als je denkt.'

Alexandra mompelde verontschuldigend.

Haar gesprekspartner vervolgde: 'En je kunt autorijden?'

Alexandra liet ter bevestiging haar Engelse rijbewijs zien, in de hoop dat madame Dubois niet verder dan de eerste pagina zou kijken en dus niet zou ontdekken hoe oud ze werkelijk was.

Daar hoefde ze niet bang voor te zijn. Madame Dubois wierp amper een blik op het rijbewijs voordat ze het haar weer teruggaf, het document tussen haar vingertoppen vasthoudend. 'Dat lijkt me toereikend,' zei ze. 'De functie is enkel voor een maand. Wist je dat?'

'Ja, madame.'

'Heel goed, mademoiselle. De baan is die van kindermeisje – het vaste kindermeisje is naar haar moeder toe, die ziek is. Heb je de relevante ervaring voor de baan?'

Vanbinnen haalde Alexandra diep adem. Het idee dat ze voor kinderen zou zorgen was een schok. Ze had zelden een kind ontmoet, laat staan er een verzorgd. Aan de andere kant had ze zelf genoeg kindermeisjes gehad en wist ze welke goed en slecht waren geweest. 'Zeker, madame,' zei ze.

Ze was er klaar voor uit te leggen dat ze dat niet op haar formulier had genoteerd omdat ze niet wist dat voor de baan vaardigheid in kinderverzorging was vereist, maar het scheen madame Dubois niet te kunnen schelen.

'Er zijn drie kinderen in het gezin. Ze zijn al wat ouder. Kun je dat aan?'

Alexandra knikte. Ze was zo opgelucht dat ze niet de zorg over een pasgeboren baby zou krijgen dat ze zelfs een beetje enthousiast werd. 'Jazeker.'

'En drie kinderen? Lukt je dat?'

'Absoluut.' Dat was waarschijnlijk nogal overmoedig, maar het was voor één maand, zo moeilijk kon het toch niet zijn? Ze kon ze meenemen op uitstapjes naar de toeristische trekpleisters van Parijs. Donna zou helpen – het zou vast leuk worden.

Madame Dubois keek haar een ogenblik verontrustend onderzoekend aan. 'Je begrijpt wel dat we de positie dringend moeten invullen, anders zouden we iemand zoals jij niet overwegen. De graaf is echter op de hoogte van je achtergrond, en aangezien het slechts om een zeer tijdelijke regeling gaat, ben je misschien wel geschikt.'

'Dank u,' zei Alexandra deemoedig.

'We zullen je referenties natrekken, en als die niet toereikend zijn, word je op staande voet ontslagen.'

Alexandra had Donna's echtgenoot Bob als haar ene referentie opgegeven en haar nicht met de chicste naam, inclusief titel, als haar andere. Ze hoopte echt dat de nicht geen kritiek op haar zou leveren. 'Natuurlijk,' zei ze gedwee.

'Je ziet er erg jong uit voor je leeftijd, mademoiselle.'

Madame Dubois doorboorde Alexandra op zo'n hooghartige manier met haar starende blik dat Alexandra haar moed terugvond. Toen ze de onjuiste geboortedatum op haar formulier had genoteerd, had ze deze vraag al verwacht. Hoewel ze wist dat ze er in het algemeen vrij volwassen uitzag voor een twintigjarige, bestond natuurlijk de mogelijkheid dat ze op dat punt zou worden uitgedaagd. Ze schonk de vrouw een charmante, rimpelveroorzakende glimlach. 'Ik weet het. Ik heb altijd gevonden dat ik wat dat betreft erg heb geboft.'

Eén perfect geëpileerde wenkbrauw ging omhoog. 'Goed.' Madame Dubois opende een lade en haalde er een dikke enveloppe uit. 'Dit is de helft van het geld dat je betaald krijgt, de rest krijg je bij je vertrek. En je treinkaartje.'

Alexandra had een hand uitgestoken om de aangeboden enveloppe aan te nemen. 'Treinkaartje?'

'Ja, de baan is in de Provence. Je reist naar Marseille. Je lijkt verbaasd.'

'Ja! Dat wist ik niet. Niemand heeft gezegd... Ik dacht dat de baan in Parijs was.'

Madame Dubois keek haar aan alsof dat een vreemde veronderstelling was. 'Nee, ik dacht dat dat duidelijk was gemaakt toen werd voorgesteld dat je op sollicitatiegesprek kon komen.'

Er ging van alles door Alexandra's hoofd. Het was helemaal niet bij haar opgekomen dat de baan níét in Parijs zou zijn. Nu had ze geen idee of ze hem wel wilde.

Op dat moment stond de man die in de hoek had zitten werken op en liep het vertrek door om met haar te praten.

'Mademoiselle, je zou voor mijn kinderen zorgen, en die zijn me natuurlijk heel dierbaar. Kan ik erop vertrouwen dat je goed voor ze zult zorgen?'

Verschillende gedachten tegelijk kwamen bij Alexandra op. De eerste was dat de man heel aantrekkelijk was, de tweede dat hij de man moest zijn die Donna tijdens het etentje had ontmoet, en ten slotte dat ze vond dat ze hem niet kon teleurstellen.

'Natuurlijk, *monsieur*.' Te laat herinnerde ze zich dat op zijn visitekaartje stond dat hij een graaf was, en ze corrigeerde zichzelf. '*Monsieur le Comte.*'

Hij was rijzig, met bijna zwart haar en donkere ogen omgeven door lange wimpers. Hij had een lange, licht gebogen neus en een mond die bij de mondhoeken omhoogkrulde.

Het was, besefte Alexandra met een beklemmend gevoel, bijna onmogelijk om niet verliefd op hem te worden. Ze had nu al het gevoel dat ze voor hem naar het einde van de wereld zou gaan, en dus zeker naar de Provence.

Monsieur le Comte maakte een lichte buiging. 'Dank je, mademoiselle, ik ben je zeer erkentelijk.' Daarop verliet hij het vertrek.

'Mooi!' zei madame Dubois, die een beetje uit de plooi kwam nu Alexandra door haar werkgever duidelijk als geschikt was bestempeld. 'Ik zal een korte routebeschrijving voor je op papier zetten. Je vertrekt vanaf het Gare de Lyon. Ik stel voor dat je dunne zomerjurken meeneemt, want zelfs in de herfst kan het in de Provence erg warm zijn. Na aankomst word je opgehaald op het station. Aangezien er een huishoudster in het kasteel is, zal jouw werk heel makkelijk zijn.' Ze vertelde nog wat bijzonderheden over wat er van Alexandra zou worden verwacht.

Alexandra glimlachte stijfjes. Naarmate madame Dubois zich ontspande, raakte zij meer gespannen. 'Ik zal mijn best doen om iedereen tevreden te stellen.'

Madame Dubois boog en glimlachte bijna echt. 'Dat spreekt voor zich!'

Donna had met Alexandra afgesproken in een café in de buurt van de plek waar Alexandra haar sollicitatiegesprek had. Ze popelde om te horen hoe het Alexandra was vergaan, terwijl Alexandra alleen maar wilde zitten en aan een glas koud water wilde nippen. Daarna zou ze een glas cognac nemen om haar zenuwen te kalmeren.

'En?' zei Donna. 'Heb je de baan? Vertellen ze je dat later? Zal ik champagne bestellen?'

Alexandra knikte. 'Dat zou heerlijk zijn, al weet ik niet of we wel iets te vieren hebben.'

Donna gaf de bestelling door en keek Alexandra scherp aan. 'Hoezo niet? Heb je de baan niet gekregen? Antoine – de man die je hebt ontmoet – leek wanhopig toen we elkaar gisteravond spraken.'

'Ik heb de baan wel gekregen.' Alexandra keek toe hoe de ober haar glas vulde. 'Het is alleen niet helemaal wat ik had gedacht.'

'Wat moet je dan doen?'

'Kindermeisje zijn, maar daar maak ik me geen zorgen over. De baan is alleen niet in Parijs. Ik moet naar de Provence!'

Donna's gezicht betrok. 'O. Ik had gehoopt...'

'Ik weet het. Ik ook. Ik dacht dat we een leuke tijd konden hebben in *le gai Paris*.'

Donna keek nog steeds enorm teleurgesteld. 'Ik zag er zo naar uit een vriendin in Parijs te hebben. Nu zie ik je nooit meer.'

'Je ziet me wel wanneer ik terugkom. Over een maand. Ik moet terug naar Parijs om de trein naar Zwitserland te nemen.' Dat zei Alexandra deels tegen zichzelf. Hoewel ze haar opdracht gewillig had aanvaard, had ze toch twijfels. De Provence leek afgelegen, ver weg van de bewoonde wereld, en ze had geen idee wat haar familie ervan zou zeggen.

Ze dronken hun champagne en toen zei Alexandra, deels om de somber kijkende Donna op te vrolijken: 'Kom, we gaan winkelen. Ik heb nieuw ondergoed nodig.'

'De Monoprix. Daar moet je dan naartoe. Ik kan je wel brengen.' Donna glimlachte een beetje treurig. 'Het is niet helemaal de Champs-Élysées, maar daar moeten we zijn.'

4

Alexandra was de volgende ochtend weer helemaal opgewonden toen de trein uit Parijs vertrok, maar ze wist dat ze een lange reis voor de boeg had en was erop voorbereid.

Donna had erop aangedrongen met haar mee te gaan naar het station en had twee belegde stokbroden, fruit en een fles Perrier-mineraalwater gekocht. De dag daarvoor had Alexandra Donna meegenomen naar de Rive Gauche en had ze de beroemde Engelse boekhandel Shakespeare and Company bezocht. Ze had er een woordenboek Frans-Engels gekocht en twee romans voor onderweg. Donna had haar de *Larousse Gastronomique* cadeau willen doen, maar Alexandra had gezegd dat die te zwaar was om te dragen en bovendien bij de inboedel van Donna's appartement hoorde. Hun afscheid was verrassend emotioneel geweest, vooral omdat ze elkaar nog maar heel kort kenden.

Enkele uren later had Alexandra haar stokbrood opgegeten en de appels geschild met haar Zwitserse zakmes, dat ze altijd meenam op reis. Aan de andere kant van het gangpad zaten een man en zijn vrouw, en ook hij had een mes. Het was een Opinel-zakmes, dat hij gebruikte om een beenham mee te snijden. In vergelijking daarmee leek haar mesje te sierlijk voor woorden.

Ze had één boek al grotendeels gelezen (ze zette zichzelf op rantsoen, zodat ze nog iets voor de komende maand had) en bestudeerde het woordenboek meermaals zorgvuldig. En ze keek veel uit het raam, totdat de trein uiteindelijk het station binnenrolde.

Vooral tijdens het laatste stuk van de reis was het landschap prachtig geweest. Het platteland was goud geverfd door de zon en het wisselende seizoen. Ze kwam langs zonnebloemvelden, geel en bruin, en lavendelvelden, nu geoogst, zodat de grijze struiken als dikke rupsen over de heuvels leken te kruipen. Druivenplukkers met grote strohoeden en manden op hun rug plukten fruit van wijnstokken die scharlakenrood waren in de zon. Dorpen van goudgele steen klampten zich vast aan de heuveltoppen. En hoewel het oktober was, was het licht – de reden waarom kunstenaars naar de Provence gingen, wist Alexandra – nog steeds bijzonder. Terwijl ze uit het raam keek, deed ze haar uiterste best niet te denken aan de man in het kantoor, de Comte de Belleville, de vader van de kinderen. Ze geloofde niet in liefde op het eerste gezicht. Ze was dan wel pas twintig, maar uit de tweede hand had ze al heel wat ervaring met de liefde. De meeste kindermeisjes en gezelschapsdames die in de loop der jaren voor haar hadden gezorgd, waren jong geweest en hadden het Alexandra altijd uitgebreid verteld wanneer hun hart gebroken was. Ze had zich van jongs af aan (zo rond haar tiende) voorgenomen om, als dat maar enigszins mogelijk zou zijn, niet te zwichten voor de liefde.

Sindsdien had ze ontdekt dat verliefd zijn zo slecht nog niet was, maar verliefd worden op iemand die je helemaal niet kende was het toppunt van domheid. Dat zou haar niet overkomen, hoe knap de man ook was.

Ze was stijf geworden tijdens de lange reis en wankelde een beetje toen ze uit de trein stapte. Een man in een blauwe overall, die haar op de een of andere manier had herkend als het Engelse kindermeisje, begroette haar in Frans met een zwaar accent dat ze maar net kon verstaan.

'Mademoiselle! Je bent te laat! Je moet opschieten. Nu ben ik ook te laat! Ik ben Bruno.'

'*Bonjour*, Bruno. Ik ben Alexandra,' zei ze. Hij luisterde niet. In plaats daarvan pakte hij haar nieuwe koffertje met nieuwe kleren, terwijl zij haar weekendtas en handtas stevig vasthield. In die twee tassen zat haar gereedschap voor het leven, zonder die spullen zou ze verloren zijn.

Bruno leek vriendelijk, maar had grote haast.

'Nou,' zei hij, 'er is een kleine ramp gebeurd.'

Hoe kan een ramp nou klein zijn, vroeg Alexandra zich af.

'De huishoudster, madame Carrier, is weggeroepen. Haar moeder is ziek.'

'O? Heeft ze dezelfde moeder als het kindermeisje?'

Bruno kende het kindermeisje niet of ze interesseerde hem niet. 'Je zult voor de kinderen moeten koken. Maar wanhoop niet...' – Alexandra wanhoopte nooit en was ook niet van plan daar nu mee te beginnen – '... de tuinman zal je groenten en kippen brengen. Voedsel van het landgoed. Zoals gewoonlijk.'

Hoewel ze Bruno vanwege zijn dialect en spreeksnelheid moeilijk kon verstaan, hoorde ze 'kippen' en hoopte ze dat hij vrij jonge kippen bedoelde, geen vermoeide oude kippen die enkel goed waren voor de soep. Ze haalde haar schouders op (dat ze in Frankrijk was begon haar gedrag te beïnvloeden) en bedacht dat ze in het kasteel misschien ook wel een *Larousse Gastronomique* zouden hebben. Ze had een maand de tijd om alles onder de knie te krijgen.

Hij leidde haar naar een oude blauwe pick-up en zette haar koffer achterin, waar de laatste keer dieren in waren vervoerd, te oordelen naar de geur. Ze hees zichzelf op de stoel naast de bestuurdersstoel. Terwijl hij om de truck heen liep om zelf in te stappen, vroeg ze zich af hoe madame Dubois in Parijs dit landbouwvoertuig zou hebben beschreven.

Haar chauffeur praatte, gebaarde en slaakte kreten terwijl ze rammelend over weggetjes en door laantjes reden, totdat aan het einde van een bomenlaan het kasteel uiteindelijk in zicht kwam.

Hoewel het naar kasteelmaatstaven niet gigantisch was, was het toch een groot gebouw. Het was vierkant met imposante, dikke torens aan weerszijden en leek uit de grond te groeien. Het was opgetrokken uit enorme blokken steen en zag eruit alsof het was ontworpen om alles te kunnen weerstaan. Klimplanten die in het middaglicht de kleur van vuur begonnen te krijgen, bedekten een groot deel van de muren. De kantelen op de torens konden decoratief zijn of erop wijzen dat het kasteel al heel oud was; in ieder geval wekte het de indruk beschermd te worden door de heuvels erachter. Opeens had Alexandra het vreemde gevoel dat het op een thuis leek.

Maar toen Bruno de oprijlaan op reed, herinnerde Alexandra zichzelf eraan dat het geen thuis was, ze had hier een baan voor één maand. Toch ging haar hart sneller kloppen – ze wilde goed werk leveren. Ze had de vader van de kinderen beloofd dat hij op haar kon vertrouwen, en ze mocht hem en de kinderen niet teleurstellen.

Bruno hamerde op de voordeur van het kasteel met een klopper die bestond uit een ring door de neus van een bronzen stierenkop. Onmiddellijk klonk er een diep geblaf, duidelijk van een grote hond. Alexandra schrok, maar Bruno was niet onder de indruk. Hij pufte ongeduldig toen er niet meteen werd opengedaan, al duurde het niet lang tot de grote deur open werd getrokken.

'*Ah, bonjour!*' zei Bruno zodra de deur wijder openging. 'Ik heb jullie nieuwe kindermeisje meegebracht!'

De hond, die inderdaad groot was, zwart-wit met flaporen en een dunne staart, draafde naar buiten. Hij snuffelde aan Alexandra en gaf haar een vluchtige lik over haar hand.

Nu Alexandra wist dat ze niet zou worden opgegeten, keek ze naar de drie jonge mensen die de deur beter bewaakten dan de hond. De oudste was een meisje van een jaar of vijftien, gekleed in een broek en een coltrui; ze kon amper nog een kind worden genoemd. Er was een jongen, bijna even lang maar duidelijk jonger, en een kleiner meisje in een verbleekte jurk met smokwerk en pofmouwtjes, de enige die de juiste leeftijd leek te hebben voor een kindermeisje. Haar hart ging naar hen uit. Zelf was ze ook opgescheept geweest met kindermeisjes terwijl ze daar al te oud voor was, en dat was geen pretje geweest. Ze begreep waarom het oudere meisje en haar broer met een mengeling van vijandigheid, wrok en opstandigheid naar haar keken. Het kleine meisje was angstig en klampte zich vast aan haar broer.

De oudste twee leken sterk op hun vader, met zijn haar dat bijna zwart was, zijn donkere ogen met volle wimpers en een mond die gemaakt leek om te glimlachen, hoewel er bij de kinderen nu geen lachje van afkon. De jongste zag er heel anders uit, met blond krullend haar. Haar grote broer had zijn arm beschermend om haar heen geslagen. Ze lijkt vast op haar moeder, dacht Alexandra.

'Wij hebben geen kindermeisje nodig,' zei het oudste meisje met haar kin in de lucht in het Frans.

'Vast niet,' zei Bruno. 'Maar jullie vader zegt dat jullie er een moeten hebben. En hier is ze dan. Ik moet nu gaan.' Hij rende terug naar de pick-up, pakte Alexandra's koffer uit de achterbak en duwde haar bijna de deur door. Vervolgens reed hij met brullende motor weg, waardoor Alexandra het gevoel kreeg dat haar enige vriend haar zojuist had verlaten, en stoof de auto de oprijlaan af.

De drie kinderen die aan Alexandra's zorg waren toevertrouwd keken naar haar, en zij keek terug. Ze herkende haar jonge ik in hun gezichtsuitdrukking en dacht terug aan de kindermeisjes met wie ze goed had kunnen opschieten, daar waren er wel een paar van geweest. Ze had ze aardig gevonden omdat ze haar respecteerden en niet op haar neerkeken.

'Hallo,' zei ze in het Engels. 'Spreken jullie Engels?' Ze had gehoord dat dat het geval was, omdat hun moeder Engels was. Daarom moest het kindermeisje een geboren Engelse zijn.

Het oudste meisje hief haar kin.

Alexandra herhaalde de vraag in langzaam schoolfrans.

'*Non!*' zei het meisje.

Alexandra vroeg hun op dezelfde manier naar hun namen, langzaam en in het Frans met een sterk Engels accent.

Het oudste meisje hield haar mond, maar haar broer zei: 'Félicité', de Franse vorm van de naam, en gebaarde naar zijn oudere zus. 'Ik ben Henri. En dit is kleine Stéphanie. De hond heet Milou.'

Alexandra knikte. Zo heette de hond van Kuifje in de Franse versie van de boeken. Als deze kinderen die boeken kenden, had ze iets om over te praten. Wel was ze vastbesloten Engels met ze te praten. Misschien wilden ze niet dat zij wist dat ze Engels spreken, en daarom besloot ze ook geheim te houden dat ze zelf min of meer vloeiend Frans sprak. Mensen mochten best geheimpjes hebben, vond ze.

'Ik ben Alexandra,' zei ze in het Frans, en toen ging ze weer over op het Engels. 'Ik heb honger. Kunnen jullie me vertellen waar de keuken is?'

'*Non!*' zei Félicité, nog steeds opstandig.

'Prima,' zei Alexandra, 'dan vind ik hem zelf wel. Misschien wil Milou me helpen?'

Dat deed Milou. Samen liepen ze door de lange gang naar de achterkant van het huis, misschien had Milou zelf ook honger.

De keuken was groot, met een zwart kachelfornuis tegen een van de wanden en een grote grenen tafel in het midden. Naast het fornuis stond een kleine fauteuil met een heleboel platgedrukte kussens erin. In een hoek stond een staande klok, die luid tikte. Er was een gootsteen, tegen de wanden stond een aantal grote kasten die bijna tot het plafond reikten, en voor het fornuis lag een kleed waarop Milou ging liggen.

Boven het kachelfornuis hing een breed houten rek, waarschijnlijk bedoeld om kleren te drogen, maar in plaats daarvan hing er alles aan wat in een keuken thuishoorde behalve meubels. Er hingen niet alleen koperen pannen aan maar ook braadpannen in alle maten, soeplepels, vergieten, zeven en dingen die op middeleeuwse oorlogswapens leken, bossen kruiden, theedoeken en een teddybeer die duidelijk gewassen was en te drogen was gehangen.

Tot Alexandra's opluchting zag ze in een hoek naast een grote gasfles een vrij modern gasfornuis staan. Er stond ook een grote kast met de deur op een kier waarin kommen, ovenschotels, schalen en borden stonden, alles wat je nodig had om van te eten of eten in te serveren. Maar het was er ijskoud, ook al was het pas oktober.

Eerst het belangrijkste, zei Alexandra tegen zichzelf. Het was alweer even geleden dat ze in de trein haar stokbrood had opgegeten.

'Ik heb honger,' zei ze in het Engels, en ze herhaalde haar woorden in langzaam, moeizaam Frans.

Félicité haalde haar schouders op, maar Stéphanie, die de instructies over welke taal te spreken blijkbaar niet helemaal had begrepen, zei in perfect Engels: 'Ik ook!'

'Stéphie!' zei Henri meer bedroefd dan boos. 'We mogen alleen Frans spreken!'

'Dat geeft niet,' zei Alexandra. 'Het is leuk om iemand in de maling te nemen, maar niet als je er te lang mee doorgaat. Wat wil je eten?'

Ze richtte zich tot Stéphie, die haar hoofd schudde, duidelijk nog in verlegenheid gebracht door haar misstap.

'Oké,' zei Alexandra vooral tegen zichzelf. 'Is hier een koelkast?'

Ze verwachtte geen hulp meer en trok dus zelf kastjes en deuren open. Uiteindelijk vond ze een eindje verderop in een gang een grote voorraadkast. Daarin vond ze een klont boter op een bord, een aantal kazen en een van de kippen waarover Bruno het had gehad. Over hoe ze die zou klaarmaken dacht ze een andere keer wel na, nu wilde ze brood.

Met de boter en een kaas waarvan zij dacht dat het comté was, de Franse kaas die qua smaak het dichtst bij cheddar in de buurt kwam, ging ze terug naar de keuken. Ze was blij te zien dat de kinderen er nog waren.

'Waar is het brood?' vroeg ze in haar luide, langzame Frans. Ze vertrouwde erop dat het oudste meisje het spel zou meespelen. Iedereen wist dat de kinderen Engels spraken, maar als Alexandra haar in het Frans aansprak, moest ze wel antwoorden.

Félicité gaf met een hoofdknikje aan waar Alexandra moest kijken. 'In de provisiekamer,' zei ze in het Engels. 'Waarschijnlijk is het al oud.'

'Wanneer hebben jullie voor het laatst gegeten?' Alexandra maakte zich zorgen. Het was zes uur. Hadden ze die dag überhaupt wel gegeten?

‘Voor het ontbijt hebben we croissants gehad,’ zei Stéphie. ‘En appels voor de lunch.’

‘Oké,’ zei Alexandra. ‘Kom, dan gaan we eten zoeken.’

De provisiekamer was voorbij de voorraadkast, en daarin stond een houten broodtrommel met daarin een paar harde stokbroden en een *pain de campagne*.

In de hoop dat ze een mes zou vinden dat genoeg weghad van een zaag om het te kunnen snijden, pakte ze het ronde bruine brood en nam het mee terug naar de keuken. Als de huishoudster lang wegbleef, zou ze een paar dingen veranderen. Het moest hier een stuk efficiënter worden.

Aan een magneetrek tegen de wand hing een mes. Alexandra zaagde het brood tot ze vier sneeën van fatsoenlijke dikte had, waar ze vervolgens *cheese on toast* van maakte.

Bij de geur van gesmolten kaas en de aanblik hoe het bubbelde op het brood dat Alexandra op een ronde broodplank had gelegd, werden de kinderen naar de tafel getrokken als motten naar een vlam. Toen ze zag dat ze zich gretig volpropten, sneed ze de rest van het brood in stukken en deed alle kaas erop. Ze hoopte dat ze met een volle maag een beetje zouden ontdooien tegenover haar.

Zitten in een keuken, zij het een kille Franse keuken, deed Alexandra denken aan haar leven in Londen, toen haar vrienden en zij rond de keukentafel hadden zitten eten, lachen en praten over het leven. De afgelopen maanden hadden ze het grote huis in Londen gedeeld, waardoor het een heel gelukkig plekje was geworden. Kon zij dit huis gelukkig maken? In haar eentje, met drie ongelukkige kinderen? Dat zou moeilijk zijn. Al was Félicité niet echt een kind meer.

Ze stond op van de tafel en ging het kachelfornuis bekijken. Ze opende het deurtje. ‘Werkt dit gewoonlijk?’

Henri knikte. ‘Er is wel veel hout voor nodig, maar ja, meestal werkt het. Er is een houtschuurtje.’

Alexandra glimlachte naar hem. Als ze ten minste één van de kinderen aan haar kant kon krijgen, zou dat alles veel makkelijker maken. 'Kun jij wat brandhout en aanmaakhout voor me zoeken? Je weet wel, kleine stokjes om het vuur aan te krijgen. En wat krantenpapier.'

Henri pakte nog een stuk toast met gesmolten kaas en ging ervandoor. Alexandra besloot dat dit niet het moment was om hem tafelmanieren bij te brengen. Ze had hem tenslotte gevraagd hout te halen. Ze had er niet bij gezegd 'wanneer je klaar bent met eten'.

Het duurde even voor Alexandra het fornuis aan de praat kreeg, en zodra het vuur brandde, besefte ze dat het een heel ander verhaal zou zijn het aan de praat te hóúden. Maar het was bemoedigend het hout te horen knetteren en te beseffen dat het uiteindelijk warmer zou worden. Hoewel het een zonnige oktoberdag was geweest, werd het nu frisjes.

'Henri, je moet me laten zien waar het hout is. Ik wil niet dat jij het steeds voor me moet halen.'

'Madame Carrier vloekte vaak tegen het fornuis. Ze vond het lastig het vuur 's nachts aan te houden,' vertrouwde Henri haar toe.

'Goed, in dat geval steek ik het 's ochtends aan en hou ik het overdag aan de praat.' Ze legde nog een paar houtblokken op het vuur. 'Heeft er iemand trek in warme chocolademelk?' Eigenlijk had ze wel zin in een glas wijn, maar tot ze goed en wel gesetteld was en gevonden had waar die werd bewaard, moest ze het doen met wat er was. Warme chocolademelk, op de Franse manier geserveerd in kommen, zou al veel helpen.

Er zat niet veel melk in de grote kan in de voorraadkast, maar na een grondige snuffeltocht door de verschillende pakjes in de keukenkasten had ze een mix die je enkel met heet water hoefde te mengen om slappe chocolademelk te krijgen.

Alexandra deed wat melk in een pan, plus de inhoud van het pakje, een stuk chocola en wat water, en verwarmde dat op het fornuis. Uiteindelijk goot ze de schuimende drank in kommen waarvan ze wist dat er gewoonlijk koffie uit werd gedronken.

Al snel zaten ze allemaal rond de tafel van hun chocolademelk te nippen. Het werd steeds warmer in de keuken en de stemming werd opgewekter. Niet zo warm en opgewekt als Alexandra gewild zou hebben, maar dat er een opwaartse lijn was, was positief.

Hoewel Alexandra niet veel had om op af te gaan, dacht ze dat Stéphie een jaar of acht, negen moest zijn. Ze zag het kleine meisje een paar keer geeuwen. Misschien had Stéphie meer slaap nodig dan de oudere twee en had ze die niet gekregen.

Ze verzamelde de lege kommen, zette ze in de gootsteen en besloot ze morgen af te wassen. Hoewel ze dat als kindermeisje officieel vast niet hoorde te doen, waste ze altijd liever 's ochtends af, wanneer de zon scheen, in plaats van in een donkere keuken terwijl ze moe was.

Ze reikte naar de teddybeer. 'Dit kleine ventje zal wel moe zijn. Ik vraag me af waar hij slaapt.'

'Bij mij!' zei Stéphie onmiddellijk. Toen keek ze naar haar broer en zus, voor het geval ze te veel verklapt had aan hun ongewenste kindermeisje.

'Oké. Weet iemand waar ik slaap?' vroeg Alexandra. 'Ik zou het aan Teddy willen vragen, maar ik weet niet of hij Engels spreekt.'

'Hij heet Clive,' zei Stéphie.

'O? Dat is een mooie naam. Waarom heet hij zo?'

Stéphie haalde haar schouders op. 'Zo heet hij gewoon.'

Félicité schoof haar stoel over de stenen vloer naar achteren, wat een afschuwelijk schrapend geluid maakte. 'De kamer van het kindermeisje is klaargemaakt. Dat heeft madame Carrier voor haar vertrek gedaan. We brengen je er wel heen.' Even liet ze een stilte vallen. 'Er staan een bank en stoelen. Je kunt daar blijven.' Wat ze bedoelde was duidelijk: Blijf in je kamer, kindermeisje, en kom er niet uit!

Vanbinnen kromp Alexandra ineen. Had zij ooit zo vijandig gedaan tegenover haar kindermeisjes en gouvernantes? Ze voelde een flits van schaamte toen ze zich realiseerde dat het antwoord waarschijnlijk 'ja' was.

'Ik zal het vuur in het fornuis nog even oppoken. Eens zien of we wat warm water kunnen krijgen. We weten in elk geval dat Clive geen bad nodig heeft,' zei ze. Nadat ze nog wat houtblokken op het vuur had gelegd en aan hendels had gemorreld waarvan ze niet wist waar ze voor waren, kwam ze overeind.

'Kom, we gaan!' Hoewel ze positief en opgewekt klonk, voelde ze zich vanbinnen doodmoe en een tikje ontmoedigd.

Gelukkig is het kasteel mooi, dacht ze terwijl ze achter de kinderen aan de elegante trap op liep naar de bovenverdiepingen.

Haar kamer, aangewezen door Félicité, was er een van een reeks vertrekken voor de kinderen en hun persoonlijke bedienden. Hij was niet luxueus, maar van het kindermeisje werd ook duidelijk niet verwacht dat ze haar intrek nam in het zolderkamertje. De kamer had een plafondhoog raam en een klein balkon dat fraai uitzicht bood op het terrein aan de voorkant van het kasteel, en hij was groot genoeg voor een bank en een paar fauteuils rond een tafeltje bij het raam. Er stonden een ladekast en een bureau tegen de wand, en het bed was een tweepersoonsbed hemelbed met mooie gordijnen. Als ze hier inderdaad moest verblijven, zou dat helemaal niet zo erg zijn. Hoewel het allemaal vrij eenvoudig was, zag het er schoon uit. Het bed was heel oud, besefte ze, maar dat zou haar vannacht absoluut niet storen.

'Is er warm water, als iemand in bad wil?' vroeg ze aan haar groepje.

'Nee,' zei Félicité. 'Het is de bedoeling dat het kindermeisje zich op haar kamer wast met een kom en een kan met water.'

Alexandra wilde Félicité graag aan haar kant krijgen, maar dit ging te ver. 'Ach, kom nou toch! Wat voor boeken heb jij gelezen? O, over lezen gesproken, ik vraag me af of Clive het leuk vindt voorgelezen te worden.'

Stéphie knikte stellig. 'Ja, dat vindt hij leuk.'

'Laten we iets gaan zoeken wat hij leuk vindt, dan lees ik het voor.' Ze herinnerde zich hoe graag ze zelf in bed voorgelezen werd.

Iedereen ging naar Stéphies slaapkamer, een mooie kamer met twee eenpersoonsbedden. Ook stond er een kleine boekenkast vol boeken. Alexandra liep erheen en las de titels voor. 'O! *Milly-Molly-Mandy*!' zei ze. Toen besefte ze dat Stéphie misschien een beetje te oud was voor haar lievelingsboek uit haar kindertijd.

'Oké, dat kunnen we wel lezen, als je wilt.' Stéphie klonk gelaten en neerbuigend, maar Alexandra vroeg zich af of ze stiekem blij was terug te kunnen grijpen naar een boek dat voor jongere kinderen was geschreven.

Ze pakte het boek. 'Trek je pyjama aan en poets je tanden, dan lees ik daarna voor.' Hoewel ze nooit had gedacht dat zij mensen ooit zou opdragen hun tanden te poetsen, merkte ze dat ze zich in haar rol begon te schikken.

Stéphie nam haar pyjama mee naar de kleine badkamer, en Félicité en Henri gingen op het tweede bed zitten.

'Vinden jullie *Milly-Molly-Mandy* leuk?' vroeg Alexandra.

'Natuurlijk niet!' antwoordde Henri.

'We moeten bij haar blijven tot ze in slaap valt,' zei Félicité, 'en er uiteraard voor zorgen dat jij niet gemeen tegen haar doet.'

'Oké dan,' zei Alexandra, die zich afvroeg of ze toezicht moest houden op het tandenpoetsen maar besloot dat vanavond niet te doen.

Ze liep door de kamer om dingen te bekijken en stuitte op een porseleinen paard dat in stukken lag. Toen Stéphie terugkwam, stond ze net het hoofd te bekijken. 'Het was een ongeluk!' zei Stéphie, ineens van streek.

'Dat weten we wel,' zei Félicité zacht. 'Het geeft niet.'

Alexandra legde het paardenhoofd neer. 'Misschien kan ik het straks voor je repareren.'

'Ons vorige kindermeisje las ons niet vaak voor,' zei Stéphie. 'Ze zei dat we oud genoeg waren om zelf te lezen.'

'Dat is natuurlijk ook zo,' zei Alexandra. 'Dat begrijp ik wel. Maar ik vind het zelf nog steeds heerlijk om voorgelezen te worden.'

Henri en Félicité maakten het zich gemakkelijk op het tweede bed, terwijl Alexandra naast Stéphie ging liggen en het boek opensloeg.

Nadat ze een van de verhaaltjes had voorgelezen, zag ze dat Stéphie diep in slaap was. De andere twee leken het fijn te vinden voorgelezen te worden, maar toch vroeg ze zachtjes aan hen: 'Zal ik doorgaan? Stéphie slaapt.'

'Nee,' zei Félicité snel. 'We zijn een beetje te oud voor *Milly-Molly-Mandy*.'

Alexandra kwam voorzichtig van het bed om het kleine meisje niet wakker te maken, trok de dekens omhoog en stopte haar in. Toen liep ze naar het gebroken paard. 'Wil je dat ik dit repareer? Zou Stéphie dat willen?'

Félicité haalde onverschillig haar schouders op. 'Stéphie zou het fijn vinden. Mij maakt het niet uit. Maar hij was van mij.'

'Dan moet ik mijn spullen van beneden halen,' zei Alexandra.

Hoewel ze Henri niet veelbetekenend probeerde aan te kijken, kwam de boodschap toch over.

'Ik haal ze wel.'

'Je moet geen misbruik van Henri maken. Dat zou niet eerlijk zijn. Hij is heel aardig en behulpzaam,' zei Félicité zodra hij de kamer uit liep.

'Oké,' zei Alexandra. Ze volgde hem en liep naar haar eigen slaapkamer, met Félicité achter zich aan.

Ze had haar handtas al mee naar boven genomen. Daar zat porseleinlijm in, wist ze, want die had ze gevonden toen ze make-up had gezocht voor haar sollicitatiegesprek. Ze herinnerde zich dat ze de lijm net voor het huwelijk van haar vriendin had gekocht en hij sindsdien onder in haar tas lag. Ze nam haar tas mee naar de tafel.

'Als jij het paard haalt, zal ik zien wat ik kan doen.'

Toen Félicité wegliep besefte Alexandra dat het beeldje kennelijk veel voor haar betekende, ook al deed ze er nonchalant over.

Twintig minuten later zaten Henri en Félicité op Alexandra's bed, terwijl zij aan de tafel met haar zakmes lijm van de randen van het gebroken porselein schraapte.

'Raar dat een vrouw een zakmes in haar handtas heeft,' zei Henri, die dat blijkbaar zo vreemd vond dat hij er niet langer zijn mond over kon houden.

'Het is een Zwitsers zakmes,' zei Alexandra. 'Ik heb het van een vriend in Londen gekregen. Hij zei dat iedereen er een zou moeten hebben.'

'Was hij je vriendje?' vroeg Félicité.

Alexandra keek op en glimlachte. 'Nee. Ik denk wel dat hij mijn beste vriend is, maar we hebben niets romantisch.' Ze dacht aan David, die in Londen een oogje op haar en later op haar vriendinnen had gehouden. Hij was meer een oudere broer, en homoseksueel, iets waarover ze nooit echt praatten, dus hun relatie zou nooit iets anders worden.

'Waarom schraap je alle lijm eraf?' vroeg Henri. 'Waarom smeer je die erop als je hem er toch weer afhaalt?'

'Om er zeker van te zijn dat er geen overtollige lijm uit druipt wanneer ik de stukken op elkaar zet.' Even was ze stil. 'Hebben jullie misschien iets van plakband? Pleisters zijn ook goed.'

Henri, duidelijk gefascineerd door het herstelproces, haalde gedienstig een rol hechtpleister. Die was nogal oud, en het duurde even voor Alexandra een beginnetje had, maar uiteindelijk stond het paard weer in elkaar gezet op de tafel, bijeengehouden met stukjes hechtpleister.

'Geweldig!' zei Henri. 'Het lijkt wel of hij in het ziekenhuis is opgelapt.'

'Wanneer we morgen de pleisters eraf hebben gehaald, ziet hij er nog beter uit,' zei Alexandra, die hoopte dat haar vaardigheid op het gebied van porseleinreparatie haar niet in de steek had gelaten. 'Ik zal je laten zien hoe het moet, voor het geval er ooit nog iets gerepareerd moet worden,' zei ze tegen Henri.

Nadat Alexandra haar spullen had opgeruimd en de dop weer op de tweecomponentenlijm had gedraaid die ze bij de reparatie had gebruikt, zei ze: 'Hoe laat gaan jullie twee naar bed? Normaal gesproken?'

'Wanneer we willen,' zei Félicité opstandig.

'O, mooi,' zei Alexandra. 'Dus als ik nu naar bed ga, sluiten jullie het huis af en laten jullie Milou uit? Dat soort zaken?'

'Nee,' zei Félicité vol afschuw. 'Dat moet jij doen. Jij bent de volwassene.'

'Goed dan,' zei Alexandra. 'Jullie moeten me alleen wel laten zien wat ik moet doen.'

Milou had een mand in de keuken, maar hoewel hij gehoorzaam naar buiten ging, twee keer blafte voor hij deed wat hij moest doen en weer naar binnen kwam, leek de mand in de keuken hem niet aan te spreken.

'Slaapt hij meestal bij een van jullie tweeën?' vroeg Alexandra.

'Dat is niet de bedoeling,' zei Henri, 'maar beneden voelt hij zich eenzaam en dan gaat hij janken. Een akelig geluid.'

'Als hij bij een van jullie wil slapen, is dat prima. Ik wil niet dat hij jankt. Ik ben echt moe.'

'Vind je het niet eng om in zo'n groot huis te slapen?' vroeg Félicité, die duidelijk hoopte dat ze 'ja' zou zeggen.

Alexandra schudde haar hoofd. 'In Londen sliep ik soms in mijn eentje in een veel griezeliger huis dan dit.' Ze haalde haar schouders op. Wel was ze als jong meisje bang geweest wanneer ze tussen twee kindermeisjes of gezelschapsdames in even niemand had gehad. Ze keek Félicité recht aan. 'In mijn jeugd heb ik een hoop kindermeisjes gehad, ook toen ik er eigenlijk al te oud voor was, zoals jij nu.'

Félicité wendde haar blik af. Ze wilde duidelijk geen enkele overeenkomstigheid erkennen tussen haar en deze Engelse vrouw met wie ze waren opgezadeld.

'Was jouw vader ook veel weg?' vroeg Henri.

Alexandra schudde haar hoofd. 'Nee, ik ben een wees. Dat is niet erg, ik heb mijn ouders nooit gekend.'

'Wij hebben wel een vader,' zei Henri, 'maar onze moeder woont in Argentinië. We zien haar nooit.'

'O, dat is triest,' zei Alexandra, zoekend naar informatie alsof het een zere kies was, klaar om zich elk moment snel terug te kunnen trekken.

Félicité zei: 'Dat geeft niet! Wat voor moeder laat haar kinderen nou in de steek? We willen haar niet zien.'

'Dan komt het toch goed uit dat ze in Argentinië woont?'

Henri fronste zijn wenkbrauwen. Híj wilde haar wel graag

zien, dacht Alexandra. En hoe zat het met Stéphie? Wanneer was hun moeder vertrokken? Zou ze zich haar nog herinneren?

Uit het niets begon ze te gapen. 'Ik moet naar bed,' zei ze. 'Ik vertrouw erop dat jullie twee je tanden poetsen en ervoor zorgen dat Milou gaat slapen. We hebben de deuren op slot gedaan. Tijd om naar bed te gaan!'

'De kippen moeten nog het hok in,' zei Félicité. 'Als we dat niet doen, pakt de vos ze.'

Alexandra haalde diep adem en vroeg maar niet aan Félicité waarom ze dat niet eerder had gezegd. 'Oké, dat kunnen we dan beter eerst even doen. Jullie moeten me wel laten zien hoe dat moet.'

Terwijl ze achter Félicité en Henri aan het huis uit liep en het erf overstak naar het kippenhok, nam ze zich voor dit voortaan veel eerder op de avond te doen. Ze moest voor zichzelf een lijst met klusjes maken.

Op het bureau in Alexandra's kamer lag wat verbleekt schrijfpapier met een tekening van het kasteel erop, evenals het adres en het telefoonnummer. Ze aarzelde een poosje en besloot toen dat het een goed idee was om op dat papier een brief naar haar familie te schrijven. Ze was vast van plan volwassener om te gaan met haar situatie en zou allereerst vertellen dat alles niet zo was gelopen als ze had verwacht. Wel gaf ze tegenover zichzelf toe dat ze die informatie niet zo graag had gedeeld als ze op een plek had gewerkt die minder verantwoord en geschikt was voor een jonge vrouw met haar achtergrond. Nu ze in een groot kasteel verbleef en voor de kinderen van de Comte de Belleville zorgde, hoefde ze zich daar geen zorgen over te maken.

5

Alexandra werd 's ochtends gewekt door Stéphie, die in de deuropening van haar slaapkamer verscheen met teddybeer Clive in haar armen. 'Is het al tijd om op te staan?'

Alexandra, die een onrustige nacht achter de rug had en net in een diepe slaap was gevallen, stak een hand uit naar haar kleine reiswekker en tuurde ernaar. In het schemerlicht was het lastig iets te zien, en het duurde dan ook even voor ze zag dat het pas half zes was.

'Niet echt,' zei ze. 'Als je je kussen gaat halen, kun je bij mij in bed kruipen, en dan slaap ik nog even door.'

Stéphie draafde weg en was terug voordat Alexandra zelfs maar een dutje had kunnen doen. Ze had *Milly-Molly-Mandy* bij zich.

'Wil je me voorlezen?'

Daar dacht Alexandra even over na, nog met haar ogen dicht. 'Volgens mij kun je ook wel even zelf lezen. Het is nog heel vroeg.'

'Ik kan niet lezen,' zei Stéphie.

Meteen was Alexandra klaarwakker. 'Kun je niet lezen? Helemaal niet? Hoe oud ben je?'

'Negen. Ik kan een klein beetje lezen.'

Had Stéphie gezegd dat ze niet kon lezen om haar aandacht te trekken, of kon ze het echt niet? 'Waarom lees je mij niet voor? Ik vind het fijn als iemand dat doet,' zei Alexandra.

Met horten en stoten werkte Stéphie zich door een stukje tekst heen, ze had er duidelijk moeite mee. Alexandra fronste haar wenkbrauwen. 'Ga je naar school?'

Stéphie schudde haar hoofd. 'Die is te ver weg. Ons laatste kindermeisje kon niet autorijden.'

'Dat kan ik wel,' zei Alexandra. Het was een van de voorwaarden van haar dienstverband geweest. 'Is jullie laatste kindermeisje lang bij jullie geweest?'

'Ja, jaren. Ze maakte altijd sommen met me.'

'En Félicité en Henri?'

Stéphie zat te wiebelen, het onderwerp leek haar niet te interesseren. 'We hebben een tijdje een gouvernante gehad, en toen zij weg was gingen ze naar onze buren, want die hadden een privéleraar. Maar ze zijn verhuisd.'

'Hoe kwamen ze bij de buren?' Als de oudere kinderen naar de buren konden worden gebracht, konden ze toch ook wel naar school?

'Bruno bracht ze, over de velden.'

'Hoe lang geleden?' vroeg Alexandra. Hoe lang was het geleden dat deze kinderen fatsoenlijk onderwijs hadden gehad?

'Ik weet het niet,' zei Stéphie, die het duidelijk niets kon schelen.

Aangezien ze hier slechts een maand zou zijn, besloot Alexandra dat ze het niet kon maken de kinderen naar een school met een vreemde taal te sturen en ze erheen te brengen, tenzij ze dat heel graag wilden. Maar ze kon Stéphie wel helpen met lezen. Op haar negende zou ze dat toch beter moeten kunnen dan ze nu deed. Alexandra zelf kon al heel jong lezen. Het was een onderdeel van haar verdedigingssysteem geweest.

'Wil je dat ik je help met lezen, Stéphie?' vroeg ze, terwijl ze zich moeizaam overeind duwde tot ze zat.

'We hebben er geen goede boeken voor,' zei Stéphie.

'Boeken waar woorden in staan zijn goede boeken,' zei Alexandra. 'Kom, eens even kijken.'

Het ging best goed, en Stéphie kreeg steeds meer zelfvertrouwen. Opeens ging Alexandra's deur open en verscheen er een woedende Félicité in de deuropening. 'Het is niet de bedoeling dat jij Stéphie lesgeeft! Dat doen kindermeisjes niet.'

Alexandra keek op en zei kalm: 'Nou, dank je, Félicité. Als je een lijst kunt maken met mijn verantwoordelijkheden en nog een met dingen die ik niet mag doen, zou ik je zeer dankbaar zijn. Ik ben nog niet eerder kindermeisje geweest.'

'Ik vind het fijn om met Alexandra te lezen,' zei Stéphie. 'Als zij het doet is het leuk.'

Félicité zwiepte met haar hoofd. 'Oké, goed, als jij het fijn vindt, mag het. Nu is het tijd om de kippen naar buiten te laten.'

'Ooo,' zei Stéphie, die *Milly-Molly-Mandy* liet vallen en uit bed stapte. 'Dat wil ik ook. Ik vind het ook leuk om eieren te rapen, maar niet als de kippen zitten te broeden.'

'Ga maar,' zei Alexandra. 'Laten we hopen dat er eieren zijn. Dan kunnen we ze bij het ontbijt eten.'

'Ik vind ze alleen lekker als ze gekookt zijn, met soldaatjes,' zei Stéphie. 'Maar het is moeilijk om van Frans brood soldaatjes te maken.'

'Haal jij de eieren, dan regel ik de soldaatjes wel.' Alexandra fronste haar wenkbrauwen. 'Hebben we brood?'

Félicité, die duidelijk niet Stéphies enthousiasme voor het rapen van eieren deelde, knikte. 'Ik verwacht dat iemand die op de boerderij werkt hier wel wat achterlaat. Er is een dorpje in de buurt met een *boulangerie*.' Ze glimlachte kil. 'Ze weten dat we nu geen huishoudster hebben, alleen een nieuw kindermeisje.'

'Mooi,' zei Alexandra, die Félicités snobistische houding tegenover haar huidige beroep negeerde. 'Wanneer is het markt in het dorp, weet je dat? Ik moet wat kleren kopen. Al mijn kleren zijn vast al in Zwitserland.'

'Waarom in Zwitserland?' vroeg Félicité. Kennelijk sprak dat tot haar verbeelding.

'Ik was onderweg naar Zwitserland toen ik in Parijs uitstapte en een baan besloot te zoeken, en dat werd deze baan!' Alexandra vroeg zich af of ze eraan moest toevoegen dat ze had gedacht dat het een baan in Parijs zou zijn, maar deed het niet. 'Zoals je weet is het maar voor een maand, zolang jullie eigen kindermeisje voor haar moeder zorgt.'

'Wat zou je in Zwitserland gaan doen?' vroeg Félicité.

'Bij mijn familie logeren, naar een etiquetteschool gaan, zoiets.'

'Waarom zou je naar een etiquetteschool gaan?' informeerde Félicité, die leek te weten wat dat was.

'Precies wat ík dacht,' antwoordde Alexandra. 'Waarom? Daarom heb ik in plaats daarvan voor een baan gekozen.'

'Hoewel je nog nooit kindermeisje bent geweest.'

'Eerlijk gezegd wist ik niet dat het een baan als kindermeisje was. Ik wist alleen dat ik moest kunnen koken, autorijden, Frans spreken...' Te laat herinnerde ze zich dat ze het feit dat ze Frans sprak voor zich had gehouden. 'Een beetje, ik kan een beetje Frans spreken. En ik dacht, hoe kan ik mijn Frans nou beter bijschaven dan met een baan in Frankrijk?'

'Waarom dacht je dat je kindermeisje kon worden, terwijl je dat nog nooit geweest bent?'

Het was een oprechte vraag. 'Omdat ik zelf veel kindermeisjes heb gehad en dacht dat ik min of meer kon doen wat zij deden. Nu kon geen van mijn kindermeisjes autorijden, koken of Frans spreken. Behalve ééntje, die me...' – weer hield ze zichzelf in – '... een beetje Frans leerde omdat ze Française was. Ze nam me mee naar Parijs. Ik vond het geweldig.' Ze had het niet leuk gevonden dat haar kindermeisje haar grotendeels had genegeerd om met haar vriendje te flikflooien, maar ze was eraan gewend geraakt en had Parijs in haar eentje verkend. 'En, is er markt in het dorp?'

'Ja, vandaag,' zei Félicité.

'Dan sta ik nu op,' reageerde Alexandra.

'Ik zie je beneden,' zei Félicité.

Alexandra keek toe terwijl Stéphie en zij de kamer uit liepen en had het gevoel dat ze wat vooruitgang had geboekt bij Félicité. En dat was mooi. Félicité was intelligent en kende het huis en de omgeving. Het zou goed zijn haar aan haar kant te hebben.

Voordat Alexandra iets anders deed, stak ze in de keuken het vuur aan. Hoewel het buiten een mooie dag beloofde te worden, hing er wat mist en was het frisjes. Ook in de keuken was het koud. Op de tafel stond een mand met eieren en daarnaast een paar lange, smalle stokbroden plus een rond, bruin boerenbrood. Er was ook een grote klont boter, in papier gewikkeld, en wat kaas. Er was inderdaad een behulpzaam iemand voor hen naar de boulangerie gegaan.

Henri had nog meer houtblokken en takjes binnengebracht en keek hongerig naar het eten. 'Mag ik wat brood met boter?' vroeg hij. 'Anders brengt Bruno nooit brood. Dat zal hij wel hebben gedaan omdat je nieuw bent.'

'Hoe komen jullie er dan anders aan?'

'Je kunt door de velden naar het dorp lopen. Ik ga soms. Of iemand rijdt erheen.'

'Dan mag je er zeker van eten!' zei Alexandra.

De kinderen wisselden blikken. Alexandra wist dat ze hadden verwacht dat ze 'nee' zou zeggen.

'Ik zal eieren koken. En zal ik wentelteefjes maken? Dat is mijn lievelingseten.'

'Wat zijn wentelteefjes?' vroeg Stéphie. 'Ik wil gekookte eieren.'

'Je mag gekookte eieren hebben als je wilt, maar wentelteefjes zijn ook lekker. Is er jam?'

'Pruimenjam, van vorig jaar,' zei Félicité.

'Die haal ik wel,' zei Henri.

'Ik moet leren waar alles staat,' zei Alexandra. Ze had het kachelfornuis eindelijk zover dat het in elk geval een poosje zou blijven branden, en daar was ze blij om.

Het ontbijt was een vrolijke maaltijd, hoewel Alexandra thee miste. Ze wist dat ze zich eroverheen moest zetten. Ze had een pakje thee bij haar kleren gestopt, die nu in Zwitserland waren. Een maand lang zou ze koffie en warme chocolademelk moeten drinken, of *tisane*, een kruidenthee die ze meestal niet lekker vond.

'Nu kunnen we beter naar de markt gaan. Hopelijk verkopen ze daar iets waar ik iets mee kan,' zei Alexandra.

'Hoe gaan we erheen?' vroeg Stéphie.

'Met de auto,' zei Alexandra. 'Ik vraag me af waar die is?' Ze keek Henri aan in de hoop dat hij, behulpzaam als hij was, het haar zou vertellen. En dat deed hij.

'In de schuur,' zei hij. 'Zal ik hem voor je halen?'

'Hoe oud ben je, Henri?' vroeg Alexandra. 'Vanaf welke leeftijd mag je in Frankrijk autorijden?'

'Ik rij al sinds ik klein was over het landgoed rond,' zei Henri grijnzend.

'Rij in dat geval de auto maar voor me naar buiten.'

Terwijl Henri dat deed, controleerde Alexandra in de keuken of ze alles had wat ze nodig had, inclusief haar handtas en portemonnee. Ineens vroeg Stéphie: 'En Milou dan?'

'Wat is er met Milou? Moet ik hem meer eten geven? Wat ben ik vergeten?' In Londen had Alexandra een hond gedeeld, ze had nog nooit in haar eentje voor een hond gezorgd.

'We moeten hem meenemen,' drong Stéphie aan. 'In zijn eentje voelt hij zich eenzaam.'

'Kan Clive niet voor hem zorgen?' vroeg Alexandra in de hoop dat de teddybeer Stéphies zorgzame aard deelde.

Stéphie keek Alexandra vol afschuw aan. 'Clive is een teddybeer! Hoe kan hij nou voor Milou zorgen?'

Alexandra onderdrukte een zucht. 'Oké, maar dan moet jij op hem passen. Kun je zijn lijn zoeken?' De hond had elk geval een halsband.

Alleen geen fatsoenlijke lijn, ontdekte ze. 'Hij loopt altijd achter ons aan wanneer we buiten rondrennen,' zei Félicité, alsof een hond aan de lijn een onbegrijpelijk concept was.

Henri duwde kort op de claxon van de auto, wat het gevoel van paniek dat in Alexandra begon op te komen nog versterkte.

'Nou, dan laten we hem hier.' Ze moest in een auto rijden die ze niet kende, naar een plaats die ze niet kende, met drie jonge mensen die ze ook niet echt kende. Daar een grote hond aan toevoegen was vragen om moeilijkheden, vond ze.

'Dat kan niet,' drong Stéphie aan. 'We gebruiken mijn sjaal wel als lijn.'

Alexandra slaakte een zucht. 'Goed dan. Nu allemaal de auto in. Henri, kun je opschuiven? Hoe graag ik het ook zou willen, ik kan ons niet door jou naar het dorp laten rijden.'

Er was een behoorlijke discussie – gekibbel zelfs – over wie waar mocht zitten. Uiteindelijk ging Félicité voorin naast Alexandra zitten, en de andere twee achterin. Milou zat in het midden, zodat hij af en toe naar voren kon springen. Blijkbaar wilde hij niet in het gedeelte achterin dat bedoeld was voor bagage of honden. Dan zat hij kennelijk te ver weg van waar het allemaal gebeurde.

Tot Alexandra's opluchting leek de auto erg op de auto waarin ze in Londen had gereden, die van David was, haar vriend de antiquair. Ze had in een auto als deze leren rijden, dus ging ze vol zelfvertrouwen op weg.

Het was nu een heerlijk zonnige dag: de eerste herfstnevel was opgetrokken en het begon warmer te worden. Alexandra wenste dat ze iets had wat op een zomerjurk leek in plaats van de formele, nu smoezelige jurk die ze in Parijs zo vaak had gedragen. Die was prima geweest voor haar sollicitatiegesprek, hij was alleen niet geschikt voor op het platteland. Ze had er een vest over aangetrokken, maar besefte dat ze gekleed leek voor de stad. Belangrijker nog, ze voelde zich misplaatst. Ach, op de markt zou ze vast alles vinden wat ze nodig had. Ze kreeg steeds meer plezier in het uitstapje.

Henri bleek Alexandra graag advies te willen geven over hoe ze moest rijden. Over haar schouder gebogen vertelde hij haar wat ze moest doen, en hij voelde duidelijk de frustratie die mannen vaak voelen wanneer ze een vrouw iets zien doen wat ze als hun taak beschouwen.

Ze bereikten het einde van de oprijlaan. 'Welke kant nu op?'

'Linksaf,' zei Henri.

'We hebben nog nooit een kindermeisje gehad dat kon autorijden. Als we naar de markt gaan, brengt madame Carrier ons meestal,' zei Stéphie, die genoot van de nieuwigheid.

'Zeg het maar als ik links ga rijden,' zei Alexandra, die vaart maakte nu ze op de weg zaten.

Het plaatsje Saint-Jean-du-Roc was niet ver, en al gauw reed Alexandra stapvoets door de straten om te kijken waar ze het best kon parkeren. Ze vond een plekje en iedereen stapte uit, waarbij Stéphie zich aan Milou vastklampte. Milou, die het gewend was een groot stuk grond te hebben om rond te lopen, vond het niet prettig aan een sjaal vast te zitten, hoewel hij heel lief en duidelijk dol op Stéphie was.

Alexandra had een paar manden meegebracht. Ze gaf er een aan Félicité en hield de andere zelf.

'Zodra we al het eten hebben dat we nodig denken te hebben, ga ik kleren kopen. Ondertussen kunnen jullie lekker rondneuzen. En als jullie je goed gedragen, mogen jullie misschien wel iets voor jezelf kopen.' De omkoperij had ze waarschijnlijk beter kunnen bewaren tot ze die echt nodig had, maar ze herinnerde zich hoe frustrerend en saai winkelen kon zijn wanneer je zelf niets kon kopen. Al betwijfelde ze of iemand zich hier kon vervelen, met zoveel geweldige spullen en mensen.

'Ik heb alleen niet veel geld,' voegde ze er wat laat aan toe. 'Ik moet uitzoeken hoe ik aan huishoudgeld kan komen.' Ze besefte dat ze overhaast in dienst was genomen, voordat alles was geregeld wat ze nodig had. Dat maakte het leven behoorlijk lastig. Gelukkig was Alexandra vindingrijk. Eigenlijk had madame Dubois haar naar die vaardigheden moeten vragen in plaats van zich druk te maken om haar referenties.

'Ik kan je helaas niet helpen,' zei Félicité, die dat lang niet zo jammer leek te vinden als zou moeten.

'Daar is een bank,' zei Henri. 'Daar kun je toch geld halen?'

'Ja,' zei Alexandra. 'Je kunt er alleen niet zomaar naar binnen gaan en erom vragen. Ik heb wel reischeques. Ik kan er een verzilveren en die gebruiken tot we meer weten.' Ze zei met opzet 'we', want ze wilde dat ze zich met zijn allen een team voelden.

De kraampjes met etenswaren waren oogverblindend qua kleur en verscheidenheid. Wat zou ze nu graag David bij zich hebben, of Meg, haar vriendin, die allebei van koken en eten hielden. Ze zouden hier in de zevende hemel zijn. Haar huidige metgezellen waren nogal blasé en liepen weg zodra Alexandra boodschappen ging doen.

Er waren kraampjes vol met druiven, meloenen, appels en peren. De kleuren waren zo stralend dat ze zich voorstelde dat ze het fruit warmte voelde uitstralen. Paprika's, die in Engeland meestal groen waren en als exotisch werden beschouwd, waren rood en geel en zo groot als een hand. Knoflookbollen zo groot als cricketballen, courgettes en aubergines als paarse ballonnen. Zelfs de groenten waar Alexandra meer vertrouwd mee was, zoals wortels, kool en aardappelen, leken groter, beter en mooier gepresenteerd.

Ze had een mand vol uien, aardappelen, knoflook en wortels en kocht net een paar paprika's en aubergines, toen Stéphie verscheen. 'Milou is ontsnapt.'

'Ach, meisje toch!' Alexandra wist dat het geen zin had boos te worden. 'Kun je hem proberen te vangen? Dan kunnen we hem in de auto zetten tot we klaar zijn. Het is waarschijnlijk een beetje te veel voor hem, zoveel mensen.'

Stéphie verdween weer, en Alexandra liep naar een kaaskraam. Als je in Frankrijk was, móést je gewoon kaas kopen, besloot ze. Ze werd ook verleid door kraampjes met jam en honing, zeep en lavendelproducten. Daarnaast waren er vleeswaren en kant-en-klaargerechten, zoals gebraden kip, pannen boeuf bourguignon, cassoulet en bouillabaisse, een rijke vissoep.

Ze had net een olijf aangeboden gekregen van een attente kraamhouder, toen Milou kwam aanrennen en tegen de man naast Alexandra opbotste, die prompt zijn doos met olijven over haar heen leeggooide.

Er volgde een stortvloed aan verontschuldigingen, waarbij zowel Alexandra als de man (ze had de tijd om op te merken dat hij jong en erg knap was) vocht om het voorrecht de schuld op zich te nemen.

Stéphie en Henri kwamen in Milous kielzog aan, en Félicité voegde zich langzamer bij hen.

'Sorry! Hij zag je en ging ervandoor,' legde Stéphie uit. 'Hij is dol op je.'

'Hij kent me amper,' zei Alexandra, die zonder na te denken doorging in het Frans.

'Door mijn olijven heb je nu olie over je hele jurk,' zei de jongeman. 'O, ik ken jullie!' zei hij tegen Félicité en haar broer en zus. Toen wendde hij zich tot Alexandra. 'Ik ben een vriend van Antoine. Sterker nog, ik ben zijn juridisch adviseur.' Zijn wroeging nam toe. 'Nu moet ik me nog meer uitputten in verontschuldigingen! Ik heb de kleren van een vriendin van mijn goede vriend le Comte verpest.' Hij pakte haar hand en drukte er een kus op. 'Maxime de Marais, tot je dienst. Wat kan ik doen om het goed te maken?'

'Ah!' zei Alexandra. 'Ik ben zo blij je te ontmoeten. Ik heb je naam gekregen voor als ik ergens hulp bij nodig heb. Ik heb een brief met informatie gekregen waarin stond dat ik geen contact kan opnemen met le Comte, maar dat jij dat voor me kunt doen.'

Maxime maakte een buiging. 'En nu heb ik je met olie overgoten. Ik moet het onmiddellijk goedmaken.'

Alexandra lachte. 'Het is helemaal Milous schuld, maar als je me een plezier wilt doen, zou je dit groepje dan naar een café kunnen brengen? Ik heb wat tijd alleen nodig om kleren te kopen.'

'Kleren? Van hier? Mam'selle, dit is niet bepaald een geschikte plek...' Maxime klonk geschokt.

'Ik heb nu iets nodig, niet wanneer ik de juiste winkel kan vinden,' zei Alexandra. 'En maak je niet druk, vóór het ongelukje met Milou had ik al kleren nodig.'

'Dan ga ik met de kinderen naar een café,' zei Maxime. 'Met het grootste genoegen.'

Omdat hij niet onmiddellijk wegliep, stak Alexandra een hand in haar tas en herinnerde zich de brief die ze aan haar familie had geschreven. 'En als je hiervoor een postzegel en een brievenbus kunt vinden, vergeef ik je alles.'

Maxime nam de brief aan en gaf haar opnieuw een handkus. 'We zitten in het café aan de overkant. Ik bestel een glas champagne voor je.'

'Wat vieren we?' vroeg Alexandra met een glimlach.

'Onze ontmoeting,' antwoordde Maxime. 'Kom mee, kinderen. En hou Milou in de gaten. Hij heeft vanochtend goed werk verricht, maar laten we ons geluk niet tarten!'

Met een blij gevoel liep Alexandra naar het kraampje dat ze eerder had gezien. Ze verkochten er katoenen jurken met fleurige dessins, in mooie modellen die de schouders bloot lieten. Het was een plattelandslook die in Londen niet zou hebben gepast, waar de stijlen vooral rechthoekig waren, de rokken kort, en waar de geometrie hoogtij vierde. Maar hier, in de herfstzon, leken wijduitlopende jurken met volants en ruches wel op hun plaats. Ze kocht er twee, was onder de indruk van de prijs en gecharmeerd van de gratis sjaal die bij de jurken in de papieren zak werd gestopt. Ze ontdekte dat flirten onderdeel was van de taal en merkte dat ze erom moest glimlachen. Het was respectvol, maar ook plezierig.

Een stukje verderop stond een kraampje dat soberder was ingericht. Hier hing traditionele kleding voor werklieden aan kleerhangers. Er hing het blauwe jasje dat arbeiders droegen in verschillende tinten blauw, naast broeken en spijkerbroeken, lange katoenen jassen en overalls.

Die overalls trokken Alexandra's aandacht. Er waren beroemde foto's van vrouwen die ze tijdens de oorlog droegen, en

Alexandra vond ze zeer aan te bevelen voor iemand die in de herfst in een Frans kasteel woonde. Het kostte haar wat tijd om de kraamhouder ervan te overtuigen dat zij er een voor zichzelf wilde, maar onder veel gelach kreeg ze er eindelijk een in handen, en ze hield hem tegen zich aan. De mouwen en pijpen waren te lang, maar die kon ze wel oprollen.

Ze vroeg zich net af of het lijf van de overall te lang was, toen de kraamhouder vroeg: 'Wil je hem passen? Hier? In mijn busje. Daar is een spiegel.'

'*Superbe*,' zei ze, en in een mum van tijd stond ze in het busje, waar ze haar met olie besmeurde jurk uittrok en in de overall stapte. Die was perfect! Wel moest ze een strakke riem om de taille binden om zichzelf wat vorm te geven, en... Ze kreeg een idee. Nadat ze de sjaal had gevonden die ze cadeau had gekregen, deed ze hem om haar middel, en ze zette haar kraag omhoog en stiftte haar lippen opnieuw. Geweldig! Ze was helemaal in haar sas. Ze stapte uit het busje en rekende twee overalls af, want, zo hield ze zichzelf voor, die zou ze misschien nooit meer kunnen krijgen. Ze waren nuttig en zaten prettig, en ze wist zeker dat ze met een riem eromheen sexy oogden.

Omdat ze niet te lang kon wegblijven van de kinderen die aan haar zorg waren toevertrouwd, besloot ze niet op zoek te gaan naar een kraampje waar ze riemen verkochten. Ze zou zich behelpen met de prachtige scharlakenrode sjaal. Ze voelde zich net een revolutionair en met energieke tred liep ze naar het café. Ze had ontdekt dat ze van flirten hield. Dat ze dat met Maxime kon doen, al was het maar voor een ochtend, was heerlijk.

Haar groepje zat buiten aan een mooie tafel, met een uitstekend uitzicht op het plein en de markt. Maxime keek op toen Alexandra bij hen kwam zitten. '*Mon Dieu!* Je hebt je omgekleed, en op de een of andere manier heb je van het uniform van de Franse arbeider een stijlvolle outfit gemaakt!' Zijn gezicht vertelde haar dat hij dat niet enkel uit beleefdheid zei, en ze glimlachte terug.

'*Merci du compliment!* Drinken we echt champagne?' vroeg ze aan Maxime, die haar een glas aanreikte. 'Wat heerlijk! Wat willen jullie drinken?' vroeg ze aan de kinderen.

'Ik neem champagne,' zei Félicité uitdagend. Ze verwachtte duidelijk een uitbrander.

'Prima,' zei Alexandra, die vond dat een vijftienjarige wel één glas mocht drinken, vooral als ze er iets bij at.

De andere twee dronken frisdrank. Alexandra toostte met Maxime. 'Wat is dit aardig van je. Mag ik je uitnodigen om met ons te lunchen? Nu we hier toch zijn, kunnen we net zo goed iets eten.' Als hij het aanbod aannam, moest ze even naar de bank om een reischeque te verzilveren. Ze hoopte dat die open was.

'Ik ben je te snel af,' zei Maxime, en hij maakte een lichte buiging. 'Ik heb al om menukaarten gevraagd. Jullie zijn uiteraard mijn gasten.'

'Geweldig,' zei Alexandra nadat ze een slokje champagne had genomen. 'Anders had ik geld moeten halen, en ik weet niet of de bank wel open is.' Even was ze stil. 'Maar dat zal wel op marktdagen.' Hoewel ze de helft van haar loon al had gekregen, hadden haar inkopen in Parijs en zojuist op de markt er een flink gat in geslagen.

Maxime, die haar meer champagne wilde inschenken voordat ze haar hand boven haar glas hield, zei: 'Je zou je eigenlijk geen zorgen hoeven te maken over geld. Antoine mag dan geen miljonair zijn, hij kan het zich echt wel veroorloven zijn gezin – en hun kindermeisje – te voeden.'

Alexandra haalde haar schouders op. 'Er lijkt niets voor me geregeld te zijn qua huishoudgeld. Al brengt er wel iemand 's ochtends brood.'

'En spullen van de boerderij,' verduidelijkte Félicité. 'Maar veel variatie is er natuurlijk niet.'

Ze klonk een beetje afgestompt, vond Alexandra. Het was vast geen geweldig leven voor een tiener om opgesloten te zitten in een kasteel, ver weg van haar leeftijdsgenoten. 'Stéphie zei dat jullie niet naar school gaan,' zei ze.

'Papa gaat een nieuwe, fatsoenlijke gouvernante regelen wanneer hij weer thuis is,' zei Félicité.

'Vind je het niet leuk om naar school te gaan?' vroeg Alexandra. 'Ik heb voor het grootste deel van mijn scholing gouvernantes gehad, maar ik ben wel een paar jaar naar de kostschool geweest, en ik vond het heel leuk om met meisjes van mijn eigen leeftijd om te gaan.' Dat was natuurlijk lichtelijk overdreven, maar vóór die tijd op de kostschool had ze zich wel vaak eenzaam gevoeld.

Félicité haalde haar schouders op, alsof zij over zulke zaken niet hoefde na te denken.

'Ik zou best naar school willen,' zei Henri. 'Ik hou veel van mijn zussen, maar ik zou ook wel willen sporten en zo.'

'Ik had een hekel aan school,' zei Stéphie.

'Ze werd gepest,' zei Félicité, 'en ik kreeg ruzie en besloot ervan af te gaan. Toen huurde papa een gouvernante in. Die bleef alleen niet zo lang.'

Alexandra was ook in de problemen geraakt door het meisje te verdedigen waar iedereen de pik op had, en ook zij had besloten van school te gaan voor haar dat gevraagd werd. Haar voogden hadden haar daarna een heel strenge gouvernante gegeven. Gelukkig was die ook niet lang gebleven.

'Wat zullen we eten?' vroeg Maxime. 'Ik raad de salade niçoise aan. Die is hier erg lekker.'

Alexandra wilde net een perfecte vork met ansjovis, olijven en hardgekookt ei in haar mond stoppen, toen ze zich ervan bewust werd dat ze werd bekeken. Twee elegante Françaises keken haar verrassend dreigend aan.

'O, kijk,' zei Stéphie. 'Daar is *grand-mère*.'

Tot haar grote schrik zag Alexandra dat twee vervaarlijk uitziende vrouwen van in de vijftig over het plein op haar afkwamen. Machteloos keek ze toe. Heel even schatte ze in hoe groot de kans was dat ze tussen de tafels en stoelen door naar het toilet kon glippen voor ze er zouden zijn, maar het waren vastberaden vrouwen – ze had geen schijn van kans.

Félicité, Henri en Stéphie stonden op en begroetten hun oma beleefd. Ze knikten naar haar metgezel, die ze duidelijk kenden. Maxime stond eveneens op en maakte een buiging, hij kende hen ook.

Er ontspon zich een kort, onschuldig gesprekje, waarna grand-mère haar aandacht op Alexandra richtte. 'En wie ben jij?' zei ze in perfect, accentloos Engels.

'Ik ben het kindermeisje,' zei Alexandra, die haar naam niet relevant vond – ze was hier tenslotte maar een maand.

'Echt?' zei grand-mère, duidelijk verbaasd. 'Wat een vreemde keuze, als ik het zo mag zeggen. Daar moet ik eens met mijn schoonzoon over praten!'

Daarop draaiden zij en haar volgeling zich om en liepen weg.

'Dat was interessant,' zei Alexandra opgewekt, terwijl ze probeerde te doen alsof ze helemaal niet beledigd was.

'Maak je niet druk om haar, ze is heel bekakt,' zei Stéphie vriendelijk.

'En je bent hier maar voor een maand,' zei Félicité. Hoewel het waarschijnlijk niet haar bedoeling was meelevend te klinken, had Alexandra het gevoel dat Félicités houding tegenover haar tijdelijke kindermeisje toch iets milder was geworden.

Daarna was de lunch heel plezierig. Maxime beloofde een aantal zaken te regelen waarover Alexandra zich zorgen had gemaakt. Nummer één was het benodigde huishoudgeld. Maxime gaf de kinderen wat francs om op de markt uit te geven, en ondertussen genoten Alexandra en hij van een kop koffie. Hij bood haar cognac aan voor bij de koffie. Alexandra schudde haar hoofd.

'Het klinkt verrukkelijk, maar ik ben verantwoordelijk voor drie jonge mensen en een hond in een auto die ik nog niet goed ken.'

Hij maakte een buiging. 'Heel verstandig.'

Er viel een gemoedelijke stilte. Alexandra genoot van het gevoel van de zon op haar gezicht. Ze had de afgelopen dagen veel meegemaakt en nauwelijks een moment gehad om alles te verwerken. Nu, in de zon, in het gezelschap van een heel knappe, gezellige jongeman, leek het haar een prima moment om te overdenken hoe goed alles uitpakte.

Even later gingen ze op weg naar huis. Opnieuw zaten Stéphie, Milou en Henri achterin en Félicité voorin naast Alexandra. Het was makkelijker het dorp uit te rijden dan er in te komen, want de meeste kraampjes waren weg, en daarmee ook de meeste mensen en auto's.

'Zodra we terug zijn moeten we de pleisters van het paardje af halen,' zei Alexandra in het Engels. 'En kijken of hij nu één geheel is.'

'Het is een meisje!' zei Félicité boos.

'Is dat zo? Dat weet je niet altijd met paarden. Hoe heet ze?'

'Alice!' zei Félicité, die duidelijk de eerste naam koos die bij haar opkwam. 'Ik merkte trouwens tijdens de lunch dat je opeens heel goed Frans spreekt voor een Engels kindermeisje!' Nu klonk ze beschuldigend.

'Ja, hè? Het is toch ongelofelijk hoe snel je de taal oppikt wanneer je op het Franse platteland woont,' zei Alexandra.

Félicité had opeens belangstelling voor een langslopende hond, maar Alexandra zag wel dat ze glimlachte.

Eenmaal weer thuis haastten Félicité en Stéphie zich naar boven om Alice het paard te halen. Iedereen ging naar de keuken, en terwijl Henri het kachelfornuis aanstak, haalde Alexandra de pleisters eraf.

'Kijk eens aan,' zei ze. 'Best goed gerepareerd, al zeg ik het zelf.'

'Het gaat wel,' zei Félicité, ook al zag Alexandra dat ze er blij mee was.

'Prachtig!' zei Stéphie. Ze sloeg haar armen om Alexandra's nek en omhelsde haar. 'Dank je wel.'

Alexandra kreeg een brok in haar keel.

6

De volgende paar dagen verliepen op rolletjes. Alexandra kreeg het gevoel dat het de ongeveer drie weken die ze nog te gaan had, wel goed zou gaan. Ze had nog niet van haar familie gehoord dat ze als de wiedeweerga naar Zwitserland moest komen en merkte dat ze genoot van het tempo van het Franse plattelandsleven. Het enige wat haar enigszins verontrustte, was dat Maxime had gebeld met de mededeling dat het kindermeisje dat nu voor haar moeder zorgde niet zou terugkomen. Maar dat was een probleem dat Antoine moest oplossen, besloot Alexandra. Zij kon niet helpen.

Nu zat ze in de keuken etiketten te schrijven voor jam die ze had gemaakt om de vele peren te verwerken die de kinderen en zij de dag daarvoor hadden geplukt. Ze had het gevoel dat ze als kindermeisje de kinderen praktische dingen in de buitenlucht moest laten doen, als ze niet met Stéphie zat te lezen of in de bibliotheek op zoek was naar dingen die Félicité en Henri leuk zouden vinden. Ze deed net dat laatste klusje, waarbij ze zich prettig huiselijk voelde, toen het luide gerinkel van de deurbel gevolgd door diep, angstaanjagend geblaf van Milou de stilte verbrak.

Ze keek naar Félicité om te zien of zij wist wie het zou kunnen zijn. Die haalde haar schouders op.

‘Er komt hier nooit iemand langs,’ zei Henri. ‘We wonen te ver van andere mensen vandaan.’

‘Niet ver genoeg, blijkbaar,’ merkte Alexandra op, die haar pen neerlegde. Ze droeg een van de fleurige jurken met blote schouders die ze op de markt had gekocht en had haar haar met de bijbehorende ceintuur bijeengebonden. Bij een blik in een van de spiegels die ze passeerde zag ze een boerin in feestkleding, het tegenovergestelde van de mondaine jonge vrouw die ze in Londen was geweest. Door buiten toe te kijken terwijl Henri en Stéphie in bomen klommen, was ze ook wat bruiner geworden.

Ze was dan ook van haar stuk gebracht toen ze werd geconfronteerd met de twee uiterst elegante, uiterst vormelijke vrouwen die haar op de markt hadden gevraagd wie ze was. Hoewel ze haar parels droeg, de echte in plaats van een lange rij dikke nepparels die met haar andere bagage mee naar Zwitserland was gegaan, voelde ze zich toch een beetje een boerenknecht, geen echt kindermeisje.

‘Kan ik u helpen?’ vroeg ze beleefd in het Frans.

‘Mogen we binnenkomen?’ vroeg grand-mère in het Engels.

Alexandra dacht niet dat ze ‘nee’ kon zeggen, dus deed ze de deur verder open. Ze leidde hen net naar een salon – een kamer die mooi zou zijn als hij vaker gebruikt zou worden – toen Henri verscheen. Stéphie liet niet lang op zich wachten, en daarna kwam Félicité.

‘Kinderen,’ zei grand-mère. ‘Ik ben blij jullie te zien.’

Alexandra wilde dat ze allemaal gingen zitten, dus ze liep naar de openslaande deuren en zette die open, zodat één kant van de kamer zich vulde met licht.

‘Ga alstublieft zitten.’ Ze gebaarde naar de bank en de stoelen. ‘Kan ik u iets te drinken brengen?’ vervolgde ze in het Engels. ‘Koffie? Thee? Een likeurtje?’ Wat bood je vrouwen van middelbare leeftijd aan op dit uur van de dag? Het was nu laat in de ochtend, dacht ze, de charmante Franse klok op de schoorsteenmantel stond stil.

'Een glas wijn zou welkom zijn,' antwoordde grand-mère.

Alexandra stoof de gang door naar de keuken, blij dat ze in een voorraadkast een paar grote, met riet omhulde mandflessen rosé had gevonden. Henri had uitgelegd dat die wijn op het landgoed werd gemaakt en alleen bestemd was voor de mensen die er woonden. Ze vond een kan en vulde die. In een kast in de salon stonden goede glazen, ze hoopte dat die niet te stoffig waren. Ze pakte een dienblad en zette er ook een kan met water op, want ze was er vrij zeker van dat Félicité om wijn zou vragen en ze wilde die kunnen aanlengen. Misschien Henri ook wel. Ze had hen al een paar keer fors aangelengde wijn laten drinken en wist dat Félicité misschien wel zou proberen de indruk te wekken dat ze een slecht kindermeisje was.

Toen ze de salon weer in kwam, zaten Félicité, Henri en Stéphie op een rijtje tegenover de twee vrouwen. Alexandra besefte dat ze van geen van beiden de naam wist en hoopte dat het niet zou uitmaken. Een van de voordelen van de Engelse taal was dat je lang kon doorpraten zonder iemands naam te noemen. Ze wisten ook niet hoe zij heette, nam ze aan.

Het inschenken van de wijn leek een eeuwigheid te duren. Iedereen zweeg, tot Félicité vroeg: 'Mag ik ook wat?'

Alexandra deed twee centimeter wijn in een glas en vulde die aan met water. 'Alsjeblieft.'

'Mademoiselle,' zei grand-mère streng. 'Ga alsjeblieft zitten. We moeten nadenken over je betrekking.' Alexandra opende haar mond om te zeggen dat ze hier nog maar een paar weken zou blijven en sloot hem weer. Misschien zou grand-mère wel iets zinnigs zeggen.

'Ik weet dat je hier niet permanent bent, maar het onderwijs van mijn kleinkinderen is al te lang verwaarloosd.' Ze liet een stilte vallen. 'Ik heb besloten hier in te trekken en die taak op me te nemen.'

De kinderen slaakten een kreet van ontzetting. Alexandra wierp hun een blik toe en zag oprechte ongerustheid.

'Grand-mère,' zei Stéphie, 'u vindt het erg wanneer we op bezoek komen! U zou het niet leuk vinden om bij ons te logeren.'

De twee oudere vrouwen wisselden een blik. De vriendin van grand-mère trok een wenkbrauw op, mogelijk om te erkennen dat Stéphie een punt had.

'Stéphanie heeft gelijk,' zei grand-mère. 'Thuis heb ik veel mooie, breekbare spullen staan. Hier leven jullie...' Ze aarzelde even om haar woorden zorgvuldig te kiezen. '... heel informeel.'

'We leven inderdaad informeel,' zei Alexandra, 'zoals het een huishouden met jonge mensen betaamt. Ik denk dat u zich hier niet op uw gemak zou voelen.'

'Wíj zouden ons niet op ons gemak voelen,' zei Henri.

'Henri,' zei zijn oma, 'dat is onbehoorlijk. Voor het onderwijs van mijn kleinkinderen ben ik bereid offers te brengen. Ik zal er persoonlijk voor zorgen dat mijn kleinkinderen niet als wilden opgroeien.' Ze glimlachte vormelijk naar Alexandra, net zo vreugdevol als een grom. 'Dus, mijn beste, je hoeft hier niet te blijven. Ik neem het huishouden over. Je kunt naar huis gaan.'

Stéphies adem stokte van afgrijzen. Félicité en Henri keken elkaar in paniek aan. 'Nee!' zei Félicité. 'Ik bedoel, het is heel aardig van u, grand-mère, maar echt, we redden ons wel! U hoeft zich niet voor ons op te offeren.'

'Daar oordeel ik zelf wel over, *petite*,' zei grand-mère iets vriendelijker.

'U vindt Milou niet leuk!' zei Henri.

Grand-mère knikte. 'Milou gaat buiten in zijn kennel wonen.'

'Hij vindt het buiten akelig!' stribbelde Henri tegen.

'Hij gaat janken!' voegde Stéphie eraan toe.

'Dan wordt hij ergens ondergebracht waar we hem niet horen janken,' ging grand-mère onverbiddelijk door.

'Maar waarom?' jammerde Stéphie, duidelijk van streek.

'Omdat jullie opgroeien zonder onderwijs, *ma petite*!'

Voor het eerst knikte de vriendin van grand-mère instemmend, al zei ze nog steeds niets.

'Dat is niet waar!' ging het kleine meisje verder. 'Alexandra leert me lezen!'

Beide vrouwen keken Alexandra belangstellend aan. 'O ja?' Toen wendden ze zich weer tot Stéphie. 'Kun je ons dat laten zien?'

'Ik denk niet dat Stéphie het fijn zal vinden...' onderbrak Alexandra hen. Ze kon de gedachte niet verdragen dat het kleine meisje in het openbaar op de proef gesteld zou worden. Maar voordat ze haar bezwaar kon uiten, sprong Stéphie op.

'Natuurlijk,' zei ze. 'Ik ga *Milly-Molly-Mandy* halen!'

Hoewel de trap van steen was, hoorden ze Stéphies sandalen op de treden klepperen toen ze naar boven vloog om het boek te halen.

'Het is aardig van je dat je de kleine helpt met lezen,' zei grand-mère op een verrassend hartelijke toon. 'Maar wat kun je voor Félicité en Henri doen? Zij zullen ooit examens moeten afleggen. Misschien willen ze wel naar de universiteit. Zonder mijn hulp zullen ze niets van de klassieken weten.'

Alexandra slikte haar verbazing in dat deze conventionele vrouw bij haar kleinkinderen aan studeren dacht en zei: 'Ik kan misschien wel regelen dat er een Shakespeare-acteur les komt geven. Hij is een uitstekende leraar.' Ze had er alle vertrouwen in. David had haar alles over antiek geleerd en ook leren autorijden. 'Ik denk dat het beter is te studeren met iemand die de taal echt tot leven kan brengen.'

'Dat zou fijn zijn!' zei Félicité snel. Haar enthousiasme verhulde bijna haar bezorgdheid.

De twee vrouwen voerden even een gesprek in het Frans dat zo rap en op gedempte toon werd gevoerd dat Alexandra, die aan de andere kant van de grote salon zat, het niet kon verstaan.

Na hun gesprekje zei niemand iets. Al kon Alexandra niet zien of Félicité had gehoord wat er was gezegd, ze wipte met haar knie op en neer en trok zorgelijk aan haar vingers. Henri staarde naar de vloer.

Uiteindelijk verscheen Stéphie met *Milly-Molly-Mandy* en Alice, het gerepareerde paard.

'Dit lezen we!' verkondigde ze. 'En hier is een paard dat gebroken was. Alexandra heeft het gerepareerd. Ik wil dat ze blijft!'

Alexandra was ontroerd.

'Ik ook,' zei Henri.

Félicité stond natuurlijk minder te popelen om enthousiast te doen over Alexandra. 'Ze kan best goed koken. En ze kan autorijden,' voegde ze eraan toe.

Grand-mère werd bedachtzaam. 'Laat me dat paardje eens zien. Hm,' zei ze peinzend, nadat ze het een hele poos had bekeken, het tegen het licht had gehouden en er met half dichtgeknepen ogen naar had getuurd. 'Je hebt goed werk geleverd. Ik heb een stuk – een soepkom, alleen van sentimentele waarde – dat ik graag gerepareerd wil hebben.'

'Dat doet Alexandra wel voor u, grand-mère,' zei Stéphie. 'Maar alleen als u haar niet wegstuurt.'

'Lees eens iets voor, *chérie*,' zei ze.

Stéphie deed het erg goed, vond Alexandra, blij dat de vroege-ochtendsessies zo productief bleken.

'Heel goed, Stéphanie,' zei grand-mère een beetje verbaasd.

'Betekent dat dat u niet bij ons komt wonen?' vroeg Stéphanie.

Grand-mère stond op en haar vriendin deed hetzelfde. Alexandra had de merkwaardige indruk dat grand-mère geamuseerd en mogelijk een beetje opgelucht was, hoewel haar gezicht niet echt bewoog.

'Je zegt dus dat je iemand kent die Shakespeare en andere klassieke teksten kan onderwijzen?' vroeg ze.

Alexandra knikte. 'Zoals ik al zei, hij is een uitstekende leraar, en hij zou zeker referenties kunnen geven.'

'En die persoon zou bereid zijn hierheen te komen en mijn kleinkinderen les te geven?'

Weer knikte Alexandra. 'Het zou een tijdelijke maatregel zijn, totdat het onderwijs van de kinderen formeler geregeld kan worden.'

Grand-mère haalde haar schouders op. 'Het zou beter zijn dan niets, meen ik.'

'Denkt u,' vroeg Alexandra snel, 'dat de Comte tevreden zal zijn met de regeling?'

'Als jij voor die persoon instaat, is het beter dan niets, zoals ik al zei. Ik zal de regeling natuurlijk nauwlettend in de gaten houden. Hortense? *On y va*?'

'Dat was zenuwslopend,' zei Alexandra, nadat ze de deur beleefd achter de twee *grandes dames* had dichtgedaan.

'Je wilt toch niet eerder weg?' vroeg Henri.

'Zeker niet,' zei Alexandra. 'Ik vind het hier heerlijk.' Ze was erg ontroerd geweest doordat de kinderen zo hadden volgehouden dat ze haar hier wilden houden. Ze dacht ook aan het leven in Zwitserland dat haar te wachten stond – bij stijve familieleden wonen die haar vertelden wat ze moest doen of naar een etiquetteschool gaan waar ze dingen leerde die ze of al wist of niet wilde leren. Het was een avontuur te ontdekken hoe je kinderen die hun ouders niet bij zich hebben kunt ondersteunen, evenals wonen in Frankrijk. Ze was al snel dol geworden op de prikkelbare Félicité, Henri, behulpzaam en stoïcijns, en de kleine Stéphie, jong voor haar leeftijd maar aanhankelijk en lief. Wat ze oprecht fijn vond, besefte ze, was dat ze haar nodig hadden.

'Echt?' vroeg Félicité ongelovig. Ze was verrast en mogelijk teleurgesteld. Ze had zo haar best gedaan om Alexandra het leven zuur te maken.

Alexandra knikte. 'Nu ga ik mijn vriend bellen om te zien of hij jullie Shakespeare kan komen onderwijzen. Misschien kunnen we een toneelstukje opvoeren voor jullie oma.' Er kwam een gedachte bij haar op. 'Jullie oma lijkt heel Frans, en toch spreekt ze perfect Engels. Heeft ze ooit in Engeland gewoond?'

'Ze is Engels,' zei Henri, 'maar ze geeft de voorkeur aan de Franse manier van leven. En misschien aan het weer.'

Dat klonk logisch. En de moeder van de kinderen was natuurlijk ook Engels, herinnerde ze zich. 'Wie is haar vriendin?'

Henri haalde zijn schouders op. 'Madame Sologne. Ze gaan overal samen naartoe.'

'Oké,' zei Alexandra. 'Ik ga mijn vriend David bellen, en daarna nemen we wat brood, kaas en fruit mee naar de tuin en gaan we lunchen.'

7

Ze hadden al snel een routine ontwikkeld. Stéphie kroop 's ochtends vroeg bij Alexandra in bed en dan lazen ze samen. Daarna stonden ze op, verzorgden ze Milou en lieten ze de kippen naar buiten, staken ze het kachelfornuis aan en maakten ze het ontbijt klaar. Félicité en Henri kwamen tevoorschijn wanneer ze honger hadden. Aangezien dat rond acht uur was, vond Alexandra het niet nodig ze te wekken. Stéphies leesvaardigheid vorderde al aardig, en ze leek het op prijs te stellen Alexandra 's ochtends vroeg eerst voor zichzelf te hebben.

Alexandra was ook van de kippen gaan houden en verraste zichzelf door er eentje op te pakken en de eieren te rapen.

'Dat je dat durft,' zei Stéphie, onder de indruk. 'Ik vind het niet fijn wanneer ze fladderen.'

'Ik hou niet van vogels in huis,' zei Alexandra, 'maar kippen zijn anders. En het is heerlijk om elke ochtend verse eieren te hebben.' Ze had nu een mand met een stuk of tien eieren erin. 'Wil je weer soldaatjes?'

'Ja, graag.' Stéphie pakte Alexandra's vrije hand. 'Kunnen we straks een taart bakken?'

'Natuurlijk. Daar worden we steeds beter in, hè?'

'Ja, en ook in ze opeten,' zei Stéphie ernstig. Toen glimlachte ze, blij dat ze een grapje had gemaakt.

Alexandra lachte en gaf het meisje een knuffel. 'Oefening baart kunst!'

Een paar dagen later kwam Maxime met de auto bij hen langs.

'Zijn jullie vanochtend thuis om visite te ontvangen?' vroeg hij nadat hij Alexandra een handkus had gegeven.

'Daar lijkt het wel op,' antwoordde Alexandra. 'We waren niet echt iets spannends aan het doen.'

'Het is nogal saai om midden op het platteland te wonen,' voegde Félicité eraan toe.

'Ik hoop maar dat je gouvernante je mening niet deelt,' zei Maxime tegen haar. 'Ik heb een telefoongesprek gehad met je vader. Hij heeft onder andere tegen me gezegd dat hij wil dat deze jongedame nog twee weken blijft, dus zes weken in totaal. Kan dat?'

Alexandra dacht erover na. 'Dat zou kunnen, maar dan moet ik mijn familie in Zwitserland wel inlichten. Kun jij ze namens mij een telegram sturen? Ik weet niet helemaal zeker...'

'Ik stuur het telegram. En jij gaat het nu opstellen. Félicité, kun je me wat rosé brengen? Telegrammen schrijven is erg vermoeiend. Wanneer Alexandra die taak heeft volbracht, heeft ze een opkikkertje nodig.'

Alexandra lachte en rende naar boven, naar haar slaapkamer, waar ze rustig kon nadenken. Ze probeerde haar telegram niet kort te houden om geld te besparen. Le Comte kon het zich vermoedelijk wel veroorloven alle woorden te betalen die ze nodig had. Uiteindelijk was ze tevreden met wat ze had geschreven.

Het spijt me, maar ik ben gevraagd nog twee weken op het kasteel te blijven omdat de Comte de Belleville dan nog in het buitenland is. Ik vind het mijn plicht voor zijn kinderen te blijven zorgen, die mijn verantwoordelijkheid zijn. Ik neem contact met jullie op zodra ik weet wanneer ik naar jullie toe kan komen. Ik kijk ernaar uit jullie te zien.

Het was erg lang voor een telegram, en Alexandra vroeg zich af of ze wel moest zeggen dat ze ernaar uitkeek hen te zien. Want dat was niet echt zo, maar ze wilde de indruk wekken dat ze haar best deed rekening te houden met hun wensen. Ze had hen eraan herinnerd dat ze voor een graaf werkte, in een kasteel, en dat ze verantwoordelijkheden had. Allemaal positieve punten, vond ze.

Nu ze toch bezig was het geld van de graaf uit te geven, stuurde ze ook een telegram naar David. *Ik blijf twee weken langer. Probeer te komen!* Ze voegde het telefoonnummer toe dat op het briefpapier stond. Hij had nog niet gezegd of hij zou komen, en ze wilde hem een zetje geven.

Ze trof Maxime en de kinderen in de salon aan, met een dienblad met glazen en een kan wijn.

'Hier is mijn telegram aan mijn familie in Zwitserland, en nog een aan mijn vriend in Londen, die Félicité en Henri hopelijk Shakespeare komt onderwijzen. Hun oma maakt zich zorgen over hun onderwijs. Ik ook een beetje, al lezen Stéphie en ik graag samen.'

Maxime knikte. 'Willen jullie niet naar school?' vroeg hij Félicité en Henri.

Ze schudden allebei resoluut hun hoofd, maar Alexandra voelde dat ze dat uit gewoonte deden, dat ze niet echt hadden nagedacht over de voordelen die naar school gaan hun te bieden had.

'Ik kan jullie wel met de auto naar school brengen,' zei Alexandra. 'Als jullie dat willen.'

'Ik ga als papa zegt dat het moet,' zei Félicité met haar onderlip een klein beetje uitgestoken.

'Dan laten we hem beslissen,' zei Alexandra. Hoe lang was hun vader al van huis? Te lang, waarschijnlijk.

Die avond ging de telefoon. Henri, die had opgenomen, meldde dat het voor Alexandra was.

'David!' zei ze zodra ze wist wie er belde. 'Wat heerlijk om je stem te horen. Kun je komen? Ik heb je zo gemist. Ik vind het hier heel fijn...' – aanvankelijk had ze dat alleen vanwege de kinderen gezegd, nu besefte ze dat het waar was – '... maar ik mis iemand om mee te praten en te roddelen!'

'Ik wil graag komen,' zei David. 'Ik heb geen theaterwerk op stapel staan, en de antiekkraam zou vast en zeker opfleuren van een uitstapje naar een paar Franse vlooienmarkten en *brocantes*. Ik heb een paar mooie referenties gekregen van mensen met belangrijk klinkende namen.'

'Dat is geweldig,' zei Alexandra.

Ze babbelden wat, en Alexandra vertelde wat er allemaal met haar gebeurd was sinds hij haar een paar weken eerder in de kille ochtendschemering bij het station had afgezet.

'Is het een groot kasteel?' vroeg David. 'Ik had het er net over met een oude vriend in de pub, en hij zei dat hij ervan had gehoord en het mogelijk zelfs wel eens had bezocht. Hij kent Saint-Jean-du-Roc.'

'Nou ja, het is een kasteel! Het lijkt groot. Ik heb eigenlijk nog niet alles verkend. Een deel is mooi en een ander deel moet een beetje aangekleed en opgeknapt worden.'

'Ik weet namelijk dat Jack heel graag met me mee zou gaan. Hij zou de kinderen muziek- en wiskundeles kunnen geven. Eigenlijk is hij muzikant, maar blijkbaar heeft hij wiskunde gestudeerd, waardoor hij, anders dan ik, bevoegd is om les te geven.'

'O, ik weet zeker dat we een plekje voor hem kunnen vinden. Misschien moet ik even met de oma van de kinderen overleggen, maar ze zal vast blij zijn dat hij twee belangrijke vakken kan geven.'

'Hij is niet... nou ja...' zei David. 'We zijn gewoon vrienden.'

'David, je weet dat ik het niet erg zou vinden...'

'Maar je werkgevers zouden er misschien wél bezwaar tegen hebben dat een homoseksuele man de kinderen lesgeeft, vooral als ze denken dat hij zijn vriend bij zich heeft.'

Alexandra zuchtte, want wat David zei, was waar. 'Nou, ik kijk ernaar uit om jullie beiden te zien. Wanneer komen jullie?'

'Ik bel je nog. Eerst moeten we een paar zaken regelen, zoals je kunt verwachten.'

'Misschien zijn jullie hier niet lang nodig. Ik kan niet eens beloven dat jullie fatsoenlijk betaald zullen worden.'

'O, dat geeft niet. We kunnen een paar weken bij jou logeren en dan rondtrekken of gewoon naar huis gaan. We zien je snel, lieve meid!'

Nadat ze had opgehangen, realiseerde ze zich dat het een heel verschil zou maken om David in het kasteel te hebben. Ze was een beetje eenzaam, ook al voelde ze het amper.

De volgende middag lag Alexandra op haar rug te genieten van het gevoel van de herfstzon op haar gezicht. Maxime was komen lunchen en had een abrikozen-amandeltaart, een lokale lekkernij, meegebracht, evenals kaas en wijn, en chocolade voor de kinderen. Nu was hij naar huis en was iedereen in de tuin aan het ontspannen.

Alexandra was bijna in slaap gevallen. Het was merkwaardig: op het Franse platteland voelde ze zich meer thuis dan in het hoge Londense huis waar ze was opgegroeid. Ze was vastbesloten van elke seconde van haar tijd hier te genieten.

Toen er een schaduw over haar gezicht viel, opende ze haar ogen. Vlak bij haar stond een vrouw die het licht blokkeerde en vanuit deze hoek enorm lang leek. Alexandra ging rechtop zitten en stond daarna op. Ze voelde zich een beetje uit balans en betrapt.

Ze keek om zich heen naar de kinderen, die bij haar in het gras hadden liggen lezen toen ze haar ogen had dichtgedaan. Alleen Milou lag er nu nog. Hij stond ook op, waarbij hij niet echt gromde maar wel bromde.

'Ik kom mijn kinderen ophalen,' zei de vrouw onbewogen maar vastberaden.

Alexandra knipperde met haar ogen en deed een stap opzij om niet verblind te worden door de zon. De vrouw was gekleed in een elegante tweedelige outfit in een zachte karamelkleur, geschikter voor een chic restaurant dan een tuin op het Franse platteland.

'Sorry,' zei Alexandra. 'Ik denk dat ik een paar minuten ingedommeld ben, en nu ben ik helemaal confuus. Wat zei u?' Hoewel het waar was dat ze was ingedommeld, was ze helemaal niet confuus. Ze had gewoon tijd nodig om zich te herpakken.

'Ik zei, heel duidelijk, dat ik mijn kinderen kom ophalen. Ik ben Lucinda de Belleville. Kun je ze roepen?' Ze had veel zelfvertrouwen en praatte op een manier waaruit bleek dat ze gewend was haar zin te krijgen.

Alexandra toverde een behulpzame glimlach op haar gezicht toen ze besefte dat ze met de moeder van de kinderen van doen had. 'Dat kan. Ik heb alleen geen idee waar ze zouden kunnen zijn. Het landgoed is enkele hectaren groot, en ze kunnen ook binnen zijn. U weet vast dat het kasteel vele vertrekken heeft. Maar zullen we naar binnen gaan? Dan schenk ik voor u iets kouds in. Misschien komen ze wel uit zichzelf opdagen.'

‘Ik had gehoopt dat ik ze in mijn auto kon zetten om dan naar het huis van mijn moeder te rijden. Die weet niet dat ik hier ben.’ Lucinda maakte geïrriteerde geluidjes terwijl ze achter Alexandra aan door het lange gras naar de binnenplaats liep en van daaruit naar de keuken.

Alexandra voelde de frustratie en boosheid van de vrouw in haar rug branden. ‘Ik breng u wel naar de salon,’ zei ze sussend. ‘Wilt u wijn of iets zonder alcohol?’

‘Ik kan de weg naar de salon zelf wel vinden,’ zei Lucinda. ‘Dit was vroeger mijn huis!’

‘En omdat het vroeger uw kinderen waren, weet u misschien beter dan ik waar ze zouden kunnen zitten.’

Lucinda keek moordlustig. ‘Het zijn nog steeds mijn kinderen!’

Met kordate tred liep ze de keuken uit, vermoedelijk naar de salon. Onder het lopen maakten haar kousen een ruisend geluid. Alexandra besefte dat haar laatste opmerking een beetje onbeleefd was geweest. Schuldbewust zocht ze glazen en een karaf voor de wijn.

‘Félicité, Henri, Stéphanie! Jullie hebben bezoek en jullie zijn vast heel blij haar te zien!’ riep ze bij de trap naar boven. Ze was er niet helemaal zeker van dat de kinderen blij zouden zijn hun moeder te zien, maar het was een redelijke veronderstelling en een manier om haar eerdere onbeleefdheid goed te maken.

Ze was blij snelle voetstappen de trap af te horen komen. De drie verschenen enigszins buiten adem.

‘Het is jullie moeder,’ zei Alexandra. ‘Ze is in de salon.’

‘Onze moeder!’ zei Félicité met gefronst voorhoofd. ‘Wat doet zij hier in godsnaam?’

Ergens vond Alexandra dat ze Félicité een standje moest geven. Aan de andere kant was er waarschijnlijk een reden waarom het meisje zo reageerde.

'Laten we dat maar eens uitzoeken. Stéphie? Wil je zo lief zijn het water naar binnen te dragen? De kan maakt het dienblad zo zwaar.' Alexandra dacht dat Stéphie graag een taakje wilde hebben. Het hielp soms wanneer je in een mogelijk zorgwekkende situatie iets te doen had.

'Nou, ik heb de kinderen gevonden!' zei Alexandra toen ze met zijn allen de salon in liepen. 'Wat wilt u hebben? Rosé? Water? Een mengsel?'

Lucinda sloeg geen acht op Alexandra's vragen. Ze staarde naar haar kinderen alsof ze ze voor het eerst zag.

'Wat zijn jullie gegroeid,' zei ze met gebroken stem. 'Ik herken jullie bijna niet meer.'

'Papa heeft je anders heel veel foto's gestuurd,' zei Félicité met een zweem van sarcasme in haar stem. 'Dat zou toch moeten helpen.'

Daar zat veel wrok, dacht Alexandra, die zich afvroeg hoe oud Félicité was geweest toen haar moeder was weggegaan.

'Ach, het maakt niet uit,' zei Lucinda. 'Ik wil dat jullie bij me komen wonen, nu ik terug ben.' Ze glimlachte – Alexandra zag dat ze eigenlijk heel mooi was – en spreidde haar armen.

Niemand verroerde zich. Alexandra had begrepen dat Félicité nog jong was toen Lucinda was vertrokken, dus Stéphie moest nog een kleine baby zijn geweest. Dit zou niet makkelijk worden.

'Kom op, schatjes van me. Wil niemand van jullie je moeder een knuffel geven?'

'Papa wil vast niet dat we bij jou gaan wonen,' zei Henri. 'We hebben Alexandra om voor ons te zorgen.'

'Alexandra doet vast haar best, maar wat jullie nodig hebben is de liefde van een moeder, niet die van een betaalde werknemer.'

'Waarom heb je daar niet eerder aan gedacht?' vroeg Félicité, duidelijk verbitterd.

'Liefje, als je ouder bent, begrijp je die dingen wel. Dan zal ik het je allemaal uitleggen.'

'Ik ben vijftien,' zei Félicité, 'voor het geval je het vergeten bent. Leg het me nu uit!'

'Wat ben je toch onbeleefd geworden!' zei Lucinda boos. Ze keek Alexandra aan. 'Het is typisch iets voor mijn man om iemand in dienst te nemen die veel te jong en onervaren is voor deze taak. Ben jij een kindermeisje van Norland?'

Er verscheen een beeld in Alexandra's hoofd van vrouwen in een bruin uniform die met enorme kinderwagens vol kinderen naar Kensington Gardens trokken. 'Ik denk dat Félicité te oud is voor dat type kindermeisje,' zei ze.

'Nu misschien wel, maar in het begin, toen ze nog kon worden gevormd, had ze een fatsoenlijk gekwalificeerd kindermeisje moeten hebben.' Lucinda zuchtte. Ze had duidelijk een uitgesproken mening over het onderwerp. 'Nu is het te laat. Ze heeft bar slechte manieren.'

Als Lucinda het zo belangrijk vond hoe haar kinderen werden opgevoed, had ze ze niet in de steek moeten laten, meende Alexandra.

'Ik heb geen bar slechte manieren,' zei Stéphie, die zich misschien ook beschuldigd voelde en dat vervelend vond.

Lucinda richtte haar aandacht op het kleine meisje. 'Wie ben jij?'

Alexandra voelde zich misselijk worden. Wat voor vrouw stelde nou zo'n vraag?

Stéphanie keek beurtelings naar Félicité, Henri en Alexandra.

'Ze is ons zusje!' zei Félicité nu boos.

'Nee, dat is ze niet!' zei Lucinda verontwaardigd. 'Tenzij je vader een *affaire* heeft gehad waar ik niets van afwist!'

Alexandra schraapte haar keel. 'Neem me niet kwalijk, maar ik denk niet dat dit gesprek geschikt is voor kinderoren. Henri, wil jij Stéphie meenemen en kijken of je koekjes kunt vinden? Zij weet waar ze liggen.'

'Madame,' ging ze verder zodra Henri en Stéphie weg waren. 'Niet te geloven dat u vergeten bent hoeveel kinderen u hebt!'

'Natuurlijk ben ik dat niet vergeten. Die kleine is niet van mij!'

Alexandra keek naar Félicité om uitleg.

'Stéphies ouders zijn gestorven toen ze nog klein was. Haar vader was papa's beste vriend. Papa heeft haar bij ons in huis genomen,' legde Félicité uit.

Alexandra stond op, schonk wijn in glazen en gaf een daarvan aan Lucinda. Stéphie en zij hadden die trieste start gemeen, maar in tegenstelling tot Stéphie had niemand haar in de familie opgenomen, zoals Antoine had gedaan. Hij moet wel een heel aardige man zijn, dacht ze.

Zonder er echt bij na te denken liep ze met het dienblad met glazen naar Félicité. Het was aan Félicité of ze er een nam of niet. Alexandra pakte zelf een glas en nam een slok. Ze had geen idee hoe ze met deze situatie moest omgaan. Ze ging maar gewoon op haar gevoel af en hoopte dat het allemaal goed zou komen.

'Ah,' zei Lucinda, nadat ze ook wat van haar wijn had gedronken. 'Nou, ik wil haar niet, hoe lief ze ook is. Ik wil alleen mijn eigen kinderen.'

'Stéphie is als een zusje voor ons. We zijn een team,' zei Félicité.

Op dat moment kwamen de andere leden van het team de salon weer binnen, de kleinste met een schaal koekjes in haar hand.

Lucinda nam een koekje, keek ernaar en wenste duidelijk dat ze een bordje had om het op te leggen. Alexandra, die dat zag, vroeg zich af of ze er niet een moest gaan halen, maar haar beschermingsinstinct won het van de etiquette. Ze moest bij de kinderen blijven.

Milou, opportunist die hij was, ging bij Lucinda zitten, met zijn grote hoofd een centimeter of vijftien boven haar knie. Lucinda nam een hapje en gaf de rest aan de hond. 'Je moet die hond leren niet te bedelen,' zei ze tegen niemand in het bijzonder.

Niemand reageerde op haar opmerking. Lucinda schraapte haar keel. 'Ik begrijp heus wel dat jullie me al een tijdje niet meer hebben gezien, kinderen. Maar ik ben nu terug uit Argentinië en wil graag dat jullie bij mij komen wonen. Het is mijn beurt om jullie te hebben.' Ze glimlachte, duidelijk in de hoop dat zij, als kinderen, het concept 'om beurten' zouden begrijpen.

'Nou, dat willen we niet,' zei Félicité. 'We vinden het fijn om bij papa te wonen.'

'Maar jullie wonen niet bij papa! Jullie wonen bij... Alexandra. Wil je echt bij iemand wonen die ervoor betaald wordt om voor je te zorgen in plaats van bij je liefhebbende moeder?'

'Ja,' zei Félicité bot.

Alexandra was gevleid. Ze schraapte haar keel om Lucinda's aandacht te trekken. 'Feit is dat ik de kinderen niet kan laten vertrekken zonder de uitdrukkelijke instructie van monsieur le Comte dat hij dat wil.' Alexandra glimlachte op een manier dat ze hoopte dat daarmee een eind aan de discussie zou komen, ook al wist ze dat dat niet zou gebeuren.

'Ik ben net zo goed ouder van de kinderen als hij,' zei Lucinda redelijkerwijs. 'Mijn instructie zou net zo zwaar moeten tellen.'

'Ik ben aangenomen door monsieur le Comte.' Alexandra bleef ook redelijk. 'Aan hem heb ik beloofd voor zijn kinderen te zorgen. Voor ál zijn kinderen.'

'Dat doet er niet toe. Ik ben nu hier. Het zijn míjn kinderen, en ik wil ze meenemen. Ze moeten goed onderwijs krijgen. Misschien op een Engelse kostschool. Jij kunt hier blijven met de kleine.' Lucinda's glimlach was veel overtuigender dan die van Alexandra.

'Nee!' zeiden Alexandra en Félicité tegelijk, allebei even ontzet bij de gedachte dat ze naar Engeland zouden worden gestuurd. 'Ik kan niet toestaan dat de kinderen van elkaar worden gescheiden,' ging Alexandra op felle toon door. 'En ik kan ze ook niet met u laten vertrekken.'

Lucinda stond op, liep naar het raam en draaide zich weer naar de kamer toe. 'Ik neem ze mee naar het huis van mijn moeder. Je hebt haar ontmoet! Dat heeft ze me zelf geschreven. Daar kun je geen bezwaar tegen hebben.'

Alexandra beet op haar lip. 'Het probleem is,' zei ze verontschuldigend, 'dat ik geen bewijs heb dat u bent wie u zegt dat u bent, en ik kan er niet voor instaan dat u ze naar het huis van hun oma brengt. En ik weet niet of ze wel mee willen.'

'Dat willen we niet,' zei Félicité snel.

'Jij kunt niet voor je broer spreken,' zei Lucinda.

'Jawel,' zei Félicité. 'Hè, Henri?'

Henri knikte. 'En we gaan nergens heen zonder Stéphie.'

Geïrriteerd slaakte Lucinda een zucht. 'Dit is belachelijk! Je zou toch denken dat jullie vader het aan mij gevraagd zou hebben voor hij de zorg voor nog een kind op zich nam!'

'Hoezo?' zei Stéphie.

'Omdat... Omdat... nou ja, dat had hij moeten doen!' Lucinda's frustratie kookte over. 'Ik ga weg. Maar ik kom terug. Met mijn moeder!' Dat laatste liet ze klinken als het ultieme dreigement.

'Dat zou geweldig zijn,' zei Alexandra. 'Volgens mij heeft ze een gebroken porseleinen soepkom die ik voor haar moet repareren. Die kan ze dan meenemen.'

'Dus jij bent goed in het repareren van porselein?' vroeg Lucinda.

'Heel goed,' zei Stéphie.

Lucinda liep naar de schoorsteenmantel en pakte een beeldje van een herderinnetje op. 'Repareer dit dan maar!' Ze gooide het op de grond, waar het in honderden stukjes uiteenspatte. De kinderen hapten geschokt naar adem en zelfs Milou gromde bij de aanblik van die vernieling. Met een zwaai van haar elegante hoofd liep Lucinda de kamer uit.

Alexandra zakte op de bank ineen. 'Lieve help! Ze is geen makkelijke, hè?' Hoewel ze de moeder van de kinderen niet wilde bekritiseren waar ze bij waren, lukte het haar niet haar mond houden.

'Kun je dat beeldje repareren?' vroeg Félicité.

Alexandra schudde haar hoofd. 'Het spijt me, maar het ligt aan gruzelementen. Was het kostbaar?'

Félicité haalde haar schouders op. 'Ik weet het niet. Volgens mij heeft grand-mère het een keer met Kerstmis aan papa gegeven.'

Stéphie giechelde.

Henri pakte de karaf en schonk wat wijn in Alexandra's glas. 'Alsjeblieft,' zei hij, terwijl hij het zijn verzorger en beschermer voorhield. 'Misschien vrolijk je hier een beetje van op.'

Alexandra lachte. 'Dank je, Henri! Als jullie kindermeisje moet ik het eigenlijk afslaan, maar dat was wel een beetje stressvol, of niet?'

Félicité zag er bleek en angstig uit. Henri ging naast haar zitten en Stéphie, het bangst van allemaal, klampte zich aan de arm van haar grote zus vast.

'Ik denk dat we Maxime moeten bellen,' zei Alexandra nadat ze een slok rosé genomen had. 'Hij zal wel weten wat we moeten doen.'

‘Waarom zouden we iets moeten doen?’ vroeg Henri. ‘We willen niet met haar mee. Punt uit.’

‘Nou...’ begon Alexandra.

‘Misschien kan ze ons wel dwingen met haar mee te gaan,’ zei Félicité. ‘Ik weet het niet. Ze is onze moeder.’

‘Het zou veel beter zijn als jullie vader ons kon vertellen wat we moeten doen,’ zei Alexandra.

‘Ik wil dat hij naar huis komt!’ jammerde Stéphie. ‘Hij moet voor ons zorgen!’

‘We hebben Alexandra,’ zei Henri.

‘En Milou,’ zei Alexandra. ‘Toen jullie moeder me vond in de tuin, was hij bij me en gromde hij tegen haar! Wat dacht je daarvan?’

‘Hij gromt nooit, alleen als er een andere hond bij is,’ zei Stéphie, onder de indruk.

‘Nee, hè?’ Alexandra voelde dat haar leugentje gerechtvaardigd was. Hij had niet echt gegromd, enkel wat gebromd.

‘Ik wil Alexandra én papa!’ zei Stéphie. Haar stem brak.

‘We gaan Maxime bellen, eens kijken of hij je vader kan overhalen naar huis te komen.’ Ze zei er niet bij dat, wanneer hun vader naar huis kwam, zij waarschijnlijk moest vertrekken. Stéphie wilde hen misschien allebei, Alexandra en haar vader, maar zij had ze niet echt nodig.

‘Papa is altijd heel moeilijk te bereiken, voor zijn werk reist hij de hele wereld over,’ merkte Félicité op.

‘Maxime regelt het wel,’ zei Alexandra. Ze klonk zelfverzekerder dan ze zich voelde.

8

Maxime was in zijn kantoor toen Alexandra hem belde. Ze had Henri en Stéphie weggestuurd om te kijken of er nog eieren waren, met de belofte chocolademousse te maken als dat zo was. Félicité zat op de bank en zag er bleek en ongelukkig uit.

'De moeder van de kinderen was hier!' zei Alexandra, minder kalm nu ze voelde dat ze vrijuit kon praten. 'Ze wil ze meenemen om bij haar te wonen. Alleen Stéphanie niet. Ik wist niet dat ze geen familie van de andere twee was.'

'Lucinda? Is Lucinda hier?'

'Ze is pas terug. Blijkbaar logeert ze bij haar moeder. Waar is de graaf? Kun je hem vragen naar huis te komen? En kan ik Lucinda volgens de wet beletten Félicité en Henri mee te nemen?'

'Ze kan ons hier niet tegen onze wil wegslepen,' zei Félicité.

'Félicité zegt dat ze niet weg willen, maar hoe zit het juridisch?' vroeg Alexandra.

'Ik weet het niet. Maar ik zal het uitzoeken. En ik zal Antoine een telegram sturen met de mededeling dat hij zo snel mogelijk naar huis moet komen.'

'Weet je wanneer hij hier kan zijn?' vroeg Alexandra, die

hoopte dat ze niet zielig klonk. Ze was eraan gewend haar eigen problemen op te lossen. Het was ontluisterend hulp nodig te hebben.

'Dat kan ik niet zeggen, ben ik bang, chérie, maar maak je geen zorgen. Hij komt zo snel als hij kan. Ik zal het telegram nu versturen.'

Alexandra vertelde Félicité wat Maxime had gezegd.

'Het duurt waarschijnlijk minstens vier dagen voor hij er is,' zei Félicité met een zucht. 'Hij reist de hele wereld over. Hij kan wel overal zijn. In China misschien. En als hij in China is, duurt het nog langer voor hij terug is.'

'Nou, laten we dan maar hopen dat hij niet in China is,' zei Alexandra. 'Ga eens kijken of de anderen eieren gevonden hebben. En ook als dat niet zo is, denk ik dat we gewoon chocolademousse moeten maken.'

Er gingen een paar dagen voorbij voordat ze van Maxime hoorden dat de graaf onderweg was naar huis. Alexandra stelde voor de kamers van David en Jack klaar te maken, die de volgende avond zouden aankomen. Tot haar verbazing stemden de kinderen ermee in en gingen ze op weg naar het afgelegen deel van het kasteel, waar hun nieuwe privéleraren zouden verblijven.

Félicité vond prachtig antiek beddengoed met kanten randjes in een kast. Henri repareerde de wiebelige poot van een van de bedden, en Stéphie plukte vazen vol bloemen voor beide slaapkamers en de badkamer. Henri zei dat mannen niet van bloemen hielden, maar Alexandra opperde dat ze dat soms wel deden.

'Wat zullen David en Jack van me verwachten? Dat ik opstellen schrijf en zo?' vroeg Félicité, duidelijk een beetje ongerust over de komst van haar leraren.

‘Ik heb Jack nog nooit ontmoet, maar ik weet zeker dat hij aardig is, aangezien hij een vriend van David is. Ik weet niet hoe David is als leraar, maar hij was een goede vriend van me in Londen. Hij had een studio boven in het huis waar ik woonde en kookte voor me, leerde me autorijden, leerde me alles over antiek...’

‘En toch was hij niet je vriendje?’

Alexandra lachte. ‘Nee. Hij was meer als een oudere broer of een oom. Hij gaf me altijd goede raad. Hij was degene die me porselein leerde repareren, alleen was ik daar vrij snel beter in dan hij.’ Ze vond het niet gepast uit te leggen dat er nog een reden was waarom David nooit haar vriendje zou kunnen zijn. ‘Hij is ook een stuk ouder dan ik.’

‘Hoe oud dan?’

‘Een jaar of vijfendertig, denk ik. Te oud voor mij.’

‘Papa is vijfendertig,’ zei Félicité.

Alexandra dacht aan de vader van Félicité. Ze had hem slechts één keer in Parijs ontmoet, maar hij had veel indruk op haar gemaakt. En hoewel ze vijf jaar jonger was dan ze op haar sollicitatieformulier had aangegeven, vond ze hem helemaal niet te oud voor haar. Hij zou natuurlijk wel denken dat zij te jong was voor hem. Maxime was meer van haar leeftijd, waarom dacht ze dan niet aan hem in plaats van aan monsieur le Comte?

‘Hou je van muziek? En wiskunde?’ vroeg ze.

‘Henri is een kei in muziek,’ zei Félicité. ‘Heb je hem al eens cello horen spelen?’

‘Was dat Henri? Ik heb korte muziekfragmenten gehoord, maar dacht dat het een plaat was.’

‘Hij wordt erg verlegen als mensen hem horen spelen. Hij is gewoon heel goed en zou fatsoenlijk les moeten krijgen.’

‘Ik zal er met je vader over praten,’ zei Alexandra, die zich nalatig voelde omdat ze niet van Henri’s talent afwist.

'Wat wiskunde betreft,' zei Félicité, 'is dat belangrijk?'

'Ik heb geen examen in wiskunde gedaan, maar ik kan toch budgetteren, al verwacht Jack misschien iets meer van je dan dat. Ik kan je bijna garanderen dat zowel David als Jack een goede leraar zal zijn.' Alexandra glimlachte meewarig naar haar. 'Zolang je oma maar tevreden is, en je moeder natuurlijk.'

'Mijn moeder!' Félicité zwaaide met haar hoofd. 'Ze heeft het recht niet hierheen te komen en te eisen dat we bij haar komen wonen.'

'Je vader komt naar huis en lost dat wel op, dus je hoeft je geen zorgen te maken. Is er nog iets anders wat David en Jack nodig hebben?'

Alexandra en Félicité keken samen de kamer rond. Hoewel die spaarzaam was ingericht, stond er wat volgens Alexandra een *lit à demi-ciel* was, die de kamer enige grandeur gaf. Het bed had een hoge kap die een centimeter of dertig uitstak vanaf de muur, waaraan (enigszins sleetse) gordijnen hingen. In Engeland werd het een *half-tester bed* genoemd, een hemelbed met een kleine hemel; ze herinnerde zich dat er eens eentje opdook in een kraam op Portobello Road toen zij daar met David antiek verkocht, en dat ze daar de juiste naam voor het bed hoorde.

'Grand-mère droogt haar gezicht graag af met een linnen handdoek,' zei Félicité. 'Die kon ik alleen niet vinden.'

Alexandra lachte. 'Het zijn mannen, die redden zich wel met de handdoeken die ze hebben.'

Terwijl Félicité en zij terugliepen naar de keuken, vroeg Alexandra: 'Waarom staan hier niet meer meubels? Ik bedoel, er staan er genoeg, maar het staat niet vol. Is daar een reden voor?'

Félicité haalde haar schouders op. 'Ik weet dat papa het kasteel en de titel van zijn oom heeft geërfd. Dat was voor mijn geboorte. Misschien hebben papa en mijn moeder gewoon het minimale aan meubels gekocht dat ze toen nodig hadden. Ik denk dat mijn moeder het wel een leuk idee vond in een kasteel te wonen, maar niet echt van wonen op het platteland hield.'

'Dat zou veel verklaren. Goed, ik vraag me af of we iets anders te eten hebben dan kip.'

'De boerderij levert nu eenmaal kippen,' zei Félicité. 'En wat varkens en schapen.'

'David kan heel goed koken,' zei Alexandra. 'Jullie zullen van zijn eten smullen, dat beloof ik. En hij zal de producten geweldig vinden. Jullie lachen mij uit wanneer ik op de markt opgewonden raak van knoflook. Hij zal in extase raken.' Even was ze stil. 'Hij is soms een beetje... flamboyant.'

Félicité lachte. 'Misschien heeft grand-mère dan wel een hekel aan hem.'

Alexandra schudde haar hoofd. 'Nee, ze zal dol op hem zijn. Daar zorgt hij wel voor. Ik hoop alleen dat zijn vriend dat ook zal doen.'

De volgende middag zaten Alexandra en de kinderen rummikub te spelen aan de tafel onder de bomen op het terras naast het kasteel, toen twee mannen het smeedijzeren hek openden dat toegang gaf tot het terrein. Een van hen riep: 'Is er iemand thuis?'

Alexandra legde haar kaarten neer en haastte zich naar hen toe. 'David! Jullie zijn vroeg! Ik had jullie vanavond pas verwacht!' zei ze, en ze wierp zich in zijn armen.

Na een paar ogenblikken van knuffels en kreten zei David: 'Wat zie je er anders uit, Lexy! De laatste keer dat ik je zag was je heel elegant, net Audrey Hepburn. Nu ben je een zwoele boerin op blote voeten en in een jurk met blote schouders. Meer zoals Brigitte Bardot.'

Alexandra lachte. Ze had zijn plagerijtjes gemist. 'Overdag zie ik er zo uit, maar 's avonds niet, want dan wordt het kouder en trek ik een vest aan.'

'Maak kennis met Jack – Jack, dit is Alexandra, over wie je zoveel hebt gehoord. Lexi, dit is Jack, die wiskunde- en muziekles kan geven en erg geïnteresseerd is in de omgeving.'

Jack kwam naar voren om Alexandra de hand te schudden. Ze zag dat hij een beetje mank liep en een wandelstok had. Hij was ouder dan David – in de vijftig – met dik, grijzend haar en donkere wenkbrauwen boven vriendelijke, twinkelende ogen. Alle zorgen die Alexandra zich had gemaakt over zijn geschiktheid verdwenen. Hij leek net zo aardig als ze de kinderen had beloofd.

'Hallo,' zei hij. 'Fijn je eindelijk te ontmoeten, en dank voor de uitnodiging.'

'Wij vinden het ook fijn jou te ontmoeten. Félicité? Henri? Stéphie? Kom kennismaken met jullie leraren.' Alexandra wilde niet te veel ophef van dit voorstelrondje maken. Ze dacht dat de kinderen meer open zouden staan voor David en Jack als ze hen gewoon een tijdje konden observeren. 'Willen jullie iets drinken?' vroeg ze. 'Iets eten?'

'Dat zou heerlijk zijn,' zei David, die iedereen de hand had geschud. 'Onderweg hiernaartoe hebben we wel een hapje gegeten, maar tegen nog een hapje zouden we geen nee zeggen. Misschien een stukje kaas?'

'Kaas hebben we altijd,' zei Stéphie, die graag behulpzaam was. 'Ik ga wel wat halen.'

David glimlachte naar haar. 'Dank je. Dat zou heel aardig zijn.'

'Ik haal de wijn,' zei Henri, duidelijk een beetje verlegen en blij met een excuus om even te kunnen ontsnappen.

Zodra Stéphie en Henri weg waren, wendde David zich tot de hond. 'En wie is deze knappe kerel?'

'Dat is Milou,' zei Alexandra. 'Hij past op ons. Daar is hij heel goed in.'

'Slaapt hij in een kennel om indringers af te weren?' vroeg Jack.

Omdat Alexandra wist dat Milou bij Stéphie of Félicité sliep, maar dat niet wilde zeggen voor het geval het gênant zou zijn, veranderde ze van onderwerp. 'Ik hoop dat je van geitenkaas houdt,' zei ze. 'De meeste lokale kazen zijn geitenkazen.'

'Nu kan iemand een grap over oude bokken maken,' zei Jack, 'maar ik denk dat ik me daarvan zal onthouden.'

'Hoe zijn jullie hierheen gekomen?' vroeg Alexandra even later, nadat ze erop had toegezien dat de nieuwkomers alles hadden wat ze wilden.

'Met de auto,' zei David. 'Die staat voor het kasteel geparkeerd. We beseften dat er niemand binnen was, dus zijn we om het kasteel heen gelopen en troffen jullie hier aan.'

'Goed dat jullie de auto hebben,' zei Alexandra. 'Dan zijn jullie wat onafhankelijker.'

'Ja,' zei David. 'Ik wil antiek inkopen.'

'En ik wil de omgeving verkennen,' zei Jack.

'Waarom?' vroeg Stéphie.

Jack glimlachte naar haar. 'Voor de oorlog ben ik hier op vakantie geweest. Toen ik David hoorde praten over de Provence, dacht ik: dit is mijn kans. Het komt goed uit dat ik wiskundeles kan geven, want daardoor had ik een excuus om mee te gaan.'

Stéphie leek tevreden met die uitleg.

'En als ik te veel antiek koop, moet ik natuurlijk een busje huren,' zei David. 'In dat geval kan Jack met de auto naar huis rijden.'

'Zal ik je een kaarttrucje leren?' vroeg Jack aan Henri, die kaartenhuisjes had gebouwd terwijl David en Jack aan de kaas en de paté zaten.

‘Ken je die dan?’ vroeg Henri.

Al gauw schudde Jack de kaarten en liet hij Stéphie er een kiezen. Het duurde niet lang of Henri kende de truc ook. ‘Rekenen is echt handig voor kaarttrucs,’ zei Jack ten slotte. ‘Net als een beetje magie.’ Hij haalde een kaart achter Stéphies oor vandaan, waar ze hard om moest giechelen.

Het viel Alexandra op dat, terwijl Henri en Stéphie zich snel ontspanden bij David en Jack, Félicité terughoudend was. Ze begreep het oudere meisje volkomen. Dat had geen interesse in kaarttrucs en wilde niet gedwongen worden om tegen haar zin iets te leren. Maar als Félicité thuis geen les kreeg, zou ze waarschijnlijk naar school worden gestuurd, wist Alexandra.

‘Ik hoop dat jullie twee goede leraren zullen zijn,’ zei Alexandra. ‘Tot voor kort wilde de oma van de kinderen hier intrekken om voor ze te zorgen, zodat ze goede manieren leren, en nu wil hun moeder ze meenemen en eventueel naar een kostschool in Engeland sturen. Als jullie twee ze iets kunnen leren, kan iedereen hopelijk hier blijven.’ Ze glimlachte naar de groep. Ze zei het deels om Félicité er voorzichtig aan te herinneren wat haar opties waren. ‘Ik kan maar beter naar binnen gaan om het avondeten klaar te maken,’ zei ze.

‘Ik help je wel,’ zei Félicité. Alexandra glimlachte om haar te bedanken, maar vanbinnen stond ze paf. Het was de eerste keer dat Félicité vrijwillig haar hulp aanbood, ook al was het om afstand te nemen van haar nieuwe leraren.

‘Morgen is het dus markt?’ vroeg Jack tijdens het avondeten, een paar uur later.

‘Ja,’ zei Alexandra voor minstens de derde keer. ‘En zoals gewoonlijk gaan we met mijn auto, de auto van het landgoed. Jullie zullen hem allebei fantastisch vinden, daar ben ik zeker van.’

'Wat, de auto of de markt?' vroeg Jack.

'Ik ben absurd opgewonden bij het vooruitzicht naar de markt te gaan,' zei David, die vervolgens gaapte. 'En nu denk ik dat ik me naar mijn vorstelijke vertrekken begeef, als ik me tenminste kan herinneren hoe ik er moet komen.'

'Ik ga mee,' zei Jack. 'Hoe fijn het ook is te genieten van dit charmante gezelschap en zo lekker te eten, we hebben een lange dag achter de rug.'

Toen de mannen weg waren, zei Alexandra: 'Goed, Stéphie, dan breng ik jou nu ook naar bed. Beloof me dat je niet tegen je oma zegt dat ik je zo laat heb laten opblijven.'

'Zelfs voor mij is het laat,' zei Félicité, die haar zusje met de zware stoel hielp.

'En waag het niet dat aan grand-mère op te biechten!' zei Alexandra. 'Dan houdt ze er nooit meer over op.'

Tegen de tijd dat de kippen binnen waren, Milou een laatste rondje had gelopen en iedereen behalve Alexandra in bed lag, bekeek ze de keuken. Daar hadden ze genoten van een heel gezellige maaltijd, maar nu was het er een puinhoop. David en Jack hadden op de veerboot wijn gekocht, dus er stonden lege flessen, vele glazen en veel te veel vuile borden. Alexandra had zich door het gezelschap en het geklets laten afleiden, met als gevolg dat het kachelfornuis uit was gegaan. Pas als dat weer aan was, zou er weer warm water zijn. Ze zuchtte en besloot het maar te laten. De troep zou er de volgende ochtend nog steeds zijn. Ze hoefde zich er nu niet druk over te maken. Het enige waaraan ze kon denken was haar eigen bed en slapen. Met een tevreden gevoel liep ze de trap op. Nu David en Jack er waren, kwam het allemaal goed.

9

Alexandra was diep in slaap, toen ze werd gewekt door Milous geblaf. Hoewel hij niet zo hard blafte als hij bij indringers deed, was het nog steeds een hoop kabaal. Hij had vast iets gehoord en was naar beneden gegaan om te kijken wat het was. Alexandra vond dat zij hetzelfde moest doen. Waarschijnlijk was het David of Jack, die iets uit dit deel van het kasteel wilde hebben.

De wetenschap dat Milou al beneden was gaf haar moed, en toch was ze huiverig, ook al was ze niet zenuwachtig aangelegd en was ze het gewend alleen in een groot huis te zijn. Ze trok een dunne kamerjas aan en wikkelde een omslagdoek om haar schouders. Ze zag af van pantoffels, want die klepperden op de trap. Ze wilde stil zijn.

Ineens hoorde ze dat Milous geblaf was veranderd in een vreemd gejank dat ze nog niet eerder had gehoord, en aangekomen in de hal zag ze dat hij op zijn achterpoten stond, met zijn voorpoten op de schouders van een man. En ook al kon ze die nauwelijks zien, omdat de hond haar het zicht benam, ze wist dat het Antoine was.

Hij praatte met zachte stem tegen Milou in het Frans. Ze kon niet helemaal volgen wat hij zei, maar het klonk heel lief.

Uiteindelijk sprong Milou omlaag. Hij zag Alexandra, kwam

naar haar toe en stootte met zijn schouder tegen haar aan, voor het geval ze zich buitengesloten voelde. De Comte de Belleville keek op. 'Ah, Alexandra, hè?' zei hij in het Engels.

Alexandra vond dat haar naam nog nooit zo mooi had geklonken. Ze schraapte haar keel. 'Ja. Ik hoorde geluid en vond dat ik op onderzoek moest uitgaan.' Ook zij sprak Engels. Haar Frans was goed maar niet perfect, en ze wilde geen fouten maken.

'Heel dapper van je.' Antoine keek haar even zwijgend aan.

Alexandra was zich scherp bewust van de lange katoenen nachtpon die ze onder haar dunne peignoir aanhad, een nachtpon die ze bij de brocantekraam op de markt van Saint-Jean-du-Roc had gekocht, samen met de eenvoudige katoenen omslagdoek die ze eroverheen droeg. Haar haar hing over haar schouders en moest nodig geknipt worden. Ze zou willen dat ze gewaarschuwd was dat hij kwam, dan had ze zich ten minste aangekleed.

'Ik wist dat Milou me zo nodig zou beschermen. Kan ik iets voor u halen? Bent u al uren onderweg?'

'Ja, en ja. Wat is er te eten?'

Alexandra herinnerde zich dat het in de keuken een puinhoop was, maar ook dat ze de dag daarvoor uiensoep had gemaakt. 'Ik heb soep. Misschien kunt u alvast naar de salon gaan? Dan breng ik het u daar.'

'Onzin,' zei Antoine. 'We gaan naar de keuken. Brandt de kachel? Ik heb het koud.'

Voordat ze hem kon tegenhouden liep hij de gang door. Nadat hij in de keuken het licht had aangedaan, bleef hij in de deuropening staan. Door het ene peertje dat in het midden van het plafond omlaaghing zag het vertrek er niet alleen uit als de plek van een zuipfestijn, maar leek ook griezelig, als een plaats delict uit een film. Alexandra schaamde zich dood. Antoine keek naar de tafel vol glazen en flessen, naar de afdruipplaat vol vuile borden en naar de vloer, waar opgestapelde pannen stonden.

'Wat is hier in vredesnaam gebeurd?' vroeg hij. 'Voor het geval het niet is wat het lijkt.'

'Dit,' zei Alexandra met waardigheid, 'zijn de restanten van ons avondeten. Ik heb twee privéleraren geregeld om de kinderen les te geven. Uw schoonmoeder vond het een goed idee. Ze zijn gisteren aangekomen en ik was gisteravond te moe om de afwas te doen.'

'Waarom is afwassen jouw werk? Je bent toch in dienst als kindermeisje? We hebben madame Carrier toch om te koken?'

Ze glimlachte in de hoop dat het niet leek alsof ze klaagde. 'Op het ogenblik ben ik hier de enige. Wilt u soep?'

'Ben jij de enige?' Niet voor het eerst keek hij haar aandachtig aan. 'Wat is er met madame Carrier gebeurd?'

Alexandra kon het zich amper herinneren. 'Volgens mij is haar moeder ziek.'

'Je ziet er veel te jong uit om dit allemaal alleen op je te nemen.'

Alexandra had er enorm veel spijt van dat ze op haar sollicitatieformulier had gelogen over haar leeftijd, maar besefte dat ze de baan waarschijnlijk niet zou hebben gekregen als ze geweten hadden dat ze pas twintig was. 'Wilt u soep?' vroeg ze nog eens.

'Ja, graag,' zei hij.

Alexandra liep naar de voorraadkast om de soep te halen. Toen ze met de pan in haar handen terugkwam, was hij bezig het kachelfornuis aan te steken.

'Ik ben bang dat ik nog niet weet hoe ik dat 's nachts aan de gang kan houden.' Ze schepte wat soep in een steelpannetje en liep ermee naar het kleine fornuis. Het was 'Franse uiensoep', zoals madame Wilson haar op de kookcursus had leren maken. En ook al was madame Wilson een Française, Alexandra dacht niet dat haar versie van de soep te vergelijken zou zijn met de echte, die haar baas vast gewend was te eten.

Ze ruimde de tafel gedeeltelijk af, terwijl Antoine aanmaakhoutjes doormidden brak. Tegen de tijd dat hij terugkwam met houtblokken had ze ruimte gemaakt op de tafel en een hoop vuile vaat in een hoek opgestapeld. Ze roosterde brood, strooide er geraspte kaas overheen en zette het terug onder de grill.

Het vuur in het kachelfornuis brandde goed en de tafel was min of meer afgeruimd toen Antoine zijn aandacht op zijn avondmaal richtte. Alexandra zette een bord dampende soep voor hem neer, met daarnaast een bordje toast met gesmolten kaas.

'Bedenk onder het eten alstublieft dat ik Engels ben. Vergelijk het niet met wat u gewend bent te eten.' Ze wenste dat ze haar mond had gehouden. Nog voordat hij een hap had genomen, verontschuldigde ze zich al.

'Dit is lekker!' zei hij lichtelijk verbaasd.

De soep had heel lang op het vuur staan pruttelen en de uien waren donkerbruin. Alexandra had David ermee willen imponeren, hoewel ze er bij het avondeten uiteindelijk niet van hadden gegeten. David en Jack hadden hun buik rond gegeten aan paté en kaas, dus waren ze allemaal meteen doorgegaan met de onvermijdelijke kipschotel. Nu dankte ze de god van de Engelse werknemers die voor Fransen moesten koken voor deze lofbetuiging.

'Wilt u iets drinken?' vroeg ze. 'Ik kan wijn voor u halen...'

'Cognac, graag. Weet je waar die staat?'

Terwijl Alexandra de cognac ging halen, vroeg ze zich af of ze had moeten doen alsof ze die nog niet had ontdekt en er ook nog niets van had gedronken. Ze wenste nog steeds dat ze niet had gelogen over haar leeftijd. Ze moest David vertellen dat ze hier zogenaamd vijfentwintig was.

'Neem een glas voor jezelf mee,' zei Antoine, 'en vertel me hoe het met mijn kinderen gaat. Vind je ze leuk?'

'Ik ben dol op ze,' hoorde Alexandra zichzelf zeggen, hoewel ze voorzichtiger zou zijn geweest als ze een ogenblik over haar antwoord had nagedacht. 'Het zijn heerlijke kinderen. Stéphie en Henri zijn natuurlijk wat makkelijker.'

'Félicité is een grotere uitdaging? Ik ben het wel gewend van gouvernantes te horen dat ze koppig is en niet meewerkt.'

Dat vond Alexandra een belediging. 'Ze is een iets grotere uitdaging. Toch leef ik met haar mee. Eigenlijk is ze te oud voor een kindermeisje. Ze zou een gezelschapsdame moeten hebben.' Ze herinnerde zich nog dat ze zelf van een kindermeisje was overgegaan naar een gezelschapsdame. Destijds leek het iets groots, een voordeel, maar eigenlijk was het niet heel anders geweest. Er waren goede en slechte gezelschapsdames, net zoals er goede en slechte kindermeisjes waren. De goede waren goed en de slechte waren slecht.

'Bezorgt ze je niet veel last?'

'Niet echt. En waarom zou ze een vrouw gehoorzamen die niet veel ouder is dan zijzelf? Niet heel veel ouder,' voegde ze er haastig aan toe. 'Daarom vond ik dat we leraren voor de kinderen moesten regelen. Nadat hun oma had gezegd dat het haar zorgen baarde dat ze geen onderwijs kregen. En hun moeder...'

'Ja?'

'Ze had het erover dat ze Félicité en Henri naar een kostschool in Engeland wil sturen.'

'Je weet dat kleine Stéphie niet...'

'Ja. Ik was een beetje van slag toen uw vrouw...'

'Ex-vrouw.'

'... haar niet bleek te kennen. Op dat moment kwam ik er pas achter dat Stéphie geadopteerd is.' Alexandra was even stil. 'Zij en ik zijn dikke vriendinnen.' Ze vertelde hem niet dat Stéphie 's ochtends bij haar in bed kroop, zodat ze samen konden lezen, en dat iemand niet genoeg aandacht had besteed aan haar leesvaardigheid. Ze was er heel tevreden mee geweest wat aan te modderen als kindermeisje, te doen wat haar het beste leek, maar nu haar baas er was, wenste ze dat ze fatsoenlijk gekwalificeerd was. 'De oudere kinderen zijn natuurlijk dol op haar.'

'Ja. Ze misten hun moeder erg nadat die was weggegaan, en toen Stéphie twee jaar later kwam, schonken ze haar al hun genegenheid. Het was lief, maar ook een beetje verontrustend. Het zou hun goeddoen Lucinda weer in hun leven te hebben.'

Alexandra vroeg zich af of dat inderdaad zo was, aangezien Lucinda hen naar een kostschool wilde sturen, maar gaf geen commentaar. Het was niet aan haar daar iets over te zeggen, en het werd algemeen aanvaard dat moeders goed waren. Omdat ze er zelf geen had, wist ze dat niet echt.

'Meer cognac?' Antoine hield de fles omhoog.

'Nee, dank u. Ik kan beter uw bed gaan opmaken.' Alexandra was nog nooit in zijn slaapkamer geweest, daar was geen reden toe geweest, maar ze wist in elk geval wel waar de lakens en het andere beddengoed werden bewaard.

Ineens glimlachte Antoine naar haar en Alexandra voelde hoe ze smolt.

'Ik vind dat je moet teruggaan naar bed. Ik kan mijn eigen bed wel opmaken.'

'Het matras is misschien vochtig...'

'Daar ga ik niet dood aan. Maak je geen zorgen om mij, Alexandra, als ik je zo mag noemen?'

Alexandra knikte. Ze zou er nooit genoeg van krijgen haar naam over zijn lippen te horen komen.

'Je bent hier voor mijn kinderen, niet als huishoudster.' Hoewel hij het niet hardop zei, zei zijn gezichtsuitdrukking: Ga nu maar.

'Goed, als u me niet meer nodig hebt, zie ik u morgenochtend weer.' Alexandra glimlachte beleefd en liep weg.

Eenmaal terug in haar kamer sprak ze zichzelf streng toe. 'Je bent niet verliefd op hem, dat kan helemaal niet, want je kent hem niet! Hij ziet er niet eens zo goed uit! Hij mag dan wel donker zijn en mooie ogen met lange wimpers hebben, maar sinds wanneer ben je zo oppervlakkig dat je iemand leuk vindt om zijn uiterlijk?'

Zo ratelde ze door tegen zichzelf, en ondertussen poetste ze haar tanden, kamde ze haar haar en kroop ze uiteindelijk weer in bed. Het duurde een eeuwigheid voor ze in slaap viel.

Ze werd gewekt door Stéphie, die haar door elkaar schudde. Ze had het gevoel dat ze nog maar een uur had geslapen.

'Wakker worden, Alexandra! Papa is hier. Kom naar beneden om hem te ontmoeten!' Stéphie rende de kamer uit, waarna Alexandra half in de verleiding kwam zichzelf nog wat slaap te gunnen.

Toen realiseerde ze zich dat ze niet in bed kon blijven liggen nu ze was uitgenodigd om papa te ontmoeten, hoewel zij zich in tegenstelling tot Stéphie, die haar kamerjas maar geen pantoffels aanhad, wel moest aankleden.

Hoe graag ze zich ook wilde haasten, ze besteedde de nodige aandacht aan haar uiterlijk. Ze borstelde haar haar (opnieuw) en legde het over een schouder, zodat het er netjes uitzag, ook al hing het los. Ze trok een schone jurk aan en combineerde die met haar vest en de espadrilles die ze tijdens hun laatste bezoek aan de markt had gekocht. Bij haar make-up aarzelde ze. Zij was het kindermeisje, het was 's ochtends vroeg en het zou heel vreemd lijken als ze dan vol in de *maquillage* in de keuken zou verschijnen, alsof ze monsieur le Comte, haar baas, probeerde te strikken. Maar ze kon niet negeren dat ze een heel aantrekkelijke man zou ontmoeten, op wie ze (heel misschien) verliefd was. Er was een middenweg!

Ze deed een beetje lipstick op haar vinger en depte die op haar lippen, zodat het amper zichtbaar was. Daarna deed ze een beetje eyeliner rond haar ogen en veegde het voorzichtig weer weg, zodat er enkel een zweempje achterbleef, en ze zocht haar gezicht af naar onvolkomenheden. Nog een klein beetje poeder op het puntje van haar neus, en ze besloot dat ze alles had gedaan wat ze kon en ging naar de keuken.

'O, je bent aangekleed!' zei Félicité, die dat niet was.

'Ik probeer me elke dag aan te kleden,' zei Alexandra, die honderd keer rustiger klonk dan ze zich voelde. 'Het is een gewoonte van me geworden. Goedemorgen, monsieur le Comte,' zei ze formeel.

Er waren vele redenen waarom ze niet al te familiair met haar baas moest omgaan, en een daarvan was dat ze wist dat Félicité woest zou zijn als ze dacht dat Alexandra zich bij haar geliefde vader in de gunst probeerde te werken.

'Papa is midden in de nacht thuisgekomen!' zei Stéphie, nog helemaal opgewonden over die wonderbaarlijke gebeurtenis.

Alexandra en Antoine wierpen elkaar een blik toe. 'Ik hoorde hem,' zei Alexandra. 'Nou ja, ik hoorde Milou. Ik ben naar beneden gegaan om te kijken wat er aan de hand was.'

'Dat was moedig van je,' zei Félicité. 'Was je niet bang dat het inbrekers waren?'

'Ik wist dat Milou me zo nodig zou beschermen,' zei Alexandra. 'Zal ik het ontbijt klaarmaken? Ik zie dat het kachelfornuis goed brandt.'

'Papa weet hoe je het aan de gang kunt houden,' zei Henri.

'Goedemorgen, Alexandra,' zei Antoine. 'Het was heel moedig van haar om op onderzoek uit te gaan toen ik aankwam, en het is volkomen terecht dat Milou haar zou beschermen. Weten jullie, kinderen, dat ze in Engeland een boek hebben waarin het kindermeisje een hond is?'

'*Peter Pan*,' bevestigde Alexandra. 'In mijn jeugd vond ik dat altijd een beetje vreemd. En dat vind ik nog steeds. Willen jullie ontbijten of niet?'

'Ik rammel,' zei Henri.

'Ik ook,' zei Antoine.

Alexandra glimlachte naar hen beiden en ging op zoek naar haar schort, blij dat ze iets mooiers had gekocht om over haar kleren aan te trekken dan de overall die de vorige chatelaine van de keuken had gedragen.

'Kom eens naar de kippen kijken, papa,' zei Stéphie. 'Alexandra durft ze op te tillen!'

Antoine en zijn jongste dochter liepen de gang door naar de binnenplaats, terwijl Alexandra zich op de keuken richtte.

Ze draaide de kraan open om een begin te maken met de afwas en begon tegelijkertijd aan het ontbijt. Zoals altijd waren er meer dan genoeg eieren, maar er waren ook een restje ratatouille en wat worstjes uit de streek. Ze deed een beetje eendenvet in een pan en sneed de worstjes in stukken. Al snel lag alles lekker te sissen.

'Mijn hemel!' zei een dragende mannenstem. 'De geuren zijn hemels!'

'Of uit de Provence,' zei David, 'afhankelijk van wat dichterbij is. Goedemorgen.'

David en Jack waren beiden aangekleed, goedverzorgd en klaar voor gezelligheid.

Natuurlijk kozen Antoine en Stéphie uitgerekend dat moment om de keuken weer in te komen.

Gewoonlijk hield Alexandra van mensen en schrikte een volle keuken haar niet af, maar op dat ogenblik moest ze een verlangen onderdrukken om te gillen. Ze wilde dat iedereen wegging en haar alleen liet om te koken en af te wassen. Ze was een kindermeisje dat eten kookte, meer niet. Maar aangezien er niemand anders was die als gastvrouw kon optreden, moest zij het voorstelrondje doen.

'Ah, Jack, David, goedemorgen! Ik hoop dat jullie goed hebben geslapen. Ik wil jullie graag voorstellen aan...' Ze aarzelde. Hoewel ze wist hoe hij heette, kon ze op dat moment alleen aan hem denken als Antoine of papa, en geen van beide was gepast.

Antoine stond op. 'Ik ben Antoine, Comte de Belleville, de vader van deze kinderen. Heb ik het bij het goede eind als ik denk dat jullie hier zijn als privéleraar?'

'Dat is de bedoeling,' zei Jack. 'Ik ben Jack Andrews, wiskunde en muziek. Ik ben een bevoegd wiskundedocent, maar ik ben ook professioneel muzikant.'

'En ik ben David Campbell: toneelspeler, antiquair, lekkerbek en fijnproever, en bovenal een vriend van Alexandra. Shakespeare is mijn specialiteit, dat is tenminste de reden waarom ik hier ben. We zijn gisteren pas aangekomen, dus niemand heeft nog iets geleerd.'

'Behalve ik, een kaarttrucje,' zei Henri.

'Dat was enkel om het ijs te breken,' zei Jack. 'Ik ben wel van plan jullie algebra te leren.'

'Wat is algebra?' vroeg Stéphie, geïntrigeerd door het woord.

'Moeilijk,' zei David. 'Shakespeare is veel leuker.'

'Hé, algebra kan ook leuk zijn!' zei Jack. 'Maar dat hoef jij nog niet te leren, Stéphie.'

'Hoe denk je Shakespeare te gaan onderwijzen?' vroeg Antoine.

Alexandra trok zich terug naar haar fornuis. Ze konden nu wel onder elkaar praten, dan kon zij zich concentreren op het eten.

'Dat was een heerlijk ontbijt,' zei David even later. 'Ik had een stukje stokbrood met boter verwacht en misschien een croissant.'

'Als we 's ochtends brood willen, zullen we het met de auto moeten halen,' zei Alexandra, 'en ik dacht dat jullie allemaal wel trek zouden hebben.' Ze dacht dat Antoine wel trek zou hebben, bedoelde ze, en hoe hij zich voelde vond ze op de een of andere manier erg belangrijk.

'Zijn jullie van plan meteen met de lessen te beginnen?' vroeg ze.

'Moet dat?' vroeg Stéphie. 'Papa is nog maar net terug! We willen nog alles horen over zijn avonturen.'

'Misschien kunnen we beter eerst een dagje aan elkaar wennen voor we met de lessen beginnen,' zei Jack. 'David en ik zouden naar het plaatsje hier in de buurt kunnen gaan, naar Saint-Jean-du-Roc.' Antoine knikte. 'En misschien wat inkopen doen, om Alexandra werk te besparen...'

'Er is markt vandaag,' zei Alexandra. 'Ik kan jullie een boodschappenlijstje meegeven.'

'Wil er niemand met ons mee?' vroeg David, die de keuken rondkeek. 'Ik zie dat niemand dat wil.' Hij glimlachte. 'Goed, zodra we de afwas gedaan hebben...'

'Dat hoeft niet,' zei Alexandra. 'Echt niet! Ik red me wel in mijn eentje.'

David en zij kenden elkaar heel goed. Terwijl ze elkaar aankeken wist ze hem duidelijk te maken hoe graag ze iedereen uit de weg wilde hebben.

'Kinderen, we moeten Alexandra helpen...' zei Antoine.

'Nee! Echt, na zoveel maanden van elkaar gescheiden te zijn horen jullie tijd met elkaar door te brengen.' Even was ze stil. 'En ik wil iedereen mijn keuken uit hebben!'

'Het is jouw keuken niet,' zei Félicité.

'Zolang ik erin kook, is het mijn keuken!' zei Alexandra scherper dan de bedoeling was. Ze matigde haar toon. 'Ik bedoel, zo lang ik verantwoordelijk ben voor de maaltijden is het mijn werkplek. Gaan jullie je maar aankleden, dan kunnen jullie tijd met jullie vader doorbrengen. Hij heeft jullie vast vreselijk gemist.'

'Netjes gedaan, Lexi,' zei David zodra iedereen weg was. 'Je doet het erg goed.'

'Dank je. Ik heb in korte tijd heel veel moeten leren, en soms is het een beetje vermoeiend.'

'Ik kijk ernaar uit om naar de markt te gaan. Ik ga met heerlijke Provençaalse specialiteiten voor jou koken,' zei hij. 'En ik mag de kinderen graag. Ze zijn erg slim. We hebben het vast leuk samen.'

'Goed om te horen. Hun oma en moeder hebben min of meer tegen me gezegd dat ik niet geschikt ben om voor ze te zorgen. Als ze wat kunnen leren over hun Engelse erfgoed zou ik me minder incompetent voelen.'

David fronste zijn wenkbrauwen. Hij wilde duidelijk in discussie gaan, maar Alexandra wuifde ten teken dat ze er niets meer over wilde horen. 'Ga nu maar naar de markt. Je kunt er het best vroeg zijn.' Al was het nu eigenlijk al te laat om er vroeg te zijn, dacht ze.

Ze had net een schaal met heet water gevuld en een steelpannetje op het fornuis gezet om nog wat extra te verwarmen voor het geval het hete water op raakte, toen Antoine verscheen.

'Je moet me laten afdrogen...' begon hij, en hij pakte een theedoek van de stang voor het kachelfornuis.

'Nee, monsieur le Comte!' zei Alexandra streng. 'Ik wil dit graag doen. Ga maar naar uw kinderen. Ze hebben u heel erg gemist.'

Alexandra realiseerde zich dat ze haar handen in haar zij had gezet en wel erg strijdbaar moest overkomen. Ze glimlachte om haar bevelende blik te verzachten.

Hij lachte. 'Oké, ik heb cadeautjes voor ze. Maar echt, we moeten meer personeel regelen.'

'Dat is een goed idee.'

Hij glimlachte berouwvol. 'Ik zal ervoor zorgen. En noem

me alsjeblieft Antoine. Ik hou er niet van mijn titel te gebruiken, tenzij het niet anders kan.'

Ze knikte instemmend, en hij liep weg.

Later die dag kwam Stéphie naar Alexandra toe, terwijl die op de binnenplaats druiven plukte van de wijnstok die onder de dakrand groeide. 'Wat fijn, hè, dat papa weer thuis is?'

'Jazeker,' antwoordde Alexandra. 'Je bent vast heel blij.'

'Ja. Félicité en Henri hebben hun moeder – die ik helemaal niet aardig vind – maar ik heb alleen papa, dus ik vind het altijd heel fijn als hij er is. En dat vinden de anderen ook.'

'Ik vraag me af of zij hun moeder wél aardig vinden,' zei Alexandra. 'Nou ja, wanneer ze eraan gewend raken dat ze hier weer is, zullen ze haar vast aardiger gaan vinden.'

'Denk je? Ik vind haar onbeleefd. Maar ze is wel knap en ruikt lekker.'

Alexandra vroeg zich onwillekeurig af wat Antoine van Lucinda zou vinden na haar jaren niet gezien te hebben. 'Is knap-zijn en lekker ruiken genoeg?' vroeg ze, al verwachtte ze niet dat Stéphie haar vraag zou begrijpen.

'Nee, dat denk ik niet. Félicité zegt dat uiterlijk niet belangrijk is,' zei Stéphie. Toen was ze even stil. 'Ik vind jou ook heel knap. Misschien is het niet belangrijk, maar het is wel leuk.'

Alexandra lachte en sloeg haar vrije arm om Stéphie heen. 'Kom, dan brengen we deze druiven naar de keuken. David, mijn vriend die gisteren is gekomen, kookt vanavond. We kunnen de druiven als toetje eten.'

'O,' zei Stéphie teleurgesteld. 'Ik heb liever jouw toetjes. Met fruit en die kruimels erbovenop.'

'Een fruitcrumble is het enige waar ik nog puf in heb als ik lang in de keuken heb gestaan,' zei Alexandra. 'Maar we zullen het aan David vragen. Hij kan vast ook wel een crumble maken.'

10

David stond in de keuken, omringd door levensmiddelen van de markt en al het keukengerei dat hij kon vinden. Hij was bezig een paar kippen open te snijden voor het avondeten, waar een hakmes en een hoop lawaai bij kwamen kijken.

'Geef me geen standje,' zei hij toen Stéphie en Alexandra binnenkwamen. 'Ik weet dat ik altijd mopperde als je slordig was tijdens het koken, Lexi, maar ik ben me aan het oriënteren. Ik kan pas netjes zijn als ik weet waar alles ligt. Straks ruim ik de rommel weer op.'

'We hebben druiven meebracht voor het toetje,' zei Stéphie. 'Maar ik ben dol op crumble.'

David hield even op met kip snijden. 'Oké, dan doe ik je een voorstel. Als jij een druivenschaar kunt vinden, zodat de mensen niet aan de druiven plukken en stompjes aan de tros achterlaten, maak ik een crumble. Of misschien vraag ik je kindermeisje wel om dat te doen.'

'Ze heet Alexandra,' zei Stéphie streng. 'En ze is heel goed in crumble maken.'

'Het is zo'n beetje het enige toetje dat ik op het moment maak,' zei Alexandra. 'Zal ik je keukenhulpje zijn, David? En

Stéphie, weet jij waar je een druivenschaar kunt vinden? In de eetkamer misschien?'

'Druivenscharen zijn aanstellerij,' zei Jack, die langs Stéphie liep toen ze de deur uit huppelde. 'Een gewone schaar volstaat prima.'

'In het uiterste geval, beste jongen, maar we zijn in een kasteel,' zei David. 'Dan moeten we hogere eisen stellen.'

Alexandra en Jack lachten allebei, en toen draaide ze zich om om hout in het fornuis te stoppen.

'Alexandra, kan ik dat voor je doen? ' vroeg Jack. 'Of misschien houtblokken naar binnen brengen? Als jij me laat zien waar ze liggen.'

Alexandra aarzelde, want ze vroeg zich af of het Jack, met zijn stok, wel zou lukken.

'Ik red me wel,' zei Jack, die duidelijk haar gedachten las. 'Breng me er maar naartoe.'

Alexandra pakte de houtmand en leidde hem door de gang langs voorraadkamers en bijkeukens naar de binnenplaats, waar ze hem het houtschuurtje aanwees, dat gelukkig nog vol brandhout lag. 'Daar is het. Al het hout is gelukkig heerlijk droog, anders hadden we geen schijn van kans gehad met het kachelfornuis.' Jack en zij gooiden houtblokken in de mand. Toen die vol was, zei Alexandra: 'Als jij kunt ontdekken hoe je die kachel 's nachts aan kunt houden, zou ik je dankbaar zijn. De graaf lukt het, maar ik vind dat ik het ook zou moeten kunnen.'

'Waarom vraag je dan niet of de graaf het je wil laten zien?' zei een stem achter haar.

Alexandra schrok op. 'O! Ik dacht dat je het misschien druk had.'

'En heeft Jack het niet druk wanneer hij mijn kinderen algebra en kaarttrucjes leert?'

Jack lachte. 'Dan zal ik het inderdaad druk hebben, en zij ook, maar we hebben allemaal tijd nodig om van onze omgeving te genieten. David overweegt een toneelstuk op te voeren.'

'Echt?' zei Antoine. 'Waarom?'

'De beste manier om Shakespeare te begrijpen is door zijn werk op te voeren, zegt hij,' zei Jack. 'Als we daar tijd voor hebben, hoor.'

'Het lijkt me een geweldig idee,' zei Antoine. 'Ik vind het prima dat mijn kinderen op een minder conventionele manier les krijgen dan op school.'

'Scholen hebben zo hun voordelen,' zei Alexandra zacht.

'Tot nu toe waren scholen voor mijn kinderen geen succes,' zei Antoine, 'al wil ik er best met professionals over praten.'

'Goed,' zei ze, 'ik ga terug naar de keuken om crumble te maken. Dat is Stéphies lievelingstoetje.'

'Mag ik een keer met je praten over Stéphie?' zei Antoine.

'Ja hoor, wanneer je maar wilt,' zei Alexandra met een glimlach. 'Op dit moment is ze op zoek naar een druivenschaar. We kunnen zowel druiven als crumble eten. Ik dacht dat ze er in de eetkamer misschien een zou kunnen vinden.'

Antoine haalde zijn schouders op. 'Ik heb geen idee waar zo'n schaar zou kunnen liggen. Kun je haar anders even helpen met zoeken? Ze is erg op je gesteld.'

'Dat is wederzijds. Ik ga naar haar toe.' Even bleef ze staan. 'Je vergeet de houtblokken toch niet, hè?'

Toen ze het huis weer in liep, besefte ze dat ze een lid van de Franse adel opdrachten gaf, waarschijnlijk niet de beste manier om haar loopbaan als kindermeisje te bevorderen.

Ze vond Stéphie in de eetkamer, voor een groot, rijkversierd dressoir. Ze spitte door de messen en vorken, vermoedelijk op zoek naar een druivenschaar.

'Ik wou dat Félicité er was. Ik heb haar hulp nodig.' Stéphie pakte een vork op. 'O, deze zijn mooi. Die hebben we al heel lang niet meer gebruikt,' zei ze.

Alexandra pakte een andere vork en bewonderde de rijke versiering en het ontwerp. 'Ze zijn mooi, hè? David zal er vast van genieten. Hij is antiquair én leraar.' Ze legde de vork neer. 'Zullen we vanavond hier eten? Wat denk je?'

Stéphie sprong op en neer. 'Wat een goed idee! We kunnen vieren dat papa weer thuis is. Meestal eten we hier alleen als grand-mère er is, en dan is het allemaal heel chic en mogen we niet veel zeggen, maar ik vind de borden en de vorken zo mooi.'

'Zijn er ook speciale glazen?' vroeg Alexandra.

'In de kast.'

'Zou je vader het erg vinden als we die gebruiken? Zou jij dat willen vragen?' Alexandra vermoedde dat Stéphies vader wel ja zou zeggen als zij het vroeg, en ze vond dat ze uit de buurt van haar baas moest blijven tot hij vergeten was dat ze hem de opdracht had gegeven brandhout te halen. 'Het zou leuk en fijn zijn ergens anders te eten dan in de keuken.'

'Ik ga papa zoeken.' Stéphie was de deur al uit voordat Alexandra naar de druivenschaar kon vragen.

Ze besloot op zoek te gaan naar Félicité. Ze had haar al een tijdje niet meer gezien, en met haar grote zus bij zich zou Stéphie zelfs spitten door bestek leuk vinden.

Ze trof Félicité zittend op haar bed aan, terwijl ze uit het raam staarde. Haar wangen waren betraand.

'Och, liefje, wat is er?' vroeg Alexandra, voor ze zich herinnerde dat Félicité prikkelbaar was en misschien beter zou reageren op een minder emotionele benadering. 'Gaat het wel?'

Félicité slikte iets weg en knikte. 'Vast wel.'

Alexandra ging naast Félicité op het bed zitten. 'Je weet het niet zeker?'

Er klonk een grote snuif. 'Ik weet er alles van. Maar nu het gebeurd is, voel ik me raar. Het doet pijn en ik wil huilen.'

Het kwartje viel, en Alexandra voelde een golf van medeleven. 'Ben je ongesteld geworden?'

Félicité knikte.

'Ik weet nog toen mij dat overkwam. In het begin was het vreselijk. Ik kon gewoon niet geloven dat het elke maand zou gebeuren. Heb je alles wat je nodig hebt?' Alexandra kon zich niet herinneren wie haar had verteld over deze fase in de ontwikkeling van een vrouw en of ze haar hadden voorzien van maandverband en een gordel.

'Nee. Grand-mère heeft me erover verteld, maar ze zei dat zij het pas op haar zestiende werd. Ze lijkt te denken dat je met jongens flirt en slecht bent als je het eerder wordt.'

'Ach, dat is echt niet waar. En ik kan je geven wat je voorlopig nodig hebt. Heb je pijn? In je onderrug?'

'Ja! Hoe weet je dat?'

Alexandra lachte. 'Dat is heel normaal. Je hebt een warme kruik nodig en eventueel een aspirientje.'

'In Frankrijk stoppen ze die...'

Alexandra onderbrak haar. 'Ik heb aspirientjes die je met water kunt innemen.' Ze wilde niet weten hoe Fransen pijnstillers toedienden. 'Iets warms te drinken zou helpen. Warme chocolademelk? Mijn kindermeisje deed er altijd een beetje cognac in.' Even was Alexandra stil. 'Wil je dat ik contact opneem met je moeder?'

'Geen denken aan!' Daar leek Félicité geen ogenblik aan te twijfelen.

'Ik haal wel even wat je nodig hebt.'

Zodra ze bij de deur was, vroeg Félicité: 'Waarom had je nog een kindermeisje toen je al ongesteld werd?'

Alexandra haalde haar schouders op. 'Ze werd een gouvernante genoemd, ook al leerde ze me niets, want ik zat destijds op school. Maar ze was ook geen gezelschapsdame. Ik denk dat mijn familie, de mensen die de zorg voor me hadden, niet goed wisten wat ik nodig had.' Ze wachtte even voor het geval Félicité nog meer vragen had en liep toen de kamer uit.

Beneden aangekomen trof ze Antoine en Maxime in de hal aan, waar ze stonden te praten en elkaar lachend op de schouder sloegen. Ze waren duidelijk blij elkaar te zien.

'Kan Maxime blijven eten? vroeg Antoine. 'Is er genoeg?'

'Als David kookt, is er meer dan genoeg.'

Maxime pakte Alexandra's hand en drukte er een kus op. 'Je bent nog mooier dan de laatste keer dat ik je zag.'

Alexandra lachte om haar gêne te verhullen. 'Hallo, Maxime.'

'Jullie lijken elkaar beter te kennen dan ik dacht,' zei Antoine, die glimlachte, zij het vreugdeloos.

'Maxime heeft ons echt geholpen,' zei Alexandra. 'Vooral door jou naar huis te halen.' Ze dacht even na. 'Waarom gaan jullie niet een glas wijn drinken op het terras? Het is een mooie avond.'

'Kom je bij ons zitten?' vroeg Maxime.

Ze schudde haar hoofd. 'Jullie moeten bijpraten, en ik heb nog dingen te doen.'

Stéphie stoof de eetkamer uit. 'Waar was je? En waar is Félicité? We zijn nog niet klaar!'

'David volgens mij ook nog niet, dus maak je geen zorgen. Félicité voelt zich niet zo goed en blijft nog even boven. Ik ga kijken hoe het er bij David voor staat. Maxime is hier. Je vader en hij gaan een glas wijn drinken op het terras. Je zou hun de wijn kunnen brengen, dat scheelt mij weer werk. En misschien ook wat olijven?'

'Ik wil liever de tafel verder dekken. Ik heb heel veel mooie spullen gevonden! Niemand heeft me ooit eerder in die kast laten kijken.' Stéphie liep terug naar de eetkamer om haar klus af te maken.

Alexandra ging naar de keuken en ontdekte dat David, die in Londen altijd zo kalm was, dat nu niet was.

'David,' zei Alexandra met een blik op de vele schalen en pannen die overal stonden, allemaal met iets erin, 'dit is niets voor jou! In Londen ben je de georganiseerdheid zelve.'

'Ik weet het!' Hij gooide zijn handen theatraal in de lucht. 'Ik denk dat Frankrijk me naar het hoofd gestegen is.' Hij was even stil om naar Antoine te glimlachen, die naar binnen was gekomen, misschien om de wijn te halen. 'Zodra ik die heerlijke producten op de markt zag, heb ik alles gekocht, en nu wil ik natuurlijk alles klaarmaken.'

Alexandra wendde zich tot Antoine. 'Toen we nog in Londen samenwoonden, redde hij me altijd uit netelige situaties...'

'Jullie woonden in Londen samen?' Ineens klonk Antoine kil en nogal uit de hoogte.

Alexandra en David probeerden het allebei tegelijk uit te leggen. Op een gegeven moment stak Alexandra haar hand op naar David. 'Ik leg het wel uit. Mijn familie heeft een groot huis in Londen. Toen ik een kookcursus volgde in Londen deelde ik dat huis met David, die een aparte studio boven in het huis had, en twee vriendinnen. En Megs hond,' voegde ze eraan toe, alsof Antoine dan niet meer zo afkeurend zou kijken. 'David hield een oogje op ons meiden. En daarvoor kende ik hem ook al een paar jaar.'

Antoine glimlachte, nog steeds hooghartig. 'En je ouders? Waren die blij met de regeling?'

Alexandra vond het moeilijk hem aan te kijken, maar ze dwong zich ertoe. 'Mijn ouders zijn overleden toen ik nog heel klein was.'

Antoine fronste zijn wenkbrauwen. 'Wie zorgden er dan voor je?'

'Een reeks kindermeisjes en gezelschapsdames. Daarom voel ik me zo goed gekwalificeerd als kindermeisje, ik heb er heel veel gehad. Mijn familie hield toezicht vanuit Zwitserland.'

'Wisten zij dat je het huis deelde met een alleenstaande man?'

'Niet echt,' begon Alexandra, die moest blozen omdat ze er helemaal niets van hadden geweten.

'Ik denk dat we Antoine misschien maar alles moeten vertellen,' zei David.

Alexandra moest even slikken. Het was heel goed mogelijk dat Antoine David zou vragen onmiddellijk te vertrekken. Ze hoopte echt van niet. Nog afgezien van al het andere zou zij dan het eten verder moeten klaarmaken.

'Ik ben homoseksueel,' zei David. 'Dat betekent dat ik van Alexandra hou als van een dochter en haar in de verste verten niet als iets anders zal beschouwen. Het is ironisch dat een man die in Engeland als misdadiger kan worden aangemerkt eigenlijk de allerveiligste persoon is met wie ze een huis had kunnen delen.'

Daar dacht Antoine met gefronste wenkbrauwen over na.

'Mijn familie zou het niet hebben begrepen, ze zouden er niet blij mee zijn geweest dat ik met iemand als David samenwoonde,' zei Alexandra. 'Ook al hadden ze dat wel moeten zijn.'

'Ik zal proberen ruimdenkender te zijn. Het is in Engeland illegaal, toch? Hier in Frankrijk niet,' zei Antoine. Hij glimlachte, en zijn gezicht ontspande. 'Je bent welkom in mijn huis. En nu moet ik op zoek naar de wijn.'

Alexandra voelde een golf van opluchting. 'Maxime eet mee, David,' zei ze. 'En Stéphie treft in de eetkamer voorbereidingen voor een banket.'

'Net als ik in de keuken,' zei David met een buiging.

Alexandra zag Antoine glimlachen toen hij de kamer uit liep om naar de kelder te gaan. Het zou wel goedkomen, besloot ze.

Alexandra was blij Félicité in de eetkamer te zien, waar Stéphie de tafel aan het dekken was. Ze liep naar haar toe. 'Je had boven kunnen blijven, hoor. Ik zou wel tegen iedereen gezegd hebben dat je hoofdpijn hebt.'

Félicité glimlachte flauw. 'Het geeft niet. Ze zouden zich afvragen wat er met me aan de hand was. Ik kan niet tegen het idee dat mensen over me praten.' Even was ze stil. 'Nou ja, grand-mère dan. Ze vindt me een grote teleurstelling.'

'Dat is vast niet zo, maar goed dat je toch gekomen bent. Stéphie heeft een *placement* geregeld, dus je moet zelf even kijken waar je zit.'

Op aanraden van Alexandra had Stéphie namen geschreven op fraaie, oud uitziende naamkaartjes die ze had gevonden in het dressoir dat, zo liet David weten toen hij binnenkwam om te kijken hoe het ermee stond in de eetkamer, eigenlijk een *credenza* heette.

Eveneens op aanraden van Alexandra had Stéphie haar vader aan het hoofd van de tafel neergezet, met Félicité aan zijn ene en Stéphie aan zijn andere kant. Henri zat naast Stéphie. Daarna verloor Stéphie de belangstelling en concentreerde ze zich op het schrijven van namen op kaartjes en het vinden van al het vreemdsoortige bestek dat in de laden van het dressoir lag. Daaronder bevonden zich slakkentangen met bijpassende vorken en zeer decoratief bestek voor hors-d'oeuvres.

'Mijn hemel,' zei Antoine toen hij met een aantal flessen wijn de eetkamer in kwam. 'We krijgen echt een banket!'

Alexandra en Stéphie keken op. 'Jazeker,' zei Alexandra, 'ook al hebben we waarschijnlijk niet alle messen, vorken en lepels nodig die er liggen.'

'Alexandra zei dat het soms leuk is om alles uit de kast te halen,' zei Stéphie een beetje verdedigend. 'En ze zijn zo mooi! We zien ze niet als ze alleen maar in de cre... kast liggen.'

'Dat is helemaal waar. En nu ik dit allemaal zie, doet het me eraan denken dat we mijn schoonmoeder moeten uitnodigen voor het eten.' Antoine keek niet echt blij bij het vooruitzicht. 'Gelukkig hebben we Alexandra om ons te helpen.'

Alexandra, die er niet helemaal zeker van was of hij dat sarcastisch bedoelde, besloot dat dat waarschijnlijk niet zo was.

Félicité kwam naar hen toe. 'En mijn moeder? Moet je haar ook uitnodigen voor het eten?' Ze klonk niet blij bij de gedachte.

'Ik denk het wel, chérie,' zei Antoine. 'Maar daar hoeven we nu niet aan te denken.'

Alexandra zag dat dat vooruitzicht Félicité van streek maakte. Ze wist dat dat deels kwam doordat ze ongesteld was, maar het meisje had ook heel gegronde redenen om haar moeder niet zo aardig te vinden.

'De truc als je iemand eigenlijk niet wilt uitnodigen,' zei ze, 'is ook veel andere mensen uitnodigen, dan is er als het ware sprake van een "verdunning" en dat is prettiger. Kijk, daar is Maxime. Als we grand-mère uitnodigen, zouden we kunnen vragen of hij ook komt.'

'Ben je ervaren in de kunst van het entertainen?' vroeg Antoine.

'Een beetje wel, ja,' zei Alexandra resoluut. Ze besefte dat hij haar verwarrend vond en hoopte dat hij begreep dat ze voor de kinderen onder haar hoede alles zou doen wat nodig was.

Antoine knikte.

'Ik ga kijken hoe het met David in de keuken staat en een begin maken met de crumble,' zei ze kordaat, en ze liep de kamer uit. 'Daarna moeten we Jack zoeken.'

'Ik ben klaar, althans min of meer,' zei David een paar minuten later, terwijl hij met de rug van zijn hand zijn voorhoofd afveegde. 'Neem jij de ansjovistaart mee, dan pak ik de gevulde tomaten.' Hij was even stil. 'Die heb ik gemaakt omdat de tomaten geweldig waren, zo groot als pompoenen! En omdat niet iedereen van ansjovis houdt.'

Alexandra, die de taart pakte, lachte in zichzelf. Ze wist wel dat David enthousiast zou zijn over de producten. Ze was er zelf ook enthousiast over, maar ze hield niet zo van koken als David of haar vriendin Meg, een van de meiden met wie ze in Londen had samengewoond. Eten was Megs passie, en haar andere vriendin, Lizzie, had kleding maken – eigenlijk alle soorten naaiwerk – als passie. Wat was haar passie? Ze hield van veel dingen, antiek, wonen in Frankrijk, en ze was in heel korte tijd van de kinderen hier gaan houden. Maar haar passie leek haar baas te zijn, een stand van zaken die niet kon voortduren.

Ze zette de taart op een onderzetter en liet ruimte voor de gevulde tomaten.

'Mijn hemel! Een waar feestmaal!' zei Jack, die uit zijn kamer was gekomen.

'Lieve help,' zei David, 'ik wist niet dat we slakken aten. Wat beangstigend!'

'We eten geen slakken,' zei Stéphie. 'We wilden alleen de tangen showen.'

'O, dan is het goed.' David keek overdreven opgelucht om Stéphie aan het lachen te maken, en dat lukte.

'Maxime, kun je me helpen de wijn in te schenken?' vroeg Antoine. 'Ga zitten, allemaal. Ik denk dat we zonder dralen moeten beginnen aan deze overheerlijke maaltijd,' zei hij. 'Neem een tomaat, Stéphie.'

De anderen volgden zijn voorbeeld, en al gauw had iedereen een bord met eten voor zich staan.

'*Bon appétit,*' zei Antoine.

Hij had Alexandra aangekeken voordat hij het zei, maar ze

vond niet dat zij de rol van gastvrouw op zich moest nemen. Het was iets anders wanneer ze in de keuken aten, dit was formeler.

'Wat is dit toch allemaal lekker!' zei Jack nadat iedereen was begonnen.

'En ik dacht nog wel dat Engelsen niet konden koken!' zei Maxime plagend.

'Ik wist niet dat mannen konden koken,' zei Stéphie.

'Nou, dat kunnen ze wel,' zei Alexandra. 'En David kan het heel goed.'

'Chérie!' zei Antoine tegen zijn jongste kind. 'Je papa kan ook koken. Ik krijg alleen de kans niet.'

'Omdat je hier niet zo vaak bent,' zei Félicité.

'Ja, wanneer kom je voorgoed bij ons wonen?' vroeg Henri.

Antoine antwoordde niet onmiddellijk. 'Wanneer dat kan,' zei hij uiteindelijk een beetje somber.

'Mag ik een toost uitbrengen?' zei Maxime. 'Op de terugkeer van de zegevierende held!'

'Wat is een zegevierende held?' vroeg Stéphie fluisterend aan Alexandra.

'Dat is iemand die heel succesvol en waarschijnlijk nogal oorlogszuchtig is,' antwoordde haar vader. 'Ik ben bang dat ik dat niet ben.'

'Dat is maar goed ook!' zei Jack. 'De jeugd van tegenwoordig wil vrede. Er is genoeg oorlog geweest.'

Er klonk instemmend gemompel.

'Staat er een piano in dit etablissement?' ging Jack verder.

'O ja,' zei David, nu behoorlijk ontspannen vanwege het succes van zijn diner en de uitmuntende wijn die Antoine schonk. 'We houden wel van een liedje rond de oude Joanna.'

'Hij bedoelt piano,' zei Alexandra tegen Félicité, die ook opgewekter leek nu ze een paar keer aan het lachen was gemaakt.

'Er staat een piano in de muziekkamer,' zei Antoine. 'Ik weet alleen niet of die nog bespeelbaar is. Hij was van mijn vrouw. Het was te duur om hem naar Buenos Aires te verschepen toen ze wegging.'

'Ze wilde me dwingen piano te leren spelen, maar ik heb haar talent niet,' zei Félicité.

'Chérie, je was pas vijf! Niet iedereen is een muzikaal genie,' zei Antoine, en hij gaf zijn dochter een klopje op haar hand.

'Je moeder was muzikaal aangelegd?' vroeg Jack. 'Dat is interessant.'

'Maar ik kan niet pianospelen,' zei Félicité een tikje opstandig. Alexandra kon niet zeggen of het meisje dat erg vond of niet.

'Je bedoelt dat je het op je vijfde niet kon,' zei Jack. 'Ik ben hier om jullie wiskunde- en muziekles te geven, en het zou nuttig zijn er een instrument bij te hebben, al hoeven we niet allemaal de "Moonlight Sonata" te leren spelen.'

'Jammer,' zei Maxime. 'Dat is het enige wat ik kan spelen.'

'Ik vind pianospelen leuk,' zei Henri, 'maar ik speel liever cello. Een vriend van papa heeft me de zijne gegeven, toen hij hem niet meer wilde.' Opeens werd hij vuurrood en staarde hij naar zijn bord.

Jack wierp Henri een blik toe. 'De cello is een prachtig instrument. Kun je muziek lezen, Henri?'

'Een beetje,' zei Henri tegen het bord dat voor hem stond, nog steeds met een hoofd als een boei. 'Er zat een boek bij de cello.'

Félicité nam het woord om haar verlegen broer te redden, die er zo'n hekel aan had om in het middelpunt van de belangstelling te staan. 'Ik kan wel een paar deuntjes op de piano spelen.'

'Dat heet op gehoor spelen,' zei Jack. 'En het is heel nuttig.

Maar ik kan je leren muziek te lezen, dan kun je stukken spelen die je nooit eerder hebt gehoord.'

'De piano moet wel gestemd worden. Ik weet niet...' begon Antoine.

'Misschien kan ik hem zelf een beetje bijstellen,' zei Jack. 'Zo niet, dan zoeken we wel een stemmer, toch, Alexandra?'

Alexandra glimlachte en haalde haar schouders op. 'Ik ben maar een kindermeisje, ik weet niet of ik wel gekwalificeerd ben voor het zoeken van een pianostemmer.'

'Lieverd, je bent niet eens gekwalificeerd als kindermeisje,' zei David opgewekt. Toen viel hij even stil. 'Mijn excuses,' zei hij tegen Antoine. 'Ik ken Lexi al heel lang. Ik heb haar altijd geplaagd. Ik weet zeker dat ze een voortreffelijk kindermeisje is.'

'Ze ís een voortreffelijk kindermeisje,' herhaalde Stéphie.

'Dank je, lieverd,' fluisterde Alexandra tegen haar. Luider zei ze: 'Wil je dat ik je help met de volgende gang?'

'Ik wil graag hulp met kiezen,' zei David, die Antoine aankeek. 'Kaas of een toetje? Zijn we Engels of Frans?'

'Kaas, graag,' zei Antoine. 'Ik trek nog een fles wijn open. Maar misschien hebben de kinderen nu liever iets zoets.'

'David maakt heerlijke toetjes,' zei Alexandra.

'Ik help wel,' zei Félicité onverwacht.

'Ik heb de druivenschaar gevonden,' zei Stéphie zelfingenomen. 'Dus we kunnen druiven eten bij de kaas. Het is eigenlijk een toetje.' Ze fronste haar wenkbrauwen. 'Grand-mère keurt toetjes af. Ze zegt dat mensen er dik van worden.'

'Mijn oma vindt dat mensen niet dik mogen zijn,' zei Félicité, terwijl ze met de vuile vaat naar de keuken liepen.

'Gaat het wel?' vroeg Alexandra. 'Wil je nog een pijnstiller?'

'Nee, dank je. Ik voel me al veel beter.' Ze glimlachte even. 'Stéphie heeft gelijk. Je bent best een goed kindermeisje.'

Tegelijk met de kaas zetten ze twee toetjes op tafel. Er was een appelcrumble en chocolademousse. Stéphie dacht dat ze in het paradijs was. De volwassenen dronken cognac en werden spraakzaam. Stéphie at ongemerkt heel wat van de mousse, tot ze moest geeuwen.

'Volgens mij is het bedtijd,' zei Alexandra, die Antoine aankeek. Als de vader van de kinderen thuis was, was het dan nog haar taak te zeggen dat hun dag ten einde was gekomen?

'O ja. Stéphie?' zei Antoine, die met David en Maxime in discussie was geraakt over truffels.

'Alexandra brengt me naar bed en blijft bij me tot ik slaap,' zei Stéphie.

'Ik kom ook mee naar boven,' zei Félicité.

Henri, die zich ervan bewust was dat hij de enige jongere zou zijn als hij bleef, stond ook op.

'Ik kom jullie allemaal een nachtzoen geven,' zei Antoine, die trots naar zijn kinderen glimlachte.

Kort nadat Alexandra zich in haar slaapkamer had teruggetrokken, hoorde ze hem dat doen. Ze moest erom glimlachen. Stéphie voelde zijn aanwezigheid vast, ook al was ze nu waarschijnlijk al diep in slaap.

11

Een paar dagen later stond Alexandra rond lunchtijd in de keuken in de soep te roeren waaraan David die ochtend was begonnen en die hij op het kachelfornuis had gezet om verder te pruttelen. Even daarvoor was ze nog in de bibliotheek geweest, nu een leslokaal, waar ze David had geholpen met zijn Shakespeare-les. Er was veel gelachen – niet iets wat Alexandra eerder met Shakespeare had geassocieerd – en iedereen had een rol gekozen en hardop voorgelezen. Ze hadden zich uitstekend vermaakt. Jack was er even bij gekomen en had Henri daarna meegenomen voor een muziekles. Het kasteel was nu een heel andere plek dan vlak na Alexandra's aankomst.

Antoine kwam binnen terwijl Alexandra stokbrood in een mandje deed en kaas op een bord schikte.

'Nou, dat is geregeld!' zei Antoine. 'Ik heb mijn schoonmoeder uitgenodigd voor de lunch.' Hij liet een korte stilte vallen. 'Ik moest mijn ex-vrouw ook uitnodigen, want ze waren samen. En ik heb Hortense uitgenodigd, de vriendin van mijn schoonmoeder.' Hij was even stil. 'Denk je dat David dan kookt?'

Alexandra knikte. 'Of ik.' Ze was een beetje beledigd door de aanname dat alleen David kon koken, al zou ze het wel een beetje intimiderend vinden om in haar eentje voor die speciale gasten te koken. Iedereen zou op haar letten en misschien willen dat ze faalde. Maar ze was deels aangenomen omdat ze kon koken. 'Kun je Maxime ook niet beter uitnodigen?'

'Als jij dat wilt.' Op die typisch Franse manier trok hij een wenkbrauw naar haar op.

Ze negeerde de wenkbrauw, die betekende dat hij dacht dat ze meer dan alleen bevriend wilde zijn met Maxime. Misschien zou ze inderdaad gevoelens voor Maxime moeten ontwikkelen – hij was tenslotte erg knap. 'Hij is heel behulpzaam en charmant.'

'Je hebt gelijk. Maxime is een goede vriend, en misschien kan hij Lucinda zodanig vleien dat ze niet langer een pruilmond trekt.' Hij dacht even na, terwijl Alexandra verderging met de voorbereidingen voor de lunch. 'Haar ego heeft deuken opgelopen, en daardoor is ze prikkelbaar.'

'Voor wanneer heb je iedereen uitgenodigd? Toch niet voor vandaag, hoop ik.'

'Natuurlijk niet voor vandaag!' zei Antoine, verontwaardigd om de suggestie dat hij zoiets zou doen. 'Voor morgen.'

Alexandra maakte een geluid, een uitroep waaruit bleek dat morgen niet echt beter was dan vandaag en dat ze een beetje geïrriteerd was.

'Sorry,' zei Antoine verontschuldigend. 'Toen we keken welke dagen goed uitkwamen, bleek morgen de enige dag waarop we allemaal konden.'

'Het is niet aan mij om commentaar te leveren op je sociale agenda,' zei Alexandra met geheven kin.

Antoine leek haar verontwaardiging grappig te vinden.

'Ik heb oneindig veel vertrouwen in je vermogen met elke noodsituatie om te gaan,' zei hij. 'Trouwens, je bent Engels: niemand zal iets verrukkelijks verwachten.'

Alexandra tuitte haar lippen in een poging niet mee te gaan

in zijn pret. Ze was deels gevleid, deels beledigd, maar ze wilde vooral met hem meelachen.

'Lunchen we in de tuin?' stelde ze voor.

'O ja. Waarom ook niet? Het weer is prachtig. Een bezoek van de oma van de kinderen verloopt altijd beter als we het wat minder formeel kunnen maken.' Hij keek naar Alexandra, die een tros druiven inspecteerde. 'Hoe ging de les vanochtend?'

'Goed! Als je naar de bibliotheek gaat, kun je een rol kiezen en de tekst lezen. David wil graag dat iedereen meedoet.'

'Is dat een tactvolle manier om te vragen of ik je met rust wil laten, zodat je je werk kunt doen?' Weer trok hij een wenkbrauw op, en de manier waarop een van zijn mondhoeken krulde was onweerstaanbaar.

Alexandra knikte en probeerde serieus te blijven, maar glimlachte toch terug. Ze kon het niet helpen.

'Stéphie!' zei David de volgende dag, na vierentwintig uur koken en wat boodschappen doen. 'De tafel ziet er absoluut fantastisch uit. Net een impressionistisch schilderij. Je hebt geweldig werk geleverd.'

Ze zaten op het terras, onder een afdak van wijnranken, beschenen door de herfstzon. Het was inderdaad net een schilderij, vond Alexandra. Ze zou willen dat de tafel gedekt was voor een feest met vrolijke gasten, oude vrienden, mensen die ze aardig vond. Nu waren de gasten vooral mensen die kritiek hadden en de kinderen gestrest maakten, en uit eigen ervaring wist ze dat gestreste mensen nooit op hun best waren.

Stéphie, die geen last had van de ongerustheid die de rest van de huisgenoten voelden, straalde. 'Alexandra heeft geholpen.'

'Jij hebt al het zware werk gedaan, lieverd,' zei Alexandra.

'Grand-mère vindt de katoenen servetten van de markt vast niet mooi,' zei Félicité. 'Ze vindt alleen linnen mooi.'

Alexandra dacht dat zij linnen ook mooi vond, tot ze besefte dat ze het zou moeten wassen. Ze moest eens met Antoine praten over de aanschaf van een wasmachine. Toen er nog meer personeel was geweest, had het kasteel het waarschijnlijk prima zonder kunnen stellen, maar nu alleen zij er was plus een meisje uit het dorp – dat Antoine gelukkig had ingehuurd om haar te helpen – was er meer modern comfort nodig.

'Ik dacht dat een vleugje kleur wel leuk zou zijn,' zei Alexandra. 'En die stoffen zijn toch heel Provençaals.'

Félicité en Stéphie keken haar een ogenblik verdwaasd aan en gingen toen verder met hun inspectie van de tafel. 'Vergeet het water niet,' zei Félicité.

'De bloemen zijn heel mooi,' zei Alexandra.

'Ja, en ze nemen niet te veel plaats in,' zei David. 'Er staan straks zo veel gerechten op tafel dat er amper plek is voor bloemen, maar die kleine boeketten zijn perfect.'

'Grand-mère zal zeggen dat het onkruid is,' zei Félicité.

'Dan zeggen wij dat onkruid niet bestaat, alleen bloemen op de verkeerde plek,' zei David vriendelijk.

Félicité slaakte een schaterlach die Alexandra nog niet vaak had gehoord. 'O, zeg dat alsjeblieft, David! Ik ben benieuwd te horen hoe grand-mère reageert!'

'Ik vind ze eruitzien als echte bloemen,' zei Alexandra, die zag dat Stéphie een beetje beledigd was. Ze probeerde bloemennamen te bedenken. 'Dat is fuchsia, en is dat roze madeliefjesachtige bloempje geen kosmos? En dat zijn zeker goudsbloemen. Ze zien er prachtig uit.'

'Je oma is van het vormelijke type, begrijp ik?' zei Jack, die met twee grote kannen water in zijn handen aankwam. 'Nou ja, Henri heeft urenlang op zijn stuk geoefend. Hij heeft echt talent voor de cello. Als ze ergens van onder de indruk zal zijn, is het dat wel. Hij is bijna een wonderkind.'

‘Onze moeder wil vast dat ik ook iets speel,’ zei Félicité met een zucht. ‘Ze was teleurgesteld in me toen ik vijf was. Nu ik vijftien ben, zal ze nog erger teleurgesteld zijn.’

Alexandra opende haar mond om iets scherps te zeggen in de trant van ‘als ze wil dat haar dochter piano leert spelen, moet ze bij haar blijven om het haar te leren’, maar deed hem weer dicht. David en zij hadden een paar keer over het onderwerp gepraat. Hij had gezegd: ‘Ik weet dat je ouders je hebben verlaten, lieve Lexi. Zij hadden geen keus. Lucinda had natuurlijk wel een keus, alleen weet niemand wat er in andere relaties omgaat. We moeten niet oordelen.’

‘Ik wil je met plezier pianoles geven, Félicité,’ zei Jack. ‘Ik wil maar zeggen: Henri is zo enthousiast over zijn cello. Dus als je wilt...’

‘Nee, dank je,’ zei Félicité. ‘Ik speel niet graag piano. Ik wil mijn moeder alleen niet teleurstellen.’

‘Je hebt een prachtige zangstem,’ ging Jack verder. ‘Je kunt op meer manieren muzikaal zijn dan enkel door pianospel. David hier speelt heel goed piano, maar heeft geen muzikale vezel in zijn lijf.’

‘Nou ja zeg,’ zei David. ‘Wat een schandalige opmerking! En nu moet ik naar het eten gaan kijken. We kunnen alvast wat buiten neerzetten, als we het afgedekt houden. Weet iemand of de gasten op tijd zullen komen?’

Alexandra stond op het punt te zeggen dat ze het niet wist, toen Félicité antwoordde: ‘Ik verwacht dat mijn moeder te laat komt. En ze komt met grand-mère mee, dus dan komen ze allebei te laat.’

‘Oké,’ zei David. ‘Ik was niet van plan een soufflé te maken, dus dat maakt niet uit. Maar wel goed om te weten dat ik de Daube gewoon kan laten pruttelen. Trouwens, misschien is het daar vandaag toch te warm voor. In dat geval eten we gewoon koud vlees en salade en bewaren we de Daube voor een andere keer.’

Alexandra volgde David naar de keuken.

'Je hebt zoveel moeite gedaan, David,' begon Alexandra, die zich schuldig voelde omdat David, die hier was om les te geven, zo vaak kookte. Ze vond dat zij dat moest doen.

'Je weet dat ik het graag doe, Lexi,' zei David. 'Ik hou van alle geweldige producten, en ik heb er niet veel werk aan, dus ik doe het met liefde! Ik denk trouwens dat dit voor iedereen zwaar zal zijn, vooral voor de kinderen.'

'Ik weet het.' Alexandra slaakte een zucht. 'Ik weet niet over wie ik me het meest zorgen maak, Félicité of Stéphie. Ach, misschien krijgt Stéphie het allemaal niet zo mee.'

'Ik denk ook dat het voor jou geen pretje zal zijn,' zei hij.

'Ik doe er niet toe!' Ze lachte. 'Nou ja, natuurlijk doe ik er wel toe, maar deze lunch – dat de kinderen voor het eerst sinds ik weet niet hoe lang hun beide ouders op dezelfde plek hebben – zal lastig zijn. En hun oma, die is... nou ja, je zult het zien.'

'Ik kijk ernaar uit. In mijn werk vormen extreme types een kans karakters te bestuderen. Goed, zullen we een hartversterkinkje nemen? Met zijn tweeën?'

Alexandra lachte. 'Graag. Ik neem een klein glaasje rosé en drink dan straks niets. Ik wil gewoon dat alles goed gaat! Voor... nou ja, voor de kinderen.'

'Het kan je niet schelen hoe het voor de vader van de kinderen verloopt?'

Alexandra kon een blos niet tegenhouden en begon snel de druiventrossen bij te knippen die een enorme schaal vulden. Stéphies druivenschaar bleek een uitkomst. 'Natuurlijk wil ik voor hem ook dat het prettig verloopt, maar hij kan voor zichzelf zorgen. De kinderen hebben mij nodig.'

'Hoewel Antoine het heel goed zou kunnen...' Opeens viel David stil.

‘Wat zou ik heel goed kunnen?’ vroeg Antoine, die met zijn armen vol flessen de keuken binnenkwam.

‘Ik drukte Lexi net op het hart dat ze zich geen zorgen hoeft te maken over deze lunch. En dat niemand onaardig tegen de kinderen zal doen zolang jij hier bent.’ David klonk heel overtuigd.

Alexandra bloosde nog wat meer en knipte een toch al keurige tros druiven nog wat bij.

‘David heeft gelijk, Alexandra,’ zei Antoine. ‘Ik ben prima in staat mijn kinderen te beschermen. Maar ik waardeer het dat hun geluk je zo na aan het hart ligt.’

Dapper keek ze naar hem op. ‘Je weet dat ik mijn plichten heel serieus neem.’ Daarop pakte ze de schaal en vluchtte weg.

Onder een vijgenboom hadden ze een serveertafel neergezet, waar ze de schaal op zette. Vervolgens legde ze een servet over de druiven om de vliegen weg te houden. Er stond al een schaal met vijgen en een paar late perziken, bijna over hun hoogtepunt heen.

Terwijl ze wat schoof met de spullen op de tafel, wenste ze dat ze zich in Antoines gezelschap niet zo geneerde. Dat was niets voor haar! Dat hij haar baas was, was niet echt relevant. Ze wisten allebei dat ze haar werk goed deed, dus waarom bezorgde hij haar dan zo’n ongemakkelijk gevoel?

‘Ik hoop dat Maxime vroeg komt,’ zei ze tegen Félicité, die naast haar was opgedoken. ‘Alles lijkt altijd meer ontspannen wanneer hij er is.’

‘Voel je je niet ontspannen wanneer ik er ben?’ vroeg Jack, die met Henri was komen aanlopen.

‘Jawel, maar Henri’s oma is doodeng. En zijn moeder ook. Ik heb veel bescherming nodig.’ Ze glimlachte om duidelijk te maken dat ze het grappig bedoelde. ‘Wanneer ga je je stuk spelen, Henri? Mag ik voorstellen dat je het voor de lunch doet? Anders doen de mensen zich tegoed aan de wijn en het eten, herinneren zich dan hoe laat het is en haasten zich weg.’

'Ik weet niet of dat in Frankrijk zo gaat,' merkte Jack op, 'maar laten we jouw stuk inderdaad eerst doen. Dan krijgt die angstaanjagende oma vast een goed humeur. Je speelt geweldig.'

Alexandra glimlachte warm. Ze waardeerde het erg dat hij zo goed met de kinderen omging. 'Ik ben zo blij dat je mee naar Frankrijk bent gekomen, Jack.'

'Ik heb er altijd naar verlangd terug te gaan naar Saint-Jean-du-Roc, dus toen David me vertelde dat hij daarheen ging, of naar een plek in de buurt, kon ik de verleiding niet weerstaan.'

'Waarom heb je het altijd willen zien?' vroeg Henri. 'Het is geen bekende Provençaalse stad zoals Aix-en-Provence, of die andere plaatsen waar beroemde kunstenaars hebben geschilderd.'

Jack haalde zijn schouders op. 'Ik ben hier een keer voor een korte vakantie geweest. Ik wilde zien of het door de oorlog veranderd was.'

'O, kijk! Daar heb je Maxime,' zei Alexandra. 'Het terras ligt hier goed, hè? Je ziet mensen al van verre aankomen.'

'Jammer dat we geen valhek kunnen neerzetten om plunderaars buiten de deur te houden, hè, Félicité?' zei Jack.

Félicité giechelde.

Omdat iedereen de drie zag aankomen, stonden ze bij de voordeur om grand-mère, haar vriendin Hortense en natuurlijk Lucinda binnen te laten. Alleen Jack was er niet bij. Hij maakte de muziekkamer klaar, onder andere door de piano af te stoffen, iets waaraan niemand had gedacht tot Stéphie er met haar vinger haar naam op had geschreven.

Alexandra hoefde geen deel uit te maken van het welkomstcomité en had dingen te doen, maar ze wilde het moment niet missen en wilde Stéphie kunnen opvangen als die zich buitengesloten voelde.

'Ah! Penelope!' zei Antoine. Hij gaf zijn schoonmoeder drie

zoenen. 'Hortense...' Ook zij kreeg drie zoenen. 'En Lucinda.' Zijn ex-vrouw kreeg op elke wang een kus.

'Goed,' zei hij in het Engels, 'ik wil jullie graag voorstellen aan meneer David Campbell, die de kinderen Engelse les geeft, met de nadruk op Shakespeare.'

David gedroeg zich zoals iedere oma of moeder zich zou wensen. Hij was hoffelijk en charmant, maar niet te informeel. Nadat grand-mère en hij beleefdheden hadden uitgewisseld, vroeg hij: 'Waar is Jack nu?'

'In de muziekkamer,' antwoordde Henri. 'Ik heb een muziekstuk voorbereid.'

Alexandra merkte op dat Henri niemand aankeek toen hij het zei, niet zeker wetend op wie hij indruk moest maken.

'Misschien wil je je stuk nu spelen, Henri?' vroeg ze bemoedigend. Hij leek erg zenuwachtig, en ze vond nog steeds dat hoe eerder de uitvoering voorbij was, hoe beter het was voor Henri.

'Ja,' zei Antoine. 'Kom, dan gaan we naar hem luisteren. Ik denk dat je erg onder de indruk zult zijn van onze zoon, Lucinda.'

David excuseerde zich en ging naar de keuken, en Félicité volgde hem. Alexandra liep naar de muziekkamer. Ze had Henri wel horen spelen, maar dit was een kans hem eens goed te horen. Ze besloot buiten de deur te blijven luisteren, zodat zijn publiek niet te groot zou zijn.

Jack zat aan de piano. Iedereen ging zitten, en Henri pakte zijn strijkstok. Jack draaide zich om om te kijken of hij er klaar voor was, en op dat moment hapte grand-mère naar adem. Ze kreeg een hoestbui en pakte haar zakdoek, en Lucinda vroeg of het wel goed met haar ging.

Alexandra, die in de deuropening stond, vroeg zich af of ze water moest halen, maar grand-mère hield vol dat alles in orde was en wimpelde haar dochters bezorgdheid geïrriteerd af.

Toevallig keek Alexandra naar Jack, en ze zag dat hij eerst

heel bleek en daarna rood was geworden. Snel draaide hij zich om, en hij rommelde wat met zijn bladmuziek.

'Ga je nog spelen of niet, Henri?' vroeg grand-mère op scherpe toon.

'We zitten te popelen om je te horen spelen, Henri,' zei Antoine met een glimlach.

'Ja,' beaamde grand-mère. 'Het was niet mijn bedoeling zo scherp te klinken.'

Félicité leek verrast. Misschien bood haar oma niet vaak haar excuses aan.

Jack begon met een openingsfrase aan de piano, waarbij hij struikelde over de eerste noten. Hij was duidelijk ook zenuwachtig, besefte Alexandra.

Henri begon te spelen, en de melancholische noten van Saint-Saëns vulden de kamer. Alexandra hield haar adem in. Het was zo mooi, zo ontroerend, dat de tijd voor haar gevoel stilstond. De jongen ging helemaal op in de muziek, één met zijn instrument. Zijn moeder staarde hem aan alsof ze hem niet herkende. Toen zag ze grand-mère. De tranen liepen over haar wangen. Was ze echt ziek? Alexandra wachtte tot de laatste noot gespeeld was en vluchtte terug naar de keuken. Ze vroeg zich af of grand-mère misschien een dokter nodig had of op zijn minst ergens moest gaan liggen waar het koel was.

Alexandra en David waren buiten bezig eten op de tafel te zetten en wat met de tafelschikking te rommelen, toen Stéphie bij hen kwam zitten. 'Henri heeft heel mooi gespeeld, maar grand-mère is helemaal raar geworden,' zei ze.

'O nee! Is ze ziek?' vroeg Alexandra. Ze had een bank in de salon laten neerzetten, zodat grand-mère kon gaan liggen terwijl ze op de dokter wachtten, als die werd geroepen.

Maxime, die achter Stéphanie aan was gelopen, zei: 'Niet

echt ziek, denk ik. Ze werd bleek en moest gaan zitten. Lucinda zorgt voor haar.'

'Ik hoop dat ze Henri's spel mooi vond,' zei Alexandra. 'Het was zo... ontroerend.'

'Ze moest ervan huilen. Dat stuk van Saint-Saëns is heel aangrijpend. Maar Penelope voelde zich daarna pas slapjes, toen Antoine Henri's leraar aan haar voorstelde.' Maxime glimlachte geruststellend naar Alexandra.

'Nou, ik hoop dat ze zich snel beter voelt,' ging Alexandra door. 'Iedereen heeft veel moeite gedaan voor deze lunch. Ik wil niet dat hij bedorven wordt door grand-mère die in katzwijm valt.'

'Wat betekent dat?' vroeg Stéphie.

Alexandra voelde de sterke neiging tegen Stéphie te zeggen dat ze haar dat later wel zou vertellen, maar verzette zich ertegen: goede kindermeisjes gingen geen vragen uit de weg. 'Het betekent dat mensen zich zonder duidelijke reden wat flauw voelen. Goed, staat alles op de tafel?'

'Dat is je geraden,' zei Félicité. 'Er past niets meer bij.'

Uiteindelijk kwam de rest van het gezelschap uit de muziekkamer en ging zitten. Er werden drankjes ingeschonken en er werd over en weer getoost. Het leek Alexandra een eeuwigheid te duren. Iedereen had het erover hoe mooi Henri had gespeeld – iedereen behalve Henri, die onderuitgezakt op zijn stoel probeerde te doen alsof hij er niet was.

Alexandra zat helemaal achteraan, ver weg van de eregasten maar dicht bij David, zodat ze hem kon helpen met het regelmatig bijvullen en verwisselen van schalen.

Aan de andere kant van de tafel leek alles goed te gaan. Penelope was een beetje stil, net als Jack. Lucinda daarentegen leek vol energie te zitten.

‘Hij moet natuurlijk naar Parijs om te studeren. In dit achtergebleven deel van Frankrijk zal zo’n talent nooit gewaardeerd worden,’ zei ze. Haar heldere stem schalde over de tafel.

Félicité was bedachtzaam, en zodra Henri eenmaal over zijn aanvankelijke verlegenheid heen was, leek hij een razende honger te hebben en negeerde hij de toekomstplannen van zijn moeder. Stéphie was in opperbeste stemming en vertelde verrukt dat ze in een kast mooie glazen had gevonden en geholpen had ze af te wassen en te drogen. Ze dronk er nu water uit.

‘Het is te hopen dat ze na de maaltijd allemaal nog heel zijn,’ zei Lucinda, die het glas uit Stéphies hand pakte.

Alexandra voelde zich plaatsvervangend gekwetst. Het kleine meisje was heel voorzichtig geweest met de glazen, ze had een doekje in de gootsteen en op de afdruipplaat gelegd en één glas tegelijk afgewassen. Als ze dichterbij had gezeten, had ze er iets van gezegd. Dat mompelde ze tegen David, die zei: ‘Dan is het maar goed dat je niet in de buurt zit. Het kindermeisje mag de meesteres des huizes niet afsnauwen, ook al is ze een ex-meesteres, ex-vrouw – wat dan ook. Kun je een ex-meesteres zijn?’

Alexandra lachte en ving Maximes blik. Hij hief zijn glas naar haar, en zij knikte naar hem.

Ze begon zich net te ontspannen – de gasten zaten nu allemaal aan de kaas met druiven en hadden over het algemeen hun goede manieren laten varen voor minder formeel gedrag – toen David opeens zijn wenkbrauwen fronste.

‘Hallo zeg! Wie komt daar aangereden in zo’n mooie auto?’

Alexandra draaide zich om en zag een crèmekleurige Rolls-Royce met open dak de oprijlaan op rijden. Ze kreeg het warm en koud tegelijk en werd misselijk. ‘Lieve hemel,’ zei ze. ‘Dat is mijn familie!’

12

Alexandra had tijd om haar familieleden te bekijken toen ze uit de Rolls-Royce stapten die hen al zo'n vijftien jaar vervoerde. Haar neef Hubert zat achter het stuur. Hij was begin dertig, een beetje kaal, met afhangende schouders en een terugwijkende kin. Hij was degene met wie iedereen wilde dat ze trouwde, wist ze. Niemand wilde dat haar vermogen uit de familie zou verdwijnen.

Zijn passagiers waren ouder, begin zestig maar vol energie. Nicht Clothilde en nicht Aimée, elegant gekleed en met een hoed op, stapten uit de auto en keken duidelijk instemmend om zich heen.

'Alexandra!' zei Aimée zodra ze haar in de deuropening zag staan. 'Wat zie jij er… landelijk uit.'

Alexandra stapte naar voren en kuste haar op een wang. 'Nicht Aimée. Heb je me laten weten dat jullie zouden komen?'

'Nee,' zei Clothilde bondig. 'Het leek ons leuk je te verrassen.'

Alexandra's gedachten vlogen terug naar die avond in Londen, nog maar een paar maanden geleden, waarop Clothilde en Aimée vergezeld van een van de oudere, mannelijke familieleden haar hadden 'verrast' door in het familiehuis in Londen te verschijnen waar Alexandra woonde. Dat bezoek was voor niemand aangenaam geweest.

Antoine kwam naast haar staan, waardoor Alexandra zich opeens gesteund en toch nog bezorgd voelde. Het was zijn huis. Het enige wat zij nu moest doen, was uitleggen waarom een Rolls vol familie van haar zojuist bij hem voor de deur was verschenen. Ze slikte moeizaam. Dat zou niet makkelijk zijn.

'Antoine, mag ik je voorstellen...' Ineens herinnerde ze zich dat je eerst de man aan de vrouw moest voorstellen. 'Clothilde, mag ik je voorstellen aan de Comte de Belleville?'

Ze zag de van nature hooghartige gezichtsuitdrukking van haar nicht verzachten toen ze het woord 'comte' hoorde, en verder verliep de voorstelronde goed.

Antoine was uiterst hoffelijk over deze plotselinge invasie. 'Kom binnen! Willen jullie je even opfrissen...' Hij draaide zich naar Alexandra toe.

'Volg mij maar,' zei ze, 'dan zal ik jullie het... damestoilet wijzen.' Ze wist niet goed hoe ze de ruimte moest beschrijven waar ze hen naartoe leidde. 'De beneden-wc' dekte de lading niet echt. Het vertrek was waarschijnlijk voor een ander doel ontworpen. Het was vrij groot, er stond een bankje in en Stéphie had het vol gezet met bloemen en bossen gedroogde lavendel. Alexandra was blij dat ze grand-mère hadden verwacht voor de lunch, want vanwege haar lagen er nu prachtig geborduurde antieke linnen handdoeken en stond er eau de cologne op de kaptafel.

Terwijl Alexandra's nichten zich opknapten, keek ze in de spiegel in de hal. Ze wist dat 'landelijk' waarschijnlijk 'boers' betekende. Ze droeg haar lievelingsjurk van de markt, had haar haar naar achteren gebonden met de ceintuur van de jurk als haarband en had espadrilles aan haar voeten. Zonder make-up zag ze eruit alsof ze een jaar of twaalf was. Ze had zich die ochtend niet gekleed met haar vormelijke familieleden in gedachten maar Lucinda, het type vrouw dat jaloers was op iedere andere vrouw, alleen omdat ze een vrouw was, besefte ze. Daarom had ze geprobeerd er zo jong en kinderlijk mogelijk uit te zien. David had gezegd dat het haar perfect was gelukt. Ze kon nu moeilijk naar boven rennen en haar hakjes aantrekken!

'Volgens mij heeft Antoine Hubert mee naar buiten genomen, naar het gezelschap daar,' zei Alexandra toen haar nichten weer tevoorschijn kwamen.

'Wij gaan er ook heen.'

Geef ze geen keus in waar ze heen gaan, dacht ze bij zichzelf, zet ze gewoon neer waar je ze wilt hebben.

'Noem je je werkgever bij zijn voornaam?' vroeg Aimée. 'Is dat gebruikelijk?'

'Daar heb ik nooit bij stilgestaan.' Alexandra weigerde verontschuldigend te klinken, hoewel het waarschijnlijk wel een beetje vreemd was, nu ze erop werd gewezen. 'Hij heeft het me gevraagd.'

'Goed dan. Kom, dan gaan we kennismaken met de familie. Ik moet zeggen dat het een opluchting voor ons is te zien dat je in dienst bent van de aristocratie, Alexandra. Ik hoop dat je Frans er beter van wordt.'

'Monsieur,' zei Clothilde nadat haar neef, haar nicht en zij brood, kaas en appelcrumble hadden verorberd, hun voorgeschoteld door David. Die was gefascineerd nu hij de familieleden zag over wie Alexandra het zo vaak met hem had gehad, maar die hij nog nooit had ontmoet. 'Ik denk dat we moeten praten. We moeten bespreken hoe lang Alexandra hier zal blijven.'

'Prima,' zei Antoine. 'Willen jullie met me meekomen? Neem gerust je wijn mee,' zei hij tegen Hubert.

'Ik blijf hier, als je het niet erg vindt,' zei Hubert.

Hoewel Alexandra niet was uitgenodigd, ging zij ook mee. Ze vond dat ze erbij moest zijn, al nam ze het Hubert niet kwalijk dat hij even een pauze wilde van zijn vermoeiende vrouwelijke familieleden.

Ze gingen naar de salon. Het viel Alexandra op dat die er ineens vaal en in een elegante staat van verval uitzag. Er zat een lange streep vocht naast het raam, gedeeltelijk aan het oog onttrokken door gordijnen die er duidelijk al heel lang hingen.

'Monsieur,' zei Clothilde weer zodra iedereen zat, 'hoe lang hebt u Alexandra nodig?'

Alexandra hoestte luid. Ze was geen meubelstuk dat uitgeleend werd. 'Ik wil blijven tot de kinderen... hun draai hebben gevonden.'

Clothilde glimlachte op haar neerbuigende manier van 'niet praten wanneer oudere mensen aan het woord zijn', waarin ze zo bedreven was. 'Ik kan me voorstellen dat de graaf een kindermeisje zoekt dat gekwalificeerd en misschien niet zo jong is.'

'Tot nu toe heeft Alexandra uitstekend werk verricht met de kinderen,' zei Antoine. 'Ze zijn erg op haar gesteld en het zal lang duren tot mijn oudste dochter, die vijftien is en dus eèn moeilijke leeftijd heeft, aan een nieuw kindermeisje gewend is geraakt.'

Clothilde scheen verbaasd dat Alexandra, die altijd een beetje een probleem voor haar familie was geweest, zo gewaardeerd leek te worden. 'Wat verheugend om te horen. Zoals u weet, hebben we Alexandra op afstand moeten opvoeden. Dat was niet makkelijk.'

Alexandra bestudeerde de vochtige plek en vroeg zich voor de miljoenste keer af waarom de familie haar niet gewoon had opgehaald en bij een van hen had ondergebracht toen ze wees was geworden. Donna had haar die vraag in Parijs gesteld, en Alexandra had hem weggewuifd. Maar het was iets waarover ze in de loop der jaren regelmatig had nagedacht, en ze was tot de conclusie gekomen dat geen van haar familieleden echt van kinderen hield en dus ook geen moeite zou doen voor een baby. Ze vond dat ze geluk had gehad. Ze had immers net zoals zij kunnen worden.

Antoine glimlachte. 'Het zou jullie dus geen ongerief bezorgen als ze tot de lente bij ons blijft? Jullie hebben vast geen kindermeisje nodig.' Met zijn gezichtsuitdrukking gaf hij aan dat hij een grapje maakte, met de bedoeling dat erom werd gelachen, maar daarachter was hij serieus.

Alexandra's adem stokte. Ze wist niet dat Antoine haar zo lang nodig zou hebben, en haar hart maakte een sprongetje bij de gedachte.

'Tot de lente?' vroeg nicht Aimée. 'Dan kunnen we haar bij de etiquetteschool bij ons in de buurt inschrijven voor het zomersemester. Ik kan wel horen dat haar Frans is verbeterd door haar verblijf hier bij u.' Ze boog zich naar voren. 'U zult begrijpen dat we alleen het allerbeste voor Alexandra willen. Die school is de beste van heel Zwitserland, en daar zullen ze haar gegarandeerd al de... verfijning bijbrengen dat nu ontbreekt.' Alexandra merkte dat ze gefrustreerd met haar voet op en neer wipte en stond op. 'Ik ben blij dat dat allemaal geregeld is. Nicht Clothilde, nicht Aimée, ik denk dat we de graaf terug moeten laten gaan naar zijn gasten. Willen jullie de tuin zien?'

Omdat Antoine tegelijk met haar opstond, deden de nichten dat ook. 'O nee,' zei nicht Aimée, 'dat is aardig aangeboden, maar we moeten verder. We kwamen alleen langs om ons ervan te verzekeren dat je hier goed op je plek bent. We gaan naar Aix. Misschien kun jij Hubert vertellen hoe hij moet rijden, Alexandra. Kun je hem gaan halen? Zeg tegen hem dat we willen vertrekken.'

Alexandra stribbelde niet tegen, maar ze wist heel goed dat

ze werd weggestuurd zodat ze over haar konden praten. Ze was vast van plan ervoor te zorgen dat ze meekreeg wat er werd gezegd.

Tot haar verrassing stond Stéphie voor de deur van de salon te wachten. Alexandra besefte dat Félicité en Henri waarschijnlijk door hun moeder in beslag waren genomen en zij was buitengesloten. Ze legde een vinger tegen haar lippen. 'Ik wil even luisteren.'

Samen bogen ze zich naar de deur, zodat ze het beter konden horen.

'Monsieur,' zei Aimée tegen Antoine. Ze had een dragende stem. 'Ik denk dat het niet meer dan eerlijk is u te vertellen dat Alexandra pas op haar vijfentwintigste haar vermogen erft.'

Stéphie en Alexandra keken elkaar verbaasd aan. Ineens klonk er een scherpe uitroep en het geluid van meubilair dat over de vloer schraapte.

'Alexandra's vermogen interesseert me niet,' zei Antoine op zijn meest aristocratische toon.

Alexandra's mond werd droog, en ze greep Stéphies hand vast. 'Vlug, lieverd, ren naar Hubert en zeg tegen hem dat de anderen willen gaan. Ik moet hier blijven!'

'Goed, maar beloof me dat je me later alles zult vertellen,' fluisterde Stéphie terug.

'Natuurlijk,' zei Alexandra. 'En nu rennen!'

Ze keek toe terwijl haar bondgenoot wegrende, duidelijk opgetogen dat ze deel uitmaakte van een samenzwering. Alexandra probeerde meer te horen van wat er werd gezegd, maar kennelijk waren ze naar de andere kant van de kamer gelopen, naar waar de ramen uitzicht boden op de bergen in de verte. Ze hoorde geen woord meer, enkel wat zacht gemompel.

Ze stapte geschrokken achteruit toen Aimée en Antoine de salon uit liepen. Die waren duidelijk verbaasd haar te zien.

‘O, daar ben je!’ zei Aimée.

‘Ik ga ervoor zorgen dat Hubert weet hoe hij moet rijden,’ zei Antoine, en hij liep de hal in.

Aimée bleef bij de deur van de salon staan en keek verward naar Alexandra. ‘Eh... kun je ons wat thee brengen?’ vroeg ze. ‘Clothilde heeft een hoestje, en ik denk dat een warme drank daartegen zal helpen.’ Ze verroerde zich niet, wachtte duidelijk tot Alexandra wegging.

Er zou nog een gesprek onder vier ogen over haar situatie plaatsvinden, besefte Alexandra. Ze hadden Antoine zover gekregen dat hij de salon had verlaten, en nu wilde Aimée haar uit de weg hebben.

Ze liep weg door de gang en glipte terug zodra ze Aimée de deur hoorde sluiten. Ze zou het verzoek om thee negeren. Clothilde wist toch niet dat Aimée om thee had gevraagd. Alexandra knielde neer en legde haar oor tegen het sleutelgat. Gelukkig kon ze hen nu vrij duidelijk horen.

Aimée klonk verontschuldigend. ‘Heb ik er verkeerd aan gedaan hem over haar vermogen te vertellen? Hij wist er duidelijk niets van. Ik had mijn mond moeten houden.’

Er schraapte een stoel over de vloer. ‘We weten niet wat Alexandra’s houding tegenover haar vermogen is. Misschien vertelt ze iedereen die ze ontmoet er wel over. Jij kon niet weten dat ze dat hier niet heeft gedaan.’ Clothilde klonk geruststellend. ‘En je hebt niet gezegd dat ze het ook erft wanneer ze trouwt.’

Aimée lachte even. ‘Zelfs ik ben niet zo dom. Die ellendige Hubert! Waarom probeert hij haar niet te versieren? We weten hoe eigenzinnig ze is, maar ze is een heel mooi meisje. Als hij niet voor haar vijfentwintigste met haar trouwt, doet iemand anders het wel. Ik kan de gedachte niet verdragen dat al dat geld uit de familie verdwijnt! Ik moet er niet aan denken.’

Het kwam Alexandra voor dat Aimée er kennelijk juist heel veel aan dacht.

Aimée was nog steeds aan het woord. 'Ik moet zeggen dat kindermeisje zijn het beste in haar naar boven lijkt te brengen. Het maakt haar een nog betere huwelijkskandidaat dan ze al is!'

'Maak je maar niet te veel zorgen. Volgens mij heeft Alexandra er geen idee van dat ze haar erfenis bij haar huwelijk krijgt, zelfs als ze voor haar vijfentwintigste trouwt.'

'Weet ze dat niet? O, dan is er niks aan de hand. Ik zal het er met Hubert over hebben. Hij lijkt op het ogenblik in geen enkel ander meisje geïnteresseerd, hè?'

Alexandra merkte dat ze trilde. Ze liep de gang door om zichzelf een paar minuten te geven om bij te komen van wat ze had gehoord. Het was schandalig dat haar niet verteld was dat ze het geld kreeg als ze trouwde. En wat trouwen met Hubert betrof: dan bleef ze nog liever vrijgezel!

De auto, een goed onderhouden Rolls-Royce Silver Wraith uit de jaren veertig, zorgde voor heel wat oponthoud bij het vertrek van het gezelschap uit Zwitserland. Maxime, David en Antoine wilden het prachtige voertuig allemaal uitvoerig bekijken. Hubert vond het geweldig om een tijdje over zijn dierbare auto te praten, want gewoonlijk besteedden mensen niet veel aandacht aan hem. Alleen Jack en Penelope ontbraken. Blijkbaar waren ze teruggegaan naar de muziekkamer.

Toen verscheen Lucinda, die iets wilde, en haastten Maxime en David zich om haar te helpen. Uiteindelijk waren alleen Antoine, Alexandra en Stéphie nog over, om voor de negentiende keer te controleren of ze niets nodig hadden (een idee van Alexandra, die niet wilde dat ze overhaast terugkwamen) en de portieren te sluiten. Hubert startte de motor, die luxueus snorde, en toen legde Clothilde, die voorin zat, haar hand op die van Hubert om het vertrek even een halt toe te roepen.

'Tot ziens, monsieur,' zei ze luid, alsof de motor kabaal maakte. 'U moet weten dat Alexandra ons zeer dierbaar is.'

'Ik ben zelf vader,' zei Antoine heel hooghartig. 'Ik begrijp het volkomen.'

Antoine verroerde zich pas toen de auto het hek aan het eind van de oprijlaan had bereikt. 'Stéphie?' zei hij. 'Ga Félicité zoeken. Alexandra, we moeten praten.'

'Echt?' vroeg Alexandra snel, terwijl ze Stéphie tot haar ontzetting zag wegrennen. 'Je weet alles wat je moet weten, en we hebben gasten. Lucinda is toch al gepikeerd omdat ze in de steek is gelaten. Je moet echt terug naar het gezelschap. Ik zal koffiezetten.'

'Het kost niet veel tijd,' zei hij.

Alexandra's mond werd droog toen ze achter hem aan het huis in ging en terugliep naar de salon. Waarom had ze het gevoel dat hierna niets meer hetzelfde zou zijn? Zou hij haar anders behandelen omdat ze een erfgename was? Nee toch? En dat ze nog geen vijfentwintig was? Hij wist nog steeds niet hoe oud ze was. Ze zou best drieëntwintig kunnen zijn. Een paar jaar erbij smokkelen was geen ernstige misleiding, en iedereen wist dat het geoorloofd was een beetje te jokken op je curriculum vitae. Hij had zelf gezegd hoe goed ze haar werk deed. Ze besloot de regie in eigen handen te nemen. Ze zou niets zeggen over het vermogen en hopen dat hij het op de een of andere manier vergat.

Maar zodra ze in de salon waren, met de deur dicht, begon haar hart te bonzen en kon ze amper ademhalen, laat staan iets bedenken om te zeggen om zichzelf uit de nesten te werken.

Een hele tijd zei Antoine niets, het voelde als uren. 'Volgens mij heb je me misleid, Alexandra.'

Ze schudde haar hoofd.

'Je bent niet wat je leek,' zei hij. 'Misschien moet ik je ontslaan.'

Ze slikte iets weg, hoestte, schraapte haar keel en hervond uiteindelijk haar stem. Dit was enorm oneerlijk. Ze zou vechten om de baan te behouden waar ze van hield. 'Wat lijk ik dan?'

Die vraag had hij niet helemaal verwacht, besefte ze.

'Ik dacht dat je een heel efficiënte jonge vrouw uit een goede familie was, die wist hoe ze met probleemjongeren en kinderen moest omgaan.'

'Dat ben ik ook!' Langzaam hervond ze haar evenwicht. 'En ik kan me niet herinneren dat die eisen op het formulier stonden dat ik heb ingevuld.'

'Klopt,' zei hij. 'Wel was er ruimte op het formulier voor het vermelden van je leeftijd. Blijkbaar heb je dat deel niet correct ingevuld.'

Ze stak haar kin omhoog. 'Het spijt me dat ik op het formulier heb gelogen over mijn leeftijd, maar ik dacht dat die vrouw – degene die het sollicitatiegesprek met me voerde – me de baan niet zou geven als ik… wat jonger was. En ik wilde de baan echt hebben! Ik dacht alleen dat die in Parijs was,' voegde ze eraan toe, zonder dat het de bedoeling was.

'Waarom ben je niet weggelopen toen je ontdekte dat de baan niet in Parijs was?' vroeg hij.

Ze kon hem niet zeggen dat het vanwege hem was. Op een overdreven manier haalde ze haar schouders op. 'Je hebt mijn familie ontmoet. Ik had geen haast om naar Zwitserland te gaan om "etiquette" te leren.'

'Je dacht dat het op het platteland van de Provence leuker zou zijn?'

Ze lachte. 'Ja. En dat is het ook!'

'Hoe oud ben je echt, Alexandra?' vroeg Antoine met een gefronst voorhoofd. Voordat ze kon bedenken met welke leeftijd ze kon wegkomen, voegde hij eraan toe: 'De waarheid, graag.'

'Ik ben twintig.'

Er klonk een korte, gedempte uitroep in het lokale dialect. 'Als ik dat had geweten...'

'Maar goed,' onderbrak Alexandra hem snel, 'jij dacht natuurlijk wel dat hier een huishoudster was toen je me in dienst nam. Twintig jaar is niet te jong voor een kindermeisje. Je verwachtte alleen van me dat ik kon koken en autorijden en Engels kon spreken. Dat kan ik allemaal. Ik heb me overal mee gered, en dat zonder huishoudster. Na mijn aankomst had ik geen hulp. Ik was hier alleen met de kinderen.'

Antoine zweeg even en haalde toen zijn schouders op. 'Ik dacht dat ik mijn kinderen aan de zorg van een verantwoordelijke volwassene overliet.'

'Dat is ook zo. Ik ben verantwoordelijk, dat heb ik wel bewezen. En ik ben volwassen – in elk geval oud genoeg om te trouwen.' Ze wenste echt dat ze dat laatste niet had gezegd. Dat zou ze ook niet gedaan hebben, als ze iets anders had kunnen bedenken waarvoor ze oud genoeg was.

'Daardoor ben je nog niet ouder dan twintig,' merkte Antoine op, nog steeds met een gefronst voorhoofd.

'Je moet me toch beoordelen op mijn daden en niet op mijn leeftijd?' Hoewel Alexandra niet gauw zelfmedelijden had, had ze het gevoel dat ze nu echt onredelijk werd behandeld. 'Toen ik hier aankwam, hadden de kinderen nog niet gegeten, was het ijskoud in het kasteel en er was alleen nog wat oud brood en oude kaas. Er was geen huishoudster, geen hulp in huis en geen geld voor eten voor de kinderen. Ik moest van mijn eigen geld eten kopen op de markt. Maar ik heb me gered.' Tot haar schrik merkte ze dat haar stem oversloeg. Ik zal wel moe zijn, dacht ze. Het is een lange, zware dag geweest.

Hij reageerde niet meteen, maar toen hij dat deed, was zijn houding milder. 'Het spijt me, Alexandra. Je had nooit in zo'n positie gebracht mogen worden. Je hebt het geweldig gedaan. Stel je voor dat ik een vrouw van in de dertig had aangenomen zonder jouw vindingrijkheid en moed. Die zou het er niet zo goed afgebracht hebben.' Hij liet een korte stilte vallen. 'Ik had alleen niet verwacht dat je een erfgename bent.'

Alexandra haalde een paar keer rustig adem. Ze had haar potentiële vermogen altijd voor lief genomen en het gevoel gehad dat het zo ver buiten haar bereik lag dat het niet de moeite waard was erover na te denken. Deze middag had daar verandering in gebracht. Haar geld zou wel eens veel dichterbij kunnen zijn dan ze had gedacht. 'Verandert dat iets?'

Antoine keek lange tijd naar iets op de grond. 'Nee. Het verandert niets. En dat is maar goed ook. Ik heb je het verhogen van je leeftijd vergeven, dus zal ik mijn kinderen hun dierbare, verantwoordelijke gezelschapsdame niet afnemen.'

Alexandra moest gaan zitten. Ze was slap van opluchting.

'En dat is maar goed ook, want ik moet binnenkort weer weg.'

De luchtbel van vreugde die even in haar was opgestegen, spatte uiteen. 'O.'

'Ik ben teruggekomen voordat mijn werk af was, omdat Maxime me vertelde hoe de zaken er hier voor stonden en dat Lucinda het erover had de oudere kinderen weg te halen. Zodra ik hier alles op een rijtje heb, moet ik terug naar Parijs.'

'Moet je altijd ver van huis werken?' Normaal gesproken zou ze niet het lef hebben gehad dat te vragen, ook al dacht ze er al een tijdje over na.

'Ja. Tenzij of totdat ik een manier vind om genoeg te verdienen om het kasteel en de boerderij zonder regelmatige geldinjecties draaiende te houden.' Hij glimlachte vaderlijk, op de manier van 'daar hoef jij je geen zorgen over te maken'. 'Nu moeten we terug naar het gezelschap, eens kijken hoe het met onze gasten gaat.'

Terwijl ze samen terugliepen naar het terras slaakte Alexandra een stille zucht van verlichting. Haar vermogen had haar haar baan niet gekost en haar familie had haar toestemming gegeven hier tot het voorjaar te blijven. Bij die gedachte ging haar hart sneller kloppen.

13

Toen Alexandra de keuken in liep, zag ze tot haar genoegen een grote waterketel en nog een pan op het kachelfornuis staan om water te koken. De hoeveelheid warm water die het fornuis gewoonlijk leverde, was bij lange na niet genoeg voor de stapels afwas die de lunch had opgeleverd. Ze wierp een blik op het terras en zag dat David de tafel afruimde en dat Stéphie hielp. Verder was er niemand te bekennen.

De afwas kon wel dagen kosten, dacht ze, en ineens sloeg haar stemming om. Ze voelde zich een beetje als het plasje water op de vloer bij de gootsteen. Nou ja, ze kon maar beter direct beginnen.

Maar in plaats van borden af te schrapen en op te stapelen en verder allerlei nuttigs te doen, ging ze aan de keukentafel zitten. Milou, die binnenkwam en merkte dat ze zich ongelukkig voelde, legde zijn kop op haar schoot. Ze sloeg een arm om hem heen, waarbij ze zijn hondenadem negeerde. Hij was zo groot dat het bijna was alsof ze een mens omhelsde.

'Wat is er, meiske?' vroeg David, die met een mand vol vuile vaat de keuken in kwam. 'Heb je bij het zien van je illustere familieleden heimwee naar Zwitserland gekregen?'

Alexandra voelde zich onmiddellijk beter en lachte. 'Absoluut niet! Ik vond ze erg vermoeiend, en vond je het niet onbeleefd dat ze onaangekondigd verschenen? En dan zo naar Aix verdwenen? Ik vind het schandalig.'

David haalde zijn schouders op. 'Het was inderdaad wel een beetje aanmatigend. Hoewel ze als tantes erg vermakelijk waren, bijna net zo vermakelijk als de tantes in de romans van P.G. Wodehouse.'

Daar moest Alexandra om glimlachen. Door hen op die manier te zien, kon ze de situatie relativeren. 'Ze willen dat ik met Hubert trouw.'

Nu moest David glimlachen. 'Ik denk niet dat dat zal gebeuren.'

'Hoezo niet? Ik mag dan eigenzinnig zijn, maar ik ben een mooie meid. Dat heb ik uit zeer betrouwbare bron!'

David schudde nog steeds geamuseerd zijn hoofd. 'Je neef Hubert speelt voor het roze team. Daar zou ik geld op inzetten.'

'Je bedoelt...'

'Hij valt niet op vrouwen, hoe mooi of eigenzinnig ook.' Zijn glimlach was nu weemoedig. 'Als dat het enige was wat er nodig was, zou ik je zelf proberen te versieren.'

Alexandra stond op en goot een fluitketel water in de gebutste geëmailleerde bak waarin ze de afwas deden. 'Voor een verstandshuwelijk, bedoel je? Ik mag Hubert, hij is vriendelijk en erg aardig, maar trouwen? *Je crois que non.*'

'Nou ja, ze zijn nu weg.'

'En ze wilden niet blijven overnachten. Bedenk eens hoe erg dat zou zijn geweest.'

'Zijn er genoeg geschikte slaapkamers?' vroeg David. 'Beddengoed zou in elk geval geen probleem zijn geweest.'

Hij laadde zijn mand uit, vermoedelijk zodat hij kon teruggaan naar de tafel buiten om hem opnieuw te vullen.

'Ik heb geen idee hoeveel bruikbare slaapkamers hier zijn.

Ik heb alleen de kamers gezien waar ik moest zijn.' Ze kreeg een idee. 'We moeten op onderzoek uit gaan,' zei ze. 'Het zou echt handig zijn om dat te weten. Denk je dat mensen hierheen zouden komen op vakantie? Kun je me de borden aangeven?'

'Natuurlijk zouden ze komen.' David overhandigde haar de stapel. 'Engelsen zijn dol op Frankrijk. Er is hier zo veel te doen. Het is een paradijs voor antiekverzamelaars. Alleen al het kraampje op de markt is goud waard!'

'Ja, hè?' zei Alexandra instemmend. 'Ik heb er zelf ook een paar spulletjes gekocht, gewoon om het in de vingers te houden. Ik blijf tenslotte niet eeuwig kindermeisje.' Daar voelde ze zich best treurig om, en ze wreef peinzend met haar doek over de borden. Ze wilde niet weg uit dit gezin. Zij en hun welzijn waren erg belangrijk voor haar geworden.

Alexandra en David hadden al aardig wat afgewassen, toen Félicité en Henri binnenkwamen met pakjes gewikkeld in elegant papier en met gekrulde gouden linten eromheen. Stéphie volgde met niets in haar handen, haar kin geheven en bijtend in haar onderlip. Ze probeerde overduidelijk niet te laten merken hoe teleurgesteld ze was.

'Mama is naar huis,' zei Félicité, 'en ze heeft ons een cadeautje gegeven. Maar Stéphie niet.' Ze klonk niet enthousiast en wierp een nerveuze blik op Stéphie.

'Maak open!' zei Stéphie. 'Het geeft niet. Ze is mijn moeder niet. Dat weet ik ook wel.'

Félicités cadeau was een prachtige lichtblauwe schrijfmap. Hij was van leer, met allerlei vakjes en plekjes voor brieven, pennen en stempels, alles wat je maar nodig kon hebben om iemand te schrijven. Er zat ook een mooi schrijfblok bij, en bijpassende enveloppen gevoerd met vloeipapier. Henri had net zo'n map gekregen, alleen dan donkerrood, en met eenvoudige enveloppen.

'In de mijne zit een briefje,' zei Henri. Hij opende het. 'O. Dit is om mama te kunnen schrijven wanneer we naar de kostschool gaan.'

Stéphie haalde trillerig adem. Alexandra zag dat ze elk moment in tranen kon uitbarsten.

'O!' Ze stond op. 'Ik herinner me net iets. Allemaal hier blijven. Vooral jij, Stéphie.'

Ze stoof naar boven, naar haar slaapkamer, naar de kast waar ze de spullen had opgeborgen die ze bij de brocantekraam had gekocht. Ze pakte er eentje, deed er wat vloeipapier omheen en rende terug naar de keuken, terwijl ze bad tot de heilige die over zulke dingen ging dat haar plan zou werken.

'Ik heb dit voor je gekocht, Stéphie,' zei ze. 'Ik wilde het je pas geven zodra ik ook iets voor Félicité en Henri had. Maar die hebben nu hun schrijfset...' Alexandra bleef bidden, deze keer tot de heilige die teleurstellingen wegnam. Ze wilde Stéphie zo graag zien glimlachen.

'O, het is een fornuisje!' zei Stéphie zodra ze het had uitgepakt. 'Zoals wij hier ook hebben, alleen dan heel klein.'

'Ja,' zei Alexandra, 'en volgens mij kun je het aansteken als je er spiritus in doet. Het is niet nieuw, ben ik bang.'

'En ook niet antiek,' zei David, die aan de andere kant van de tafel toekeek. 'Maar zeker de moeite waard als verzamelobject. Ik zou echt een busje moeten huren, dat vullen met een voorraad antiek en de hele boel mee terugnemen naar de Portobello Road.'

'Ik vind het superleuk!' zei Stéphie. 'Er zitten pannetjes en nog veel meer bij. Het is heel mooi. Dank je wel.' Ze gaf Alexandra een dikke knuffel, oprecht blij met haar cadeau.

Antoine kwam binnen. 'Wat is er aan de hand?'

'Mama heeft cadeautjes voor ons gekocht,' zei Félicité, 'maar niet voor Stéphie. En nu heeft Alexandra haar een speelgoedfornuisje gegeven.'

Alexandra kon het niet laten, ze keek op en zag hem naar haar kijken. Opeens voelde ze zich enorm opgelaten.

'Dat is heel aardig van Alexandra,' zei Antoine, die zich duidelijk net zo opgelaten voelde als Alexandra.

'Het was erg onattent van mama om niet aan Stéphie te denken,' zei Félicité, waarmee ze uitsprak wat iedereen dacht. 'En als ze denkt dat ik naar de kostschool in Engeland ga en haar brieven ga schrijven met zulke enveloppen, dan zal ze nog vreemd opkijken!'

Alexandra opende haar mond maar zweeg. Hoewel ze het helemaal met Félicité eens was, bestond er vast een regel dat je geen kritiek mocht leveren op je ouder, zelfs niet als die iets verkeerd aanpakte. Niemand zei iets.

'Je ziet er moe uit, Lexi. Zou je niet naar bed gaan?' zei David opeens. 'Je bent vast uitgeput. Al dat koken en alles organiseren...'

'Jij hebt gekookt,' begon ze.

'Maar ik kreeg geen angstaanjagende familieleden uit Zwitserland onaangekondigd over de vloer,' ging David door.

'Maak je geen zorgen over het voorlezen,' zei Stéphie vriendelijk. 'Dat doet papa wel.'

Antoine knikte. 'Jazeker. Ga maar, Alexandra.'

En dat deed ze, al wist ze niet of ze zich in de watten gelegd of afgewezen voelde. Tegen de tijd dat ze boven was, kon het haar niet meer schelen, ze merkte dat ze echt moe was. Voor ze zich in bed liet vallen, schreef ze een brief aan haar neef Hubert in Zwitserland, waarin ze hem vroeg om een kopie van het testament waarin de details over haar erfenis stonden. Hij zou de brief ontvangen wanneer ze allemaal weer thuis waren na hun grote reis. Daarna poetste ze haar tanden, en even later was ze al in slaap.

De volgende ochtend rende Stéphie Alexandra's slaapkamer in. Ze was al aangekleed. 'Ik ga vandaag niet lezen, Lexi,' zei ze. 'Ik ga uit met papa!' Ze rende weer naar buiten, terwijl Alexandra zich afvroeg wat ze ervan vond dat Stéphie haar Lexi noemde. Ze besloot dat ze het wel fijn vond.

Ze stond op, trok een schone jurk aan en het enige vest dat ze had en liep naar beneden.

Daar stond David worstjes te bakken. 'Ik rammel,' verklaarde hij. 'Nadat jij naar bed was gegaan, wilde niemand meer eten. Jack lijkt iets onder de leden te hebben en Antoine heeft de kinderen mee uit genomen, dus ik maak ontbijt voor wie er over is om het op te eten. En volgens mij zijn wij twee dat.'

Er lagen verse stokbroden op tafel, naast een mandje met croissants. 'Ik heb echt honger.' Ze pakte een croissant en legde die op haar bord. 'Dus je hebt brood gehaald? Dan was je wel erg vroeg op.'

'Zoals je weet ben ik altijd vroeg op, maar deze keer is Jack naar het dorp gegaan. Hij wilde later met mijn auto ergens heen en heeft dus brood en *viennoiserie* gekocht voor hij vertrok. Dat laatste laat zich trouwens ruwweg vertalen als croissants.'

Alexandra reikte naar de boter. 'Stéphie noemde me vanochtend Lexi. Dat vind ik fijn. Hebben de kinderen al ontbeten?'

Hij knikte. 'Met croissants en warme chocolademelk. Antoine en de kinderen zijn weg, dus we hebben de hele dag om het kasteel te verkennen.'

'O, dat zou leuk zijn! Na alle drama van gisteren zie ik ernaar uit lekker met zijn tweeën te zijn en niet de hele tijd op mijn woorden te hoeven passen.' Even was ze stil. 'Ik zou me er wel ongemakkelijk bij voelen in het kasteel rond te snuffelen zonder te vragen of dat goed was.'

'Ik ook,' zei David triomfantelijk. 'Daarom heb ik Antoine gevraagd of het mag. Hij zei: "Ga je gang. Sla de kelder vooral niet over, en kies daar iets lekkers uit voor bij de lunch. Wij zijn de hele dag weg."'

'O, dat is fijn!' Ze at haar croissant op en reikte naar het brood.

'Laat wat ruimte over voor de worstjes, die zijn van hier,' zei David, die opstond om ze te halen. Nadat hij er een op Alexandra's bord had gelegd, zei hij: 'Weet je, nog niet zo lang geleden zou je niet om toestemming hebben gevraagd om een leeg huis te verkennen. Je zou het gewoon gedaan hebben en erop vertrouwd hebben dat je niet betrapt werd. Vanwaar die verandering, vraag ik me af?'

'O. Nou ja, ik denk dat het gewoon komt doordat ik wat volwassener ben geworden,' zei ze. 'Misschien heb ik door mijn werk als kindermeisje verantwoordelijkheidsgevoel gekregen.'

'Misschien,' zei David na een korte stilte. Hij was duidelijk niet overtuigd.

Het kasteel was groter dan Alexandra zich had gerealiseerd. Er waren kamers aan de achterkant waar ze nog nooit had hoeven te zijn. En op het terrein stonden in onbruik geraakte gebouwen: een washuis en iets wat leek op een melkschuur, plus een huis naast de stallen waar de stalknechten vermoedelijk ooit woonden. Er was ook een *pigeonnier*, een duiventoren, een eindje verwijderd van de meeste gebouwen en twee verdiepingen hoog. Aan de vogelpoep, die zich in de loop der vele jaren had opgehoopt, was duidelijk te zien wat het in het verleden was geweest, maar het zou een ideaal huis zijn voor de verhuur, zoals David opperde.

‘Het is net een dorp als je kijkt naar hoe de huizen rond het grote huis, gegroepeerd zijn’ zei Alexandra. ‘Alleen horen de huisjes niet bij het grote huis, maar zijn ze er om het te dienen.’

‘Een nogal verontrustende gedachte, hè?’ zei David.

Een eindje bij het huis vandaan, aan de overkant van een grasveld, stond nog een gebouw, dat volgens David waarschijnlijk een *orangerie* was. ‘Stel je eens voor, je eigen citrusvruchten kweken,’ zei hij. ‘Je eigen citroenen voor je gin-tonic.’ Hij rammelde aan de deur. ‘Hij zit op slot. Vind je het erg om nog eens naar de stallen te kijken?’

‘Die hadden echt grandeur, hè? Ik zou er zelf graag wonen!’

Later, toen ze terugliepen naar het huis, zei David: ‘Er zijn hier veel mogelijkheden. Als Antoine het echt zou willen, kan hij die gebouwen laten opknappen en ze verhuren voor de zomer. Of zelfs het hele jaar door. Dan zouden er kunstenaars komen om te schilderen, schrijvers om te schrijven en *les Anglais* om op aanstootgevende en luidruchtige wijze vakantie te vieren.’

Alexandra lachte. ‘Je bent niet erg aardig tegenover je landgenoten.’

‘Zij zijn ook niet aardig tegenover mij,’ zei David.

Alexandra zei niet meteen iets. Ze was zich ervan bewust dat er dingen in Davids leven gebeurden waarover hij haar nooit iets zou vertellen. ‘Maar ik zou het ze vergeven als ze genoeg geld binnenbrachten, zodat Antoine niet steeds weg hoeft.’

‘Mee eens. Het is niet goed voor de kinderen om zonder ouder te zitten,’ zei David. ‘En nu Lucinda hier is, vastbesloten het leven van Félicité en Henri over te nemen, blijft de kleine Stéphie nog ouderlozer achter. Gelukkig heeft ze jou, Lexi.’

‘Ik heb echt wel moedergevoelens voor haar, moet ik zeggen.’

‘Ze was helemaal in haar sas met het fornuisje. Heb je dat voor haar gekocht?’ vroeg David.

'Ja. Ik wist dat het haar zou aanspreken. Ik zou willen dat Lucinda wat attenter was. Die kinderen zien zichzelf als echte broer en zussen. Het is niet eerlijk van haar ze verschillend te behandelen.'

'Ik denk dat het wel goed komt met Stéphie, nu jij het voor haar opneemt, Lexi.' Hij liet een korte stilte vallen. 'Wil je me vertellen hoe het gisteren tussen Antoine en jou is gegaan?'

Alexandra wist wel dat David dat zou vragen, dus was ze niet al te verbaasd over zijn verandering van onderwerp. 'Hij weet hoe oud ik ben en dat ik een erfgename ben, maar dat ik pas op mijn vijfentwintigste mijn vermogen erf.' Ze vertelde David niet dat ze het eerder zou krijgen als ze trouwde. Aan dat idee moest ze zelf nog wennen. 'Hij vond in eerste instantie dat hij me eigenlijk moest wegsturen, maar besefte dat dat geen goed idee was.'

'Dat snap ik! Jij bent de spil van dit gezin. Kom, dan gaan we naar de kelder om een leuk flesje van het een en ander te zoeken.'

'En na de lunch ga ik een taart bakken,' zei Alexandra. 'Ik denk dat ik Meggy en Lizzie mis, van toen we nog in Londen woonden. Madame Wilson deed niet echt aan taarten bakken, maar Meg wel.'

'Een taart valt vast in de smaak.' David gaf haar een schouderklopje. Hij begreep haar gevoelens zonder dat ze er al te diep op in hoefde te gaan. 'Stuur Meg en Lizzie anders een ansichtkaart. Dan kun je ze laten weten hoe het met je gaat.'

Alexandra had net een laagje basterdsuiker op haar taart gestrooid, toen Lucinda de keuken binnenkwam.

'Hallo,' zei ze. 'Ik hoop dat je het niet erg vindt dat ik mezelf heb binnengelaten. Ik ben via het terras gekomen. Ik heb wat brochures voor Antoine meegebracht die hij zou kunnen bekijken. Van scholen voor Félicité en Henri,' verduidelijkte ze.

Er verstreken een paar geschokte seconden voordat Alexandra en David in actie kwamen.

'Wil je thee?' vroeg Alexandra, in de hoop dat Lucinda nee zou zeggen. David had wat meegenomen uit Engeland, maar die voorraad was eindig.

'Nee, dank je,' zei Lucinda. 'Heet water met een schijfje citroen zou heerlijk zijn.'

'En wat dacht je van een stukje taart?' vroeg David, die een mes erboven hield.

'Ik eet nooit taart,' zei Lucinda, verbaasd over het aanbod. 'Heb jij die gebakken, David? Waarom?'

'Ik heb hem gebakken,' zei Alexandra, die probeerde nonchalant te klinken. 'Daar had ik zin in, en ik dacht dat de kinderen het wel op prijs zouden stellen.'

'O, geef er alsjeblieft niets van aan Félicité! Ze ziet er nu goed uit, maar als ze dik wordt, zou haar leven een doffe ellende zijn.' Lucinda glimlachte snel. 'Nou ja, misschien geen doffe ellende, hier op het platteland waar niemand haar ziet, maar meisjes op de kostschool kunnen erg wreed zijn.'

'Waarom wil je haar dan naar een kostschool sturen?' Te laat realiseerde Alexandra zich dat ze het kindermeisje was en er niet voor betaald werd een mening te hebben.

'Ze moet onderwijs krijgen! En niet alle meisjes die ze zal ontmoeten zijn krengen.'

Alexandra ging op zoek naar een citroen voor Lucinda's warme drankje. Hoewel ze de vrouw niet mocht, vond ze dat ze wel een punt had. Het was belangrijk dat Félicité goed onderwijs kreeg.

Alexandra's taart kreeg een veel enthousiaster onthaal van Antoine en de kinderen. Ze zagen de taart eerder dan Lucinda, die ongeduldig aan tafel zat.

'Taart!' zei Henri. 'Ik ben dol op taart.'

'Je woont in een land waar ze de mooiste *gâteaux* maken,' zei Antoine. 'Vanwaar dan zo'n enthousiasme over iets wat in mijn ogen een heel simpel baksel is?'

'In Frankrijk hebben we gâteaux, dit is taart. Dat zijn twee verschillende dingen,' zei Henri. 'Grand-mère bakt soms een Engelse taart voor ons.'

'Tstt,' zei Lucinda. 'Dan moet ik haar vragen dat niet meer te doen. Je wordt er dik van.'

'Mag ik ook wat, Lexi?' vroeg Stéphie.

'Natuurlijk.' Alexandra pakte het mes dat al klaarlag. 'En jullie? Antoine? Het is een Engelse specialiteit. Een *Victoria jam sponge*, zoals je die in de allerbeste Engelse huizen ziet.' Ze had besloten zijn opmerking dat het een heel simpel baksel leek over het hoofd te zien.

Hij lachte. 'In dat geval voel ik me vereerd hem te mogen proeven.'

'Noem je Alexandra nu Lexi, Stéphie?' vroeg Félicité, die, ondanks de grimmige blikken van haar moeder, het stuk taart aannam dat haar werd aangeboden.

'Ja. Dat vindt ze niet erg, hoor,' zei Stéphie.

'Mogen we je allemaal zo noemen?' vroeg Henri. 'Alexandra is nogal een lange naam.'

'Pff!' zei Alexandra schouderophalend. '*Comme vous voulez, mes enfants*,' zei ze in het Frans.

'Je wordt met de dag Franser,' zei David geamuseerd. 'Wat hebben jullie kinderen vandaag uitgespookt? Bereid je voor om er morgen een opstel over te schrijven.'

'We zijn naar een vriend van papa geweest', zei Henri. 'Die heeft een zoon. We zijn met z'n allen op truffeljacht geweest, met hun speciaal daarvoor getrainde hond.'

'Was die zoon van jouw leeftijd?' vroeg Alexandra. 'Hebben

jullie samen gespeeld?' Ze had medelijden met Henri, die nooit tijd kon doorbrengen met andere jongens.

Henri snoof en keek zijn oudere zus aan. 'Hij was achttien. Hij speelde liever met Félicité.'

Alexandra zag hoe een blos langs Félicités hals tot aan haar wangen omhoog kroop.

'Ze hebben ook dochters,' zei Félicité snel. 'Die waren er alleen niet. Dat was jammer.'

'Even to the point,' zei David, zich blijkbaar niet bewust van Félicités reactie op het noemen van de jongen, 'hebben jullie nog truffels gevonden?'

'Nee,' zei Antoine. 'Ze hadden een speciaal getrainde truffelhond en een ideaal stuk bos, maar geen enkele truffel.'

'Het was een grote teleurstelling,' zei Stéphie. 'Mag ik nog een stuk taart?'

'Is Jack al terug?' vroeg Henri. 'Hij zei dat hij zou proberen een gitaar voor me te vinden.'

'Je gaat niet gitaarspelen,' zei Lucinda, kennelijk zonder over haar antwoord te hoeven nadenken. 'Op de cello ben je briljant. Je mag je tijd en talent niet verspillen aan een gitaar.' Ze haalde diep adem. 'Ik ben nog vergeten te zeggen dat Jack bij mijn moeder op bezoek is.'

'Echt?' zei Antoine verbaasd.

'Ja. En een oude vriend van mijn moeder, Gérard, komt ook eten,' ging Lucinda door. 'Ik heb mezelf hier voor het avondeten uitgenodigd om ze met rust te laten. De gesprekken zijn vast heel saai.'

'Jack is daar?' zei David. 'Op bezoek bij je moeder? Wat merkwaardig.'

Lucinda haalde haar schouders op. 'Ik zou jaloers zijn als ik dacht dat een van beide mannen op een romantische manier geïnteresseerd is in mijn moeder, maar dat zijn ze natuurlijk niet.'

'Hoezo niet?' vroeg David. Alexandra merkte dat hij Lucinda erg vermakelijk vond.

'Omdat ze al oma is!' zei Lucinda verontwaardigd. 'Ze is veel te oud om bewonderaars te hebben.'

14

Jack kwam na het avondeten terug en bleef nog even in de keuken voor hij naar bed ging. Hij was beleefd en charmant als altijd, maar Alexandra had geen idee of hij een fijne dag had gehad of niet. Hij leek afwezig en niet bereid of in staat te vertellen hoe zijn etentje met de oma van de kinderen was verlopen. Heel vreemd.

Later pas, toen Alexandra aan het opruimen was, vertelde Antoine haar dat ze hadden afgesproken dat Lucinda de volgende dag met Félicité en Henri eropuit zou gaan. Alexandra wist niet of ze het erg vond dat Stéphie niet mee mocht of er opgelucht over was. Als Lucinda de drie kinderen niet gelijk behandelde, was het misschien beter dat Stéphie er niet bij was.

'Weet je wat ze gaan doen?' vroeg ze Antoine.

'Ze wil kleren voor ze kopen en ook iets cultureels doen, verwacht ik,' zei Antoine. 'Ze heeft me gevraagd naar de brochures te kijken die ze heeft meegebracht. Misschien kunnen ze inderdaad beter naar de kostschool. Dat is misschien de enige verstandige oplossing.'

'Dan zou Stéphie ze heel erg missen.'

David verscheen in de hal. 'Ik duik mijn bed in. Het was een mooie dag, maar ik ben moe.'

'Dank je wel dat je zo lekker voor ons hebt gekookt,' zei Antoine.

'Het was me een waar genoegen, *old chap*,' zei David, waarna hij naar boven liep. Alexandra vroeg zich af of hij niet een beetje overdreef met zijn Engelse-gentleman-act.

Ze stond op het punt Davids voorbeeld te volgen toen Antoine zei: 'Ga nog niet naar boven. Kom mee naar de keuken, daar is het warm, en neem een glas cognac. Ik heb advies nodig over het onderwijs van mijn kinderen.' Hij wierp haar een blik toe. 'Ook al ben je pas twintig.'

Buitengewoon gevleid liet Alexandra zich installeren in de comfortabele stoel, die nog comfortabeler was geworden sinds ze betere kussens had gevonden. Antoine overhandigde haar een glas cognac.

'Wat denk jij? Moet ik ze door Lucinda naar een kostschool laten sturen?'

'Dat is moeilijk te zeggen. Ik heb zelf op een kostschool gezeten en vond het niks. Het was erg ouderwets en ik was een zekere mate van vrijheid gewend, aangezien ik in Londen woonde met jonge vrouwen die nooit echt wisten wat ik van plan was. Ik was er niet blij mee dat ik alleen op zaterdag, nadat we om toestemming hadden gevraagd, met een vriendin naar het dichtstbijzijnde dorp mocht lopen, waar niks te doen was. Het was wel leuk om met meisjes van mijn eigen leeftijd om te gaan, maar niet leuk genoeg om op die school te willen blijven.'

'En heb je er iets geleerd?'

'Er zijn wel wat hiaten in mijn kennis opgevuld. Ze vonden me slim en in sommige vakken liep ik voor, maar ik was bar slecht in rekenen. David heeft me bijgespijkerd.'

'O ja?' Antoine leunde achterover op zijn keukenstoel met biezen zitting.

'Ik ontmoette hem toen ik op de Portobello Road-markt antiek verkocht, of probeerde te verkopen. Heb je wel eens van die markt gehoord?'

Hij haalde zijn schouders op. 'Het is een markt, er wordt antiek verkocht.'

Dat was niet helemaal een samenvatting van de bruisende, kleurrijke, kosmopolitische gemeenschap waarvan ze was gaan houden, maar dit was niet het juiste moment om daar een opmerking over te maken. 'Ik had een plekje weten te bemachtigen op de tafel van iemand anders. Toen de eigenlijke kraamhouder boodschappen ging doen, had ik de verantwoordelijkheid voor de hele kraam. David had de kraam ernaast en zag dat ik aan het sukkelen was met het geld. En ik kende de elementaire handelsvoorwaarden niet. Hij nam me mee naar de pub en leerde me de tafels van vermenigvuldiging en percentages uitrekenen. En ook een heleboel andere dingen.'

'Je ging naar school zonder de tafels te kennen? Die leer je als klein kind toch al?'

Ze knikte. 'Blijkbaar heb ik dat stukje overgeslagen.'

Hij huiverde. 'Ik zal het er met Jack over hebben,' zei hij. 'Mijn kinderen moeten op zijn minst de tafels kennen.'

'Misschien moet je aan Félicité en Henri zelf vragen hoe ze over de kostschool denken,' zei Alexandra. 'Ze zijn te oud om zomaar ergens naartoe gestuurd te worden, vooral Félicité. Zij zou zelf een keuze moeten kunnen maken.'

'Mijn ex-vrouw schijnt niet te geloven in keuzes voor kinderen.'

'Als Félicité er ongelukkig is, loopt ze weg. Ik denk dat Henri het wel leuk vindt om te gaan. Hij heeft andere jongens nodig om mee te spelen. En hij moet cello blijven studeren.'

'Hoe weet jij zoveel over kinderen en wat ze nodig hebben?'

Alexandra hoorde wel dat Antoine haar plaagde, maar hij had haar om raad gevraagd, dus zou ze die geven. 'Ik ben ook kind geweest, en ik heb ook een onconventionele opvoeding gehad. Ik had veel kindermeisjes, gezelschapsdames en gouvernantes. Je hebt mijn nichten Clothilde en Aimée ontmoet. Zij waren de familieleden die het nauwst betrokken waren bij mijn opvoeding, maar ze vonden het niet belangrijk genoeg om bij personeelswisselingen een sollicitatiegesprek met de kandidaten te voeren.'

'Toch lijk je zo zelfverzekerd.'

'Tot op zekere hoogte leerde ik voor mezelf te zorgen. Mijn leven veranderde ten goede toen David zich liet ontvallen dat hij woonruimte zocht en ik besefte dat er in het familiehuis in Belgravia waar ik woonde meer dan genoeg ruimte was. Eerst deelde ik het huis met David, en later trokken twee medeleerlingen van de kookcursus bij me in.' Ze slaakte een zucht. 'We hadden veel lol.'

Antoine was een hele tijd stil. 'En dan hebben we Stéphanie nog...'

De gedachte dat Stéphanie zou worden weggestuurd naar school verscheurde Alexandra's hart. Maar het was niet aan haar om emotioneel te worden. 'Zonder de anderen zou ze erg eenzaam zijn. En jij bent natuurlijk het grootste deel van de tijd weg.'

'Ik weet het. Hoewel het verre van ideaal is, moeten we toch eten en een dak boven ons hoofd hebben.'

Alexandra aarzelde. Moest ze Antoine vertellen dat zij en David eens goed hadden rondgekeken en veel mogelijkheden zagen om delen van het huis aan vakantiegangers te verhuren? Nee, beter van niet. Ze onderdrukte een geeuw.

'Ik laat je zo naar bed gaan, maar ik moet wel even zeggen dat ik morgen de hele dag weg ben. Dan heeft Stéphie dus je zorg nodig.'

'Je weet dat Stéphie en ik het altijd leuk hebben samen.'

'Dank je, Alexandra.' Hij glimlachte. Prompt maakte Alexandra's hart een sprongetje. 'Ik ben blij dat je op dat formulier hebt gelogen. Als je dat niet zou hebben gedaan, had ik je misschien niet aangenomen.'

'Ik dacht dat die angstaanjagende vrouw me in dienst had genomen.'

Hij schudde zijn hoofd. 'Ze kreeg haar orders van mij. Nu wegwezen! En welterusten.'

15

Alexandra en Stéphie braken hun leessessie de volgende ochtend vroegtijdig af om als eersten beneden te zijn. Als Stéphie als eerste op was, zou ze het gevoel krijgen dat zij de touwtjes in handen had, alsof zij de dingen liet gebeuren, zo redeneerde Alexandra. En ze vonden het allebei leuk om de kippen naar buiten te laten en ze kakelend en pikkend tevoorschijn te zien komen in afwachting van de mais die Stéphie en zij bij zich hadden.

Vandaag zouden ze *pain perdu*, wentelteefjes, voor het ontbijt maken. Alexandra kende het gerecht als *Poor Knights*. Ze hadden zich afgevraagd waarom er verschillende namen voor waren en hielden het er maar op dat het kwam doordat ze in verschillende landen woonden.

'Volgens mij noemen de Amerikanen het *French toast*,' zei Alexandra, die een dunne snee stokbrood in eieren en melk drenkte. 'Dit gerecht heeft veel namen.'

'Waarom?' vroeg Stéphie, die geïnteresseerd toekeek terwijl Alexandra de eerste snee in een pan met bruisende boter legde.

'Ik denk dat iedereen ter wereld wel eens oudbakken brood moet opmaken en niemand zegt: "Kom, laten we lekker ontbijten met oud, droog brood", alsof het een traktatie is.'

'Nee,' zei Stéphie instemmend.

'Wil je de jam even pakken? Ik heb laatst een pot vijgenjam gevonden. Die staat in de voorraadkast.'

David en Jack kwamen al snel bij hen zitten. Jack zag er niet erg vrolijk uit, en David deed joviaal om dat te compenseren. Alexandra vroeg zich af of Jack last van zijn been had. Ze wist niet hoe hij mank was geworden en vroeg er ook niet graag naar, maar hij zag er gespannen uit, niet als de opgewekte man die hij bij hun eerste ontmoeting was geweest.

'Goedemorgen, dames,' zei David. 'Alweer een mooie dag!'

Alexandra wierp David een blik toe. 'Dat is het zeker. Wil je thee of koffie? Jack? Wat wil jij?'

'Koffie graag. Zwart, met suiker.'

Alexandra gaf hem een kopje. Ze was bekend met de Franse gewoonte koffie in kommen te serveren, maar omdat er dan in een pot koffie slechts genoeg zat voor twee personen, was ze daar geen voorstander van.

'Alexandra,' zei Jack, 'kan ik je even spreken?'

'Kom mee naar de voorraadkast,' antwoordde Alexandra. 'Volgens mij hebben we meer jam nodig.'

Daar aangekomen zei Jack snel: 'Ik was niet helemaal eerlijk tegen je toen ik zei dat ik hierheen ben gekomen om les te geven. Ik heb David er iets van verteld, maar ik moet jou alles vertellen.'

'Jack! Ik weet dat je op het ogenblik jezelf niet bent. Wat is er?' Alexandra's hart bonkte. Ze hoopte dat Jack niet een of andere afschuwelijke misdaad zou opbiechten, zodat hij onmiddellijk zou moeten vertrekken. Hij was een goede leraar en een aardige man. Het gezin had hem nodig.

Kennelijk zag hij haar bezorgdheid, want hij glimlachte geruststellend naar haar. 'Het is niets ergs, tenminste niet in de ogen van de wereld. Ik ben hier eerder geweest.'

'Wat? In het kasteel?'

'In Saint-Jean-du-Roc. En ook op het kasteelterrein, eerlijk gezegd.'

Dat viel tot nu toe mee. 'Ga door.'

'Ik ontmoette er Penelope – grand-mère. Dat was voor de oorlog. Ze was een weduwe met een dochtertje, Lucinda. We werden verliefd, maar... nou ja, het was 1939, ik moest terug naar Engeland om in militaire dienst te gaan. Het was onvermijdelijk dat we elkaar uit het oog verloren.'

Alexandra's adem stokte van verbazing, ze maakte er snel een hoestbui van. 'En na de oorlog heb je niet geprobeerd haar te vinden?'

Hij schudde zijn hoofd. 'Mijn been werd verbrijzeld bij een parachutesprong, waardoor ik lichamelijk werd afgekeurd en uit het leger werd ontslagen. Daarna verdiende ik niet veel, als leraar. Toen ik Penelope voor het eerst ontmoette, was ik een veelbelovend musicus, maar na de oorlog kon ik met mijn slechte been niet de tournees doen die ik zou moeten doen als ik bij een orkest was gegaan. Ik had haar niets te bieden.' Hij liet een korte stilte vallen. 'En toen vertelde een vriend van een vriend me dat hij gehoord had dat ze hertrouwd was.'

'Ai. Dat moet een klap geweest zijn.' Het was hartverscheurend, vond Alexandra. 'Wat heeft je van gedachten doen veranderen? Waarom ben je nu toch teruggekomen?'

'Toen David zei dat hij een leraar nodig had en hierheen zou gaan, kon ik de verleiding niet weerstaan, vanwege de goede oude tijd. Ik had alleen nooit gedacht dat ik Penelope weer zou ontmoeten en dat ze weer weduwe zou zijn.'

'Jullie hébben elkaar nu ontmoet, en ze ís weduwe. Dan is alles toch goed?' Alexandra wilde heel graag dat het waar was, ook al geloofde ze niet echt in sprookjesromances.

Jack zuchtte. 'Ze heeft andere vrijers, zoals je zou verwachten.'

Alexandra berispte zichzelf. Het was nooit in haar opgekomen dat grand-mère vrijers zou hebben. Maar waarom niet? Ze was goed geconserveerd en was in haar jeugd vast heel mooi geweest. Jack en grand-mère leken haar alleen wat oud voor zoiets.

'Ach ja...' Jack leek nog steeds van streek, ook al had hij zijn geheim nu opgebiecht.

'Waarom gaan David en jij niet een dagje ertussenuit?' opperde ze. 'De omgeving wat meer verkennen? De oudere kinderen gaan toch al met hun moeder op stap. Stéphie en ik vermaken ons prima. Neem lekker een dagje vrij met zijn tweeën! Antoine moet weg voor zijn werk.'

'Het zou fijn zijn er met David over te kunnen praten, er even afstand van te nemen. Weet je zeker dat je ons niet nodig hebt?'

'Wij gaan lekker met poppen spelen of zoiets. Maak je over ons geen zorgen. Kun jij bij die pot jam daarboven?'

Antoine at net het laatste wentelteefje op toen Jack en Alexandra terugkwamen met de jam. Hij glimlachte, en Alexandra voelde zich verplicht terug te glimlachen. 'Ik moet nu naar Marseille,' zei hij. 'Ik weet niet precies hoe laat ik terug ben.'

'Oké. Weet je hoe laat Lucinda Félicité en Henri komt ophalen?' vroeg Alexandra.

'Dat weet Félicité wel.'

'Ik heb tegen David en Jack gezegd dat ze vandaag vrij kunnen nemen,' zei Alexandra, omdat ze zich dapper voelde. 'Als jij dat goed vindt.'

Antoine knikte. 'Redden Stéphie en jij je wel?' Hij wendde zich tot het meisje, dat knikte. 'Ik moet naar de stad om te werken.'

'Wij gaan op avontuur,' zei Stéphie nuchter.

'Uiteraard,' zei Alexandra. 'Ah, daar zijn de anderen. Wacht even, dan maak ik nog wat wentelteefjes.'

'We moeten meer jam maken,' zei David, die het nieuws dat hij de dag vrij had zonder commentaar had aangehoord. 'Anders is er volgend jaar niets meer.'

Alexandra glimlachte weemoedig. 'Misschien zijn dat onze zorgen niet.'

'O, dat denk ik wel,' zei David.

De keuken voelde leeg aan toen iedereen was vertrokken en alleen Alexandra, Stéphie en de vuile vaat achterbleven – en een dun laagje jam, dat op alles leek te zitten.

'Heb je zin om een dagje te bakken?' vroeg Alexandra. Zelf was ze nooit zo'n fan geweest van bakken, maar ze was erachter gekomen dat het een goede bezigheid was voor kinderen.

'Nee, dank je. Ik wil op avontuur! Alle anderen zijn ook op avontuur.'

'Oké, we bedenken wel iets...'

'Ik wil op truffeljacht. Zoals we gisteren hebben gedaan.'

'Maar jullie gingen...'

'Wij hebben net zo'n stuk land als het truffelland,' ging Stéphie verder. 'Dat zei papa. We kunnen Milou meenemen. Dan is hij onze truffelhond.'

'Dat klinkt leuk,' zei Alexandra, die het een recept voor mislukking vond. 'Waarom wil je zo graag truffels zoeken? Heb je gisteren al niet genoeg gezocht?'

'Ik wil truffels vinden op óns land. Dan hoeft papa niet meer weg om te werken. Ik wil dat hij hier blijft.'

Omdat David en zij ook bezig waren geweest uit te zoeken hoe ze konden voorkomen dat Antoine weg moest om te werken, knikte Alexandra. 'Het zou geweldig zijn om op dit land truffels te vinden, maar ik moet je waarschuwen dat de kans daarop niet groot is. En zijn vast andere manieren om geld te verdienen met het kasteel. Maak je geen zorgen!'

'Ik maak me ook geen zorgen. We vinden heus wel truffels. En die zijn heel kostbaar.'

Stéphie leek erg zeker van haar zaak, dus maakte Alexandra een picknick klaar. 'Moeten we met de auto?' vroeg ze.

'Nee, nee. We gaan lopend. Papa heeft ons er een keer mee naartoe genomen, en toen zei hij dat daar wel eens truffels in de grond konden zitten. We vinden ze wel, dat weet ik zeker.'

Uiteindelijk gingen ze op pad. Alexandra had een knapzak bij zich met daarin hun picknick, een mes en een troffel. De troffel had ze gevonden nadat Stéphie haar naar een schuur had geleid waar ze nog niet eerder was geweest. Daar lagen een hoop nuttige spullen, waarvan er veel goed zouden verkopen op de Portobello Road, dacht Alexandra. In Engeland was oud landbouwgereedschap populair spul om in pubs aan de wand te hangen. Dat zei Alexandra niet hardop, maar ze maakte er wel een notitie van. Over de truffels was ze niet optimistisch; misschien zou het kasteel aangewezen zijn op afgedankt landbouwgereedschap om geld in het laatje te brengen.

Stéphie en Milou gingen voorop, door het veld omhoog naar de plek waar eiken en andere grote bomen groeiden, met daarachter de bossen op de heuvels achter het kasteel. Alexandra begon de picknick zwaar te vinden. Dat kwam door de grote fles sinaasappeldrank, wist ze. Ze had niets kunnen vinden waar minder dan een liter in kon. Na de lunch – het was bijna half één – zou de knapzak lichter zijn. Misschien kon ze Stéphie er daarna van overtuigen dat het tijd was om naar huis te gaan. Alexandra's espadrilles waren niet geschikt om heuvels mee te beklimmen, en de grond was ook een beetje modderig. Maar als haar espadrilles verpest waren, kon ze in elk geval de volgende marktdag een nieuw paar kopen.

'We moeten een tak van een dennenboom zoeken, alle kleine takjes eraf breken en alleen bovenaan wat naalden laten zitten, als een kleine bezem,' zei Stéphie, toen ze merkte dat Alexandra wat lusteloos werd. 'En dan moeten we bomen vinden waar geen gras onder groeit,' ging ze verder.

'Hoe weet je dat allemaal?' vroeg Alexandra, die zou willen dat Stéphie niet zo enthousiast was.

'Ik heb goed geluisterd toen de man het vertelde. Het leek niemand te interesseren, maar mij wel.'

'Kunnen we niet eerst lunchen?'

Stéphie schudde haar hoofd. 'Eerst werken, daarna lunchen.'

Alexandra slaakte een zucht. Stéphie was op een missie, en dit was haar speciale dagje uit. Ze verschoof de knapzak, zodat hij op een andere plek over haar schouder schuurde, en liep door.

'Kijk, hier staat een goede boom,' zei Stéphie. Ze stond onder een eik met een stukje kale grond eronder. 'Nu moeten we kijken of er vliegen zijn. De vliegen houden van de geur van truffels, en leggen daar hun eitjes. Help me maar een tak te vinden, dan kunnen we de bladeren wegvegen tot we een kale grond hebben.'

Opgelucht legde Alexandra de knapzak neer, en ze ging gehoorzaam op zoek naar geschikte takken. Gelukkig waren er genoeg om uit te kiezen.

Stéphie wees alle takken af die Alexandra haar aanbood en brak de kleinere takjes van haar zelfgekozen vliegenmepper af.

Milou, gewoonlijk het toonbeeld van de geduldige metgezel, plofte met een kreun in de schaduw neer, waarmee hij precies Alexandra's gevoelens weergaf.

'Pak een tak, Lexi! Truffels vinden is niet makkelijk, hoor.'

'Dat weet ik, meisje, maar je wilt mijn takken niet, en ik vind dat we moeten lunchen voor we beginnen.'

'Nee!' Stéphie was vastberaden. 'Als jij niet wilt meedoen, doe ik het wel alleen.'

'Ik kijk eerst even toe, om te zien wat je doet,' zei Alexandra, die op een geschikt rotsblok ging zitten om te kijken of ze blaren kreeg. Het was hier nogal stenig, en bij het lopen over de onregelmatige grond gleden haar voeten steeds weg.

Stéphie veegde wat en ging toen opeens op haar buik liggen om te snuffelen. 'Het belangrijkste gereedschap van de truffeljager is zijn neus,' zei ze, wat duidelijk een citaat was van de deskundige die ze de dag daarvoor hadden ontmoet. 'Er zijn hier vliegen.'

Milou stond op en rekte zich uit voor hij ging kijken waarom een van zijn baasjes op de grond lag. Ineens begon ook hij te snuffelen. Even dacht Alexandra dat hij uit beleefdheid meedeed, totdat ze besefte dat hij zijn neus laag hield en aan de grond begon te krabben.

'Kijk Milou nou!' zei Stéphie, die opstond. 'Hij is een truffelhond!'

'Heeft hij dit al eens eerder gedaan?' Alexandra voegde zich bij de truffeljagers.

'Ik weet het niet,' zei Stéphie, 'maar kijk!'

Milou was nu echt aan het graven, zodat Alexandra en Stéphie al gauw onder het zand zaten.

Stéphie liep naar de plek toe en riep teleurgesteld uit: 'O, het is een steen, meer niet.'

'Misschien ligt de truffel onder de steen,' opperde Alexandra. 'Honden hebben een extreem gevoelige neus, las ik ergens. Kom, dan helpen we hem die steen weg te halen.' Ze vond de troffel, schoof Milou opzij en begon de steen uit de grond te wrikken. Ze moest nog een flink stuk graven en vroeg zich af of ze Milou niet wat langer bezig had moeten laten. Ineens hield ze op.

'Stéphie, ruik jij ook iets?'

Ze gingen allebei languit op de grond liggen, waarbij ze zich niets aantrokken van de modder, en snuffelden. Door de geur van aarde heen roken ze een vreemde, muskusachtige geur. Ze keken elkaar aan. 'Volgens mij zou dat best eens een truffel kunnen zijn,' zei Alexandra.

Ineens konden ze niet wachten om de steen uit de weg te krijgen. Samen groeven ze, trokken ze eraan en wiebelden ze ermee, alsof het om een tand ging die er niet uit wilde. Uiteindelijk bewoog de steen en wisten ze hem helemaal los te krijgen. Milou was uitzinnig en groef verwoed door.

'Eet hij de truffel op, denk je?' vroeg Stéphie.

'Ik weet het niet!' zei Alexandra. 'Misschien is het niet eens een truffel, maar een lijk of zo.'

Stéphie hapte naar adem. 'Dat zou verschrikkelijk zijn!'

'Van een dier. Niet van een mens.' Alexandra krabbelde een beetje terug. 'Maak je geen zorgen. Hier, geef mij de troffel. Milou, rust even uit. Stéphie, hou hem bij zijn halsband vast.'

De grond was nu een stuk losser en het graven ging makkelijker. Milou trok steeds harder, totdat hij zich losrukte uit Stéphies greep, Alexandra aan de kant duwde en opnieuw verwoed groef, tot hij uiteindelijk stopte met iets in zijn bek. Hij liet wat hij vasthad voor Stéphies voeten vallen.

'Een truffel!' riep ze uit. 'En hij is gigantisch!'

16

'Nu kunnen we lunchen,' zei Stéphie, nadat Alexandra en zij elkaar hadden omhelsd en Milou hadden gefeliciteerd. 'En ik vind dat we Milou wat van onze lunch moeten geven, omdat hij zo'n goede truffelhond is. En hij is er niet eens voor getraind.'

'Ik heb iets voor hem meegenomen,' zei Alexandra, die in de knapzak rommelde. 'Hier. Wat eindjes hard stokbrood. Daar kunnen we wat paté op doen.'

Nadat ze allemaal een paar happen hadden gegeten, zei Alexandra: 'Nou, Stéphie, jij bent de heldin van het uur.'

'Wat betekent dat?'

'Dat betekent dat jij ons gered hebt door een truffel te vinden. Een enorme truffel.'

'Milou heeft hem gevonden.'

'Nietes. Milou wist niet waar hij moest zoeken. Hij rook hem alleen. Jij hebt al het moeilijke voorwerk gedaan.'

'O ja?'

'Ja. Je moet wel heel goed geluisterd hebben toen jullie gisteren op truffeljacht gingen. Bravo! Je vader zal heel blij met je zijn. Net als de anderen.'

'Hoeft papa nu dus niet meer weg?'

Alexandra haalde haar schouders op. 'Ik weet het niet. Het zal zeker helpen.'

Stéphie dronk nog wat sinaasappeldrank. 'We moeten de truffel verkopen, niet opeten,' zei ze.

Daar dacht Alexandra even over na.' Ik denk niet dat één truffel, zelfs niet zo'n grote, genoeg is om je vader thuis te houden. Maar de wetenschap dat hier truffels zijn, op dit land, en dat we er misschien meer kunnen vinden, maakt wel een verschil. Toen jij gisteren met Félicité en Henri truffels zocht, hebben David en ik het kasteel verkend. Er staan veel kleine gebouwen die kunnen worden omgebouwd tot accommodatie voor toeristen. Engelse mensen verblijven graag in Frankrijk. Dat kan geld opleveren.'

Stéphie dacht even na. 'Misschien wil papa hier geen mensen te logeren hebben. Maar dan zijn er misschien wel kinderen met wie ik kan spelen, als Félicité en Henri weggaan naar school.'

'Zou je hier niet in de buurt naar school kunnen gaan? Dan heb je veel kinderen om mee te spelen.'

'Misschien willen ze niet spelen met het meisje van het kasteel.'

Alexandra zette de knapzak op haar knie om iets te zoeken. 'Dat komt wel als ze merken dat je heel aardig bent, geen snob.'

'Wat is een snob?'

'Snobs zijn mensen die andere mensen niet sympathiek vinden, omdat ze zichzelf beter vinden. Kijk, ik heb chocola meegebracht!'

'Mag ik Milou er wat van geven?'

'Nee,' zei Alexandra. 'Chocola schijnt slecht te zijn voor honden. Kom, dan geven we hem het laatste stukje brood met paté.'

'Hij heeft het verdiend,' zei Stéphie even later, nadat de hond zijn traktatie naar binnen had geschrokt.

'Zeker weten.'

Het was even stil, en toen veegde Alexandra de kruimels uit haar mondhoek. 'Stéphie, weet je dat Lucinda met Félicité en Henri kleren gaat kopen?' Stéphie knikte. 'Het kan zijn dat ze niets voor jou koopt. Als dat zo is en jij er een beetje verdrietig om bent om je zus en broer in nieuwe kleren te zien, bedenk dan maar dat ik een andere keer met jou ga winkelen. En dan nemen we papa mee, als we hem kunnen overhalen, zodat jij ook een speciale dag hebt.'

'Maar ik heb al een speciale dag, Lexi. We hebben een truffel gevonden.'

Alexandra nam Stéphie in haar armen en knuffelde haar.

Alexandra hoopte echt dat Antoine terug zou zijn wanneer ze thuiskwamen. Stéphie rende het kasteel binnen, via de binnenplaats de keuken in. Ze was zo blij en optimistisch dat Alexandra zich zorgen maakte. Ze kon er niet tegen als Stéphie teleurgesteld werd.

David stond in de keuken te koken, heel tevreden in de ruimte die hij tot zijn eigen plekje had gemaakt. Jack zat aan de keukentafel teentjes knoflook te pellen en leek weer de oude.

'Hallo, Stéphie. Wat leuk om je te zien!' zei David. 'Heb je een fijne dag gehad met Lexi?'

'Ja,' zei Stéphie. 'We hebben een truffel gevonden!' Trots liet ze hem zien.

'Goeie genade,' zei David, 'hij is gigantisch! Waar hebben jullie die gevonden?'

'In het bos achter het kasteel,' antwoordde Alexandra. 'Stéphie wist alles nog van wat ze gisteren over de truffeljacht heeft geleerd. We deden wat ze zei, en *voilà*!'

'Is papa al thuis?' vroeg Stéphie, terwijl ze de truffel oppakte. 'Ik wil hem deze laten zien.'

'Eh... Antoine heeft gebeld. Hij komt vanavond terug, maar dan wat later, en hij brengt een collega mee die hier misschien moet overnachten.' David keek Alexandra aan.

'Wil hij dat ik een bed opmaak?' vroeg ze.

'Dat zei hij niet precies. Wel zei hij zei dat het erg handig zou zijn als er een bed klaarstaat.'

'Handig is mijn tweede naam,' zei Alexandra.

'O ja?' zei David, die verbijsterd klonk. 'Ik dacht dat het iets geks en aristocratisch was als Euphemia.'

Alexandra maakte tsk-geluiden en slaakte een zucht. 'Ik zie dat jullie aan de rosé zijn geweest. Zijn Félicité en Henri thuis?'

'Ja,' zei David.

'Ze willen je heel graag zien, Stéphie,' voegde Jack eraan toe.

'Ik zou de truffel hier laten...' riep David haar na, maar het was al te laat. 'Ach, ik denk niet dat het geen kwaad kan. We moeten bedenken hoe we hem in gerechten gaan verwerken.'

'Volgens mij wil Stéphie hem verkopen. Ze wil een manier vinden om te voorkomen dat haar vader weg moet om te werken.' Alexandra onderdrukte een zucht. 'Hebben jullie veel waardevol antiek gekocht?'

'Ik weet pas of het waardevol is als ik het ga verkopen,' zei David, 'maar we hebben wel een heleboel spullen. Misschien kan ik toch beter een busje huren wanneer ik terugga naar Engeland.'

Alexandra vroeg zich af of hij expres 'ik' had gezegd in plaats van 'wij' en hoopte vurig dat hij niet van plan was binnenkort te vertrekken.

'We hebben ook veel goede wijn gekocht,' zei Jack.

'We drinken hier liters rosé en al dat andere lekkers waar Antoine mee komt, dus we vinden dat we ons steentje moeten bijdragen.'

'Félicité heeft een mooie jurk voor Stéphie gekocht,' zei David. ‘Ze heeft tegen haar moeder gezegd dat Antoine haar wel terugbetaalt, maar wat is het toch een aardig kind! Zo attent, en natuurlijk dol op Stéphie.’

‘O, wat lief van haar,’ zei Alexandra.

‘Omdat we dat niet wisten, hebben wij ook iets voor Stéphie gekocht. Een oud poppenhuis. Het moet opgeknapt worden, maar dat kunnen we zelf doen,’ zei David. ‘Tenminste, ik dacht dat Jack dat wel leuk zou vinden. Toen we erachter kwamen dat Félicité een jurk voor haar had gekocht, besloten we haar het poppenhuis niet te geven, al kan dat natuurlijk nog steeds.’

‘Misschien kunnen jullie het opknappen als jullie tijd hebben, zodat je het achter de hand hebt als jullie een cadeau nodig hebben?’ stelde Alexandra voor, want kennelijk wilden de mannen haar mening horen. ‘Ik weet niet wanneer ze jarig is, bijvoorbeeld.’

‘Dat lijkt me een goed idee,’ zei Jack, ‘zolang ze niet volgende week al jarig is.’

‘Nu kan ik beter een bed gaan opmaken voor Antoines collega. Ik hoop dat hij aardig is.’

‘Antoine zou hem anders denk ik niet meebrengen en voor het eten uitnodigen,’ zei David. ‘Zal ik je helpen?’

‘Nee hoor! Ik ga het nu doen. Weet je al hoe laat we eten?’

‘We hebben een lekker stukje varkensvlees, dat blijft wel goed als Antoine laat thuis is. Over een uurtje is het klaar.’ Hij wierp een blik op de oude staande klok die in een hoek stond te tikken en ieder half uur sloeg. ‘Om een uur of zeven?’

‘Ik zal kijken of de kinderen trek hebben,’ zei Alexandra. ‘Zou het de pret bederven als ze vroeg eten? We weten immers niet wanneer Antoine en zijn collega komen opdagen.’

‘We kunnen doen wat het handigst is.’ Hij dacht even na. ‘We kunnen het varkensvlees vroeg eten, en dan kan ik voor de baas een lekkere omelet maken en de truffel erover schaven.’

'Nee, dat kan niet!' zei Jack. 'Als we de truffel eten, wil ik erbij zijn!'

'Het is Stéphies truffel,' zei Alexandra resoluut. 'Zij beslist. Nu moet ik een slaapkamer kiezen voor de collega. Ik vraag me af of hij in de buurt van een toilet wil slapen.'

'Ik heb niet gevraagd hoe oud hij is, ben ik bang,' zei David. 'Ik weet niet of hij 's nachts uit bed moet.'

'Aan jou heb ik ook niks!' zei Alexandra lachend, en ze liep de keuken uit.

Alexandra zocht net lakens in de enorme kast met oud linnengoed, toen Félicité opeens achter haar stond.

'Heb je nog maandverband? Ik wil graag wat in voorraad hebben voor volgende maand.'

'O! Ja hoor. Ik haal het wel even.'

Félicité volgde Alexandra naar haar kamer. 'We waren in een apotheek en ik wilde aan mijn moeder vragen of we een paar pakken konden kopen, maar ze begreep het niet en zei: "Ach, je bent veel te jong om je over zulke zaken druk te maken." Daarna kon ik voor mijn gevoel niets meer zeggen. Henri was er natuurlijk ook bij.'

'Gênant,' zei Alexandra, die Félicité een in papier gewikkeld pakje overhandigde. 'Al horen mannen wel iets te weten over menstruatie. Toen ik met David in Londen woonde, gaf hij me altijd een warme kruik en iets warms te drinken terwijl ik op de bank voor de gashaard lag, en maakte hij troosteten voor me.'

'Ik ga dit echt niet aan mijn broer vertellen!' Félicité hield het pakje omhoog. 'Ik ben zelf nog niet eens aan het idee gewend.'

'Dat snap ik.'

'En David is wel een beetje anders dan andere mannen, hè?' vroeg Félicité.

Even maakte Alexandra zich zorgen, toen haalde ze adem.

'Ja, dat is hij zeker. Hij legde me uit dat mensen in het theater vaak woonruimte met elkaar delen en dus niet zo geheimzinnig over zulke dingen doen. En dat vind ik een goede zaak! Je hoeft het niemand te vertellen, als je dat niet wilt. Maar ik ben blij dat je het mij wel hebt verteld.'

'Ik moest het wel aan iemand vertellen, en jij bent mijn kindermeisje.' Félicité snoof toen ze hoorde hoe belachelijk dat klonk en draaide zich om om weg te lopen.

Voor ze dat deed, legde Alexandra een hand op haar arm.

'Dank je wel dat je die jurk voor Stéphie hebt gekocht. Dat was heel attent van je.'

Félicité haalde haar schouders op. 'Nou ja, het zou niet bij mijn moeder opgekomen zijn zoiets te doen.'

'Goed van je dat jij er wel aan dacht.'

Voordat Alexandra haar nog meer in verlegenheid kon brengen, liep Félicité weg om haar broer en zusje te zoeken.

Toen Alexandra een armvol linnengoed had verzameld waarvan ze hoopte dat het niet te oud was, ondanks het feit dat het mooi gestreken was, besloot ze eerst te gaan kijken hoe het met de kinderen was, voordat ze zich druk zou maken over slaapkamers. Ze zaten allemaal in Félicités kamer op de vloer te kaarten en leken heel tevreden. Alexandra zwaaide vanuit de deuropening en kreeg golven van wisselend enthousiasme terug. Hoewel Félicité misschien wilde overkomen als een cynische tiener, ontpopte ze zich als iemand met een goed hart.

Er was een kamertje bij Antoines slaapkamer dat Alexandra wel geschikt leek voor de collega. Ze had een oude stenen kruik gevonden en besloot die in het bed te leggen om ervoor te zorgen dat het matras niet vochtig was – als ze naar de onheilspellende vochtplek op de muur keek, vreesde ze dat dat wel het geval was. Ze had lakens op het bed gedaan, wat extra dekens gevonden voor het geval de collega het koud kreeg en wilde naar de keuken gaan om de kruik met heet water te vullen toen ze zichzelf in de spiegel zag. Wat was ze smerig!

Nadat ze zich had gewassen en een schone jurk had aangetrokken, vond ze dat ze net zo goed wat make-up kon opdoen. Haar haar had een knipbeurt nodig, dus draaide ze het in een soort chignon en zette het vast. Nu ze dat allemaal had gedaan, besloot ze ook haar parelmoeren oorknopjes, die in een fluwelen zakje in haar handtas zaten, in te doen. Ze was heel tevreden met het eindresultaat, opgelucht dat ze die avond niet per ongeluk onder het zand van de truffeljacht aan tafel zou zitten en eruit zou zien als een boerin na een dag hard werken op het land.

Lachend liep ze met haar grote stenen bedwarmer de keuken in.

'Wat zie je er elegant uit, schat,' zei David.

'Inderdaad!' beaamde Jack.

'Dank je. Ik moet lachen omdat ik een jaar geleden niet had kunnen voorspellen dat ik nu bedden voor mensen zou opmaken. Er elegant uitzien was toen absoluut wél het plan. Goed, hier gaat heel wat kokend water in, maar het is de moeite waard, denk ik.' Ze zette de stenen kruik op de tafel.

'We kunnen altijd meer water koken,' zei David. 'De kinderen zijn naar beneden gekomen, Stéphie in haar nieuwe jurk. Hij staat haar heel lief, ook al is hij haar een beetje te groot.'

'En hij is schoon!' zei Alexandra. 'Als ik mezelf niet in de spiegel had gezien, was ik onder het zand naar beneden gekomen. Je wordt echt groezelig van de truffeljacht. Nog nieuws van de reizigers?'

'Antoine belde. Ze zijn over twintig minuten hier.'

Alexandra voelde vlinders van opwinding in haar buik bij de gedachte Antoine te zien en drukte dat gevoel stevig de kop in. 'Is de tafel al gedekt?'

'Jazeker,' zei Jack. 'En ik heb een paar flessen geopend van de wijn die we gekocht hebben. Ik heb de haard in de salon aangestoken, meer omdat het verwelkomend staat dan voor de warmte, maar het ziet er heel charmant uit. Ik heb ook kaarsen in de kandelaars gedaan.'

'Je zou bijna denken dat we in een kasteel wonen,' zei David.

Nadat Alexandra de bedwarmer in het bed had gelegd en handdoeken had gevonden, was ze net terug in haar kamer om haar chignon bij te werken toen ze Milou een paar keer luid en diep hoorde blaffen en besefte dat Antoine terug was.

Om zichzelf niet zo nerveus te maken dat ze voorgoed in haar kamer zou blijven, liep ze de ruimte uit en snelde de trap af. Ze was bijna beneden toen ze bleef staan. Antoine werd begroet door Milou alsof hij jaren weg was geweest, niet een paar uur, en hij had een vrouw bij zich.

Alexandra kreeg een droge mond. Waarom was het niet bij haar opgekomen dat Antoines collega misschien wel een vrouw was? Zelfs als ze daaraan had gedacht, zou ze nooit een echte Parisienne hebben verwacht, zo op en top elegant.

Antoine keek op en zag haar op de trap staan. 'Alexandra!' zei hij in het Engels. 'Kom kennismaken met Véronique. Véronique, dit is...' Hij aarzelde een ogenblik, dus Alexandra zei snel: 'Ik ben Alexandra, het kindermeisje.'

Véronique, die – daar was Alexandra van overtuigd – onderweg hierheen vast was gestopt om zich op te dirken zodat ze er *soignée* zou uitzien, leek verbaasd. 'Het kindermeisje?' Ze sprak Antoine in het Frans aan.

'Meer een gezelschapsdame,' zei hij soepeltjes. 'Ze runt het huishouden, heeft leraren ingehuurd, en je hebt natuurlijk gelijk, Félicité en Henri zijn veel te oud voor een kindermeisje...'

Alexandra dacht niet dat dat de reden was waarom Véronique vraagtekens plaatste bij de functie. Ze rechtte haar rug en hief haar kin.

Op dat moment kwamen de kinderen met veel kabaal de trap af en de hal in. Stéphie wierp zich in haar vaders armen. ‘Papa, we hebben een truffel gevonden! Nou ja, Milou dan.’

‘Milou?’ Antoine omhelsde zijn andere kinderen. ‘Ik wist niet dat hij een truffelhond is. Gaan we de truffel opeten?’ Hij richtte de vraag tot David, die in de hal was verschenen.

‘Nee, papa!’ zei Stéphie. ‘We gaan hem verkopen, dan hoef jij niet meer weg om te werken.’

Véronique glimlachte charmant en hurkte neer om op gelijke hoogte met Stéphie te komen. ‘Dat zou je vast fijn vinden, liefje, maar daar is meer dan één truffel voor nodig. En je vaders werk is heel belangrijk. Wel is het mooi dat je hond hem niet heeft opgegeten, dus goed gedaan.’

‘Hij is gigantisch,’ zei Félicité. ‘Kijk!’ Ze hield haar vader de truffel voor.

Antoine stond paf. ‘Goeie genade! Hij is inderdaad gigantisch! Zo’n grote truffel heb ik nog nooit gezien,’ zei hij.

‘Hij zat onder een steen,’ zei Stéphie. ‘Milou wist dat hij er zat en bleef maar graven. Toen hebben Lexi en ik hem geholpen en de steen eruit gekregen.’

‘Daarna zaten we onder het zand,’ zei Alexandra, ‘maar we waren zo opgewonden dat het ons niet kon schelen. Véronique, wil je je misschien even opfrissen? En ik denk dat ik je de verkeerde slaapkamer heb gegeven.’ Ze was blij dat ze Véroniques achternaam niet wist, zodat ze niet in de verleiding kwam die te gebruiken en zichzelf zo in status te verlagen.

‘Hoezo de verkeerde kamer?’ vroeg Véronique.

‘We hadden verwacht dat Antoines collega een man zou zijn.’ Alexandra lachte even. ‘Als je wilt komen kijken, kunnen we zo nodig het een en ander veranderen.’

Terwijl Alexandra voorop ging naar boven, besefte ze dat ze geen idee had wat ze kon veranderen als Véronique het kamertje met de vochtvlek op de muur afwees.

'Het is een kleine ruimte,' zei Alexandra toen ze de deur opendeed, 'maar die bobbel in het bed is een stenen kruik. Je ziet wel hoe groot die is. In bed is het vast lekker warm.'

Veronique verstijfde van afgrijzen. 'Hier kan ik niet slapen. Het voelt als een kleedkamer, niet als een echte slaapkamer.'

Alexandra besefte – een beetje laat – dat het inderdaad een kleedkamer was, voor Antoines slaapkamer.

'Goed dan.' Snel nam ze een besluit. 'Je kunt mijn slaapkamer hebben. Als jij even gebruik wilt maken van de badkamer...' Ze wees aan waar die was. '... dan zal ik de lakens verschonen.'

Het was makkelijker zo'n offer te brengen, omdat zij moreel gezien de overhand had. Ook wist ze dat Véronique helemaal confuus was over met wie ze van doen had.

Véronique ging naar beneden zonder op Alexandra te wachten, en uiteindelijk kwam Stéphie naar boven. 'Het eten is klaar. Wat ben je aan het doen?'

'Ik zorg ervoor dat mijn slaapkamer brandschoon en opgeruimd is voordat Véronique erin slaapt,' zei ze. 'Vind je dat hij er goed uitziet?'

'Hij ziet er perfect uit,' zei Stéphie. 'Ze kan niet zeggen dat er iets mis mee is.' Even was ze stil. 'Ze is heel knap, maar ze lijkt ook op de moeder van Félicité en Henri.' Opeens giechelde ze. 'Stel je voor dat ik vergeet dat jij hier niet slaapt en morgenochtend per ongeluk bij haar in bed kruip. Dat zou afschuwelijk zijn!' Als Stéphie dat inderdaad afschuwelijk vond, moest ze er wel heel hard om lachen. 'Je kunt in mijn kamer slapen als je wilt, Lexi. Dat vind ik prima.'

'Dat is heel lief van je, Stéphie, maar ik heb een grote kruik met heet water in het bed gelegd dat ik voor Véronique heb opgemaakt, en dat wil ik niet voor niets gedaan hebben, dus slaap ik daar wel. Als we willen lezen, kunnen we dat in jouw bed doen.'

'Oké.' Ineens draaide ze zich om haar as en spreidde haar rok uit. 'Vind je mijn nieuwe jurk mooi? Félicité heeft hem voor me gekocht.'

'Ik vind hem prachtig! En maar goed dat je hem hebt aangetrokken, hè? We waren heel vies geworden van onze truffeljacht.'

'Ja.' Stéphie was even stil. 'Ik vind dat je parfum op moet doen, Lexi. Véronique heeft heel veel parfum op.'

'Oké...' zei Alexandra. 'Die heb ik in het kamertje neergezet waar ik ga slapen.'

Nadat ze flink wat Bien-Être had opgedaan, een reukwatertje dat ze bij de plaatselijke drogist had gekocht – zeker niet het soort parfum dat Véronique ooit zou dragen – voegden Stéphie en zij zich bij het gezelschap.

De anderen stonden met een glas wijn in de salon. David stond bij de deur en keek bezorgd. Alexandra liep naar hem toe tot ze binnen gehoorsafstand was.

'Ik wil het eten opdienen,' zei hij uit een mondhoek. 'Mag ik aankondigen dat we aan tafel kunnen, denk je? Véronique is zo voornaam!'

Met een rukje van haar hoofd antwoordde Alexandra: 'Natuurlijk kun je dat aankondigen. Zo voornaam is ze niet, hoor!' Nu ze haar slaapkamer aan de vrouw had moeten afstaan, besloot ze Véronique niet meer zo indrukwekkend te vinden.

David klapte in zijn handen. 'Dames en heren, we kunnen aan tafel!'

Alexandra bleef even staan om de achtergelaten glazen te verzamelen, die ze op een dienblad zette, dus was ze als laatste in de eetkamer. Véronique zat naast Antoine aan het hoofd van de tafel, en Stéphie zat aan de andere kant naast hem. Ze zag de truffel op een schoteltje liggen, als tafelversiering. En een fraaie ook, besloot ze. Ze ging aan de andere kant van de tafel naast Jack zitten.

'Hoe was jullie dag?' vroeg ze aan hem. 'Wat hebben jullie allemaal uitgespookt?' Ze wilde dolgraag weten of ze bij Penelope langs waren geweest, en of dat bezoek goed was verlopen, maar vond dat ze dat niet kon vragen.

'We hebben een leuke dag gehad. We hebben een markt gevonden, en de buit die we daar hebben gemaakt, zie je nu voor je. Daarna hebben we geluncht met Penelope.'

'Was het... leuk?' vroeg Alexandra voorzichtig.

Jack lachte. 'Je wilt weten hoe het tussen Penelope en mij ging, hè?'

Alexandra knikte en lachte om zichzelf.

'Het was heerlijk!' Nu plaagde Jack haar. 'Echt, we waren allebei veel meer ontspannen nu we tijd hebben gehad om te wennen aan het idee dat we elkaar na al die jaren weer zien.'

'O, mooi,' zei Alexandra, die wenste dat ze hem om meer details kon vragen. Maar hij leek een stuk opgewekter. Dat zei toch wel iets.

Toen iedereen tevreden zat te eten, vroeg Véronique: 'En, Alexandra, jij komt uit Londen?'

Alexandra glimlachte en knikte ter bevestiging.

'Hoe vind je dit slaperige hoekje van de Provence na de grote stad?' ging Veronique door.

'Landelijk, maar erg mooi. Het bevalt me hier prima.' Alexandra glimlachte weer met de bedoeling een punt achter het gesprekje te zetten.

Dat gebeurde niet. Véronique leek het grappig te vinden. 'Een knappe meid als jij heeft toch zeker behoefte aan omgang met jongelui en lol maken?'

Alexandra haalde haar schouders op. 'Félicité, Henri en Stéphie zijn niet zo oud, en we zijn altijd bezig.'

'Maar jij bent zo jong...' volhardde Veronique.

'Alexandra is een erf...' begon Stéphie, tot ze Alexandra duidelijk ontzet zag kijken.

Alexandra schudde heel even haar hoofd, wat gelukkig genoeg was om Stéphie het zwijgen op te leggen over dat onderwerp. Het laatste wat Alexandra wilde, was een discussie over haar vermogen. Dat wilde ze zo veel mogelijk privé houden.

'Wat is Alexandra, Stéphie? vroeg Véronique zachtjes.

'Ze is... heel mooi!' antwoordde Stéphie.

'Véronique,' zei David soepeltjes om Alexandra te redden, 'kan ik je overhalen nog een gevuld eitje te nemen? In Engeland worden ze *devilled eggs* genoemd. Ik weet niet of jullie die in Frankrijk kennen.'

'Eten interesseert me niet zo,' zei Véronique geringschattend.

Dat verbaasde David. 'O. Ik dacht dat alle Fransen geïnteresseerd waren in eten.'

'Dat is een stereotype,' zei Véronique. 'Net als dat iedereen verwacht dat ik een man ben. Dat ben ik niet, al ben ik wel net zo sterk en efficiënt als een man.'

David maakte een lichte buiging. 'Ik zou nooit anders gedacht hebben, madame.'

'Noemde Antoine je daarom een collega, toen hij belde om te zeggen dat hij je meenam?' vroeg Alexandra.

'Uiteraard,' zei Véronique. 'Hij en ik werken vaak samen. Hij weet wel beter dan naar mijn sekse te verwijzen.'

'Het zou voor mij een stuk makkelijker zijn geweest als ik het had geweten,' zei Alexandra zacht. 'Dan had ik niet van slaapkamer hoeven te wisselen.'

Véronique wuifde die tegenwerping met een schouderophalen weg. 'Het is belangrijk dat vrouwen met respect worden behandeld, en niet alleen als echtgenote en kinderverzorger.'

'Ik vind dat iemand die kinderen verzorgt respect verdient,' zei Jack. 'Het is niet makkelijk, wel heel belangrijk.'

'Ja,' zei Véronique. 'Maar ik heb hersens! Die wil ik niet verspillen aan iets wat iedere vrouw kan doen!'

Er viel een ongemakkelijke stilte. Toen zei Antoine: 'Neem wat wijn, chérie.'

'Ik haal het hoofdgerecht,' zei David.

'Ik help je een handje,' zei Alexandra.

Eenmaal in de keuken zei ze: 'O, David! Je weet dat ik altijd geloofd heb in gelijkheid voor vrouwen, maar door haar zou ik bijna van gedachten veranderen.'

David lachte. Hij sloeg een arm om haar heen en gaf haar een knuffel. 'Maak je niet druk om haar. Als eten haar niet interesseert, is ze je gedachten niet waard.'

Ook al wist Alexandra dat David gelijk met zijn advies dat ze niet aan Véronique moest denken, haar verstand weigerde mee te werken. Toen ze die avond naar bed ging, merkte ze dat ze alles analyseerde wat Véronique had gezegd. Langzaamaan werd haar duidelijk dat haar wrokkige gevoelens jaloezie waren, en ze schaamde zich diep.

17

De volgende ochtend was Alexandra vroeg uit de veren. Ze had de kippen verzorgd en wilde nu koffie malen en ervoor zorgen dat het ontbijt goed georganiseerd was. Want dat was hier vaak een informele, wat chaotische maaltijd, niet geschikt voor mensen zoals Véronique.

Misschien had Antoine hetzelfde idee, want kort daarna verscheen hij, fris geschoren en met zijn haar nog nat van zijn bad. Hij droeg een fraai gesneden pak en zag er zo aantrekkelijk uit dat Alexandra even niet goed kon ademhalen.

'Goedemorgen!' zei ze kalm zodra haar ademhaling weer normaal was. 'Heb je al nagedacht over wat je met Stéphies truffel gaat doen? Ze wil hem duidelijk verkopen, tot grote teleurstelling van David.'

'Voordat we vandaag naar Marseille vertrekken, bel ik mijn vriend de truffelexpert om te zien of hij de truffel kan verkopen. Zo ja, dan kunnen we hem onderweg afleveren.'

'Heb je enig idee hoeveel geld hij kan opbrengen?'

Hij schudde zijn hoofd. 'Niet echt. Niet zo veel dat ik met pensioen kan, denk ik. Misschien moet ik het geld opzijzetten voor Stéphies toekomst.'

'Doe dat alsjeblieft niet! Geld voor de toekomst is lang niet zo belangrijk voor haar als haar vader thuis hebben – zo niet voorgoed, dan toch zeker vaker.'

Antoine keek langs zijn lange, ietwat kromme neus op haar neer, en ze vroeg zich af of ze niet te openhartig was geweest. Toen besefte ze dat hij nadacht. 'Ik zal het geld opzijzetten voor herstelwerkzaamheden aan het kasteel. Stéphie zal trots zijn te weten dat die door haar inspanningen mogelijk zijn. En door de jouwe, natuurlijk.'

'Stéphie zou zeggen dat het allemaal aan Milou te danken is.'

'Hij is een prins onder de honden,' zei Antoine, en een zweem van een glimlach deed zijn ooghoeken rimpelen.

Alexandra glimlachte terug, ze kon het niet helpen. Ze schrok op toen Véronique vroeg: 'Stoor ik?'

'Nee! Nee, natuurlijk niet,' antwoordde Alexandra. 'Ik heb met koffiezetten gewacht tot jij er was. Wat wil je nog meer voor je ontbijt? Toast met marmelade?' Een fractie te laat herinnerde ze zich dat toast en marmelade niet echt een optie waren, omdat ze die niet hadden.

Véronique trok een gezicht bij de suggestie. 'Nee, dank je. Alleen koffie.'

Nadat Antoine en Véronique voor de dag naar Marseille waren vertrokken, nam Alexandra de tijd om Donna in Parijs te bellen. Na een hoop gezellig geroddel kwam ze te weten dat Véronique de knappe vrouw was die Antoine op de avond van het etentje van Donna en Bob had vergezeld. Bij die wetenschap kreeg ze geen beter gevoel over de vrouw.

Toen ze later naar de keuken liep om voor iedereen de lunch klaar te maken (etensrestjes kwamen altijd goed van pas), hield ze zichzelf voor dat ze eigenlijk gewoon weg moest uit het kasteel. Zolang ze bij Antoine in huis woonde, zou ze nooit over haar belachelijke verliefdheid heen komen. Maar ze had haar familie verteld dat ze tot de lente zou blijven, en ze vond niet dat ze kon vertrekken voordat de kinderen gesetteld waren en hun vader vaker thuis was. Wel had Donna gezegd dat ze het geweldig zou vinden haar in Parijs te logeren te hebben. Dan zou ze Parijs fatsoenlijk kunnen verkennen. Dat zou fantastisch zijn!

Toch wist ze diep in haar hart dat ze hier wilde zijn, in de landelijke Provence, in een ietwat vervallen kasteel. Ook al wist ze dat ze nooit meer zou zijn dan het kindermeisje, of misschien de huishoudster, hier voelde ze zich het meest thuis.

Volgens Alexandra slaakten het kasteel én de bewoners een zachte zucht van verlichting toen Véronique een paar dagen later met de trein terugging naar Parijs. Antoine zou haar over een paar dagen nareizen, maar dat Véronique – geen interesse in eten en toch verrassend kritisch – niet meer aan de eettafel zat, monterde iedereen op.

Hoewel het november was, was het een mooie herfstdag. De kleuren van de Provence waren zo helder als die in een verfdoos tegen een stralend blauwe hemel. Alexandra wilde met Milou gaan wandelen, wat betekende dat zij ging wandelen en hij misschien ook meeliep. Nu ze zich niet meer druk hoefde te maken over Véronique en haar wensen, had ze tijd, en ze wilde nadenken over haar leven en wat ze moest doen. Wandelen zou helpen. Ze was in de hal, toen de bel ging.

Het was Penelope, of grand-mère, zoals Alexandra haar in gedachten bleef noemen.

Ze leek ongewoon bedeesd. 'Goedemorgen, Alexandra.'

'Goedemorgen!' zei Alexandra. 'Wilt u binnenkomen?'

'Je hebt je jas aan. Je staat op het punt eropuit te gaan.'

Ze had een oude jas van Antoine geleend die ze in een gang had gevonden, blijkbaar allang vergeten. Het was gênant betrapt te worden door dit intimiderende toonbeeld van elegantie. 'Nee, nee. Ik wilde alleen even met Milou gaan wandelen. Het is zo'n mooie dag.'

'Dat is het zeker. Ik zal je niet ophouden. Ik wilde je alleen dit brengen. Het is de kleine Sèvres-soepkom waar ik het eerder over had. Hij heeft handvaten, en één is eraf.' Ze haalde een in tissues ingepakt pakje uit haar handtas.

Alexandra nam het aan. Hij was prachtig, hemelsblauw met veel vergulde decoratie. 'Lieve hemel, deze is heel waardevol. Ik denk niet dat ik hem zou kunnen...'

'Chérie, zonder handvat is hij niets waard. Doe gewoon je best.'

Penelope had haar nog nooit 'chérie' genoemd, besefte ze met een schok. 'Dat zal ik doen,' zei ze.

Maar zelfs nadat Alexandra het kommetje had meegenomen en in de salon op een veilige plek op de schoorsteenmantel had gezet, maakte Penelope geen aanstalten te vertrekken. 'Kan ik koffie voor u halen, of iets anders te drinken?'

'Nee,' zei Penelope resoluut. 'Jij hebt je jas aan en ik de mijne. Laten we samen een stukje gaan wandelen. Ik heb de laatste tijd een beetje heimwee. Praten met een mede-Engelse zal helpen.'

Alexandra was zo verbaasd dat ze even niets kon uitbrengen. Penelope was zo vastgeroest in haar rol als Franse grande dame dat ze amper wilde toegeven dat ze niet Frans was. Nu had ze het over heimwee en een wandeling maken met het kindermeisje. Alexandra stelde zich voor dat ergens met sint-juttemis kalveren op het ijs dansten. Of... Ze dacht terug aan wat Jack haar had verteld. Misschien wilde ze over haar liefdesleven praten? Die gedachte was nog minder waarschijnlijk dan dansende kalveren op het ijs met sint-juttemis!

Milou gedroeg zich op zijn best en volgde de twee Engelse vrouwen gedwee. Penelope zei niets terwijl ze over het pad liepen door een verwaarloosde en toch nog steeds mooie ommuurde tuin, die ooit groenten voor het kasteel had voortgebracht, maar waarin nu slechts een paar rozen over de muren groeiden en salvia's, rozemarijn en lavendel stonden.

'U zult wel blij zijn dat Lucinda uit Argentinië is teruggekeerd,' zei Alexandra toen ze de stilte niet langer kon verdragen. Ze hadden de tuin achter zich gelaten en een van de paden naar het bos genomen.

Penelope knikte. 'Ja en nee. Het is heerlijk voor me om haar hier te hebben, maar ik denk niet dat ze de kinderen begrijpt nu ze zo lang van hen gescheiden is geweest.'

'O?' Alexandra deed haar best neutraal te klinken.

'Ze houdt natuurlijk van haar kinderen. Ze heeft alleen geen aandacht voor *la p'tite*.'

'Stéphie?'

Penelope knikte. 'Lucinda is enig kind en begrijpt jaloezie niet. Niet dat Stéphie ooit jaloers is, maar het is lastig voor haar om te zien dat haar broer en zus – ook al zijn ze dat niet echt – aandacht en cadeaus krijgen, en zij niet.'

'Ik heb geprobeerd te voorkomen dat ze zich buitengesloten voelt,' zei Alexandra. Terwijl ik ook enig kind ben, dacht ze. Dat zei ze alleen niet.

'Ja, en daar ben ik je dankbaar voor. Je hebt erg je best gedaan voor de kinderen. Dat waardeer ik zeer.' Ze liepen nog wat langer in stilte door. 'Weet je, ik had een zus met een peettante die haar altijd dure cadeaus gaf. Ik begreep dat die peettante speciaal was voor mijn zus, maar het was niet makkelijk. De mooie jurken van Harrods, het prachtige paasei, prachtige kleurpotloden… Ik weet nog dat ik het een keer niet kon verdragen en in tranen uitbarstte. Ik schaamde me zo!'

'Wat akelig.' Alexandra voelde zich plaatsvervangend ontdaan.

'Mijn moeder kon er niets aan veranderen. Het hoorde bij

mijn leven. Ik moet er alleen niet aan denken dat de kleine Stéphie zich net zo voelt als ik toen.'

'Ik heb haar een antiek poppenfornuis gegeven dat echt werkt, met potjes en pannetjes, waar ze dol op is. David en Jack zijn zich er ook van bewust dat ze kan worden buitengesloten.' Alexandra haalde even adem, in de hoop dat Penelope hierdoor gerustgesteld zou zijn, en ging verder: 'Ik heb het gevoel dat Félicité degene is die er het meest onder lijdt. Ze houdt van haar zusje en snapt dat ze zich buitengesloten moet voelen. Toen Lucinda laatst met ze ging winkelen, heeft Félicité een jurk voor Stéphie gekocht. Ze zal het geld wel van haar moeder hebben gekregen, maar ik was zo blij met haar attente gebaar.'

'Dat is fijn om te horen,' zei Penelope. 'Lucinda heeft het me niet verteld. We communiceren niet altijd even goed.'

Er viel weer een vrij lange stilte terwijl ze door het bos liepen. Alexandra, die verrukt was van de veranderende kleuren, wachtte tot Penelope verder zou praten. Ze voelde dat die meer te zeggen had.

'Ik woon al heel lang in Frankrijk. In veel opzichten ben ik Frans,' zei Penelope.

'Mag ik vragen waarom u naar Frankrijk bent gekomen?'

'Ik was hier al voor de oorlog geweest, met het gezin van een vriendin. We hadden een heerlijke vakantie. Ik wist dat het na de oorlog heel anders zou zijn, maar mijn ouders waren in de buurt van mijn broer gaan wonen en ik wilde een volkomen andere omgeving. Ook dacht ik dat het goed voor Lucinda zou zijn tweetalig te worden opgevoed en haar vleugels een beetje uit te slaan, nadat ze tijdens de oorlog in Engeland op de kostschool had gezeten.' Ze lachte. 'Ze had zo veel verhalen over Engelse kostscholen gelezen die mijn ouders haar hadden gegeven – te veel misschien – dat ze ervan overtuigd was dat zij er ook heen wilde.'

'Het was vast niet makkelijk om naar een land te gaan waar u niemand kende. Ik had ten minste de kinderen als gezelschap toen ik hiernaartoe kwam.'

'Het was inderdaad niet makkelijk, al hielp het dat ik Lucinda had. Een buurvrouw, een vriendin van Hortense, nam me onder haar hoede. Ze had een dochter van dezelfde leeftijd als Lucinda en stelde me voor aan haar vrienden. Door haar ontmoette ik mijn tweede man – je weet vast dat ik hem ook verloren heb...' Ze viel even stil, en Alexandra hoorde de ondertoon van verdriet. 'Zo heeft Lucinda Antoine ook leren kennen. Rosemarie was een anglofiel, mede daarom was ze zo aardig, maar ze zorgde er wel voor dat ik zo snel mogelijk Frans leerde. Toen ze naar Parijs verhuisde, voelde dat echt als een verlies voor me.'

Het verhaal klonk overtuigend, en toch wist Alexandra dat er meer was. Ze was gespannen en vroeg zich af of Penelope haar nog meer in vertrouwen zou nemen of weer de vormelijke grande dame zou worden die ze bij hun eerste ontmoeting was geweest.

Ze waren langs de bosrand gelopen en op een pad gestuit dat terugvoerde naar het kasteel.

'Je vraagt je misschien af waarom ik met jou praat in plaats van met Hortense, die ik al bijna twintig jaar ken. Dat vraag ik mezelf ook af.' Ze glimlachte. 'Hortense heeft me altijd gekend als een onkreukbare steunpilaar van de gemeenschap. Ik zou nooit aan haar kunnen onthullen dat ik niet altijd onkreukbaar en ook niet altijd een steunpilaar ben geweest.'

Alexandra lachte om Penelopes grapje, al zette ze zich vanbinnen schrap. Dit ging over Jack, daar was ze zeker van. Kon ze Penelope vertellen dat ze iets van haar verhaal afwist? Nee, besefte ze.

'Jij bent te jong om te weten wat liefde is, maar als je verliefd wordt, zul je het gevoel hebben dat jouw liefde het enige is wat telt. Dat niets anders belangrijk is. Dat heb je dan mis, net als ik het mis had, en toch zul je dat gevoel hebben.'

Alexandra had de indruk dat ze wél wist wat liefde was, maar ze zou Penelope zeker niet in vertrouwen nemen over haar gevoelens voor Antoine. Die zou ze volledig onderdrukken. Niemand mocht er iets van weten, daar was ze resoluut in. Antoine al helemaal niet.

'Net als de meeste mensen kom je waarschijnlijk een keer op een punt in je leven dat je een keus hebt. Je kunt kiezen voor de veilige, comfortabele route, die je zekerheid en mogelijk geluk zal brengen. Je kunt ook kiezen voor passie en het risico alles te verliezen wat je jarenlang hebt opgebouwd.' Penelope leek een eeuwigheid haar adem in te houden, tot ze langzaam uitademde.

Alexandra wachtte zo lang als ze kon. 'Wat is de juiste keus?'

'Ik zou willen dat ik het wist, chérie. Ik ben van middelbare leeftijd, maar ik weet niet of ik ooit de wijsheid zal hebben om te kiezen tussen hoofd en hart.'

Alexandra schraapte haar keel. Zij zat met een soortgelijk dilemma. Haar hoofd zei: verlaat het kasteel, vergeet Antoine, en haar hart zei: blijf zo lang mogelijk. Het verbaasde haar dat ze zich in dezelfde situatie bevond als Penelope.

'Zullen we naar de oranjerie gaan?' zei Penelope een ogenblik later. 'In de tijd dat Lucinda hier woonde, gaven Antoine en zij daar feestjes.'

Hoewel Alexandra snel van geest was, worstelde ze even met die koerswijziging. 'Prima. Maar toen David en ik onlangs op verkenningstocht gingen, zat de oranjerie op slot.'

'Ik denk dat ik wel weet waar de sleutel is.'

Ze liepen naar het gebouw met ramen van vloer tot plafond, die nu begroeid waren met klimplanten, waarvan er een als vlammen over het dak klom. Penelope streek met een hand over de bovenkant van de deurlijst en vond de sleutel. Het slot was stroef, maar ze kregen het open en gingen naar binnen.

'Ah,' zei ze met een diepe zucht. 'Dit herinner ik me nog wel.'

Alexandra wachtte. Ze geloofde niet dat Penelope terugdacht aan de feestjes die door haar dochter en haar man waren gegeven.

'Ik ben hier een keer geweest, eeuwen geleden. Het kasteel was gesloten. Dat was voordat Antoine het overnam. Een vriend en ik liepen over het landgoed, al was het waarschijnlijk verboden terrein. We werden overvallen door een zomerse bui en gingen hier schuilen. Het was zoals het nu is, overwoekerd maar heel romantisch. Niet zoals later, opgeknapt en klaar voor Lucinda's feestjes.'

Alexandra's hart klopte in haar keel. Had Penelope het over Jack?

'Daarna was niets meer hetzelfde,' zei Penelope.

Er viel een lange, pijnlijke stilte. 'Ik vraag me af hoeveel het zou kosten om hier eens flink op te ruimen,' ging ze verder. 'Het zou een mooie locatie zijn voor een feest.'

Alexandra ontspande zich een beetje. Blijkbaar kwamen er geen vertrouwelijkheden meer. Omdat ze zichzelf nogal een deskundige vond in het omtoveren van grote smerige ruimten tot een geschikte plek voor gasten en feestjes, richtte ze haar aandacht even op de oranjerie. 'Een goede schoonmaakbeurt, veel bloemen – dan zou het er prachtig uitzien.'

'Ja, zeker,' zei Penelope. 'Zullen we teruggaan?' voegde ze eraan toe. 'Ik heb een kop thee nodig, denk ik. Hoe Frans ik ook lijk, 's middags drink ik nog altijd graag thee.'

Aangemoedigd door Penelopes recente gesprek vroeg Alexandra: 'Misschien kunt u me tips geven hoe ik hier in Frankrijk lekkere thee kan zetten. Ik krijg hem nooit sterk genoeg.'

'Het geheim is iemand in Engeland overhalen je fatsoenlijke thee te sturen. Dan is het simpel.'

Een paar dagen later kwam de postbode een groot pakket afleveren voor Alexandra.

'O, heeft iemand je een cadeau gestuurd?' vroeg Stéphie, opgewonden bij het vooruitzicht.

'Nee, ze hebben me een hoop papieren gestuurd die ik moet lezen, een beetje alsof iemand me huiswerk heeft gestuurd.' Ze glimlachte. 'En net als het huiswerk dat David en Jack jou hebben gegeven, moet ik het maken. Ga anders even kijken of David iets lekkers voor de lunch heeft klaargemaakt.'

Antoine kwam de hal in. 'We zullen David missen wanneer hij terug moet naar Engeland.'

'En Jack,' zei Alexandra.

'Ik denk dat hij nog wel wat langer blijft,' zei Antoine met een mysterieuze blik.

Alexandra maakte de splitpen los die het pak bijeenhield en tuurde naar de inhoud. Toen haalde ze de papieren eruit en zag ze dat die in het Frans waren gesteld, en bovendien met de hand geschreven, de regels dicht op elkaar. Ze kon de woorden amper lezen, laat staan begrijpen.

'Laat het me weten als je hulp nodig hebt met je huiswerk,' zei Antoine.

Ze stopte de papieren weer in de envelop. 'Het kan zijn dat ik Maxime nodig heb.'

'Maxime? Hoezo?'

'Het zijn juridische papieren. Uit Zwitserland. Heel saai.' Ze lachte. Ook al was het niet echt een leugen, zo voelde het wel. Ze vond het vervelend om niet helemaal eerlijk te zijn, maar wilde niet dat Antoine de ins en outs van haar erfenis kende. Het was al erg genoeg dat hij wist dat ze geld zou erven. Hij mocht niet weten dat ze haar vermogen nu al kon krijgen, als ze trouwde. Ze wilde dat hij haar zag als het kindermeisje, niet als een erfgename.

'sAvonds pas kreeg ze de kans om de papieren beter te bekijken. De Franse juridische taal was zo onbegrijpelijk als ze al had gevreesd. Ze had absoluut hulp nodig om te begrijpen wat er stond. Ze zou Maxime bellen zodra ze kon en hem om advies vragen. Hij was tenslotte jurist.

18

Het was de volgende ochtend vroeg. Stéphie, die 's nachts bij Alexandra in bed was gekropen, was diep in slaap. Alexandra, die zelf niet meer kon slapen, was naar beneden gegaan. Nadat ze Milou en de kippen had verzorgd, had ze een kleine, gevlekte spiegel op de keukentafel gezet, en ze was net met de keukenschaar haar pony aan het bijknippen toen Antoine via de achterdeur binnenkwam. Hij had zijn armen vol papieren zakken waar stokbroden uitstaken.

'Is er geen betere plek om dat te doen?' vroeg hij. 'En kun je niet beter naar de kapper gaan?'

'Ik ben gewend om het zelf te doen. Is hij recht?'

Antoine legde de zakken neer en inspecteerde Alexandra's handwerk. 'Doe je ogen dicht.'

Dat deed ze. Hij blies in haar gezicht en veegde de overgebleven losse haartjes van haar gezicht. 'Zo. Perfect.'

Ze opende haar ogen en wilde ze meteen weer sluiten, zo dichtbij was hij. Blijkbaar voelde hij hetzelfde, want hij stapte snel achteruit.

'Grappig eigenlijk, omdat ik thuis mijn haar altijd in de keuken knip, doe ik het hier ook. Je hebt gelijk, in mijn kamer heb ik veel beter licht.' Ze haalde even adem om te voorkomen dat ze door zou ratelen. 'Maar het is nu klaar. De fluitketel staat op het gasfornuis.'

Antoine leek geamuseerd. 'Ik steek het kachelfornuis aan.'

Alexandra maalde koffie met de handmolen en vond kopjes en borden voor het ontbijt, terwijl hij takjes brak en houtblokken goed legde. Hij neuriede en leek opgewekt.

'Je lijkt vol van de geneugten der lente,' zei Alexandra. Zijn Engels was zo goed dat ze aannam dat hij begreep wat ze bedoelde.

'Ik hou me groot. Ik kan mijn vertrek niet langer uitstellen. Binnenkort moet ik weer naar Parijs.'

Alexandra's hart kromp ineen. 'O. De kinderen zullen je missen.'

'Zul jij me ook missen?' vroeg hij.

Ze wendde zich van hem af, niet bereid hem te laten zien hoe erg ze hem zou missen. 'Misschien een klein beetje. Je kunt erg goed met het kachelfornuis overweg.' Ze was er blij om hoe nuchter ze klonk.

'Is dat de enige reden?'

Alexandra schokschouderde op een manier die David typisch Frans zou noemen. 'Wat wil je dat ik zeg? Milou zal erg verdrietig zijn zonder jou.'

Hij reageerde niet onmiddellijk, keek haar alleen maar zo aan dat ze zich afvroeg of ze haar pony niet helemaal recht had afgeknipt. 'Je bent erg ongewoon voor een kindermeisje.'

'Kindermeisjes horen ongewoon te zijn. Heb je *Mary Poppins* niet gelezen? Nee, vast niet.'

'Ik zal je missen, Alexandra,' zei hij.

'Hoezo?' Ze wist dat hij niet zou zeggen dat het kwam doordat hij verliefd op haar was geworden, dus was het veilig om het te vragen.

'Je bent er erg goed in mij op mijn plek te zetten. Op mijn werk ben ik het gewend als de baas te worden behandeld.'

'Behandelt zelfs Véronique je zo?'

'Ja. Als mijn rechterhand wil ze dat ik de baas ben – snap je dat? – zodat zij in haar positie, als nummer twee, ook status heeft.'

'Antoine, mag ik je iets vragen?'

'Wat je maar wilt.'

'Wat doe je eigenlijk waarvoor je steeds van huis moet, weg van je kinderen?'

Nu deed Antoine niet langer luchthartig. 'Ik ben managementconsultant.'

'En dat is?'

'Bedrijven komen in de problemen. Misschien worden ze bedreigd door hun concurrenten en weten ze niet hoe ze moeten reageren, hebben ze nieuw personeel nodig of hebben ze financiële fouten gemaakt. Ze hebben hulp nodig. Mijn bedrijf biedt die hulp. Wanneer ik lang van huis ben, breng ik tijd door bij bedrijven die in in moeilijkheden verkeren.' Hij liet een korte stilte vallen. 'We zijn niet altijd welkom bij het personeel, en soms worden mensen door ons toedoen ontslagen, maar we helpen. Zo verdienen we ons geld.'

Alexandra nam de tijd om na te denken over wat hij had gezegd. 'Mag ik vragen... Nee, dat vraag ik niet. Misschien is het onbeleefd.'

'Waarom zou je nu ineens tactvol zijn, Alexandra? Je bent er heel goed in te zeggen waar het op staat, ook al ben je pas twintig.'

Ze wist dat hij haar plaagde, maar voelde dat ze niets te verliezen had. 'Als jij mensen kunt vertellen hoe ze hun bedrijf moeten exploiteren zodat het winstgevend is en goed loopt, waarom beschouw je het kasteel dan niet als een bedrijf? Waarom kijk je niet hoe het gerund kan worden zodat het zo veel geld opbrengt dat jij niet meer weg hoeft?'

Hij zweeg zo lang dat Alexandra de waterketel bijvulde en hem op het kachelfornuis zette, dat nu goed brandde.

'Het was nog niet in me opgekomen dat het kasteel en de boerderij een echt bedrijf kunnen zijn. Het is altijd een passie geweest, ik heb er nooit bij stilgestaan dat ik er geld mee zou kunnen verdienen.'

'Je hebt verschillende kleine bijgebouwen. Die zou je kunnen verbouwen tot accommodatie voor bezoekers. David heeft er veel ideeën over.'

'Daar moet ik over nadenken.'

'Dan zou je iemand nodig hebben om de boekingen voor je te doen. En iemand om alles te organiseren, om schoonmakers te regelen, om het beddengoed te verzorgen. Een huishoudster.'

'Die hebben we hier sowieso nodig, want ik heb net gehoord dat madame Carrier niet terugkomt.'

'Als je dat allemaal zou doen zodat je geld kon verdienen met de verhuur van de gebouwen, zou je dan in de toekomst meer kunnen thuisblijven, denk je?'

Hij knikte. 'Mogelijk. Ik heb er nog niet eerder aan gedacht de bijgebouwen aan vakantiegangers te verhuren. Mijn plan is dat de kinderen naar een kostschool gaan, maar niet naar eentje uit Lucinda's brochures. Een school met een celloleraar voor Henri, om te beginnen.'

'Daar ben ik het mee eens. De juiste school zou het beste zijn voor hen allemaal, als je die kunt vinden.'

Stéphie was als eerste beneden. Met haar boek in een hand, *Snowball the Pony* van Enid Blyton, wreef ze met haar andere hand in haar ogen. 'Je lag niet meer in bed, Lexi. Ik wilde het boek uitlezen.'

'Ik weet het. Sorry. Ik ben vroeg opgestaan. Ik moest mijn haar knippen. Kijk!'

Stéphie fronste haar wenkbrauwen. 'Ik vind het er nog hetzelfde uitzien. Goedemorgen, papa.'

‘Goedemorgen, ma petite. Wil je een croissant? Ik heb ze net bij de boulangerie gehaald.’ Antoine hield haar de papieren zak voor. Stéphie stak haar hand in de zak en pakte er een uit.

‘Hier,’ zei Alexandra tegen Stéphie. ‘Neem een bord voor je croissant. Wil je er boter of iets anders op?’

‘Nee, dank je,’ zei Stéphie.

‘Ik maak warme chocolademelk,’ zei Alexandra. ‘Ah, daar is Henri.’

‘Félicité slaapt nog,’ zei Henri terwijl hij een croissant uit de zak nam.

‘Ze moet opstaan,’ zei Antoine. ‘We gaan een dagje uit.’

‘Leuk,’ zei Henri. ‘Of is het iets cultureels? Ik heb het niet zo op cultuur.’

‘Beste jongen, hoe kun je dat nou zeggen?’ vroeg David, die binnenkwam met Jack in zijn kielzog. ‘Cultuur is het enige wat telt in het leven.’

‘Dat vind je alleen als eten daar ook bij hoort,’ zei Jack. ‘Goedemorgen iedereen. Wat is het plan voor vandaag?’

‘Ik ga met de kinderen bij een oude vriend langs. Hij heeft kinderen van ongeveer dezelfde leeftijd en heeft ons uitgenodigd om de dag met hen door te brengen.’ Even was hij stil. ‘Ik moet overmorgen terug naar Parijs, dus het leek me leuk een dagje uit te gaan.’

Stéphie haalde heel diep adem. ‘Overmorgen?’ zei ze. ‘Overmorgen? Ga je dan weg?’

‘Ja,’ zei Antoine behoedzaam, want kennelijk wilde hij het minder zwaar maken voor Stéphie.

Stéphie gooide haar croissant neer. ‘Overmorgen ben ik jarig!’ verkondigde ze, en ze barstte van woede in tranen uit.

Henri, die het dichtst in de buurt was, gaf haar een onhandige knuffel en klopjes op haar rug.

Er viel een korte, ontzette stilte.

‘Oké, ik heb een idee,’ zei Alexandra kalmer dan ze zich voelde. ‘In Engeland heeft de koningin twee verjaardagen, haar eigen, gewone verjaardag en een officiële verjaardag. We kunnen morgen jouw officiële verjaardag vieren. Dan doen we het op de dag zelf nog een keer.’

‘O,’ zei Henri, ‘twee taarten! Wat vind je daarvan, Stéphie? Dan krijg je toch twee taarten?’

‘Uiteraard,’ antwoordde David.

‘Krijgt de koningin ook twee taarten?’ vroeg Stéphie. Haar snikken was overgegaan in verontwaardigd snuiven.

‘Natuurlijk!’ zei David.

‘Hoe weet je dat?’ vroeg Stéphie.

‘Ik weet wel het een en ander over koninginnen,’ zei hij, waarbij hij Alexandra een bijna onmerkbare knipoog gaf.

‘Het lijkt me heel bijzonder om twee verjaardagen te hebben,’ zei Alexandra. ‘En jij mag je taart kiezen. Wat voor taart wil je graag hebben?’

‘Ik wil er een in de vorm van Snowball, de pony,’ antwoordde Stéphie, die zich nog steeds vastklampte aan haar verontwaardiging en snoof.

‘O, lieverd,’ zei Alexandra, ‘dat wordt lastig. Eigenlijk bedoelde ik: welke smaak?’

‘Volgens mij kun je best een taart in de vorm van een pony krijgen,’ zei David. ‘Een koningin moet haar wensen in vervulling zien gaan op haar verjaardag, of dat nou de echte of de officiële is.’

‘Chérie, het spijt me zo,’ zei Antoine, nog steeds heel behoedzaam. ‘Het was niet mijn bedoeling je verjaardag te vergeten. We kunnen hem morgen vieren, dan maken we er een prachtige dag van.’

‘Het is niet leuk als er iets verdrietigs gebeurt op je verjaardag,’ zei Jack, ‘maar misschien gaat Antoine niet voor lang weg?’

‘Ik ben voor Kerstmis terug, dat beloof ik,’ zei Antoine.

‘En morgen is het december,’ zei Henri. ‘Dan kunnen we een adventskalender kopen.’

‘Ik weet dat het morgen december is,’ zei Stéphie. ‘Op twee december ben ik jarig!’

‘Het spijt me zo, chérie,’ zei Antoine weer. Hij voelde zich duidelijk heel schuldig. ‘Hoe kon ik het nou vergeten?’

‘Wat is er aan de hand?’ vroeg Félicité. ‘Waarom heeft niemand me gewekt?’ Het haar op haar achterhoofd was warrig, en ze zag er heel jong uit.

‘Papa is mijn verjaardag vergeten,’ zei Stéphie.

‘Dat kan niet,’ zei Félicité. ‘Die is overmorgen.’

Het verdriet en de gekwetstheid hielden aan tot zelfs Stéphies broer en zus hun medeleven begonnen te verliezen. Alexandra gaf aan dat ze Antoine alleen wilde spreken. Ze gingen naar de binnenplaats om de houtmand te vullen.

‘Kun je je vertrek misschien een dag uitstellen?’ vroeg ze.

Hij schudde zijn hoofd. ‘Ik moet dinsdagochtend vroeg op kantoor zijn. Ik heb het al langer uitgesteld dan verstandig is.’

‘Ben je haar verjaardag echt vergeten?’ Alexandra was nog steeds plaatsvervangend gekwetst.

‘Nee. Ja. Ik had de verkeerde dag in mijn hoofd. Ik kan mezelf wel voor mijn kop slaan. Maar ik heb wel een cadeautje voor haar.’

‘Wat ze echt wil is een pony,’ zei Alexandra.

‘Ze kan een pony krijgen zodra ik niet meer weg hoef voor mijn werk.’

‘En wanneer is dat?’

‘Binnenkort, dat beloof ik. Ik zal met David over zijn ideeën praten en een aannemer laten komen. Misschien kan David hem vertellen wat er nodig is…’

'In dat geval: beloof haar een pony,' zei Alexandra resoluut. 'Maar misschien zul je dan drie pony's moeten kopen.'

'Als er iemand is die voor ze kan zorgen, mogen ze zoveel pony's hebben als ze willen,' zei Antoine.

'Kijk niet naar mij! Ik ben een stadse.' Ze draaide zich om om het huis weer in te gaan en vroeg zich af of ze boos op hem was omdat zij ook niet wilde dat hij naar Parijs ging.

'Wat kan ik doen om het goed te maken?' vroeg hij.

Alexandra schudde haar hoofd. 'Ik weet het echt niet. Misschien kun je tegen de mensen bij wie jullie vandaag langsgaan zeggen dat je haar verjaardag bent vergeten. Als Stéphie het daar naar haar zin heeft, zal ze het je wel vergeven.'

'Kun je met ons meekomen, Alexandra?'

Even realiseerde Alexandra zich hoe graag ze dat wilde, maar: 'Ik moet een verjaardag organiseren. En twee taarten bakken, waarvan eentje in de vorm van een pony.' Nu ze het gezegd had, begon ze zich ontmoedigd te voelen.

'David kan vast wel iets creatiefs doen. Ik wil je bij me hebben.'

Bij die woorden hapte ze naar adem. Ze draaide zich met een ruk weer naar hem toe en hoopte maar dat ze haar reactie kon verhullen. 'Dan hoop ik heel hard dat David beide taarten kan maken, monsieur le Comte!'

Hij legde een hand op haar arm. 'Alexandra, wees alsjeblieft niet boos op me. Het is al erg genoeg dat Stéphie en de anderen boos zijn omdat ik de verkeerde dag in mijn hoofd had voor Stéphies verjaardag.' Zijn mondhoeken krulden omhoog, en ze besefte dat ze niet langer dan ongeveer een tel boos op hem kon blijven.

Ze haalde even adem. 'Bel je vrienden. Vertel ze over de verjaardag en waarschuw ze dat ik meekom. Als ze zelf de maaltijd bereiden, moeten ze dat weten.'

'Ze dachten toch al dat je zou meekomen, chérie.'

Alexandra had het gevoel dat ze op vakantie was toen ze een paar uur later in Antoines auto vertrokken. Ze was er nog steeds door geroerd dat hij haar mee wilde hebben en was vastbesloten zich te vermaken, ook al had hij haar toevertrouwd (terwijl ze wachtten tot Félicité de juiste spijkerbroek had gevonden) dat ze erheen gingen omdat de vriend, die vrij ver weg woonde, had verteld dat zijn kinderen naar een school gingen die geschikt zou kunnen zijn voor die van hem. 'Ik wil jouw mening horen over zulke zaken,' zei hij. Het was nog steeds vleiend, ook al zei hij niet: 'Ik wil zo veel mogelijk tijd met je doorbrengen.'

Ze draaide zich om om naar de kinderen te kijken. Félicités pogingen precies de juiste outfit te vinden waren behoorlijk ergerlijk geweest. Toch begreep Alexandra het wel. Zelf was ze er altijd vrij ontspannen onder gebleven, maar ze was wel een paar keer met een kindermeisje naar 'geschikte' meisjes gestuurd om tijd met ze door te brengen, waar ze gekleed in een jurkje met smokwerk was verschenen dat goedgekeurd was door haar familie, terwijl de meisjes in kwestie een broek hadden gedragen.

Félicité zag er vlot uit, besloot Alexandra. Ze droeg een goed zittende spijkerbroek en een wit shirt met een trui erover. Het was netjes maar casual. Hoewel Stéphies kleding zowat hetzelfde was, zag zij eruit als een klein meisje, niet als een hippe tiener. Alexandra glimlachte naar ze. 'Jullie zien er leuk uit, moet ik zeggen.'

Zelf droeg ze een soortgelijke outfit: een spijkerbroek die ze op de markt had gekocht en een wollen visserstrui van David die in de was licht gekrompen was en hij aan haar had doorgegeven. Daaronder had ze een wit shirt aan – de trui kriebelde een beetje – en ze droeg parelknopjes in haar oren. Ze had haar Hermès-sjaal in haar handtas, voor het geval dat Antoines vrienden chiquer waren dan ze zich had voorgesteld. Onlangs had ze een paar laarzen gekocht, ontworpen voor jonge werklieden met een kleine schoenmaat, en ze vond dat die een zekere *je ne sais quoi* aan haar outfit toevoegden. Ze wilde er niet uitzien als een doorsnee kindermeisje.

'Mama zou willen dat ik een jurk droeg,' zei Félicité achter in de auto toen ze de hoofdweg op draaiden. Alexandra had haar verzekerd dat een spijkerbroek prima was, maar blijkbaar wist ze niet zeker of ze daar wel op kon vertrouwen.

'Jij wilde geen jurk aan,' bracht Alexandra haar in herinnering.

'Dat weet ik! Had ik toch de jurk moeten aantrekken die zij laatst voor mij heeft gekocht?'

'Ik wil even zeggen dat Henri en ik heel trots zijn dat we zulke stijlvolle jonge vrouwen mogen begeleiden, hè, Henri?' zei Antoine met een blik in de spiegel, zodat hij de achterbank kon zien.

'Wat? Ja. Natuurlijk.' Henri sloeg zijn ogen ten hemel, zij het goedmoedig.

Stéphie giechelde. Ze was helemaal over haar teleurstelling over haar verjaardag heen, tenminste voorlopig.

Alexandra was niet de enige met het gevoel dat het vakantie was.

'We gaan naar de Haute Provence,' zei Antoine. 'Daar is het anders, weg van de toeristische plekken. Het is er mooi, maar ruig.'

'Als die man een vriend van je is, waarom zijn we dan niet eerder bij hem langs geweest, papa?' vroeg Félicité.

'Omdat hij een dik uur rijden verderop woont,' antwoordde Antoine. 'Daar komt nog bij dat ik een paar jaar geen contact meer met hem heb gehad. Hij is getrouwd en heeft kinderen. Ze zijn bijna even oud als jullie.'

'Hebben ze jonge kinderen?' vroeg Stéphie. 'Ik heb nooit vriendjes om mee te spelen.'

Alexandra zag Antoine schuldig kijken, hij had niet naar de precieze leeftijd van de kinderen gevraagd en voelde zich nu betrapt.

Ze waren omhooggereden door heuvels, kalkrijke bergen met struikgewas en bossen met eiken en dennenbomen, en uiteindelijk arriveerden ze. Het huis was groot en stond op een hoogvlakte, zichtbaar vanaf de weg een eindje verderop.

Er was een poort en Alexandra stapte uit om die te openen. Ze was een beetje stram en merkte meteen dat de lucht hier koeler was. Hoewel het bijna december was, was het rond het kasteel warmer geweest.

Een koppel iets ouder dan Antoine stond te wachten toen de auto voor het huis stopte. Ineens doken er van verschillende kanten kinderen op. Ze leken allemaal erg verheugd Antoine en zijn gezelschap te zien.

Er werd uitgebreid gezoend, waarna Philippe, Antoines vriend, naar Alexandra keek en zei: 'Antoine, ouwe snoeper, waar heb je zo'n mooie jongedame gevonden en hoe heb je haar overgehaald met je uit te gaan?'

Hoewel Philippe het in het Frans zei, antwoordde Alexandra in het Engels. 'Ik ben het kindermeisje, monsieur. Alexandra.'

'Maar je spreekt Frans, mam'selle?' vroeg Philippe.

'Ja.'

Philippe haalde zijn schouders op en zei in het Engels: 'Als jij tegen me zegt dat je het kindermeisje bent, moet ik dat wel aannemen!' Hij wekte de indruk het voor nog geen seconde te geloven, maar op een manier die eerder amusant dan beledigend was.

'Neem het mijn man niet kwalijk,' zei Nicolette, de vrouw van Philippe. 'Hij bedoelt het als compliment, maar brengt dat alleen wel op een erg onbeholpen manier.'

De kinderen, allemaal tieners, kwamen naar Félicité, Henri en Stéphie toe, die op een rijtje stonden en niet goed wisten wat ze moesten doen. Een meisje dat ongeveer even oud was als Félicité zei tegen Stéphie: 'Wil je naar de kittens komen kijken? Ze zijn in de schuur. We kunnen ook gaan tafeltennissen.'

'Wat een leuke kinderen hebben jullie, Nicolette,' zei Alexandra terwijl ze het huis in liepen.

'Ze vinden andere kinderen leuk, en Sandrine is heel moederlijk. Ze vindt het vast heerlijk om met de kleine Stéphanie te spelen.' Ze overhandigde Alexandra een glas champagne van een dienblad en nam er zelf ook een. Toen liep Nicolette naar het raam, en Alexandra volgde haar.

'Wat een prachtig uitzicht!' zei ze. Meteen besefte ze dat ze wel heel erg Engels klonk.

'Het kasteel ligt toch ook op een mooie plek?'

'Jazeker. Ik zal het jammer vinden er weg te gaan.' Alexandra was niet van plan geweest iets persoonlijks te zeggen, maar misschien was door de champagne de rem er een beetje af.

'Ik zou het ook jammer vinden als je weggaat. Ik denk dat Antoines kinderen te lang zonder moeder hebben gezeten.'

'O, Lucinda is teruggekomen! Ze is niet langer in Argentinië. Ze woont in het dorp, bij haar moeder.'

'Misschien heb ik het niet goed onthouden, maar zij is toch niet de moeder van Stéphanie?'

'Nee,' zei Alexandra. 'Helaas niet.'

'En jij kunt niet blijven? Als hun kindermeisje?'

Alexandra schudde haar hoofd en was opeens emotioneel. 'Nee. Ik heb familie in Zwitserland. In het voorjaar moet ik bij hen gaan wonen, zodra de kinderen gesetteld zijn op school, een ander kindermeisje hebben of iemand hebben die op ze kan passen wanneer Antoine weg is.'

'Ze zullen je missen,' zei Nicolette.

'Hoe weet je dat?' zei Alexandra, glimlachend om te verhullen dat de tranen haar hoog zaten. 'Misschien hebben ze wel een hekel aan me!'

Nicolette schudde haar hoofd. 'Dat is niet zo. Antoine heeft Philippe alles over je verteld. Kom, dan gaan we de kinderen zoeken. Het is tijd voor de lunch.'

Ze waren allemaal in de schuur. Félicité was aan het tafeltennissen met een jongen die iets ouder leek dan zij. Henri was met een andere jongen een oude tractor aan het bekijken, en Stéphie zat geknield naast Sandrine, omringd door kittens. Ze zagen er allemaal heel tevreden uit.

Alexandra genoot erg van de lunch, misschien omdat zij hem niet had hoeven te verzorgen. Een lieftallige jonge vrouw zette de borden op tafel, een man schonk glazen in, en ze hoefde niet één keer op te staan.

'Wat heerlijk,' zei ze tegen Nicolette zodra ze de kans kreeg. 'Zulk lekker eten en zulke goed opgevoede kinderen. Die van jou zijn zo lief voor die van ons.' Alexandra besefte pas dat ze 'ons' had gezegd toen het te laat was. Ze had echt het gevoel dat de kinderen van haar waren, ook al was het een belachelijk idee.

'Op hun school – ik zie dat Philippe Antoine verveelt met de onderwijsfilosofie – ligt de focus sterk op aardig zijn voor elkaar. Als er iets getuigt van goede manieren is het wel aardig zijn voor elkaar.'

Alexandra kende wel mensen die zichzelf als welgemanierd beschouwden maar die 'goede manieren' als wapen gebruikten om anderen een minderwaardig gevoel te bezorgen. 'Inderdaad. Zijn jullie kinderen gelukkig op die school?'

'Jazeker. Het is net één grote familie. Intellectuele prestaties zijn belangrijk, maar niet als enige. Ze doen veel aan muziek en toneel.'

'Dat zal Henri leuk vinden,' zei Alexandra. 'Hij is erg muzikaal en heeft iemand nodig die hem celloles geeft. Hij heeft echt talent.'

'De school heeft vakdocenten die voor dat soort lessen naar de school komen. Henri zou aanmoediging en ondersteuning krijgen.'

Alexandra viel stil toen ze besefte dat Lucinda's toestemming nodig was om haar kinderen naar de school te sturen. En die zou het er waarschijnlijk helemaal niet mee eens zijn. Ook zou het wel eens heel duur kunnen zijn. Als het een kleine school was, moest dat wel het geval zijn.

'Kan ik iets aan je doorgeven?' vroeg Nicolette met een gebaar naar de *tartes* en gâteaux die als dessert op tafel waren neergezet, misschien bezorgd over Alexandra's plotselinge zwijgen. 'Of wil je misschien nog koffie?'

'Nee, dank je. Ik "ben verzadigd", zoals ik op een van mijn scholen heb leren zeggen. Engelsen vinden het niet echt beleefd enthousiast te zijn over eten.'

Nicolette lachte. 'We moeten je de kans geven om met mijn kinderen over hun school te praten, zonder mij erbij. Jou vertellen ze misschien wel hoe het er echt aan toegaat, omdat je zoveel jonger bent dan wij als ouders.' Ze glimlachte. 'Wat niet wil zeggen dat je te jong bent voor Antoine. In veel opzichten zijn vrouwen zoveel ouder dan mannen, hè?'

'Antoine en ik zijn geen stel,' zei Alexandra met klem. 'Iedereen maakt er grapjes over – dat zou ik zelf ook doen – maar ik ben het kindermeisje, meer niet.'

Nicolette leek teleurgesteld. 'O. Ik dacht dat er wel sprake was van enige chemie tussen jullie.'

Alexandra miste vrouwelijk gezelschap en wilde dolgraag haar gevoelens voor Antoine met iemand delen. David was een goede vriend, die ze alles kon vertellen, maar ze had het gevoel dat ze dit met een vrouw wilde delen. Misschien zouden haar gevoelens als sneeuw voor de zon verdwijnen als ze er openlijk over sprak.

'Zullen we een wandeling door de tuin maken?' opperde Nicolette even later, toen iedereen van tafel opstond. 'Dan gaan we daarna naar de kinderen in de schuur.'

'Ik mis mijn vriendinnen,' zei Nicolette terwijl ze achter in de tuin stonden te kijken naar de heuvels in de verte, bezaaid met borstelige dennen en eikenbossen, en de bergen daarachter. 'Voordat ik getrouwd was en kinderen kreeg, had ik een baan waarvan ik hield en werkte ik met vrouwen. Ik heb er geen spijt van dat ik dat allemaal hiervoor heb opgegeven...' – ze maakte een handgebaar naar het uitzicht – '... of voor mijn man. Maar ik mis andere vrouwen om me heen.'

'Ik ook. Ik heb het grootste deel van mijn leven een vrij solitair bestaan geleid, maar ik deelde mijn huis onlangs met meiden van mijn eigen leeftijd. En nu mis ik ze.'

'Zou je het hun verteld hebben als je verliefd was op je baas?'

Alexandra glimlachte. 'Ja. En ik hoop dat ze mij dan verteld zouden hebben hoe belachelijk ik deed.'

'Dat zouden ze vast niet gedaan hebben. Verliefd worden is lastig. Je kunt niet altijd de juiste persoon kiezen om op te vallen, al is Antoine een goed mens, en natuurlijk erg knap. Het is normaal dat je hem aantrekkelijk vindt.'

'Ik vind mezelf te jong voor hem.'

'Wat niet wil zeggen dat hij te oud is voor jou.'

Alexandra schudde haar hoofd. 'Nee. Hoe dan ook, zodra de kinderen op een of andere manier gesetteld zijn, moet ik doen wat mijn familie wil en bij hen in Zwitserland gaan wonen. Volgens mij willen ze graag dat ik met mijn neef Hubert trouw.'

Dat vond Nicolette grappig. 'Val je niet op Hubert?'

'Nee, sterker nog, hij valt ook niet op mij. David, die de kinderen nu lesgeeft, is van mening dat Hubert... van de andere kant is. Ik denk dat hij gelijk heeft.'

Het duurde even voordat Nicolette het begreep, en toen lachte ze. 'Geef Antoine niet op,' zei ze. 'De liefde weet uiteindelijk altijd wel te krijgen wat ze wil. Zullen we nu de kinderen gaan zoeken?'

Het kostte wat tijd om de kinderen zover te krijgen dat ze weg konden. Pas nadat ze Antoine hadden overgehaald twee kittens mee te nemen, die Sandrine hun had opgedrongen, stapten Félicité en Stéphie in de auto. Félicité had ook een boek, dat Léo, de oudste jongen, haar had geleend. Ze had gebloosd, maar had het boek gretig aangenomen. Alexandra besloot dat het niet haar taak was te controleren of het boek wel geschikt voor haar was. Op een boekenplank in een van de slaapkamers had ze onlangs een stapel *Angélique*-boeken ontdekt, die ze Félicité had aanbevolen, ook al gruwde Lucinda er ongetwijfeld van. Alexandra voelde zich niet schuldig, ze stonden vol Franse geschiedenis en waren dus leerzaam.

Het eerste deel van de reis waren ze druk met de kittens, die niet in een doos gestopt wilden worden. Pas toen ze moe werden en accepteerden dat slapen op een warme schoot en geaaid worden door een zachte hand (de meisjes hadden ieder een katje) een acceptabele manier van reizen was, kon Antoine zich echt ontspannen.

'Het is jammer dat je je hebt laten overhalen iedereen een pony te beloven, terwijl je ook met kittens had kunnen wegkomen,' zei Alexandra zachtjes tegen Antoine.

Hij nam zijn ogen lang genoeg van de weg af om haar een blik toe te werpen waardoor ze een knoop in haar maag kreeg van verlangen. 'Ik hou jou volledig verantwoordelijk voor de pony's.'

Alexandra onderdrukte een glimlach en keek uit het raam.

Misschien had Nicolette gelijk en bestond er inderdaad chemie tussen hen. Van alleen al die mogelijkheid werd ze heel blij.

'Ik hoop dat Milou lief is voor de kittens,' zei Antoine zodra ze de ingang van het kasteel naderden. 'In het begin zullen jullie heel voorzichtig moeten zijn. Het is een grote hond.'

'Het komt goed,' zei Stéphie vol vertrouwen. 'Sandrine zei dat de kittens honden gewend zijn.'

'Ze hebben een hond die zelf moedermelk aanmaakt wanneer de poes kittens heeft,' zei Henri. 'Het komt wel goed.'

Antoine en Alexandra wisselden een bezorgde blik. In vergelijking met Milou waren de kittens piepklein. Als hij hun aanwezigheid niet op prijs stelde, maakten ze geen schijn van kans.

De voordeur van het kasteel zat niet op slot, en er wachtte hun een warm welkom. Hoewel het op zonnige dagen best warm was, was het 's avonds nu veel koeler, dus maakte Antoine doorgaans de haard in de hal aan. Dat had David nu gedaan, en Milou lag ervoor te slapen.

Voordat iemand iets kon zeggen of doen, zette Stéphie de kitten die ze vasthield neer. 'Kijk, Sneeuwbal, dat is Milou. Hij woont hier ook.'

Antoine sloeg een arm om Alexandra's schouder en hield die vast, duidelijk doodsbenauwd voor mogelijk onheil.

Zodra de kitten de hond zag, sprong hij op alle vier zijn pootjes naar hem toe, met de haren recht overeind, zodat hij eruitzag als een boze plumeau van zwanendons. Milou, die zijn kop had opgetild, had niet in de gaten wat hem aanviel tot de kitten hem een tik tegen zijn neus gaf. Vervolgens rende het pluizebolletje naar de zijkant van de hond en nestelde het zich in zijn lies, alsof het zijn vaste lievelingsplek was. Milou keek stomverbaasd naar het beestje.

Félicité, die zag dat Milou de witte kitten nog geen kwaad

had gedaan, zette het lapjeskatje neer, dat nog geen naam had. Het beestje liep op een veel minder agressieve manier naar de hond toe. De hond en de kitten snuffelden aan elkaars neus, waarna het minder assertieve diertje zich tegen de hals van de hond nestelde. Milou keek op naar Antoine. Hij vroeg zich duidelijk af wat er zojuist in hemelsnaam gebeurd was.

'Het komt helemaal goed,' zei Stéphie, alsof daar nooit enige twijfel over had bestaan. 'Hallo, David. Ik rammel. Is er avondeten?'

'Er is soep,' antwoordde David, die geamuseerd naar de kittens en de hond keek.

'Wat voor soep?' vroeg Félicité.

'Daar kan ik niet erg specifiek over zijn. Laten we het gewoon soep noemen. Ik heb het vandaag druk gehad met de voorbereidingen voor de officiële verjaardag.'

'O, dat was ik vergeten!' zei Stéphie. 'Heb je een taart voor me gebakken?'

'Kinderen!' zei Antoine. 'Jullie zijn erg veeleisend. David is hier niet om voor jullie te koken.'

David glimlachte. 'En toch doe ik dat best veel. Ik vind het leuk. Kom nu maar mee.'

'Ik ga even naar boven om mijn handen te wassen,' zei Alexandra, die de vraag van Stéphie niet afwachtte waarom ze dat boven moest doen.

Ze wilde gewoon even nadenken over Antoines arm om haar schouder. Het betekende niets, dat wist ze wel, maar ze wilde genieten van het gevoel van verbondenheid dat het haar gaf. Heel even had ze zich de moeder van een gezin gevoeld. Misschien wilde ze graag deel uitmaken van dit gezin omdat ze zelf niet in een gezin was opgegroeid. Ze keek even verwonderd naar zichzelf, waste haar handen, vlocht haar haar opnieuw en ging weer naar beneden.

19

Toen Alexandra de keuken weer in liep, zat iedereen soep met brood te eten behalve Stéphie, die een betoog hield.

'Hun school is niet superstreng, zoals de scholen waar Félicité en Henri misschien naartoe moeten. Je hoeft er geen uniform te dragen, en iedereen is aardig.'

Ze keek op zodra Alexandra binnenkwam. 'Ik zou willen dat papa met Alexandra trouwde, dan konden we op school zeggen dat we een papa én een mama hebben, net als de andere kinderen.'

'Ik weet niet of dat voor hen reden genoeg is om te trouwen, meiske,' zei David.

Maar Stéphie had besloten dat het moest gebeuren. 'En als ze dan zelf een baby krijgen, kan ik het kindje helpen verzorgen en dan ben ik niet meer de kleinste.'

'Het heeft veel voordelen de kleinste te zijn,' hield David vol, misschien omdat hij wist dat Alexandra, die altijd zo zelfverzekerd was, wel door de vloer kon zakken van gêne, vooral omdat Antoine erbij was. 'Jack, je oma en ik zijn de hele dag bezig geweest met het organiseren van het feest voor je officiële verjaardag.'

'Ooo! Heb je een taart voor me gebakken?' vroeg Stéphie.

'Niet wéér die taart!' zei David. 'Maak je geen zorgen, er is taart. Heel veel taart. Penelope heeft ons allemaal bij haar thuis uitgenodigd. Het wordt helemaal geweldig.'

'O, ik vier het liever hier...' zei Stéphie teleurgesteld.

'Je viert het daar waar het voor jou georganiseerd is, kleine koningin van me,' zei Antoine liefdevol maar resoluut.

'Penelope verheugt zich erop het bij haar thuis te vieren,' legde David uit. 'Ze heeft veel moeite gedaan om alles te regelen.'

'Ik denk dat Stéphie zich zorgen maakt omdat bij grand-mère alles altijd zo netjes is,' verklaarde Félicité, die het duidelijk niet prettig vond dat haar zusje vermanend werd toegesproken.

'Ik begrijp wat je bedoelt,' zei David. 'Maar Penelope is echt in de stemming voor een feestje! Het wordt heel leuk. Jack is daar nu aan het helpen.'

'Wat aardig,' zei Félicité, waarbij ze Stéphie nadrukkelijk aankeek. Kennelijk wilde ze dat haar zusje haar woorden herhaalde. Stéphie negeerde haar.

'Het eten bij grand-mère is altijd heerlijk,' zei Henri attent. 'Niet dat het hier niet lekker is, natuurlijk,' voegde hij eraan toe, met een onzekere blik op David.

'We moeten even bij de kittens kijken,' zei Antoine. 'En een kattenbak voor ze maken. Waar slapen ze?'

'Bij mij,' zei Stéphie. 'Bij Milou. Dan kunnen ze lekker bij elkaar kruipen.'

'Nou, ga maar eens kijken of ze nog steeds blij zijn met elkaar,' zei Antoine. 'Als de kittens boven in de gordijnen zijn geklommen, maken we wel een ander plan.'

Toen Alexandra in Stéphies kamer een hoekje zocht voor de kattenbak die, zo benadrukte ze, elke dag geleegd moest worden, anders ging het stinken, kwam Félicité binnen om haar even te spreken.

'Stéphie meende het niet echt toen ze zei dat ze wil dat jij met papa trouwt, hoor. Ze is nog maar klein, ze snapt het niet.'

Alexandra lachte. 'Dat weet ik wel! En al dat gepraat over hetzelfde willen zijn als iedereen – daar groeit ze wel overheen. Toen ik voor het eerst naar de kostschool ging, wilde ik ook hetzelfde zijn als iedereen daar, tot ik me realiseerde dat die mensen heel saai waren.'

Félicité liep de kamer uit, en Alexandra was blij dat ze haar iets had kunnen vertellen in ruil voor de boodschap dat Félicité er helemaal niet op zat te wachten dat haar vader hertrouwde. Alexandra nam het haar niet kwalijk en was erg opgelucht dat Stéphie niet wist dat Alexandra's vermogen slechts een paar huwelijksgeloften van haar verwijderd was.

Stéphie zwierde de volgende ochtend vroeg Alexandra's slaapkamer binnen, gekleed in een spijkerbroek en een trui, en in elke hand een kitten. 'Ik ga nu naar beneden,' zei ze, en weg was ze.

Alexandra lag zich even in bed af te vragen of ze Stéphie achterna moest rennen en haar moest vertellen dat ze de kittens binnen moest houden. Ook vroeg ze zich af wat ze hun in hemelsnaam te eten moesten geven. Gisteravond hadden ze restjes kip gegeten. Ze wist dat ze moest opstaan, maar had nog geen zin om zich aan te kleden. Haar kamerjas volstond.

'David!' zei ze toen ze in de keuken aankwam. 'Het maakt niet uit hoe vroeg ik opsta, jij bent bijna altijd als eerste hier.'

'Het is een grote dag vandaag, Lexi,' zei David, die negeerde dat ze een beetje een ochtendhumeur had. 'Ik zal je het plan vertellen.'

'Ik kan maar beter eerst even bij de kittens gaan kijken,' zei ze. 'Ik heb geen idee hoe je katten moet verzorgen, maar je mag ze vlak na aankomst vast niet zomaar loslaten.'

'Dat ben ik met je eens, maar als je op de binnenplaats kijkt, zie je ze als een dolle achter Milou aan rennen. Als je hem roept, komen de kittens ook wel, denk ik. En Stéphie ook, als je geluk hebt.'

Stéphie kwam als eerste binnen, rood aangelopen en heel blij. 'De kittens hebben onder de vijgenboom hun behoefte gedaan en Milou heeft hun restjes kip opgegeten, dus nu hoeven we ze niet weg te gooien. Ik ga weer naar buiten!'

'Nou, ons Officieel Jarig Jetje is blij!' zei David. Hij wendde zich tot Alexandra. 'Misschien kun je nu een kop koffie drinken met een croissant erbij. Ja ja, ik ben al naar de boulangerie geweest.'

'Goed, vertel me alles, David,' zei Alexandra een ogenblik later.

'Gisteren zijn we bij Penelope geweest, en het siert haar dat ze meteen begreep dat Antoines vertrek op Stéphies verjaardag een noodgeval betekende. Zij regelt de taart in de vorm van een pony – hoewel Stéphie nu vast een kitten wil, of twee – en zelf bakt ze een echte Victoria jam sponge.'

'Waar ik me zorgen om maak, zijn de cadeautjes...' begon Alexandra.

'Dat hoeft niet! We hoorden van een antiekmarkt, best ver weg maar dubbel en dwars de moeite waard. Het was de laatste markt van het seizoen en iedereen leek voor de winter van zijn voorraad af te willen.'

'O, dat klinkt goed!' Heel even voelde Alexandra een steek van verlangen naar vroeger, toen David en zij samen fijne uurtjes hadden doorgebracht met de jacht op koopjes.

'Dat was het ook. Ik heb een heleboel ingeslagen. De spullen liggen nu bij iemand in de opslag, maar te zijner tijd wil ik ze graag mee naar de andere kant van het Kanaal nemen om ze te verkopen.'

'Ik waardeer echt hoeveel tijd je hebt vrijgemaakt voor de kinderen en mij. Nou ja, eigenlijk voor mij,' zei Alexandra.

'O, lieverd, je hoeft je niet verontschuldigen. Ik vind het geweldig! Ik zit er zelfs aan te denken hier een plekje te zoeken en me te specialiseren in alles wat Frans is. Dan kan ik meteen een oogje op jou houden.'

'Ik ga naar Zwitserland, David.'

'Volgend jaar pas. Hoe dan ook, terug naar de kwestie waar het om gaat. Cadeautjes.'

'Ik heb me zo druk gemaakt, David. Verstandelijk weet ik wel dat Stéphie het vast begrijpt...'

'Alles is geregeld,' zei David zelfvoldaan. 'Jack en ik geven haar het bijna opgeknapte poppenhuis. Sinds de eerste keer dat je het zag, hebben we er heel wat werk aan verricht.'

'Dat is een heel gul cadeau!' zei Alexandra.

'En jij geeft haar het meest hemelse speelgoedbakkerijtje dat ik ooit heb gezien. Het staat bij Penelope. Jack zorgt ervoor dat het in zo perfect mogelijke staat verkeert, aangezien het in de vorige eeuw is gemaakt.'

'Jack is bij Penelope blijven overnachten?' vroeg Alexandra enigszins verbaasd.

'Ja. Ze kunnen het goed met elkaar vinden, moet ik zeggen. Lucinda is er tenslotte ook, en ze is een fantastische chaperonne.' Hij klonk een beetje zuur, vond Alexandra.

'Nou ja, als het om je moeder gaat...' begon ze in een poging redelijk te zijn.

'Dat stukje begrijp ik wel,' zei hij, 'maar Lucinda gebruikte gisteren nogal vaak het woord "kindermeisje" om naar jou te verwijzen. Nou weet ik wel dat je formeel gezien het kindermeisje bent, maar je hebt een naam en ze weet hoe je heet.'

'O, David...'

'Dus terwijl ik een speelgoedbakkerijtje en een mooie paarden-wagen kocht – voor het geval Stéphies broer en zus niets voor haar hebben – heb ik voor jou ook een jasje en een broek gekocht, nieuw. De broek is nieuw, bedoel ik, niet het jasje, dat is van Chanel.'

'Chanel? David!'

'En dit is het mooiste: het is me gelukt een snoer met grote parels te vinden, net als die je in Londen droeg.'

Alexandra stond op en omhelsde hem. 'Mijn nepparels! Die in mijn hutkoffer in Zwitserland liggen en die ik zo mooi vind!'

'Ze lijken er sterk op. Het is belangrijk dat je er voor Stéphies verjaardagsfeest elegant uitziet, vind ik. Dat vindt ze leuk.' Hij was heel stellig.

'Kan het Stéphie wat schelen? Ze wil een feestje en cadeaus. Het maakt haar niet uit hoe ik eruitzie.'

'Nou, mij wel. Ik vond het maar niets hoe Lucinda over je praatte.'

Alexandra glimlachte naar David en bedacht hoe blij ze was dat ze hem in haar leven had, dat hij naar haar omzag, haar aan het lachen maakte, alles eigenlijk. Toen kwam er een andere zorg bij haar op. 'Stel dat Antoine geen cadeautje heeft...' Ze schrok op en bloosde, want Antoine kwam binnen.

'Geen zorgen. Bij het maken van mijn reisplannen heb ik me misschien vergist in de dag, maar ik heb wél een cadeautje voor mijn dochter. Dat heb ik al je verteld.' Hij klonk beledigd en hooghartig tegelijk.

'O ja, dat is ook zo,' zei Alexandra. 'Laat me weten als je wilt dat ik het voor je inpak.'

'Het is al ingepakt,' zei hij. 'Dat hebben ze in de winkel in Parijs gedaan waar ik het heb gekocht, de laatste keer dat ik er was. Véronique heeft me geholpen met uitkiezen. Ze is heel zorgzaam als het om mijn kinderen gaat.'

'*Jolly good!*' zei Alexandra in het Engels, terwijl ze vanuit haar ooghoeken een glimp opving van David die zijn ogen ten hemel sloeg. 'Nu ga ik me omkleden.'

Het feest zou om vier uur beginnen, theetijd in Engeland. Iedereen was op zijn paasbest gekleed, behalve Félicité, die per se haar spijkerbroek aan wilde. Ze kwam als laatste de trap af, toen iedereen al in de hal stond te wachten.

'Kom op nou, Félicité!' zei Antoine. 'Trek een jurk aan. Je weet dat je oma ontstemd zal zijn als ze jou in een spijkerbroek ziet.'

'Dat kan haar helemaal niks schelen!' zei Félicité met een zwaai van haar hoofd, om aan te geven dat het haar koud liet. Maar het liet haar natuurlijk níét koud, zag Alexandra. Ze was vijftien en wilde iedereen laten weten dat ze zelf uitmaakte wat ze aantrok, maar ze wilde ook haar vaders goedkeuring.

'Doe anders die mooie hanger om die grand-mère je heeft gegeven,' zei Alexandra. 'Ze zal het zo fijn vinden te zien dat je hem draagt.'

Félicité ging terug naar boven om het kleine gouden symbool aan een ketting om te doen, en Alexandra wendde zich tot Antoine. 'Laat haar maar. Het maakt niet uit wat ze draagt, dit is Stéphies dag.' Ze praatte snel en hoopte dat hij haar niet aanmatigend vond, ze was tenslotte een betaalde werknemer. Antoine keek ernstig.

'Mag ik voorin zitten naast jou?' vroeg Stéphie. 'Het is mijn verjaardag!'

'Dat is een prima idee,' zei Alexandra. 'Daar is Félicité. Kom, dan stappen we in. Het is maar goed dat David eerder is gegaan. We hadden nooit met zijn allen in de auto gepast.'

'Mooi dat de kittens nu een dutje doen,' zei Stéphie, 'anders hadden ze misschien met ons mee gewild.'

'Milou past wel op ze,' zei Alexandra. Ze schoof over de achterbank zodat ze in het midden zat.

'Je ziet er heel chic uit, Lexi,' zei Félicité, misschien dankbaar omdat ze het voor haar had opgenomen. 'Die kleren heb ik nog niet eerder gezien. En je kapsel is heel elegant in die chignon.'

Alexandra klopte op haar achterhoofd om te controleren of er geen lokjes waren ontsnapt. 'Tja, al mijn nette kleren liggen in Zwitserland, dus heeft David dit jasje voor me gekocht bij de brocante. Het is van Chanel! Ik heb mijn haar eens fatsoenlijk opgestoken, want dat leek me wel passend bij het jasje. Maar ruikt het niet muf? Dan zal je moeder haar neus optrekken en zeggen: "Het mag dan couture zijn, het blijft tweedehands."'

Félicité lachte. 'Dat weet ik wel zeker.' Ze snoof. 'En dan zegt ze: "Hoeveel goedkope eau de cologne je er ook op spuit!"'

Nu moest Alexandra giechelen. 'Dat heb ik inderdaad gedaan. En ze zal me vast ook vertellen dat mijn parels duidelijk nep zijn.'

Antoine draaide zich om en keek hen met verbijstering op zijn gezicht aan. 'In Frankrijk maken vrouwen geen grapjes over kleren. Daar zijn ze te belangrijk voor,' zei hij. 'En het is niet netjes om respectloos over je moeder te praten.'

Alexandra en Félicité wisselden zure blikken en probeerden allebei hun lachen in te houden.

'Gedraag je dus,' ging hij verder. 'Oké?'

'Sorry,' zei Alexandra, helemaal niet beschaamd. 'We zullen ons gedragen, dat beloof ik.'

Aan zijn achterhoofd kon ze zien dat ook hij moest lachen.

Iedereen was in een opperbeste stemming toen ze bij grand-mères elegante herenhuis aankwamen. Jack opende de deur en hield hem met een brede glimlach wijd open. Binnen was het *en fête* met bloemen en kaarsen, alles zo gerangschikt dat het er feestelijk uitzag.

'Ik heb grand-mères huis nog nooit zo gezien!' fluisterde Stéphie, die verbaasd om zich heen keek.

'Het is voor je verjaardag,' legde Alexandra uit.

Félicité keek haar aan. 'We hebben hier al eerder verjaardagen gevierd, weet je, maar grand-mère heeft nog nooit kaarsen en schalen met snoepjes neergezet.'

'Dat is waarschijnlijk mijn slechte invloed,' zei Jack, die er tevreden uitzag.

'We hebben niet vaak een officiële verjaardag te vieren,' zei Penelope, die uit de salon kwam, vormelijk maar duidelijk blij met het resultaat van haar inspanningen. 'We wilden ook een klein feest geven voor Antoine, omdat hij morgen weggaat.'

Iedereen werd naar de salon geleid. Jack opende een fles champagne en leek zich helemaal thuis te voelen. Opeens ving Alexandra een blik van Penelope op die hij niet kon zien. Ze was duidelijk smoorverliefd. Alexandra voelde een golf van vreugde bij het vooruitzicht dat Jack en Penelope liefde zouden vinden na zo lang van elkaar gescheiden te zijn geweest.

Ze vroeg zich af of iemand anders het had opgemerkt en keek om zich heen. Op dat moment kwam Lucinda de kamer binnen, arm in arm met Véronique.

Heel even was Alexandra zo van slag dat ze zich niet kon verroeren. Ze had niet verwacht Véronique te zullen zien en wist niet dat Lucinda en zij elkaar kenden. Het benam haar bijna de adem hen samen te zien. Ze was heel blij toen David aan haar zijde verscheen.

'Ik weet dat ze boezemvriendinnen lijken.' Hij las haar gedachten, zoals alleen hij dat kon. 'Maar ze hebben elkaar pas kortgeleden ontmoet,' fluisterde hij in haar oor. 'Daar ben ik net achter gekomen. Véronique heeft een oude vriendin in de buurt, bij wie ze logeert.'

Ze herinnerde zich dat Véronique laatst in het kasteel had moeten overnachten, met amper enige waarschuwing vooraf. Ze had dus ook bij haar oude vriendin kunnen logeren, dan had ze het leven voor iedereen in het kasteel niet zo moeilijk hoeven te maken. En nu was ze dikke maatjes met Lucinda geworden. Alexandra voelde zich ineens gedeprimeerd.

'Antoine, lieverd,' zei Véronique, die bij Lucinda wegliep. 'Surprise! Ik logeerde bij mijn vriendin in het dorp en kwam Lucinda en haar moeder tegen in de *pâtisserie*, toen ze haar taart bestelde. Ik ontdekte dat de kleine Stéphanie een feestje gaf en dacht: als ik daar nou heen ga, kan ik met jou mee terug naar Parijs. Is dat geen goed idee?' Ze gaf Stéphie een knuffel, waarbij het meisje tegen Véroniques wang geplet en in zijden tricot gesmoord werd.

Alexandra wilde Stéphie van de verstikkingsdood redden en maakte aanstalten naar haar toe te komen, toen Penelope een hand naar het meisje uitstak en haar uit Véroniques greep bevrijdde.

'Dit is jouw feestje,' zei ze tegen Stéphie. 'Wil je cadeautjes uitpakken? Of zullen we eerst theedrinken en taart eten?'

'Taart! Die obsessie met taart!' zei Lucinda zo luid dat iedereen het kon horen.

Stéphanie keek de moeder van haar broer en zus een ogenblik aan. 'We gaan eerst taart eten.' Ze klonk heel Engels. 'Ik heb reuzetrek!'

Alexandra stootte David zachtjes aan. 'Goed gedaan, Stéphie.'

20

In de eetkamer was een lange tafel neergezet die vol stond met feestelijke hapjes, met in het midden een paard van soezendeeg. Het stond in een veld van gesponnen suiker en leek erg op het paard dat Alexandra had gerepareerd toen ze net in Frankrijk was aangekomen. Twee grote ovalen, bijeengehouden door room, vormden het lijf en twee kleinere ovalen vormden de hals en het hoofd. De flanken van het paardje waren bedekt met room, en alle details waren van spuitchocolade.

'Dat heeft Penelope laten maken,' zei Jack trots tegen Alexandra, terwijl iedereen een zitplaats koos. 'Het lijkt misschien een beetje op een zwaan, maar ik vind het op zo'n korte termijn een geweldige prestatie.'

'Briljant! Ik vind het prachtig,' zei Alexandra.

'Penelope heeft de Victoria jam sponge gemaakt, en ik heb David geholpen met de chocoladetaart. We wilden kadetjes of kleine sandwiches maken, maar dat is lastig in Frankrijk, dus nu hebben we *tartines*. Zie je wel? Kleine sneetjes van een *flûte* met boter en een beetje paté erop. We wilden allemaal dolgraag vispasta, maar eigenlijk is deze paté veel lekkerder.'

'Dat geloof ik graag.'

'En dan hebben we nog een selectie gâteaux van de bakker.'

Hij glimlachte naar Alexandra, met lachrimpeltjes in zijn ooghoeken. 'En nu moet ik theezetten. Daar heb je een Engelsman voor nodig.'

'Kan ik je helpen?' vroeg Alexandra, die zocht naar een excuus om de kamer te verlaten.

'Natuurlijk,' zei Jack.

Helaas mocht het niet zo zijn. Véronique stevende op hen af. 'Alexandra!' Ze glimlachte. 'Ik wil om een kamer voor de nacht bedelen. Antoine en ik rijden morgen naar Parijs, maar we moeten natuurlijk vroeg weg. Vanuit het kasteel zit je sneller op de hoofdweg, dan hoeft hij het dorp niet in te rijden om mij daar op te pikken, dus ik ga straks met jullie mee naar huis.' Zij trok haar neus op. 'Te veel parfum, meisje. Je kunt er beter subtieler mee omgaan. Ach ja, je bent nog jong, dat leer je nog wel.' Toen liep ze met klakkende hakken over de parketvloer weg.

Alexandra bleef roerloos staan.

'Wat gaat er nu door je hoofd?' vroeg David, die achter haar verscheen.

'Ik vraag me af of er in heel Frankrijk iemand te vinden is die neerbuigender is dan zij, of dat zij de hoofdprijs wint.'

'Hm, ze is absoluut de neerbuigendste persoon in deze kamer. Ik snap alleen wel wat ze bedoelt over je parfum.'

Alexandra keek haar oude vriend aan. 'Ik weet het, maar eau de cologne is beter dan eau de brocante,' zei ze. 'Ik ben je ontzettend dankbaar dat je dit prachtige jasje voor me hebt gekocht.'

Zijn lachsalvo was zo luid dat iedereen naar hem keek. Alexandra ging bij Félicité staan, die een oogje op Stéphie hield. Niet voor het geval die zich zou misdragen – daar was Alexandra zeker van – maar voor het geval ze ingesloten werd door een idolate vrouw die eigenlijk haar vaders aandacht wilde.

'Kunnen we allemaal gaan zitten?' zei Penelope. 'Stéphie moet haar kaarsjes uitblazen en een wens doen. En de taart aansnijden,' voegde ze eraan toe, waarbij ze haar dochter een blik toewierp.

'Dat is een fraai jasje,' zei Lucinda tegen Alexandra. Net als Véronique eerder trok ook zij haar neus op, maar ze maakte geen opmerking over de geur.

De theetijd was voorbij, en Penelope en Véronique ordenden in de salon Stéphies cadeautjes. Véronique stelde een heel persoonlijk belang in het proces. Alle anderen stonden te praten. Stéphie begon ongeduldig te worden, dus hield Alexandra haar bezig.

'Ja, hè?' antwoordde Alexandra. 'Het is van Chanel. David heeft het voor me gekocht bij een brocante.'

'Een brocante? Het is dus tweedehands? Ik zou nooit tweedehands kleren dragen. Nou ja, we moeten allemaal de couture-tering naar de nering zetten.' Ze lachte om haar woordspeling te benadrukken, die Alexandra tot haar ergernis best grappig vond, al lachte ze er zelf niet om.

Stéphie, die dit gesprek had opgevangen maar het slechts gedeeltelijk begreep, had duidelijk het gevoel dat haar geliefde kindermeisje werd beledigd. 'Lexi erft op haar vijfentwintigste een vermogen.'

'Chérie!' zei Antoine, die de woorden van zijn dochter kennelijk op een paar meter afstand opving en naar hen toe liep. 'Zulke dingen zeg je niet.'

'Maar het is waar! Lexi en ik hoorden...'

Alexandra geneerde zich te erg om meteen iets te bedenken wat ze kon zeggen. Ze legde enkel haar hand op Stéphies schouder.

'Iemand van jullie moet dat kind leren dat het ordinair is om over geld te praten,' zei Lucinda.

'Jij begon!' zei Stéphie.

Antoine en Alexandra ademden tegelijkertijd scherp in.

'Nou ja zeg,' ging Lucinda verder, nog steeds verontwaardigd. 'Jij bent het kindermeisje,' zei ze tegen Alexandra. 'En jij beschouwt jezelf als de vader van het kind.' Ze wendde zich tot Antoine. 'Jullie zouden dit kind betere manieren moeten leren!'

Alexandra aarzelde niet. 'Kom op, Stéphie, dan gaan we naar je cadeautjes kijken.'

Terwijl ze Stéphie de eetkamer uit manoeuvreerde, zag ze Maxime in de hal.

'Ga naar Lucinda toe,' smeekte ze, waarbij ze hem nauwelijks de tijd gaf haar op beide wangen te kussen. 'Ik denk dat jij haar wel kunt opvrolijken. En ik wil je later graag even spreken.'

'Alexandra!' zei Maxime, die zijn handen in de lucht gooide, in een gebaar van verslagenheid. 'Ik hoopte juist dat we elkaar lang konden spreken.'

Stéphie giechelde, en ze liepen de salon in.

Véronique legde net de laatste hand aan haar schikking van de cadeaus. Ze had de pakjes op tafel gezet, op dozen die met een doek waren afgedekt, zodat het leek alsof ze in een etalage stonden, ook al waren ze ingepakt. Tussen de dozen stonden schaaltjes met snoepjes en bloemen.

'Zo!' zei Henri, die na Alexandra's snelle vertrek uit de eetkamer achter haar aan was gekomen. 'Kijk eens, Stéphie! Wat ziet het er bijzonder uit, hè?'

Met haar hoofd schuin keek Véronique langs hem heen naar Lucinda, die vlak achter Henri aan de salon in was gekomen. 'Het is zo belangrijk om iets speciaals te doen voor *la p'tite*. Arm, klein moederloos kind.' Dat laatste zei ze op een nogal dweperige manier tegen Lucinda, om aan te geven dat het een fors nadeel was Lucinda niet als moeder te hebben.

Alexandra zag Félicité met haar ogen rollen en vroeg zich af hoe zij het vond dat haar vaders collega goede maatjes werd met haar moeder. Ze kon er niet enthousiast over zijn, dat kon ze zich zo voorstellen.

'Je hebt de cadeautjes heel mooi geschikt,' zei Penelope op de manier waarop een lerares een veelbelovende leerling zou prijzen. 'Jack? Antoine? Maxime? Kom binnen. Kunnen jullie ervoor zorgen dat iedereen wat te drinken heeft? Dan kan Stéphie haar cadeautjes uitpakken.'

Alexandra bedacht dat Stéphie dat misschien liever deed zonder zoveel publieke belangstelling. Ze keek Antoine aan om te zien wat hij ervan vond, maar het kleine meisje leek het niet erg te vinden.

'Maak deze maar eerst open,' zei Véronique, en ze wees naar het grootste cadeau. 'Het is van je gulle papa. Ik heb hem geholpen het uit te kiezen, de laatste keer dat we samen in Parijs waren.'

'Ja, chérie,' zei Antoine terwijl Stéphie het papier eraf haalde. 'Ik hoop dat je het leuk vindt.'

Het was een speelgoed-*bureau de poste*. Toen Stéphie de doos openmaakte, kon iedereen zien hoe mooi het was. Alles zat erop en eraan, en het was duidelijk een duur cadeau. Er zat een speelgoedweegschaaltje bij, rubberen stempels, enveloppen, postzegels, allerlei formulieren om in te vullen, alles wat een zichzelf respecterend postkantoor maar nodig zou kunnen hebben.

Stéphie stond op en rende naar haar vader. 'Het is prachtig, papa! Dank je wel!'

'Ahh,' zei Véronique vol genegenheid, 'ik ben zo blij dat je het mooi vindt, meisje. We hebben ons uiterste best gedaan het allerbeste voor je te vinden.'

Stéphie glimlachte ietwat angstig. Ze pakte nog een doos.

'Die is van Jack en mij, meiske,' zei David. 'Eigenlijk staat het grootste deel bij jou thuis. Dit is iets om erin te zetten.'

In de doos zat zitkamermeubilair voor een poppenhuis, in elegante Louis Quinze-stijl, met goudversiering en fluwelen bekleding.

'Wat mijn vriend probeert te zeggen,' zei Jack, 'is dat er in het kasteel een poppenhuis staat dat we voor jou hebben opgeknapt. Het is een beetje antiek, net als de gevers.'

Stéphie had al veel moois gekregen, dus Alexandra maakte zich zorgen over haar cadeau, dat ze zelf nog niet had gezien. Het hoefde niet het mooiste cadeau te zijn dat het kleine meisje kreeg, maar het moest wel goed genoeg zijn.

Het was een speelgoedbakkerijtje met een winkeltje met rekken eraan vast, en voor de rekken lag een overvloed aan gipsen koeken, stokbroden, gewone broden, gâteaux, croissants, alles wat ze in een goede boulangerie verkochten.

'Dank je wel, Lexi!' Stéphie rende naar haar toe om haar een knuffel te geven.

'Ik ben zo blij dat je het leuk vindt,' zei Alexandra, die haar een knuffel teruggaf. 'David heeft het uitgekozen. Ik wist te laat wanneer je jarig bent, maar het is prachtig, hè? We kunnen er samen veel plezier mee beleven.'

'Ik vind het heel jammer dat ik geen postkantoortje met je kan spelen,' zei Véronique, zich er kennelijk ineens van bewust dat je met kinderen hoorde te spelen. 'Maar ik zal bij je vader zijn om belangrijke dingen te doen.'

Antoine kwam naar Stéphie toe en hurkte neer om de bakkerij te bekijken, waarvan de rekken al werden volgeladen met kleine meringues. 'Zodra ik terug ben, gaan we meer samen spelen, Stéphie. Dat beloof ik.'

Stéphie keek om zich heen naar de volwassenen, die allemaal naar haar keken alsof ze de belangrijkste artiest in een circus was, en begon in haar vaders oor te fluisteren. Terwijl ze haar vader vertelde wat ze hem wilde laten weten, wierp ze blikken op Alexandra. Toen ze eindelijk klaar was, zei Antoine: 'Dat kan gewoon niet. Het spijt me echt, meisje.'

Alexandra was ervan overtuigd dat zij het onderwerp van het gesprek was geweest en was er evenzeer van overtuigd dat ze neurotisch was.

Lucinda was het blijkbaar beu dat ze niet in het middelpunt van de belangstelling stond. 'Maxime, neem me alsjeblieft mee uit eten. Ik vind kinderfeestjes zo vermoeiend.'

'Het is nog te vroeg voor het avondeten,' zei Penelope tegen haar dochter. 'En het verbaast me dat je het feestje zo vermoeiend vindt. Je hebt niet eens meegedaan met de voorbereiding.'

'De kinderen van tegenwoordig worden zo verwend. Toen ik zo oud was, kreeg ik echt niet zulke extravagante cadeaus.' Ze wierp een kritische blik op Stéphie, die nu croissants aan Jack verkocht. 'Ik begrijp natuurlijk wel dat jullie het feit overcompenseren dat het kind geen ouders heeft.'

Alexandra merkte dat ze ineens tegenover Lucinda stond. Ze wist niet helemaal zeker waarom ze zo verontwaardigd was, maar voordat ze iets snedigs kon bedenken om te zeggen, richtte Lucinda haar minachting op haar. 'Wat jou betreft, kindermeisje, hopelijk denk je niet dat iemand gelooft dat die enorme parels echt zijn. Dat zijn ze duidelijk niet!'

Alexandra, stiekem blij dat ze zich op die belediging kon richten, trok aan het uiteinde van het parelsnoer. 'Hoeveel heb je hiervoor betaald, David?'

Hij haalde zijn schouders op. 'Hij zat bij een partij die ik heb opgekocht. Een paar francs misschien?'

Alexandra nam een van de parels tussen haar tanden en schraapte erover, terwijl ze deed alsof ze zocht naar het korrelige gevoel waarvan ze wist dat het er niet was. 'Je bent opgelicht! Ze zijn nep!'

Iedereen lachte, blij met de manier waarop Alexandra een draai aan de situatie had gegeven. Toen pakte Maxime haar bij een arm en nam haar apart. 'Als je niet uitkijkt, krabt Lucinda je de ogen nog uit. Ze mag andere vrouwen niet, zeker niet als er grappen over haar worden gemaakt. Waar wilde je me over spreken?'

Het kostte Alexandra even om het zich te herinneren. 'Over een juridische kwestie. Ik heb wat papieren van mijn familie in Zwitserland gekregen en begrijp er geen woord van.'

'Ik kan je vast helpen. Kom jij naar mij, of zal ik ze komen ophalen?'

'Ik breng ze wel,' zei Alexandra. 'Ik moet toch nog boodschappen doen in het dorp. En Maxime?'

'Ja?'

'Het blijft toch allemaal vertrouwelijk, hè?'

Hij was beledigd. 'Uiteraard! Volstrekt vertrouwelijk.'

Alexandra glimlachte extra vriendelijk om zijn gekwetste gevoelens te sussen. 'Dank je.'

Uiteindelijk liep het feestje ten einde. Alexandra concentreerde zich op de vraag waar ze Véronique kon onderbrengen. Ze ging naar de hal, zodat ze kon nadenken, en tot haar verbazing kwam Antoine achter haar aan.

Ook omdat ze zich geneerde wanneer ze alleen met hem was, vroeg ze snel: 'Aangezien het zo kort dag is, denk je dat Véronique in het kamertje naast het jouwe wil slapen? Er liggen schone lakens op het bed, en...'

'Nee,' zei hij streng. 'Véronique kan niet bij ons overnachten. Ze kan best nog een nacht bij haar vriendin blijven. Het is geen enkel probleem haar daar op te halen.' Hij liep terug naar het gezelschap.

Alexandra keek hem na alsof hij een held was die op het punt stond een hond uit een brandend gebouw te redden.

'Wat heb je op het feest tegen papa gezegd wat zo geheim is, Stéphie?' vroeg Félicité toen iedereen eindelijk in de auto was gestapt (de kinderen achterin deze keer) en ze onderweg naar huis waren.

Stéphie wilde iets zeggen, maar Alexandra onderbrak haar, bang voor wat ze misschien zou zeggen. 'Dat wil ze vast niet onthullen waar iedereen bij is,' zei ze voordat Stéphie, die dat waarschijnlijk best wilde, het kon vertellen. Hoewel Alexandra het niet zeker wist, was ze bang dat Stéphie iets tegen haar vader had gezegd over haar vermogen, dat al snel een vloek in plaats van een voordeel begon te worden. 'Als het toen geheim was, is het dat nu nog steeds.'

Op de achterbank werd wat gesnoven, afkeurend 'ts ts' gemompeld en bijna hoorbaar met de ogen gerold, en Alexandra blies haar adem uit.

'Véronique en mijn moeder keuren jou niet goed, Lexi,' zei Félicité, misschien met de bedoeling problemen te veroorzaken.

Alexandra zag Antoine zijn wenkbrauwen fronsen en diep inademen, mogelijk om zijn oudste dochter de les te lezen.

'Waarom denk je dat?' vroeg Alexandra, die zich omdraaide zodat ze naar Félicité kon glimlachen.

'Ik hoorde ze praten. Je kleedt je niet gepast voor een kindermeisje en je bent veel te mondain.'

'Ze hebben recht op hun mening,' zei Alexandra kalm.

'Ze vinden dat je niet met mensen moet omgaan alsof je op gelijke voet staat. Tenminste, dat zei Véronique, en toen zei mijn moeder...'

'Zo is het genoeg, chérie,' zei Antoine streng.

'Vertel het me later maar,' mompelde Alexandra, deels omdat ze dolgraag wilde horen wat Véronique en Lucinda van haar vonden en deels om te verhoeden dat Félicité zich gekrenkt voelde door die uitbrander. Hoewel Antoine niet echt streng te noemen was, vond Alexandra, was hij ook niet slap.

21

Ook al was het nog erg vroeg, toch stonden alle drie de kinderen en Alexandra op om Antoine uit te zwaaien. Antoine was niet vergeten dat Stéphie vandaag echt jarig was en had haar een heel volwassen doos bonbons gegeven, zo'n doos die je wilde bewaren nadat de bonbons allang waren opgepeuzeld. Stéphie was er blij mee.

Het was hartverscheurend, maar de kinderen waren allemaal dapper en niemand huilde, hoewel Alexandra, die bijna het gevoel had dat ze er eigenlijk niet bij hoorde te zijn, een traantje wegpinkte. De kittens en Milou deden hun best om de situatie te verzachten. Milou was ernstig gestemd – hij begreep duidelijk dat zijn geliefde baasje wegging – en de kittens dachten dat iedereen vroeg was opgestaan om hen te vermaken.

'Van harte gefeliciteerd, Stéphie!' zei Alexandra zodra ze allemaal weer in het kasteel waren, nadat ze Antoine de oprijlaan hadden zien afrijden. 'Kom, dan gaan we een verjaardagsontbijt klaarmaken. Wat dacht je van pannenkoeken met chocoladepasta?'

Hoewel zes uur 's ochtends vroeg was voor zoveel chocolade, hielp het wel. Terwijl Alexandra de ene pannenkoek na de andere op een bord op de tafel liet glijden, waarvan ze beangstigend snel weer verdwenen, besloot ze dat dat afscheid nemen moest stoppen. Het was gewoon triest om hem telkens weer te moeten uitzwaaien.

Toen David even later verscheen, zaten ze allemaal onder de chocola en voelden ze zich een beetje misselijk.

'Van harte gefeliciteerd, Stéphie!' zei hij. 'En de rest ook goedemorgen. Pannenkoeken als ontbijt? Een uitstekende keus. Als je er straks klaar voor bent, misschien na een dutje...' – hij knikte naar Stéphie, die gaapte – '... dachten Jack en ik dat je het misschien leuk zou vinden om je échte cadeautje van ons te zien. Ik moet je wel waarschuwen dat het een beetje is zoals dit kasteel...'

'Hoe kan dat nou?' vroeg Henri.

'Het is mooi, maar moet hier en daar opgeknapt worden,' ging David verder. 'Kijk, de kittens zijn weer naar bed gegaan.' Hij gebaarde naar het kleed waarop Milou lag, met de kittens op zich. Eentje lag in zijn lies, vermoedelijk omdat het warm was op de plaats waar hij minder vacht had, en de andere op zijn nek. Ze zagen er allemaal heel tevreden uit.

Terwijl Alexandra en hij de boel opruimden en de kinderen waren gaan slapen of lezen, zei hij: 'Het is best verontrustend te bedenken dat die hond enkel zijn kop hoeft te draaien en te bijten, en dat die twee kittens dan dood zijn. Hij doet me aan Antoine denken.'

Alexandra veegde haar plakkerige handen af. 'Milou?'

David knikte. 'Hij kan veel doen, maar kiest ervoor het niet te doen.'

Een week later ging Alexandra in haar eentje op weg naar het dorp. Thuis hielpen de kinderen David en Jack met het opknappen van het poppenhuis. Henri leerde wiskunde door de maten op te meten, Stéphie bleek met haar behendige vingers heel bedreven in houtbewerking en maakte keurige zwaluwstaartverbindingen voor een oranjerie, zoals die op het kasteelterrein. Félicité schilderde een behangetje met vogels en exotische bloemen, bestemd voor de salon in het poppenhuis.

'Wie had gedacht dat een poppenhuis zo leerzaam kon zijn?' zei Alexandra toen ze afscheid nam.

'De universiteit van het leven,' zei Jack. 'Die leert ons alles, als we ons er maar voor openstellen.' Hij maakte een buiging om aan te geven dat hij wist dat hij hoogdravend klonk en niet verwachtte serieus genomen te worden. 'Nu we het er toch over hebben, ik heb gehoord van een groep jonge musici waar Henri zich bij zou kunnen aansluiten. Dat zou goed zijn voor zijn muziek en zijn sociale leven. Denk je dat Antoine dat zou goedkeuren?'

'Vast wel. Kun jij hem brengen en halen?'

'Uiteraard,' antwoordde Jack met een glimlach.

Toen Alexandra een paar minuten later naar boven liep, had ze het gevoel dat niet alleen Henri baat zou hebben bij de sessies met andere jonge musici. In het uurtje dat Henri bij de groep was, kon Jack bij Penelope langsgaan.

Alexandra had een groot pakket bij zich dat grotendeels uit lagen krantenpapier bestond, gewikkeld om een doos waarin de inmiddels gerepareerde soepkom zat. David had hem met de zorg van een antiquair voor haar ingepakt. De papieren die uit Zwitserland waren opgestuurd en die ze met Maxime zou bespreken, zaten in een envelop in de oude posttas die Alexandra's handtas was.

Alexandra keek ernaar uit wat tijd voor zichzelf te hebben. Toen ze opgroeide had ze alleen zichzelf als gezelschap, en hoewel ze er daarna gewend aan was geraakt haar huis te delen, merkte ze dat haar huidige functie bijna al haar tijd opslokte en miste ze het alleen-zijn. En al hield ze van de kinderen en gaf de zorg voor hen veel voldoening, soms was het fijn alleen maar te hoeven denken aan wat zij wilde in plaats van zich zorgen te maken over de wensen en behoeften van drie kinderen en een hond. (De kittens zorgden voor zichzelf.)

Langsgaan bij Maxime stond als eerste op haar lijstje.

Hij had haar verwelkomd met de vriendelijkheid en charme waardoor Alexandra zich altijd beter voelde, en nu zat ze in het zitje bestaande uit de comfortabele bank met bijpassende stoelen dat in dit deel van zijn kantoor stond. Hij had koffie en wijn aangeboden, maar zij nam liever een glas water.

'Hoe kan ik je helpen?' vroeg hij met zijn gebruikelijke aantrekkelijke glimlach.

Alexandra glimlachte terug en vroeg zich af waarom ze niet op Maxime viel. Hij was zoveel geschikter om verliefd op te worden dan de man aan wie ze bijna voortdurend dacht.

Ze overhandigde Maxime de envelop die eruitzag alsof hij in een iets te kleine tas was gepropt. 'Kun jij dit voor me vertalen? Ik heb Hubert gevraagd me de documenten te sturen over mijn mogelijke erfenis. Ik heb altijd geweten dat ik tot mijn vijfentwintigste niets zou erven, dus ik heb er nooit veel aan gedacht, want het geld is nog lang niet van mij. Maar toen mijn familie laatst op bezoek was...'

'De geduchte nichten, de minder geduchte Hubert en de beeldschone auto...'

'Jij was erbij! Nou ja, ik hoorde mijn nichten praten over mijn vermogen.' Ze glimlachte om zijn lichtelijk geschrokken blik. 'Omdat ik van een afstand ben opgevoed, was stiekem doen voor mij een manier van overleven. Mensen bij deuren afluisteren was soms noodzakelijk, ben ik bang. Hoe dan ook, ik hoorde ze zeggen dat ik mijn vermogen vóór mijn vijfentwintigste zou erven als ik trouwde. Dat was een schok, moet ik bekennen. Ik vind het belangrijk dat ik begrijp hoe mijn erfenis precies in elkaar steekt en heb Hubert gevraagd me de details te sturen. Hij was zo aardig dat te doen, maar ik ben er geen steek mee opgeschoten, omdat ik niets begrijp van wat hij me heeft gestuurd. Kun jij het voor me nalezen en zien of er iets is wat ik moet weten? Ik spreek beter Frans dan ik de taal kan lezen of schrijven, en deze documenten staan vol met woorden die ik niet begrijp.'

'Ah!' zei Maxime, en aan de manier waarop hij zijn handen opstak zag ze dat het geen schande was het niet te begrijpen. 'Het is een andere taal, zelfs voor Fransen. Die leren we tijdens onze rechtenstudie. Zal ik er nu naar kijken? Of wil je liever weggaan en dat ik je een andere keer vertel wat ik ervan vind? Misschien wil je in de tijdschriften neuzen die we voor cliënten hebben klaarliggen? Niet dat je tijdschriften nodig hebt om er chic uit te zien. Jij bent altijd zo elegant.'

Dat vond Alexandra grappig, omdat ze vooral jurken en overalls op de markt had gekocht. 'Ik vind het prima om hier te blijven zitten en iets te lezen. Dat is goed voor mijn Frans.'

Even later legde Maxime de papieren neer. 'Er staat niets zorgwekkends in. Er staat dat je je vermogen erft als je trouwt. Dat is veel geld, Alexandra, nu begrijp ik die mooie auto! En anders moet je wachten tot je vijfentwintigste. Niets wat je nog niet weet, dus.'

'Mijn nichten dachten vast dat ik, als ik wist dat ik mijn vermogen erf wanneer ik trouw, in de verleiding zou komen ja te zeggen tegen de eerste de beste jongen die me een aanzoek zou doen, gewoon om de buit in handen te krijgen.'

'Hebben veel jongens je een aanzoek gedaan?'

'Een paar. Geen van hen meende het echt.'

'En stel dat Antoine dat zou doen?'

'Dat doet hij niet!' zei Alexandra, op te scherpe toon, besefte ze onmiddellijk. Ze lachte om haar reactie af te zwakken. 'Waarom zou hij? Ik ben het kindermeisje!'

'Ik zeg het liever niet, Alexandra, maar in Frankrijk is het niet ongebruikelijk dat de heer des huizes...'

Ze onderbrak hem snel. 'Antoine is anders. Ik ben anders! Hij zou nooit...' Ze moest even slikken toen ze besefte hoe waar haar woorden waren. 'Hij zou nooit misbruik van me maken.' Hoewel dat waar was, wist ze ook dat hij niet in de verleiding zou komen. Ze was te jong. Hij beschouwde haar bijna als een van de kinderen, daar was ze van overtuigd. 'Hoe dan ook,' zei ze glimlachend, 'ik krijg mijn erfenis niet als ik een affaire heb, toch?'

'Je hebt gelijk, Antoine is niet zo. Hij zou nooit iets oneerbaars doen, maar misschien wil hij wel met je trouwen. Je bent mooi, zijn kinderen zijn net zo dol op jou als jij op hen, je zou de perfecte kasteelvrouwe zijn.'

'Maxime! Alleen in romantische verhalen trouwt de held met de gouvernante, het kindermeisje of de dienstmeid. Niet in het echte leven.'

Maxime was niet overtuigd. 'Jij bent anders dan andere kindermeisjes. Jouw aanwezigheid in het kasteel zit Lucinda en Véronique niet lekker.'

Alexandra haalde haar schouders op. 'Ik ben er maar tijdelijk, tot er een beter kindermeisje wordt gevonden.'

'Heeft Antoine al gezocht? Zo ja, dan zou hij me wel om hulp hebben gevraagd, denk ik zo. Hij heeft me ook niet verzocht een vacature te plaatsen of naar kandidaten te kijken die door bureaus naar hem toe zijn gestuurd. Volgens mij is hij heel blij met jou.'

Alexandra voelde dat ze bloosde. Dat gebeurde niet vaak, maar ze was er opeens zeker van dat Maxime had geraden dat ze verliefd was op Antoine. Ze rechtte haar rug. Zelfs als hij het vermoedde, kon hij het niet zeker weten. 'Ik ben absoluut dol op de kinderen, en ik denk dat Antoine dat waardeert.' Ze liet een stilte vallen. 'Kan ik die papieren beter bij jou laten, denk je? Zodat je ze beter kunt bekijken? Of weten we alles wat we moeten weten?'

'Ik denk dat we alles weten wat we op dit moment moeten weten, Alexandra. Als je overweegt met iemand anders te trouwen dan met mij, kom dan terug, dan kunnen we het er nog eens over hebben.'

Ze glimlachte en stond op. 'Dat zal ik zeker doen.' Ze stopte de papieren die hij haar overhandigde terug in de posttas. 'Nu ga ik lunchen met Penelope. Ik hoop dat Lucinda er niet bij is.'

Penelope was alleen en heel gastvrij. Ze leidde Alexandra de salon in en gaf haar een glas wijn. Nadat ze hadden getoost en de wijn hadden geproefd, haalde ze haar pakket tevoorschijn.

'Hier is het dan. Ik hoop dat het in orde is. David heeft het voor me ingepakt, want dat vertrouwde hij mij niet toe.'

'Wat spannend! Aan die kom ontbreekt al zo lang een handvat.'

Ze bewonderden de schelpvormige, diepblauwe kom met gouden versiering. Hij was heel fraai, en zodra hij weer in de kast stond, zou niemand vermoeden dat hij was hersteld.

Later, nadat Penelope Alexandra had bedankt en geprezen om haar vakkundige reparatie, gingen ze aan een tafeltje bij het raam van de eetkamer zitten om te lunchen. Penelope had een elegante lunch voor hen klaargemaakt. Ze bracht borden met salade, hardgekookte eieren, ham en olijven naar binnen, en ondertussen keek Alexandra om zich heen. Het grootste deel van de kamer werd gebruikt voor het maken van en luisteren naar muziek.

Na een ogenblik zei Penelope: 'Je voelt je vast zo nu en dan een beetje eenzaam.'

Alexandra waardeerde het dat ze geen gesprek over koetjes en kalfjes begon, al was dit nogal onverwacht. Hoewel Penelope in de familie de reputatie had vormelijk te zijn, leek ze de laatste tijd zachter te zijn geworden. Ze zag er jonger uit, alsof er een licht in haar was gaan branden.

'David en ik zijn oude vrienden en hij is geweldig gezelschap, maar soms mis ik mijn vriendinnen. We volgden samen een kookcursus, en ze woonden in Londen bij me in huis.'

'Waarom bel je ze niet? Zou dat kunnen? Een lang telefoongesprek kan heel verkwikkend zijn.' Ze overhandigde Alexandra een antieke sauskom met mayonaise. 'Voor bij de eieren.' Ze keek Alexandra aan, wachtend op een antwoord.

'Daar heb ik eerlijk gezegd niet aan gedacht. En ik wil Antoines telefoonrekening natuurlijk niet te hoog laten oplopen.'

'Ik zou zo nu en dan een telefoontje naar Engeland beschouwen als een van de extraatjes van de baan.' Penelope glimlachte. 'Ik weet zeker dat Antoine je een telefoontje niet zal misgunnen.'

'En ik kan er altijd een notitie van maken en hem ervoor betalen.'

Penelope lachte. 'Als je erop staat. Ik betwijfel of hij een vergoeding wil. Hoe gaat het met de lessen van de kinderen?'

'Goed! Ik heb er echt bewondering voor hoe David en Jack van alles een les weten te maken. Ze helpen met het opknappen van Stéphies poppenhuis, en het is ongelofelijk hoeveel wiskunde daarbij komt kijken.'

'Zo werken ze ook op de school waar Antoine ze naartoe wil sturen, heb ik begrepen. Lucinda is er fel tegen gekant. Ze wil dat ze in Engeland naar school gaan, invloedrijke vrienden maken en waarschijnlijk heel ongelukkig worden. Ze hebben zo'n onconventionele start gehad, ik denk niet dat dat de oplossing is.'

'Ik ging naar een kostschool nadat ik een heel andere opvoeding had gehad dan mijn klasgenoten. Toen ik niet langer probeerde erbij te horen en gewoon mezelf was, ging het goed, maar daar was wel lef voor nodig.' Alexandra voelde zich er een beetje ongemakkelijk bij om met Penelope over scholen te praten, omdat ze dacht dat het niet echt aan haar was. Daarom veranderde ze van onderwerp. 'Wat een heerlijke mayonaise. Madame Wilson, die mijn vriendinnen en mij in Londen heeft leren koken, zou er erg van onder de indruk zijn.'

Penelope liet zich niet van de wijs brengen. 'Ik moet er niet aan denken dat mijn kleinkinderen zo ver weg zouden zijn, in Engeland, op plekken waar anderen hen misschien niet verstaan. En Stéphie is veel te jong om weggestuurd te worden.'

'Wilt u zelf niet ooit teruggaan naar Engeland om er te wonen?'

Door haar schouderbeweging leek Penelope heel Frans. 'Misschien wel, maar liever niet. Ik heb hier mijn vrienden, mijn huis. Ik ben nu gewend aan de manier van leven hier.' Ze was even stil en Alexandra vond dat ze een beetje beschaamd keek. 'Hoe zit het met jouw vrienden? Zouden zij ooit overwegen in Frankrijk te blijven?'

'Ik kan niet voor Jack antwoorden, want ik ken hem niet zo goed, maar David denk ik wel. Hij zou tussen Frankrijk en Engeland heen en weer kunnen reizen om zijn antiekkraam te runnen, en ik weet dat hij zich graag wil specialiseren in Frans antiek. Ik zal hem missen wanneer ik zelf terugga naar Engeland.'

'Ga je dan terug naar Engeland? Waarom zou je dat doen?' Penelope vond het duidelijk een heel zonderling idee.

'Ik ben Engelse! Ik woon in Londen. Ik ben hier maar tijdelijk.'

Penelope boog zich naar voren en legde een hand op die van

Alexandra. 'Het is aan jou. Als je de man vindt van wie je houdt, neem dan niet de benen omdat je bang bent dat hij niet van jou houdt. Maak niet de fouten die ik heb gemaakt.'

Voor haar was het niet hetzelfde, dacht Alexandra. Ze was misschien verliefd op Antoine, maar hij niet op haar, en hoewel ze maanden en maanden kon blijven als ze dat echt wilde, zou er daardoor niet noodzakelijkerwijs iets veranderen.

Penelope leek in gedachten verzonken, en Alexandra onderbrak haar gedachtestroom niet graag. Uiteindelijk zei Penelope: 'Het is grappig, ik heb de indruk dat men anderen vaak advies geeft dat men eigenlijk zelf zou moeten opvolgen.' Ze zuchtte, glimlachte en veranderde van onderwerp. 'We hebben meringue als dessert. Met Lucinda hier, die alles afkeurt wat ze als dikmakend beschouwt, heb ik des te meer zin in zoetigheid.'

'Ze heeft een mooi figuur,' zei Alexandra.

'Jij ook, maar jij draagt geen korset, en jij slaat niet alle zoetigheid af. Ik zal theezetten. Niemand hier weet thee op waarde te schatten. Het is prettig thee te drinken met iemand die dat wel doet.'

Terwijl ze het dorpsplein overstak op weg naar de drogist dacht Alexandra na over wat Penelope tegen haar had gezegd en herhaald toen ze het huis verliet. Samengevat: keer de liefde niet de rug toe, het is nuttig met een oude vriendin erover te praten en ten slotte, pak gerust de telefoon, zelfs om naar Engeland te bellen.

Toen ze thuiskwam, leek het poppenhuis het middelpunt van ieders belangstelling, zodat zij wat tijd kon vrijmaken om haar vriendin Lizzie te bellen. Ze hoopte echt dat haar vriendin een praatje kon maken.

Blijkbaar belde ze precies op het goede moment. Lizzie, die zeven maanden zwanger was, liet maar wat graag haar huishoudelijke werk voor wat het was om met haar vriendin te kletsen. Alexandra maakte het zich gemakkelijk aan het bureau in Antoines studeerkamer en stortte haar hart uit.

Toen ze uiteindelijk naar de keuken ging om het avondeten klaar te maken, trof ze er Stéphie al aan. Alexandra had de deur van de studeerkamer open laten staan, maar had haar niet horen langskomen. Ze leek best opgewekt, al wierp ze Alexandra een ietwat vreemde blik toe.

'Ik mis papa,' zei Stéphie even later, tijdens het eten van de kipschotel die Alexandra en David hadden klaargemaakt. 'Ik wil dat hij naar huis komt!'

'Hij komt met Kerstmis thuis,' zei Félicité.

'Ik wil dat hij nu naar huis komt,' pruilde Stéphie.

'O, Stéphie,' zei Henri. 'We kunnen hem niet dwingen nu naar huis te komen. Hij is aan het werk! Je weet hoe het gaat.'

'Het is bijna Kerstmis,' zei Alexandra. 'Daar moeten we ons op voorbereiden. We hebben nog maar twee weken.'

'We bereiden er ons niet echt op voor,' zei Félicité. 'Op kerstavond gaan we altijd naar grand-mère. Dan komen haar vrienden ook. Het is nogal saai. En op eerste kerstdag schrijven we bedankbriefjes voor onze cadeautjes. Driekoningen is leuker.'

'Moeten we per se naar je oma?' vroeg David. 'We kunnen kerst toch ook hier in het kasteel vieren?'

'Dat hebben we nog nooit gedaan,' zei Henri.

'Dat betekent niet dat het niet kan,' merkte Jack op.

'We zouden Kerstmis op zijn Engels kunnen vieren!' zei Alexandra. 'Vertel ons wat jullie gewoonlijk doen, dan vertellen wij wat wij doen, en dan pikken we uit beide versies de stukjes die we leuk vinden. Wat vinden jullie daarvan?'

'Het plannen is het leukste onderdeel, vind ik,' zei David. 'Al het eten, het maken van de kerstpuddingen, de *mince pies*, de kersttaart.'

'Volgens mij eten we dat gewoonlijk niet,' zei Henri.

'Ben jij hier met Kerstmis, David?' vroeg Alexandra, die zich er opeens van bewust was dat David en Jack het volste recht hadden met de feestdagen vrijaf te nemen.

'Lieverd,' zei David, terwijl hij vol afgrijzen zijn ogen ten hemel sloeg, 'ik heb je vorig jaar nog verteld hoe afgrijselijk mijn kerstdagen vaak zijn geweest.'

'Hoe bedoel je, afgrijselijk?' vroeg Stéphie, afgeleid, wat precies Davids bedoeling was.

'Dat is Kerstmis voor mij als ik hem niet met jullie zou kunnen doorbrengen!'

'Vertel eens,' zei Alexandra, die wist dat hij de kinderen aan het lachen zou maken en zo iedereen zou opvrolijken.

'Met kerst moet ik logeren bij mijn twee tantes, ouwe vrijsters – dat betekent dat ze niet getrouwd zijn – die in een troosteloze buitenwijk aan de rand van Londen wonen. Het is niet het echte Londen, met veel vertier en feestgedruis, en ook niet het platteland, met pubs en mensen die langs de deuren gaan om kerstliedjes te zingen. Het zit ertussenin.'

'En hoe zijn je tantes?'

'Die zijn in de regel tegen alcohol,' zei David, 'maar omdat het Kerstmis is, mogen we ieder een piepklein glaasje zoete sherry. Ze doen al jaren met één fles. Zodra we onze sherry op hebben, gaan we lunchen. Alles wordt heel lang gekookt, zodat we niet echt hoeven te kauwen. We krijgen gekookte aardappelen in plaats van gebakken, omdat die lichter verteerbaar zijn, en bij het toetje eten we klonterige Bird's custard. Bird's custard komt uit een pakje, Stéphie, en mag niet verward worden met echte custard. Na de lunch luisteren we naar de toespraak van de koningin op de radio. En dan pakken we onze cadeautjes uit, wat niet veel tijd kost. Zij geven mij sokken, ik geef hun zakdoeken en een doos New Berry Fruits, die zij het lekkerst vinden. Dan ga ik naar huis en zoek ik een oude vriend op om dronken mee te worden.'

'Onze kerst wordt heel anders!' zei Alexandra. 'Ben jij hier ook met de kerst, Jack?'

'Zeker weten!' antwoordde Jack enthousiast. 'Ik ga meestal naar mijn broer en zijn vrouw. Ze zijn een stuk jonger dan ik en hebben kinderen, waardoor het veel leuker is dan Davids Kerstmis. Maar dit jaar wil ik de kerst met jullie doorbrengen.'

En met je liefje, voegde Alexandra er stilletjes aan toe.

'We maken er een paar fantastische dagen van,' zei Alexandra. 'We doen alles wat we leuk vinden en slaan de New Berry Fruits over, want die zijn echt walgelijk, moet ik zeggen. We gaan chocoladetruffels eten, die kunnen we zelf maken. En tegen de tijd dat we alles georganiseerd hebben, is je vader thuis, Stéphie!'

22

Een week voordat Antoine weer thuis zou zijn, kwam Maxime, die een regelmatige bezoeker was geworden, bij het kasteel langs met een boodschap van hem.

'Hij neemt Véronique mee naar huis voor de kerst,' verkondigde hij.

De vreugde en opwinding die Alexandra voelde, verdwenen als sneeuw voor de zon. 'O,' zei ze, en ze reikte Maxime een glas wijn aan. Hij was al uitgenodigd voor het avondeten.

'Ja. Hij wilde je niet overrompelen met een onverwachte gast.'

'Attent van hem,' zei David, terwijl hij Alexandra aankeek, die voelde dat ze bloosde.

'Waarom heeft hij het ons niet zelf verteld?' vroeg ze. 'En zou ze niet liever logeren bij haar vriendin in het dorp?'

'Misschien heeft de vriendin haar niet uitgenodigd,' zei Stéphie.

Maxime, die zich misschien wat ongemakkelijk voelde omdat hij de brenger van slecht nieuws was, nipte van zijn wijn. 'Blijkbaar heeft hij verschillende keren geprobeerd te bellen maar nam niemand op.'

Even was het stil. 'We hebben het druk gehad,' zei Alexandra, die zich nog steeds beledigd voelde. 'Het is bijna Kerstmis.'

Ze hadden een hoop boodschappen gedaan en Henri's muziekgroep kwam nu twee keer per week bij elkaar om kerstliedjes te oefenen. Jack en Stéphie waren figuurtjes gaan maken als aanvulling op de *santons*, de traditionele kerststalfiguren die ze op zolder hadden gevonden. Stéphie vond dat er niet genoeg dieren waren. Ze hadden in een van de oude stallen een werkplaats gemaakt, buiten gehoorsafstand van de telefoon, en hadden Antoines telefoontjes dus gemist. Félicité schilderde een achtergrond met palmbomen, herders, schapen op de heuvels en een engel, met echte goudverf.

'Moet Véronique echt meekomen?' zei Stéphie. 'Ik vind het vervelend dat ze me steeds knuffelt.'

Alexandra en David wisselden een blik. 'Dat snap ik,' zei David, die alle cateringplannen voor Kerstmis op zich had genomen. 'Waarom nodigen we niet een heleboel mensen uit voor Kerstmis? Kun jij komen, Maxime?'

'Op eerste kerstdag? Ja! In Frankrijk is kerstavond de belangrijke dag,' zei hij, vermoedelijk omdat Alexandra erbij was, al wist ze dat wel.

'Mooi,' zei David. 'We gaan Kerstmis op zijn Engels vieren.'

'Penelope verheugt zich er echt op,' zei Jack. 'Wij allemaal,' voegde hij er onbeholpen aan toe. 'Maar kunnen we wel iedereen hier uitnodigen in plaats van naar Penelope te gaan? We werken hier slechts. Het kasteel is niet van ons,' ging hij verder.

'Ik denk echt wel dat jullie mensen mogen uitnodigen voor Kerstmis,' zei Maxime na een snelle blik op David. 'Jullie doen het werk, en ik weet zeker dat Antoine het jullie in deze tijd van het jaar niet kwalijk zal nemen dat jullie wat extra geld aan eten en wijn uitgeven. Als zijn juridisch adviseur geef ik jullie er namens hem toestemming voor.'

'O, dank je, Maxime!' zei Alexandra, die een arm om zijn middel sloeg en hem een knuffel gaf. 'Als we zelf kiezen wie we uitnodigen, hebben we tenminste niet het gevoel dat we belaagd worden door Véronique. Het lijkt me niet fijn als zij de scepter gaat zwaaien.'

'Ze wil vast dat we een spuuglelijke jurk met ruches aantrekken,' zei Félicité. 'Net als grand-mère, maar dan erger.'

'Hebben jullie zulke jurken in de kast hangen?' vroeg Alexandra, die ineens vond dat ze het antwoord op die vraag moest weten. Het was niet in haar opgekomen de kledingkasten van de kinderen door te spitten. Ze waste de kleren die ze droegen en legde ze op hun bed zodra ze droog waren.

Félicité knikte. 'Ik vind de mijne mooi van kleur, maar wel erg kinderachtig.'

'Als hij je nog past, kunnen we hem hier en daar veranderen. Zo niet, dan doen we hem weg,' zei Alexandra. Ze trok haar haar over haar schouder en begon het te vlechten. 'We gaan er een heel bijzondere kerst van maken!'

'Bravo!' riep Maxime, die zijn glas hief om te proosten.

'Kom, we gaan eten,' zei David. 'Félicité? Wees eens zo lief een mes en vork voor Maxime te pakken.'

Alexandra was bezig met de afwas en Félicité, die de laatste tijd veel meegaander was geworden, droogde af, toen Alexandra zei: 'Waar zal ik haar onderbrengen?'

David, die aan tafel walnoten aan het doppen was voor een taart die hij wilde maken, zei: 'Je wilt haar toch niet weer jouw slaapkamer geven?'

'Bedoel je Véronique?' vroeg Félicité. 'Is er niet een kamer in de buurt van waar Jack en jij slapen?'

'Jawel, maar die is een beetje... Nou ja, hij moet opgeknapt worden,' zei David.

'Is het veel werk?' vroeg Alexandra.

'Dat weet ik niet,' antwoordde hij, waaruit Alexandra opmaakte dat hij het wel degelijk wist en dat de kamer in een slechte toestand verkeerde.

'Laten we er morgen naar kijken,' zei Alexandra, terwijl naar de laatste vuile steelpan reikte. 'Dan kunnen we zien wat er gedaan moet worden.'

De volgende ochtend kwam Félicité met Alexandra mee om de muren van Véroniques eventuele slaapkamer te inspecteren.

'Het is een fraaie kamer met een mooi uitzicht,' zei Alexandra. 'En dicht bij een badkamer. We kunnen David vragen de badkamer aan het eind van de gang te delen met Jack.'

'Er zit alleen wel een grote vochtvlek op de muur,' zei Félicité.

'Klopt.'

Alexandra overwoog net wat minder werk was: de muur opnieuw verven of haar kamer aan Véronique afstaan, toen Félicité zei: 'Ik zou een muurschildering kunnen maken.' Ondanks haar nonchalante toon merkte Alexandra dat ze het graag wilde doen en zenuwachtig was voor het geval haar idee werd afgewezen. 'Ik heb eraan zitten denken er een in mijn slaapkamer te maken. Ik vond het leuk om kleintjes te maken voor het poppenhuis en de kerststal en ik heb overwogen een veel grotere te maken.'

'Hoe zit het met verf? Waar zou je die kunnen krijgen?'

'Ik kan wel huisverf gebruiken, denk ik,' zei Félicité. 'Ik heb wat kleine kwastjes nodig voor de details. Vind je het een goed idee?'

'Een uitstekend idee!' zei Alexandra. 'Afgezien van het feit dat het er heel mooi zal uitzien, maskeert de verfgeur de geur van vocht!'

Félicité lachte. 'Je mag Véronique echt niet, hè?'

'Jij wel dan?'

'Nee. Zo jammer dat papa haar wel leuk lijkt te vinden.'

Alexandra keek Félicité met opzet niet aan. Ze wilde geen medelijden of iets soortgelijks in haar ogen zien. 'Maak een lijstje met de verf die je nodig hebt. Heb je al een idee wat je gaat schilderen?'

Félicité haalde haar schouders op. 'Daar wil ik nog over nadenken. En dan vraag ik David of Jack wel om me mee naar de winkel te nemen om te kopen wat ik nodig heb.'

'Goed idee. We tellen het feit dat je moet uitrekenen hoeveel je moet aanschaffen als een wiskundeles.'

Félicité lachte, duidelijk verheugd dat haar idee zo positief was ontvangen.

Alexandra en Félicité liepen samen terug naar het hoofdgedeelte van het kasteel, en ondertussen ging door Alexandra's hoofd dat ze wel gek leek om Félicité zo'n project te laten doen terwijl ze het zelf druk had en niet kon helpen. Maar ze was verrukt over Félicités enthousiasme en haar pas ontdekte liefde voor kunst en design.

Vier dagen voordat Antoine en Véronique terug zouden zijn, begonnen David, Alexandra, Henri en Stéphie met het versieren van de hal.

Volgens de kinderen deed niemand met Kerstmis veel aan huisversiering, afgezien van het opzetten van de kerststal. Antoine was altijd tot het laatste moment weg, en wie op de kinderen paste had een eigen huis om te versieren. Dus toen Alexandra geholpen door David verkondigde dat ze de hal groots gingen optuigen en uitlegde wat dat inhield, was iedereen enthousiast. En terwijl Milou alleen maar in de weg liep, dachten de kittens duidelijk dat de hele onderneming voor hen was georganiseerd. Ze renden ladders op, joegen achter slierten klimop aan, maakten van de gordijnen een klimrek en raceten met hoge snelheid achter elkaar aan naar boven en weer naar beneden.

Henri en David gingen met zagen, bijlen en emmers het kasteelterrein op om groen te verzamelen, terwijl Alexandra en Stéphie de kerststal opzetten. Die stond op een fraaie tafel in de hal, en de oude kleifiguren en de nieuwe houten streden om ruimte in de stal. Het kindje Jezus werd achter de kribbe verborgen, om er op kerstavond om middernacht in te worden gelegd. De drie koningen (op kamelen, met verschillende ezels erbij, sommige zo groot als olifanten) stonden op een andere tafel. Zij zouden pas op Driekoningen bij het stalletje komen te staan.

Nadat ze alle vazen, potten en kruiken hadden verzameld – alles waar water in kon en wat van pas kwam voor het groen – stak Alexandra het haardvuur aan. Het was de afgelopen week erg koud geworden en ze had een paar oude truien van David geleend om over haar overall aan te trekken zodat ze warm bleef.

Zodra het groen arriveerde, kreeg iedereen een beetje de kolder in de kop en kwam pas weer bij zinnen toen alle vazen en bakken gevuld waren en de trapleuningen, schilderijenrails, alle schilderijen en alle spiegels in de hal versierd waren. De vazen werden verdeeld zodat er in elk vertrek (inclusief de wc) ten minste één vaas met groen stond, waaronder laurier, rozemarijn of winterbloeiende Viburnum, die de lucht vulden met geur.

De salon zag er perfect uit, met kaarsen in alle kandelaars en armluchters die er te vinden waren. Kussens waren opgeschud, meubels precies goed neergezet en Stéphie had verklaard dat er vanaf nu niemand meer naar binnen mocht om er te zitten. De mooiste vazen stonden er, statig, feestelijk en heerlijk geurend.

De hal zag er veel minder formeel uit. Er stond groen in emmers en dennentakken staken uit schoorsteenpotten. Het had een middeleeuwse uitstraling en was gewoon een beetje maf.

David, Alexandra, Henri en Stéphie stonden net met zijn

vieren hun handwerk te bewonderen, toen Jack door de voordeur naar binnen kwam.

'Lieve hemel!' zei hij na even om zich heen te hebben gekeken. 'Is het Kerstmis of voert David *Macbeth* op in Birnam Wood?'

'Het is Kerstmis,' zei Stéphie verontwaardigd. 'Dat ziet iedereen toch!'

'Sorry!' zei Jack. 'Ik was even in de war.'

Toen verscheen Félicité. Ze was bezig geweest met haar muurschildering. 'Het is erg... uitbundig,' zei ze met een bedenkelijke blik in haar ogen. 'Heel anders dan hoe het er hier meestal met Kerstmis uitziet.'

David en Alexandra keken elkaar aan. 'Eigenlijk moeten we nog wat kerstslingers zien te bemachtigen,' zei David.

'Of op zijn minst kerstballen,' zei Alexandra.

'Nee, nee! Zo is het perfect,' zei Jack haastig. 'Niets meer aan doen. En het ruikt heerlijk. O, en Henri? Ik kwam Jules van je muziekgroep in het dorp tegen.' Hij haalde een envelop te voorschijn. 'Hij gaf me deze voor jou.'

'Wat is dat?' vroeg Stéphie.

Henri had de envelop al opengemaakt. 'Een uitnodiging voor een feestje. Overmorgen. En of ik alsjeblieft mijn knappe oudere zus mee wil nemen.'

Alexandra's enthousiasme luwde een beetje, en ze hoopte dat Félicité en Henri allebei zouden zeggen dat ze er niet heen wilden. Ze moest aan Antoine vragen of ze mochten gaan en stelde zich voor dat aan de telefoon van de ene naar de andere persoon zou worden doorgeschakeld tot ze bij Véronique uitkwam. Die zou namens Antoine nee zeggen, of ze zou weigeren Alexandra met hem door te verbinden. En natuurlijk konden ze zonder zijn toestemming niet naar het feestje.

'Een feestje?' Félicités ogen lichtten op.

'Ja,' zei Henri, met zijn blik op de uitnodiging gericht. 'De uitnodiging komt van een jongen die op de school zit waar wij misschien ook naartoe gaan.'

Alexandra werd ongeruster, vooral omdat Félicité keek alsof ze absoluut wilde gaan. Kon ze het verbieden? Ach, misschien kwam het wel goed. Misschien was het een formeel feest, onder toezicht van strenge ouders. Dat zou prima zijn, daar kon ze zeker ja op zeggen. Maar goed, als de jongen op de school zat waar Antoine zijn kinderen naartoe wilde sturen, was het waarschijnlijk geen formeel feest.

'Mogen we erheen, Lexi?' vroeg Félicité. Ze had knalroze verf in haar haar, zag Alexandra.

'Wanneer is het?'

'Overmorgen, zei ik al,' zei Henri.

'Daar moet ik nog even over nadenken,' zei Alexandra. 'Ik vraag me af of ik je vader kan bellen. Dan kunnen we het hem vragen.'

Félicité sloeg haar ogen ten hemel, zo belachelijk vond ze die suggestie. 'Papa moest Maxime bellen om ons te zeggen dat hij zijn "collega" meeneemt.' De aanhalingstekens die ze om dit woord zette waren hoorbaar. 'Het lukt ons nooit hem op te sporen.'

'Dat is iets anders...' begon Alexandra, maar ze voltooide haar zin niet Uit Félicités lichaamstaal maakte ze op dat ze bang was dat haar vader het niet goed zou vinden. Dat zou haar beslissing een stuk vergemakkelijken. Alleen... Félicité en Henri waren tieners. Met een heel beperkt sociaal leven. Was het wel billijk hen te verbieden naar het enige feest te gaan waarvoor ze waren uitgenodigd?

Ze liep naar de salon, waar ze Stéphies instructies negeerde en het hout aanstak dat al in de haard was klaargelegd. Ze wilde wat tijd voor zichzelf hebben om over dingen te kunnen peinzen. Jack kwam binnen met een glas muskaatwijn voor haar.

'Dit helpt je gegarandeerd bij het nadenken,' zei hij. 'Sorry, ik had de uitnodiging niet zomaar aan Henri moeten geven. Ik neem aan dat je je hier zit af te vragen of je ze naar het feest kunt laten gaan?'

Alexandra knikte en nam het glas aan. Na een slok van de zoete, muskusachtige wijn zei ze: 'Zou het er gek uitzien als ik met ze meega naar het feest? Ik vind dat ze gewoon naar feestjes moeten gaan, lol moeten hebben. Meestal zitten ze hier in het kasteel en zijn ze best tevreden, maar het is goed als Félicité jongens zou ontmoeten! Ze wordt volwassen. En Henri moet meisjes ontmoeten die niet zijn zussen zijn.'

Jack ging tegenover haar zitten en legde nog een houtblok op het vuur. 'Ik denk dat dat de perfecte oplossing is.'

'Het kindermeisje dat met hen naar een kinderfeestje gaat? Om ervoor te zorgen dat ze vóór de taart een boterham eten en na afloop netjes dank je wel zeggen?'

Jack lachte. 'Je ziet er niet uit als een kindermeisje en bent amper ouder dan zij.'

'Ik ben twintig!'

'Dat is niet zo oud. Hou je haar in de vlecht over je schouder die je de laatste tijd hebt en trek een spijkerbroek aan, dan pas je er zo tussen.'

'Dank je, Jack. Het is een compromis. Ik zal het hun vragen. Ze kunnen kiezen of ze mij erbij willen hebben, maar ik vind gewoon dat ik ze de kans moet bieden.'

Het was de dag van het feest – twee dagen voor Antoine en Véronique zouden terugkomen voor de kerst – en het huis was bijna klaar. Alle vertrekken beneden waren versierd. Ze hadden cadeautjes gekocht, ingepakt en in een grote ton uit een van de stallen gestopt om ze buiten bereik van de kittens te houden, want die hadden een passie ontdekt voor het uitpakken van alles waar papier omheen zat. In een andere grote ton stond de kerstboom, gekapt op het terrein en rijkelijk versierd dankzij David, die op de markt een koopje had gesloten en wiens vermogen koopjes te sluiten niet werd gehinderd door zijn buitenissige gebruik van de Franse taal.

Die avond was Stéphie (die flink moest worden omgekocht) al bij haar oma om dieren van zoutdeeg te maken, iets wat Penelope van een Duitse vriendin had geleerd. Nu werden de outfits van Alexandra, Henri en Félicité door David en Jack (die ook het adres wilde weten waar het feest werd gegeven) onder de loep genomen.

Alexandra was het niet gewend zich onopvallend te kleden. Haar kledingstijl was altijd een beetje bijzonder, maar vanavond wilde ze eruitzien als een gewone tiener. Onder haar leren jasje (ook een aankoop bij de brocante) droeg ze een spijkerbroek, een zwarte polotrui (zonder de grote parels die ze er zo graag bij wilde dragen) en haar haar in een vlecht. Henri en Félicité droegen ook een spijkerbroek. Henri had een donkerblauwe trui aan en Félicité een gestreept topje. Alexandra en Félicité hadden zwarte eyeliner en mascara opgedaan.

'Ik zie er toch niet uit als het kindermeisje dat kinderen begeleidt naar een kinderfeestje?' vroeg Alexandra. Ze had herinneringen aan geüniformeerde kindermeisjes in chique Londense huizen die dicht in de buurt van kleine kinderen in jurkjes met ruches bleven. Die kindermeisjes hadden de feestjes er zeker niet leuker op gemaakt.

Iedereen bekeek haar eens goed. 'Nee,' zeiden David en Jack, ontzet en geamuseerd.

'Je ziet er prima uit,' zei Henri. 'Kunnen we nu gaan?'

'Je ziet er alleen wat ouder uit dan wij,' zei Félicité. 'Ik zou tegen mensen kunnen zeggen dat je niet in je eentje in het kasteel wilde achterblijven, hoewel ik nooit iemand vertel dat ik in een kasteel woon, tenzij ik er niet onderuit kan.'

Alexandra knikte. 'Ik was ook altijd voorzichtig met wie ik deelde dat ik in Belgravia woonde, wat een nogal chic deel van Londen is. Goed, ik heb de autosleutels en we weten allemaal het adres. En geld voor noodgevallen in mijn tas en mijn beha. We zijn klaar om te gaan!'

Alexandra reed niet zo graag in het donker naar een onbekende bestemming als ze deed voorkomen, maar haar verstand zei dat het wel goed zou komen, dus weigerde ze zich zorgen te maken. Het was een beetje lastig geweest Félicité en Henri zover te krijgen dat ze accepteerden dat ze meeging, maar toen ze zich realiseerden dat ze óf haar moesten meenemen óf niet zouden gaan, vonden ze het goed. Alexandra was blij dat ze op het Franse platteland waren en niet ergens met openbaar vervoer, want dan had ze hen er niet van kunnen weerhouden zonder haar te gaan.

Uiteindelijk vonden ze het huis, aan de rand van Saint-Jean-du-Roc, en Alexandra zag een plekje om de auto te parkeren. De meeste mensen hadden hun auto's kriskras neergezet, waardoor het lastig was een plek dicht bij het huis te vinden.

Ze vond de aanblik van de auto's bemoedigend. Ze was dus niet de enige iets oudere. In haar hand had ze een tas met een fles wijn, want volgens Henri werd er verwacht dat ze die meebrachten. Ze wist niet wat de Franse ouders daarvan zouden vinden, dus ze nam zich voor zelf niet te drinken en te proberen het drinken van de kinderen te beperken. Ze keek helemaal niet uit naar de avond.

'We laten onze jassen in de auto,' zei ze. 'Dan hoeven we er later niet uren naar te zoeken.' Ze wilde niet dat de kinderen getuige waren van de capriolen die zich soms afspeelden in slaapkamers met stapels jassen. 'Is iedereen er klaar voor? Oké, *on y va*!'

23

Zodra een in het zwart geklede jongen met lang haar en een bleek gezicht de voordeur opende, werden ze overvallen door Johnny Hallyday die in het Frans 'Let's Twist Again' zong. Hij bekeek hen heel even en knikte toen. Met zijn allen gingen ze naar binnen.

Het was een tamelijk wild feest, veel volwassener dan Alexandra had verwacht en zeker had gehoopt te zien: groepjes meisjes en jongens die te verlegen waren om met elkaar te praten. Ze zag dat Félicité en Henri half betoverd en half doodsbang waren. Zo voelde ze zich zelf ook een beetje. Het was er luidruchtig, heel warm en bomvol met dansende jongeren. De geur van aftershave en zweet vormde een bedwelmende combinatie. Maar het was te laat om rechtsomkeert te maken en ze naar huis te brengen, dan zouden ze nooit meer met haar praten.

Henri zag zijn vriend en liep naar hem toe, met Alexandra en Félicité achter zich aan. Ze wisselden een paar woorden in het Frans, die Alexandra niet kon horen of verstaan.

Henri riep naar Alexandra en Félicité dat ze een drankje moesten halen. Alexandra vroeg zich af of ze hen kon verbieden alcohol te drinken. Ze besloot van niet, maar ze moest wel goed in de gaten houden hoeveel ze dronken. Toen Henri en

Félicité Henri's vriend volgden, moest ze ook wel achter hen aan gaan.

Er stond een lange tafel bezaaid met flessen en papieren bekers. Er waren verschillende soorten wijn, limonade in grote flessen, Orangina in kleine flesjes, iets wat Pschitt heette en flesjes bier.

Alexandra kwam net bij de tafel aan toen Félicité iets aangereikt kreeg door de jongeman die hen had binnengelaten.

'Het is maar wijn met limonade,' zei Félicité. 'Maak je geen zorgen! Ik word niet dronken.'

Alexandra nam een beker met hetzelfde mengsel aan en besefte dat je alleen de limonade proefde, wat betekende dat je heel makkelijk snel dronken kon worden.

'Drink er niet meer dan twee,' zei Alexandra tegen Félicité. Henri dronk een biertje, wat ze liever zag.

'Maak je niet druk!' Félicité dronk haar bekertje in een paar teugen leeg en stak het uit om het te laten bijvullen.

Nog nooit had Alexandra zich zo ongeschikt gevoeld voor haar werk. Hoe kon ze de kinderen beschermen? Ze had nooit moeten zeggen dat ze naar dit feest mochten gaan.

Op dat moment tikte een jongen Félicité op een schouder. Félicité zette haar beker neer en volgde de jongen naar de dansvloer. Alexandra haalde opgelucht adem. Ze was blij dat Félicité ten dans was gevraagd en werd opgenomen in het feest. Als ze danste, dronk ze niet en deed ze ook geen andere dingen die ze niet hoorde te doen.

Henri stond met een groep jongens te praten en leek nog aan zijn eerste biertje te zitten. Nu kon ze zich een beetje ontspannen. Ze had gezegd dat ze het feest om elf uur zouden verlaten, dus ze hoefde hen nog maar drie uur te bewaken.

Voordat ze verder nog iets kon denken, trok iemand haar de dansvloer op.

En aangezien ze Félicité zag dansen, vond ze het niet erg dat deze jongen van haar verwachtte dat ze op zijn wensen inging. Ze deed hem na en danste de twist. Hoewel het een snelle dans was, voelde het veilig. Het was fijn om te dansen, besefte ze, en toen een andere jongen met haar wilde jiven, herinnerde ze zich de danspassen van een ander feest, in Engeland.

Alexandra merkte al snel dat ze populair was. Niemand zag haar als ouder. In feite liep de leeftijd van de gasten nogal uiteen. Ze was zeker niet de oudste, en Henri en Félicité waren ook niet de jongsten. Dat vond ze geruststellend. Het voelde als een familiefeest. Daar kon toch geen bezwaar tegen zijn.

Toen Alexandra even later een flesje Orangina dronk om haar dorst te lessen, werden de lichten gedimd. Blijkbaar was het tijd voor *le slow*. Nogal wat jongemannen wilden Alexandra daarvoor de dansvloer op krijgen, en ze moest hen vrij scherp afwijzen. Toen bedacht ze dat ze misschien toch moest gaan dansen, want dan kon ze beter een oogje op Félicité houden. Zodra een ander nummer begon, weer langzaam, en nog een jongeman zijn geluk beproefde, ging ze erop in. Ze stond toe dat hij zijn hand om haar nek legde, maar liet hem niet wang tegen wang dansen. Ze was hier immers om de kinderen in de gaten te houden.

Henri zag ze al vrij snel. Hij stond nog steeds te kletsen met andere jongens van zijn leeftijd. Zodra de muziek was afgelopen, schudde Alexandra haar nogal beledigde danspartner af om met hem te praten.

'Waar is Félicité?' vroeg ze in het Engels.

Hij haalde zijn schouders op en schudde zijn hoofd. 'Geen idee.'

'Ik moet echt weten waar ze is!'

'Zoek je Henri's zus?' vroeg een vriend, die duidelijk goed Engels sprak. 'Die is naar buiten gegaan.'

'Naar buiten? Echt?' Alexandra ging naar haar op zoek.

De buitenruimte stond vol stelletjes die profiteerden van de duisternis, slechts verlicht door één lamp die vrij laag aan de zijkant van het gebouw was bevestigd. Het kostte Alexandra een paar minuten om Félicité te vinden.

Die werd grondig gekust. En aangezien Félicité de jongen enthousiast terugkuste, moest ze haar eerste opwelling, de jongen vastgrijpen, onderdrukken. Ze werd niet gedwongen tot iets wat ze niet wilde. Alexandra wendde zich af. Wat moest ze doen? Als een of andere rare chaperonne van een afstandje toekijken?

Ze ging naar een plek waar meer licht was, zodat ze kon kijken hoe laat het was. Pas tien uur. Ze kon de kinderen nog niet mee naar huis slepen, ze had immers beloofd dat ze tot elf uur zouden blijven.

Alexandra liep terug naar binnen, waar men zich nog steeds enthousiast overgaf aan het slowen. Het verbaasde haar een beetje dat er geen ouders te zien waren, want ze had altijd de indruk dat er op Franse kinderen strenger toezicht werd gehouden dan op Engelse tieners. Toen herinnerde ze zich dat Henri's vriend naar de progressieve school ging waar Antoines kinderen misschien ook naartoe zouden gaan en ze besefte dat zijn ouders hun kinderen misschien meer vrijheid gaven. Het leek haar een goede zaak als een paar strenge ouders nu het licht zouden aanknippen en de muziek uitzetten – iets wat ze nooit eerder had gedacht.

De lucht zag blauw van sigarettenrook, nog iets wat ze nu afkeurde. Nadat ze bijna was flauwgevallen toen ze roken had uitgeprobeerd, had ze nooit meer een sigaret opgestoken. Alle kleren van de feestgangers moesten gewassen worden voordat ze terug de kast in konden, zo doordrongen van de rooklucht zouden ze zijn.

Ze had net Henri gezien, bij een heel aantrekkelijk blond meisje dat precies wist wat ze met een jongen aan moest die waarschijnlijk nog nooit was gekust. Ineens kwam er een man op haar af.

Hij droeg een spijkerbroek en een leren jack dat leek op het jack dat Alexandra in de auto had laten liggen. Hij had sluik haar en een medaillon om zijn hals. Zijn bijna tastbare uitstraling dat alles hem toekwam, werd mogelijk veroorzaakt door de bewonderende blikken die de andere jongeren hem in het voorbijgaan toewierpen.

'*Ello*,' zei hij in het Engels. 'Waarom ben je hier helemaal alleen? Heeft je vriend je in de steek gelaten? Dan neem ik zijn plaats wel in.'

Hij trok haar mee de dansvloer op, en Alexandra vroeg zich af of vrouwen ooit op de ouderwetse manier ten dans werden gevraagd of dat ze altijd heen en weer werden getrokken alsof ze vee waren. Maar omdat ze de tijd toch op de een of andere manier moest doden, ging ze er in mee. Ze hield haar hoofd weggedraaid, zodat de man hooguit bij haar oor kon. En ze was zich ervan bewust dat de andere meisjes jaloers naar haar keken.

De man werd het beu dat het slowen hem niet opleverde wat hij wilde. 'Kom mee,' zei hij, en hij leidde haar naar buiten. Alexandra ging mee omdat ze bij Félicité wilde kijken, want ze wilde proberen haar over te halen eerder te vertrekken. De combinatie van verveling en bezorgdheid die ze op dit moment voelde was vreselijk. Ook de attenties van de waarschijnlijk zelfbenoemde 'leider van de roedel' zouden nog wel eens flink vervelend kunnen worden.

Ze stond hem één kus toe en sloeg haar armen om zijn nek in een poging op haar horloge te kijken. Voorzichtig schoof ze hem om haar andere pols, zodat hij het licht ving en ze het beter kon zien. Wat kroop de tijd toch.

Zoenen was niet genoeg voor deze man, die leek te denken dat hij iedere vrouw kon krijgen die hij wilde. Hij schoof een hand onder haar trui om haar beha los te maken. Dat pikte ze niet! Toen ze met een voet op zijn wreef trapte en hem dat alleen nog maar vastberadener maakte, bracht ze haar knie met een ruk tussen zijn benen omhoog.

'*Putain!*' zei hij terwijl hij achteruitwankelde. Alexandra zette zich schrap voor een nieuwe aanval, maar de man spuugde alleen maar op de grond naast haar. 'Engelse hoer!' zei hij luid, en hij baande zich een weg door de kleine menigte die zich verzameld had.

'Ik denk dat we beter kunnen gaan,' zei Alexandra tegen Félicité die, toen ze de commotie hoorde, haar jongen had gelaten waar hij was en bij haar was komen staan.

'Dat lijkt mij een goed idee,' beaamde Félicité.

'Dat is Tito,' zei Félicités jongen, die haar was gevolgd. 'Niemand werkt hem tegen.'

Alexandra schrok. Ze was waarschijnlijk in groter gevaar geweest dan ze zich had gerealiseerd. 'We moeten Henri vinden.'

'Ik haal hem wel,' zei de jongen. 'Je kunt beter niet terug naar binnen gaan. Ga naar je auto en wacht daar.'

Félicité kwam met haar mee. Toen ze eenmaal een eindje van het huis en de mogelijk vijandige menigte vandaan waren, bleven ze staan om op Henri te wachten. De zenuwen kregen vat op Alexandra, en ze moest lachen. Félicité lachte met haar mee. 'Dat was heel indrukwekkend wat je daar deed!'

Alexandra schudde haar hoofd. 'Het is een techniek. Ik zal je laten zien hoe je het doet. Waar is Henri?'

'Hij komt er zo aan,' zei Félicité. 'Jules haalt hem.'

Nu Jules zo aardig en verantwoordelijk bleek, voelde Alexandra zich schuldig. Zíj was degene die zichzelf bijna in de nesten had gewerkt, niet haar metgezel van vijftien jaar.

'Heb je het leuk gehad, Félicité? Heb ik je bij een leuke jongen weggesleurd?'

'Het geeft niet,' zei Félicité. 'We hebben telefoonnummers uitgewisseld. Op een sigarettenpakje. En,' ging ze verder, te opgewonden om te bedenken dat ze de vrouw die in feite haar kindermeisje was niet in vertrouwen moest nemen, 'hij gaat naar de school waar papa ons naartoe wil sturen, maar komt elk weekend naar huis.'

'Dat is geweldig!' zei Alexandra. 'Ah, daar is Henri. Hopelijk is alles goed met hem. Hij lijkt uitgesmeerde make-up op zijn gezicht te hebben.'

'Ik ben blij dat we onze jassen in de auto hebben laten liggen,' zei Henri. 'Ik heb de kamer gezien waar ze de jassen opslaan. De stapel was meters hoog. Het zou eeuwen geduurd hebben om ze te vinden.'

Gelukkig had hij alleen een stapel jassen gezien, dacht Alexandra toen ze allemaal in de auto stapten.

Alexandra genoot van de rit naar huis. Nu ze bij het feest weg waren en ze zich niet langer zorgen hoefde maken, leek het achteraf gezien veel leuker. Ze moest Félicité leren hoe ze mannen moest afpoeieren die ongewild aan haar zaten – voor zover dat ging, ze wist zeker dat niemand anders het haar zou leren.

'Heb je genoten van het feest?' vroeg ze, waardoor ze per ongeluk weer de rol van kindermeisje op zich nam. 'Ik bedoel, was het leuk?'

'Het was wel even schrikken,' zei Henri. 'Ik bedoel, meisjes! Maar ja, het was leuk. En nu ken ik al een paar mensen wanneer we naar die school gaan.'

'Hm-m,' zei Félicité. 'Hoewel ik het een beetje eng vond, was het toch leuk.'

'Dat vond ik ook,' zei Alexandra. 'Al heb ik wel eens erger

meegemaakt.' Ze dacht aan een keer in Engeland toen haar vriendinnen en zij nogal plotseling een feest op het platteland hadden moeten verlaten.

'Wat? Vanwege Tito?' vroeg Félicité. 'Je was zo dapper!'

'Nee. Dat is een engerd die vindt dat hij met vrouwen kan doen wat hij wil. Ik heb eerder types zoals hij ontmoet. Nee, ik was bezorgd omdat ik verantwoordelijk was voor jullie twee. Ik wilde jullie plezier niet bederven, maar ik wilde ook niet dat jullie iets gevaarlijks zouden doen. Nou ja, dat maakt nu niet meer uit. We zijn zo thuis, dan drinken we warme chocolademelk en praten we over jongens.' Even was ze stil. 'Jij niet, Henri. Jij hoeft niet over jongens te praten.'

'Dat vind ik niet erg,' zei Henri.

Toen Alexandra de auto de oprijlaan op draaide en voor het kasteel een auto geparkeerd zag staan die daar eerder niet had gestaan, kreeg ze weer een aanval van déjà-vu, van haar huis in Londen dat helverlicht was geweest terwijl het er donker had moeten zijn.

Laten dit alsjeblieft vrienden van David of Jack zijn, bad ze in de twee tellen voor het duidelijk was wiens auto het was.

'Papa is er!' zei Félicité opgewonden.

'Vertel me snel,' zei Alexandra, 'mogen jullie tweeën naar feestjes?'

'Ik weet het niet,' zei Henri. 'We zijn nog niet eerder voor eentje uitgenodigd.'

Alexandra wilde om het kasteel heen naar de stallen rijden, toen de deur van het kasteel ineens openging en Véronique naar buiten kwam. Het leek haar onbeleefd de vrouw te negeren, dus ze parkeerde de auto achter die van Antoine.

'Waar zaten jullie?' vroeg Véronique. 'En wat heb je met Stéphie gedaan?'

Alexandra besloot pas iets te zeggen wanneer iedereen uit de auto en in het kasteel was.

Tegen de tijd dat iedereen was uitgestapt, stond Antoine bij Véronique in de deuropening.

'Papa!' zei Félicité, die in zijn gespreide armen rende. 'Wat ben je vroeg thuis!'

'En jij bent laat thuis, chérie,' zei Antoine terwijl hij haar een knuffel gaf. 'Waar zaten jullie? En waar is jullie zusje?'

'We zijn naar een feestje geweest,' zei Henri, die ook een knuffel wilde. 'Stéphie is bij grand-mère.'

'Godzijdank is ze veilig!' zei Véronique met haar handen tegen haar borst gedrukt.

Alexandra zei niets. Het was beter dat de kinderen uitleg gaven, vond ze.

Met een volkomen ondoorgrondelijke gezichtsuitdrukking keek Antoine langs zijn lange neus neer op Alexandra. Ze kon niets bedenken om te zeggen. Zijn kinderen waren veilig, hadden geen letsel opgelopen, al besefte ze wel, nu ze hen met hun vader hoorde praten, dat ze misschien iets te veel hadden gedronken. Toch voelde ze zich schuldig, nalatig en een slechte verzorger.

'Niet te geloven dat je de kinderen zonder hun vaders toestemming naar een feest hebt laten gaan,' zei Véronique.

'Pardon,' zei Alexandra, 'mag ik er even langs, zodat ik naar binnen kan?'

Ze was vergeten hoe mooi de hal eruitzag, versierd voor Kerstmis en sterk geurend naar dennen, rozemarijn en vleesbessen. Ze vond de geur heel rustgevend. Milou kwam overeind en schonk haar een zachte welkomstblaf, en zijn twee volgelingen dansten achter hem aan. Ze aaide hem over zijn kop en onder zijn kin. De kittens klommen via haar been omhoog en belandden op haar schouder. 'Hallo, katjes. Zijn jullie braaf geweest?'

Ineens was ze moe. Ze wilde dolgraag naar boven glippen en naar bed gaan zonder nog een gesprek te moeten voeren, maar ze wist dat dat niet ging.

'Véronique, zoals Félicité al zei zijn jullie hier vroeger dan verwacht, en daarom is je kamer is nog niet klaar,' zei Alexandra.

'Ik heb mijn spullen in de kamer neergezet waar ik eerder heb overnacht,' zei Véronique. 'Ik heb alle kleren die op het bed lagen op de chaise longue gegooid. Je hoeft ze pas morgen op te ruimen, want ik ben erg moe en wil nu naar bed. Kun je wel even schone lakens op het bed doen?' Nee, besloot Alexandra, ze kon geen schone lakens op haar bed doen zodat Véronique erin kon slapen. Maar ze had ook niet de energie om lang te bekvechten. 'Ik zal zeker een paar schone lakens voor je zoeken,' zei ze met een warme glimlach, alsof het een grootmoedig gebaar was. 'We zijn half klaar met een heel fraaie kamer voor je aan de andere kant van het kasteel, vlak bij de kamers van David en Jack.'

Nog voordat Alexandra naar de linnenkast kon lopen, verscheen David in de hal, met een heel flamboyante kamerjas aan die wel eens gefigureerd zou kunnen hebben in een toneelstuk van Noël Coward.

'Wat is er in vredesnaam aan de hand?' vroeg hij. 'O, de heer des huizes is aangekomen! Welkom! Zal ik een hapje voor iedereen klaarmaken?'

Zelfs Véronique vond het moeilijk om nu ijzig te blijven doen. David was altijd zo vriendelijk en gastvrij dat het met iedereen iets deed.

'Ik rammel!' zeiden Félicité en Henri tegelijk.

'Ik ook,' zei Antoine. 'Laten we niet in de hal blijven staan, die er overigens prachtig uitziet, maar naar de keuken gaan.'

Alexandra glipte naar boven en vond lakens voor haar bed. Ze legde ze erop neer, zodat Véronique ze zou vinden, en redde een paar van haar eigen spullen, die ze meenam naar Stéphies slaapkamer. Ze verzamelde ook alles waarvan ze echt niet wilde dat Véronique ze zou vinden en ging weer naar beneden.

Als iemand in een handomdraai maaltijden en warme dranken kon bereiden, dan was het David. Antoine had het kachelfornuis aan de gang gekregen zoals alleen hij dat kon en had ook een fles cognac en glazen klaargezet.

Kennelijk begreep Véronique dat het verstandig was mee te gaan in de algemene stemming. Ze nam een glas cognac en stukje toast met paté aan. Daar had David blijkbaar een bord vol van gemaakt om iedereen op de been te houden, terwijl hij een rijke kaassaus bereidde voor de Welsh rarebit.

Félicité en Henri verorberden bijna een hele geroosterde flûte met paté.

'Zo,' zei Antoine toen er een stilte viel, nadat iedereen de eerste honger had gestild. 'Vertel me eens over dat feest.'

'Je had ze nooit naar een feest mogen laten gaan!' zei Véronique opnieuw tegen Alexandra. 'Wat haalde je je nou helemaal in je hoofd?'

'Wat ik me in mijn hoofd haalde – of beter gezegd, wat ik vond – is dat het leuk was voor Félicité en Henri om met de kerst uitgenodigd te worden voor een feest,' antwoordde ze. 'Maar omdat ik degenen die het organiseerden niet kende, besloot ik dat ik beter kon meegaan, vermomd als medegast.' Dat laatste was als grapje bedoeld, maar alleen David maakte een geamuseerd geluid.

'En we zijn allemaal veilig teruggekeerd,' zei Félicité. Ze wierp een blik op Alexandra. 'Alexandra heeft het hele feest haar ogen niet van ons af gehouden.'

Antoine lachte. 'Wat... vervelend van haar.'

Nu Alexandra niet meer overmand werd door een onnodig schuldgevoel, keek ze hem eens goed aan. 'Het was vast vervelend, maar ik wist niet wat ik anders kon doen om hun veiligheid te waarborgen.'

'Je had het ze kunnen verbieden te gaan!' zei Véronique.

Toen keek ze naar het bord dat David voor haar had neergezet: goudgele kaassaus op geroosterd stokbrood, gebruind onder de grill en bubbelend, en haar verontwaardiging ebde weg.

'Ik denk dat we hebben vastgesteld dat de veiligheid van de kinderen gewaarborgd was,' zei Antoine kalm. 'We hebben het er morgen wel over, Alexandra.'

24

Zodra Alexandra de volgende ochtend wakker was, kwam ze uit bed. Ze wilde als eerste opstaan, de regie nemen, en ook Antoine zien voordat Véronique in de buurt was om het haar lastig te maken.

Ze had de dieren verzorgd, koffie gemalen, het kachelfornuis aan de gang gekregen, de resterende glazen van de avond ervoor afgewassen, de tafel gedekt en alles erop gezet wat je als ontbijt kunt eten, en toch schrok ze toen Antoine in de keuken verscheen. Ze haalde snel adem. Gewoonlijk was ze zelfverzekerd, voor niemand bang, maar bij Antoine voelde ze zich net een klein kind dat iets ondeugends had gedaan.

'Goedemorgen! Wil je koffie? En zal ik daarna roerei voor je maken?' Een beetje laat herinnerde ze zich dat ze in Frankrijk waren en hij waarschijnlijk een croissant of brood met boter wilde. 'Ik ben nog niet naar de boulangerie geweest.'

Hij bekeek haar op die lichtelijk geamuseerde, enigszins verstrooide manier die hem eigen was, die al sinds hun eerste ontmoeting de vlinders in haar buik liet fladderen. Ze haalde nog eens diep adem en vroeg zich af of zij over het feest moest beginnen of dat ze het beter aan hem kon overlaten dat gespreksonderwerp aan te snijden.

Toen kwam Véronique binnen. 'Goedemorgen! Hoe gaat het met je, chéri?' vroeg ze aan Antoine. 'Alexandra.' Ze gaf haar een formeel hoofdknikje en ging aan tafel zitten. 'O, geen croissants?' Ze keek Alexandra vragend aan en moest een beetje lachen. '*Ah non!* Jij hebt vast last van *la gueule de bois*.'

Alexandra lachte beleefd om dat grapje, dat helemaal niet grappig bedoeld was. '*Pas du tout!* Ik heb gisteravond amper alcohol gedronken, en bij het feestje helemaal niets. Ik heb geen kater.'

'Zal ik vers brood en croissants voor je halen?' vroeg Antoine.

Véronique schudde haar hoofd. 'Nee, nee. Die moeite hoef je voor mij niet te doen. Milou!' Ze deinsde terug voor de hond, die besloten had van zijn plekje voor het fornuis op te staan om te zien of er iets van een ontbijtbord zou vallen. 'Je lijkt wel steeds groter te worden. Je vindt het vast veel fijner om buiten in een kennel te wonen. En wat de katten betreft...'

'Die zijn van Stéphie,' zei Antoine. 'Ze zijn in onze afwezigheid gegroeid, maar ze zijn nog steeds heel... kitten-achtig.'

'Ik ben natuurlijk dol op dieren,' zei Véronique. 'Ze moeten alleen wel buitenshuis worden gehouden.'

'Ik kan wel naar de bakker gaan en ook Stéphie ophalen,' stelde Alexandra voor, die een excuus wilde hebben om ertussenuit te gaan. 'Maar dan moeten jullie nog wel even wachten op het ontbijt.'

'Je hebt vast genoeg te doen,' zei Antoine met een ontspannen glimlach. 'Ik vind het prima om Stéphie op te halen.'

'Dan wil ik graag met je mee! Kleine Stéphie is zo lief,' zei Véronique. 'En Alexandra...' – ze sprak haar naam uit alsof het een eer was dat ze die had onthouden – '... ik heb heel goed geslapen in die slaapkamer, dus als jij je spullen daar weghaalt, kan ik er blijven.'

'Dat gaat niet, ben ik bang,' zei Alexandra met een glimlach die even beleefd en kil was als die van Véronique was geweest. 'Mijn kerstcadeaus en kleren liggen er. Ik kan er echt niet definitief uit trekken. Zelfs niet tot het eind van de kerstvakantie.'

'Het getuigt toch alleen maar van goede manieren om voor je gasten een beetje ongemak te lijden?'

'Zeker. Het punt is alleen dat we een heel mooie kamer voor je hebben aan de andere kant van het kasteel, waar we gasten gewoonlijk onderbrengen.' Alexandra besefte dat ze hiermee een nogal grote uitspraak deed, maar ging toch door. 'Félicité is de kamer aan het inrichten. Ah, daar is ze! En Henri ook.'

Alexandra was nog nooit zo blij geweest Félicité en Henri te zien. Ze had het gevoel dat ze nu goede vrienden waren. 'Je hebt veel werk gestoken in Véroniques kamer, hè, Félicité?'

Félicité, wier haar geborsteld moest worden, knikte en ging zitten. Henri nam naast haar plaats. Niemand zei iets. Alexandra hoopte dat ze geen last hadden van een gueule de bois. Misschien hadden ze op het feestje meer alcohol gedronken dan zij wist.

Antoine overzag de tafel. 'Ik denk dat ik roerei neem, Alexandra. Als dat nog kan?'

'Jazeker.' Alexandra vond de pan waar ze het liefst eieren in bakte en deed er een flinke klont boter in.

'Natuurlijk kan dat, als jij dat wilt hebben!' zei Véronique, die duidelijk vond dat Antoine veel te timide was bij het kenbaar maken van zijn wensen. 'Als Engelsen tenminste eieren kunnen bereiden,' voegde ze er glimlachend aan toe, met de implicatie dat ze dat absoluut niet konden.

'Mag ik ook wat?' vroeg Félicité, die naar het brood reikte. 'O, dat is van gisteren.' Ze trok haar hand terug.

'In Frankrijk eten we geen brood van gisteren, weet je,' legde Véronique vriendelijk uit, alsof Alexandra daar misschien niet van op de hoogte was.

'Nee,' zei Alexandra, en ze klemde haar kaken op elkaar. 'Maar ik kan niet én boodschappen doen én roerei maken. Niet tegelijkertijd.'

In gedachten stuurde ze berichten naar David om naar de keuken te komen en het roerei van haar over te nemen, zodat zij naar de bakker kon ontsnappen om stokbrood, pain de campagne en mogelijk ook *pain au chocolat* te kopen, dat ze dan in de auto zou opeten. Ze moesten ook over andere maaltijden nadenken. Zonder op Véronique en Antoine te rekenen, hadden ze heel eenvoudige gerechten gepland, zodat ze aandacht konden besteden aan het feestmaal met Kerstmis. Nu zou alles veel meer moeite kosten en een stuk minder leuk zijn. Dat zou ze natuurlijk niet gedacht hebben als alleen Antoine onverwacht voortijdig was teruggekomen.

David en Jack kwamen de keuken binnen toen iedereen aan de eieren zat behalve Véronique, die liever aan oud brood knaagde dan iets te eten wat Alexandra had klaargemaakt.

'Sorry dat ik me heb verslapen,' zei David. Hij keek Alexandra aan. 'Alexandra maakt lekkerder roerei dan ik, dus jullie hebben geluk.'

'Ik ga even brood halen,' zei Alexandra, die opstond.

'Dat doe ik wel,' zei Jack. 'Jij bent hier vast nodig.' Te laat ving hij haar stilzwijgende boodschap op dat ze wilde ontsnappen. 'Maar als jij wilt gaan...'

'We moeten over het eten nadenken,' zei David, die dezer dagen aan weinig anders leek te denken.

'Antoine zal je vast vertellen wat hij wil eten, David,' zei Véronique. 'Mag ik nog wat koffie?' vroeg ze aan Alexandra.

'Ik wil graag helpen,' zei David opeens heel afgemeten, 'maar ik ben hier als privéleraar van de kinderen. Alexandra is hun kindermeisje. Er schijnt een misverstand te bestaan over onze rollen hier.' Hij schonk Véronique zijn charmantste glimlach. Voor iemand die gewoonlijk zo minzaam en gemoedelijk was als hij, kon hij vernietigend zijn als hij iemand de maat wilde nemen.

'Ik besef dat we met onze vroege terugkeer jullie plannen in de war hebben geschopt,' zei Antoine. 'Als je ons een lijst geeft, kunnen wij wel inkopen voor jullie doen.'

'Mag ik met jullie mee om Stéphie op te halen?' vroeg Félicité. 'Ik wil iets doen in het dorp.'

'Wij hebben daar van alles te doen,' zei Véronique. 'Dan hebben we geen tijd om te wachten tot jij met vrienden hebt bijgepraat.'

'O, ga je met Antoine mee?' vroeg Alexandra, die heel goed wist dat Véronique dat van plan was. 'Ik had gehoopt je in je slaapkamer te installeren.'

'Nu is het genoeg!' zei Antoine, en hij stond van de tafel op. 'Ik ga naar het dorp om mijn dochter op te halen. Ik neem haar broer en zus mee. Voor ik ga, zal ik kijken wat er ingekocht moet worden voor het huishouden. Kinderen, kunnen jullie over vijf minuten klaarstaan om te vertrekken?'

Hij beende de keuken uit, op de voet gevolgd door Milou en de kittens, iets waar Alexandra om moest grinniken.

Véronique niet. Ze was duidelijk woedend, maar kon er geen uiting aan geven.

Uiteindelijk stapte Véronique in de auto terwijl David de laatste hand legde aan het boodschappenlijstje en Henri zijn schoenen zocht.

Hoewel Alexandra het ergerlijk vond dat Véronique tegen Antoines uitdrukkelijke wens in was gegaan en ermee weg leek te komen, was het een grote opluchting dat ze het huis uit was.

'Nu ze weg is, kan ik dit wel tegen je zeggen: met Véronique in huis is de lol er wel vanaf,' zei Alexandra terwijl ze de ontbijttafel afruimde.

'Dat is zo,' beaamde David, die een geëmailleerde kom met kokend water vulde. 'Maar we laten onze kerst niet door haar bederven. Er is altijd wel een lastige gast die je moet uitnodigen. Dat is traditie.'

Alexandra lachte. 'Jij zorgt er altijd weer voor dat ik me beter voel.'

'Daar ben ik blij om.' Hij ging een paar ogenblikken zwijgend door met afwassen, en ondertussen veegde Alexandra de tafel schoon en ruimde ze de restanten van het ontbijt op. 'Lexi?' zei hij.

'Hm?'

'Heb je al kunnen kijken naar de muurschildering die Félicité maakt in de kamer voor Véronique?'

De moed zonk Alexandra in de schoenen. 'Nee. Hoezo?'

'Nou, ik ben er niet binnen geweest,' zei David, 'maar toen ik er langsliep stond de deur open en zag ik...'

'Wat?'

'Het is nogal... uitbundig.'

'We gaan wel een kijkje nemen zodra we hier klaar zijn. Ik geef Véronique mijn slaapkamer niet. Geen denken aan!' zei ze. 'Of is dat kinderachtig?'

'Laten we eerst de kamer bekijken, dan kun je daarna beslissen,' zei David.

'Nou,' zei Alexandra een paar verhelderende ogenblikken later, 'het is zeker kleurrijk.'

'Er was niet veel keus qua kleur toen we verf gingen kopen. Wel waren er veel verschillende tinten groen,' zei David.

'Een junglethema is dus logisch. En die papegaai is briljant!'

'Félicité heeft hem gekopieerd uit een oud boek dat ik bij de brocante heb gekocht. Het is jammer dat de muurschildering nog niet af is.'

'Nou ja, ze dacht dat ze nog twee dagen had.' Ineens maakte

Alexandra zich zorgen. 'Kan ik Véronique hier wel onderbrengen?'

'Ja,' zei David resoluut. 'Jij moet dicht bij de kinderen en de dieren zijn. Onze badkamer is groter en netter. Ga lakens voor haar halen. Daarna zoeken we een mooie grote pot, die we vullen met geurend groen, en dan is alles pico bello.'

Alexandra gaf hem een kneepje in zijn arm. 'Ik weet niet wat ik zonder jou zou moeten, David.'

'Je zou je prima redden,' zei hij geruststellend.

Alexandra en David waren een uur bezig Véroniques kamer zo fraai mogelijk te maken. Alexandra vond een paar kussenslopen met een kanten rand en een kleed (waarvan ze vermoedden dat het eigenlijk voor een altaar was bedoeld) voor op de commode die ze tot kaptafel hadden omgetoverd. Er stond een porseleinen kaptafelset op, kleine kommetjes en een bakje voor haarspelden. In een kast vonden ze kandelaars, die ze afwasten en er ook neerzetten. Ze bleven er om het 'decor aan te kleden', zoals David het noemde, tot ze trek begonnen te krijgen.

'Het is lunchtijd,' verkondigde Alexandra, en ze liepen terug naar het hoofdgedeelte van het huis.

Jack stond in de hal met een envelop in zijn hand. 'De postbode is net geweest.' Hij keek geschrokken, hoewel hij een gewone kerstkaart leek vast te houden.

'Slecht nieuws, ouwe jongen?' vroeg David.

'Ik weet het niet,' zei Jack. 'Heel onverwacht nieuws, dat zeker.'

'Kom, dan gaan we lunchen en kun je ons erover vertellen,' zei Alexandra. Hoewel ze niet ongevoelig wilde overkomen, wilde ze ook niet eeuwig in de hal blijven staan. Antoine en de kinderen konden elk moment terugkomen, om nog maar te zwijgen van Véronique.

Ze liep langs de twee mannen en had soep op het fornuis en brood en kaas op tafel staan tegen de tijd dat ze de keuken in kwamen. David hield van soep maken, en er was altijd wel wat in voorraad.

'Wat voor nieuws heb je gekregen?' vroeg Alexandra voorzichtig, nadat ze allemaal wat hadden gegeten en een paar slokken wijn hadden genomen. 'Tenzij je het me niet wilt vertellen.'

'Nee, geen probleem,' zei Jack. 'De kaart is van mijn broer. Hij gaat met zijn gezin naar Australië emigreren. Ze willen dat ik met hen meega. We zijn altijd erg close geweest. Ze zijn de enige familie die ik heb.'

Meteen moest Alexandra aan Penelope denken. Hoe zou zij zich voelen als Jack zou emigreren? Ze zou er kapot van zijn, daar was ze zeker van.

'En ga je mee?' vroeg ze zacht. 'Je moet er natuurlijk nog over nadenken,' voegde ze eraan toe, in de wetenschap dat Jack nog geen tijd had gehad om een besluit te nemen.

'Ik weet het niet,' zei Jack. Hij haalde even adem. 'Ik denk niet dat ik dat kan. Jullie weten allebei wat ik voor Penelope voel. Nu ik haar weer heb gevonden, na haar al die jaren kwijt te zijn geweest, wil ik niet het risico lopen haar opnieuw te verliezen.'

Alexandra legde een hand op zijn arm. 'Praat er dan met Penelope over. Ik denk dat je moet vragen...' Ze kapte haar zin af. 'Nee, dat zijn mijn zaken niet.'

'Wat moet ik aan Penelope vragen?' zei Jack.

'Of ze met je wil trouwen!' antwoordde Alexandra.

Er viel een geschokte stilte. Ze was niet van plan geweest dat te zeggen, eerder iets vaags als 'hoe ze zich eronder zou voelen', maar ze vond het tijd worden dat Jack en Penelope niet langer om de zaak heen draaiden. 'Tenzij je niet met haar wilt trouwen, natuurlijk.'

Jack keek haar ernstig aan. 'Dat wil ik wel. Ik wil echt met haar trouwen. Maar wat heb ik haar te bieden? Ik heb een flat in Londen, alleen niet in het beste deel. Ik kan ons onderhouden, maar...' Hij maakte een gebaar waarbij hij een vaas met groen raakte, die daardoor dreigde om te vallen.

'Vraag het haar!' zei Alexandra. Ze was er vrij zeker van dat Penelope zelf geld had en Jack niet zou afwijzen omdat hij niet rijk was. 'Als ze van je houdt, zegt ze ja. En zo niet, dan zegt ze nee.'

'Mag ik je auto lenen, David?' vroeg Jack.

'Eet je je eten niet eerst op?' vroeg Alexandra, terwijl Jack de sleutels pakte die David hem aanreikte.

Jack schudde zijn hoofd. 'Ik heb genoeg tijd verspild zonder haar. Dat wil ik geen seconde langer doen!'

'Waar ga je heen?' vroeg David.

'Ik ga haar een aanzoek doen, natuurlijk!' Daarop opende Jack de voordeur en beende hij met veel enthousiasme naar buiten.

Toen Alexandra en David na zijn vertrek de lunch voortzetten, zei Alexandra: 'Ik bedoelde eigenlijk wanneer de tijd er rijp voor is, niet dat hij er meteen vandoor moest gaan.'

David lachte. 'Je hebt hem het zetje gegeven dat hij nodig had. Penelope en hij kunnen hier een goed leven hebben, denk ik. Het is een leuk dorp, met veel te doen.'

Nadat ze hun soep ophadden en overgestapt waren op de kaas, vroeg Alexandra: 'Zou jij hier een goed leven kunnen hebben, David?'

Hij knikte. 'Ja, ik denk het wel. Ik zou een busje kunnen kopen, hier voorraad kunnen inslaan en die naar Engeland brengen om te verkopen en een mooie winst te maken.'

'Ik weet dat je dat overweegt,' zei Alexandra. 'Dat heb je me verteld.' Even was ze stil. Ze wilde eigenlijk antwoord hebben op een andere vraag. 'Je zei... Ik vroeg me af...' Ze viel stil. Ze had David nooit naar zijn liefdesleven gevraagd, en hij had er nooit uit eigen beweging iets over gezegd. Het was een onuitgesproken afspraak dat het een verboden onderwerp was. Nu merkte ze dat ze het wilde weten.

'Je vroeg je af of ik net als Jack de liefde van mijn leven zou kunnen vinden?' Hij nam nog een plakje kaas, en geen van beiden zei iets terwijl hij het opat. 'Ik denk het wel. Eigenlijk...'

'Vertel het me niet, als je dat niet wilt!' zei Alexandra, die het idee had dat ze misschien een grens had overschreden die al jaren tussen hen in lag.

'Je bent ongebruikelijk tactvol, Lexi. Gewoonlijk zeg je wat je denkt en stel je alle vragen waarop je antwoord wilt hebben.'

'Dat weet ik, maar dit is anders.' Het wás ook anders. In Engeland was Davids liefdesleven illegaal en wilde hij haar er niet bij betrekken.

'Ik waardeer je discretie, meisje. Ja, er is hier iemand die ik... aardig vind. Is dat voorlopig genoeg informatie?'

Alexandra glimlachte. 'Meer dan genoeg. Dank je wel dat je het me hebt verteld.'

'En nu we elkaar toch dingen vertellen, is er misschien iets waarover jij mij in vertrouwen wilt nemen? Het huis is altijd vol mensen, en nu met de kerst nog meer, dus dit is misschien onze enige kans.'

Alexandra zuchtte. 'Ik denk niet dat het een geheim is, voor jou in elk geval niet, dat ik een oogje heb op Antoine. Ik weet precies hoe dwaas het is, en hoe cliché. Echt, het is bijna een directe kopie van wat er in *Jane Eyre* gebeurt, maar ik kan het niet helpen. Ik weet dat mijn verliefdheid mettertijd zal verdwijnen en ik uiteindelijk met een geschikte man zal trouwen, die niet ouder is, geen kinderen heeft, geen vervallen kasteel...'

David lachte. 'Ik weet niet wanneer jij *Jane Eyre* voor het laatst gelezen hebt, maar ik weet vrij zeker dat meneer Rochester verliefd werd op de gouvernante.'

Alexandra grinnikte. 'Antoine lijkt allesbehalve op meneer Rochester.'

'En jij lijkt in de verste verte niet op Jane Eyre, maar ik denk dat we toch even op zolder moeten gaan kijken of er geen krankzinnige echtgenote zit, gewoon voor het geval dat.'

Nu moest Alexandra ook lachen. 'Ik denk niet dat dat nodig is, want we weten wie Antoines ex-vrouw is. En ze is niet op zolder.'

'Wie zegt dat hij er maar één heeft? Misschien is daar wel een hele kamer vol met lijken. "Anne, zuster Anne!",' declameerde hij. '"Ziet gij iemand komen?"'

'Zoals in *Blauwbaard*?' Nu was Alexandra lichtelijk hysterisch.

Ze waren al een paar stadia verder, Alexandra was nu Sneeuwwitje, verliefd op alle zeven dwergen, toen Véronique met de kinderen in haar kielzog opeens in de keuken verscheen.

'Jullie lijken hier met zijn tweetjes een feestje te vieren,' zei Véronique, die duidelijk bezwaar wilde maken maar geen reden kon vinden.

'Niet echt,' zei Alexandra. 'David maakte gewoon een grapje dat ik leuk vond.'

'Misschien kunnen jullie het met ons delen?' vroeg Véronique.

'O nee,' zei David resoluut. 'Grapjes zijn nooit voor herhaling vatbaar. Hebben jullie al geluncht?'

'We zijn uit gaan lunchen,' zei Stéphie. 'Maxime was erbij, en hij doet jullie de groeten.' Ze sloeg haar ogen ten hemel. 'Waar zijn de kittens? O, daar zijn jullie.'

Véronique glimlachte. 'Vertel eens, Stéphie, hoe heet het gestreepte katje? Ik weet dat de witte Sneeuwbal heet.'

'Margaret,' zei Stéphie onmiddellijk, hoewel Alexandra haar

het katje nog nooit zo had horen noemen en de anderen ook niet, daar was ze vrij zeker van. Stéphie vond het niet prettig om om een antwoord verlegen te zitten.

'Wat leuk,' zei Véronique.

'Kom mee naar mijn slaapkamer, Sneeuwbal, Margaret,' beval Stéphie. Ze rende de keuken uit, met de kittens huppelend achter zich aan.

Antoine verscheen. 'We moeten uitzoeken wat het geslacht van die twee is, voordat we overspoeld worden door jongen.'

'Wil je je kamer zien, Véronique?' vroeg Alexandra.

Véronique huiverde lichtjes, alsof ze er niet blij mee was dat Alexandra haar bij de voornaam noemde, hoewel Alexandra haar zoals altijd keurig had aangesproken.

'Ik ben heel tevreden met...'

Alexandra onderbrak de veelvuldig herhaalde bewering dat Véronique heel tevreden was met Alexandra's kamer. 'Ik heb je nieuwe kamer heel comfortabel gemaakt. Félicité? Kom met me mee om hem aan Véronique te laten zien. Door jouw muurschildering is de kamer heel bijzonder geworden.'

'Meen je dat?' Félicité twijfelde duidelijk aan die bewering.

'Ik vind van wel,' zei Alexandra.

'En ik ook,' beaamde David. 'Echt, Véronique, je vindt het vast geweldig wat we met de kamer hebben gedaan.'

'Kom mee, mensen!' zei Alexandra kordaat. Ze liep de keuken uit en ging ervan uit dat iedereen haar zou volgen. Wat ze niet had verwacht, was dat Antoine ook zou meekomen. En toen het gezelschap langs de deur van Stéphies kamer liep, voegden ook zij en de dieren zich bij de stoet.

'Nou ja!' zei Véronique nadat Alexandra haar met het zwierige gebaar van een illusionist de kamer in had geleid.

'Geweldig, hè?' zei David. 'Antoine, wist jij dat je dochter zo'n artistiek talent had?'

'Nee,' zei Antoine met een ondoorgrondelijk gezicht. 'Dat wist ik niet.'

Hoewel de jungle-muurschildering met grote bomen in allerlei verschillende tinten groen, met felgekleurde papegaaien en tropische bloemen, heel goed was uitgevoerd, domineerde ze wel de kamer, dat viel niet te ontkennen. Even vroeg Alexandra zich af of ze zich gewonnen moest geven en haar kamer moest afstaan aan Véronique, alleen maar om ruzie te voorkomen. Maar deze kamer was groter dan de hare, met een prachtig uitzicht en een badkamer ernaast.

'Ik denk niet dat ik hier kan slapen,' zei Véronique. 'Ik krijg vast nachtmerries van die muurschildering.'

'Ik zou er geen nachtmerries van krijgen,' zei Stéphie. 'Kijk eens hoe mooi de kaptafel is.'

'De badkamer is hiernaast,' zei David. 'En hij is alleen voor jou. Verderop in de gang is er nog een badkamer, die gebruiken Jack en ik.' Hij zei er niet bij dat die badkamer klein en tochtig was, en een heel eind weg, duidelijk ontworpen voor bedienden.

Alexandra haalde adem en vroeg zich af waarom David en zij zich in allerlei bochten wrongen om het Véronique naar de zin te maken, terwijl de vrouw dat helemaal niet op prijs stelde. Zelf deed ze het voor Antoine: ze wilde hem het leven zo makkelijk mogelijk maken.

'Ik denk dat je hier heel prettig zult slapen, Véronique,' zei Antoine. 'En als je moeder van gedachten verandert en met Kerstmis bij ons wil komen logeren, is de kamer groot genoeg om te delen. Dan zoeken we gewoon een extra bed.'

Alexandra ving zijn verontschuldigende glimlach op en vergaf hem onmiddellijk alles.

'In een kasteel is er altijd plaats voor nog iemand,' zei David na wat een vrij lange stilte leek.

Iedereen was teruggegaan naar het hoofdgedeelte van het huis, toen de voordeur openging. Jack en Penelope kwamen naar binnen. Ze lachten, en er ontsnapte een lok aan Penelopes chignon. Ze zagen er allebei jong, ondeugend en heel erg gelukkig uit.

'Wat is er aan de hand?' vroeg Antoine. 'Wat hebben jullie uitgespookt?'

'We zijn verloofd!' zei Penelope.

'Ze heeft ja gezegd,' zei Jack tegelijkertijd.

Precies op dat moment beseften ze dat ze onder een bos maretak stonden, dus gaf Jack Penelope een dikke zoen.

'Grand-mère!' zei Stéphie. 'Ik wist niet dat u wist hoe zoenen gaat!'

'Als iedereen nu naar de salon gaat, dan roep ik Henri,' zei Antoine resoluut. 'Dit nieuws vraagt om champagne!'

25

Alexandra had besloten het glas champagne dat Jack haar aanbood af te slaan, maar toen ze Véronique afkeurend zag kijken, nam ze het aan, hoewel ze wist dat ze zich er moe door zou voelen. Ze hadden zich verzameld in de salon, en zij zat op een bankje een eindje bij de anderen vandaan, waar ze ontsnappingsplannen smeedde.

'Het punt is,' zei Jack, die nog steeds bruisend van enthousiasme voor het haardvuur heen en weer liep, 'dat we de bruiloft vrij snel moeten houden, voordat mijn broer emigreert, zodat hij ook met zijn gezin aanwezig kan zijn.'

'Wij willen er ook bij zijn!' zei Stéphie. 'En de kittens ook. Milou maalt er niet om. Hij is een jongen. Die geven niet om bruiloften.'

'Félicité en jij zijn mijn bruidsmeisjes,' zei Penelope. 'Dan krijgen jullie een mooie jurk aan en bloemen in jullie haar.'

'Ik dacht dat bruiloften meestal eenvoudiger en soberder waren wanneer je al eens getrouwd bent geweest,' zei Véronique, vastbesloten ieders pret te bederven.

'In dit geval niet,' zei Penelope.

'Nee, zeker niet,' zei Jack. 'Dit wordt een groots feest!'

Stéphie sprong op en neer. 'Ik wist niet dat oude mensen nog trouwden. Spannend!'

'Het is erg onbeleefd om mensen oud te noemen,' merkte Véronique op.

'Hoezo?' vroeg Stéphie. 'Is het erg om oud te zijn?'

'Het is beter dan het alternatief,' zei Jack.

Penelopes lach had veel weg van gegiechel. Ze leek in een oogwenk van een strenge oma in een verliefde vrouw te zijn veranderd.

'Hoe eerder de kinderen naar school gaan, hoe beter,' mompelde Véronique.

'Wat bedoel je?' vroeg Henri.

'Ik vind dat jullie naar school moeten, chéri,' zei Véronique. 'Ik weet dat je moeder vindt dat jullie – ik bedoel eigenlijk Félicité en Henri – er in januari heen moeten.'

'Wij gaan niet naar die school,' zei Félicité resoluut.

'Nee,' zei Henri, 'wij willen naar de school waar onze vrienden op zitten.'

'Kinderen!' zei Antoine rustig maar vastberaden. 'Dit is niet het juiste moment om over scholen te praten. We hebben het over het huwelijk van Penelope en Jack.'

'Zij begon,' zei Stéphie rustig, terwijl ze Véronique beschuldigend.

Haar vader wierp haar een blik toe die boekdelen sprak.

'Misschien moeten Stéphie en ik even...' Alexandra stond op en probeerde verwoed een dringende activiteit te verzinnen waaraan Stéphie en zij meteen konden beginnen.

'Ga niet weg,' zei Jack. 'We willen met jullie over onze bruiloft praten.'

'Ja,' zei Penelope, die Antoine aankeek. 'We willen haar in de oude oranjerie houden.'

'Dat kan natuurlijk,' zei Antoine, die heel verbaasd keek. 'Die verkeert alleen niet in zo'n staat dat je er iets kunt vieren. Is daar een specifieke reden voor?'

Penelope en Jack keken elkaar aan, en Penelope bloosde hevig.

'Eh...' zei Jack. 'Voor de oorlog hebben we elkaar in Saint-Jean-du-Roc ontmoet. We waren hier allebei op vakantie. Het kasteel stond toen leeg, en via een plek waar de muur was afgebrokkeld zijn we het kasteelterrein op gekomen.'

'Het begon te stortregenen,' zei Penelope, 'dus besloten we te schuilen in de oranjerie.'

'Ik snap het,' zei Antoine. 'Maar toch, die is niet geschikt voor iets als een bruiloft.'

'Jullie kunnen veel beter lekker gaan lunchen in de lokale *auberge*,' zei Véronique.

'Tegen de tijd dat Lexi en ik er klaar mee zijn, is hij wél geschikt voor een bruiloft,' zei David, die Véronique een blik toewierp waarmee hij haar, als ze had gekeken, op haar plaats zou hebben gezet. 'We kunnen Félicité vragen een muurschildering te maken.'

Félicité keek blij. Ze was een nogal ontdaan geweest door de gemengde reacties op haar muurschildering in Véroniques kamer.

'Dat is aan Antoine,' zei Véronique op ijzige toon. 'Iedereen schijnt vergeten te zijn dat het zíjn kasteel is. Misschien wil hij niet eens dat de bruiloft hier wordt gehouden.'

Jack keek beschaamd. 'Sorry. Het is alleen...'

Antoine stak zijn hand op. 'Ik heb al gezegd dat het kasteel en zijn bewoners met veel genoegen jullie bruiloft hier willen hebben, Penelope en Jack,' zei hij, en hij wierp Véronique een blik toe waarvan Alexandra wenste dat ze hem kon lezen. 'Goed, meer champagne. Laten we proosten op de oranjerie, in de hoop dat die op tijd opgeknapt zal zijn. En Félicité, ik denk dat een muurschildering als aftrap een heel goed idee is!'

Als een goochelaar toverde David nog een fles champagne tevoorschijn, en hij schonk de glazen vol.

‘Op de oranjerie,’ zei Antoine terwijl hij zijn glas hief, ‘en op mijn lieve schoonmoeder Penelope en haar gelukkige verloofde, Jack!’

Zo snel als betamelijk was ontsnapte Alexandra naar haar slaapkamer, ogenschijnlijk om cadeautjes in te pakken maar in werkelijkheid om op bed gaan te liggen en zich af te vragen wat ze moest doen. Ze wist dat Véronique hier met Antoine was en dat zij eigenlijk moest weggaan, en ze vroeg zich af wanneer en hoe ze dat moest aanpakken. Ineens kwam Stéphie binnen met een kitten op haar schouder en de andere in haar armen.

‘O, ben je hier! Ik was net beneden, voor de deur van papa’s studeerkamer.’

‘Waarom was je daar, Stéphie?’ vroeg Alexandra, die dacht dat daar onmogelijk een zinnige reden voor kon zijn.

‘Ik hoorde papa en Véronique praten.’

Heel even leverde Alexandra strijd met zichzelf. Ze wist dat ze Stéphie een standje moest geven omdat ze anderen had afgeluisterd, maar het kostte haar moeite. ‘Je weet dat je niet bij een gesloten deur mag luisteren...’

‘Wil je dan niet horen wat Véronique zei?’

Alexandra ademde uit. ‘Goed dan, vertel op. Ik zie dat je dat wilt vertellen.’

‘Ze zei dat papa jou moet ontslaan.’

Alexandra’s adem stokte. Ze had toch zeker niets gedaan wat zo erg was dat ze ervoor ontslagen kon worden? ‘Zei ze waarom?’

‘Ze zei dat je “de kinderen” naar een feest had laten gaan dat heel ongepast was, ook al mocht ik er niet heen.’ Daar leek Stéphie een beetje verontwaardigd over. ‘En dat je Félicité op muren laat schilderen.’

‘Wat zei je vader?’ Dat was het belangrijke deel van het verhaal. Alexandra wist heel goed dat Véronique er alles aan zou doen om van haar af te komen.

Stéphie leek teleurgesteld. 'Hij zei niets. Ik keek door het sleutelgat en kon alleen zijn mond zien, die een streep was. Hij opende hem alsof hij iets zei, maar ik kon de woorden niet horen. Milou blafte omdat een van de kittens hem in een poot beet, dus toen moest ik snel hierheen gaan.'

Alexandra wist niet wat ze moest zeggen. Hoewel ze Stéphie geen standje wilde geven voor iets wat ze absoluut zelf ook zou hebben gedaan en wat ze bovendien samen al eens hadden gedaan, vond ze ook niet dat ze het zomaar kon laten passeren.

Stéphie leek haar dilemma te begrijpen. 'Ik weet dat je vindt dat ik niet had moeten luisteren, Lexi, maar je bent toch blij dat je op de hoogte bent van wat Véronique heeft gezegd? En soms móét je aan deuren luisteren om belangrijke dingen te weten te komen die niemand je gaat vertellen, omdat je een kind bent.'

'Dat is waar,' zei Alexandra, die in haar jeugd zelf ook wel eens mensen had afgeluisterd. 'Maar eigenlijk moeten we het niet doen, tenzij het echt belangrijk is. Kom, dan gaan we David nu helpen met het eten.'

Terwijl ze achter Stéphie en haar kittens aan naar beneden liep, had ze het gevoel dat ze de situatie niet echt had aangepakt, ze had de boel gewoon op zijn beloop gelaten. Misschien had Véronique wel gelijk: misschien was ze inderdaad een slecht kindermeisje.

26

Het was kerstavond, en Alexandra en de drie kinderen zaten opeengepakt achter in de auto. Ze waren op weg naar het diner – *le réveillon de Noël* – bij Penelope.

Alexandra had voorgesteld de andere auto te nemen, met de kinderen, wat Véronique een prima idee vond, maar Antoine vond dat ze de rit als gezin moesten maken. Blijkbaar beschouwde hij zijn kinderen nog altijd als kleine kinderen, dacht Alexandra. Zo'n lange rit was het tenslotte niet.

Jack was al bij Penelope, en David had die avond zelf een afspraak. Alexandra zag niet erg uit naar de bijeenkomst. Véronique was erg bezitterig naar Antoine toe, en Lucinda zou vast erg moederen over haar kinderen. Hoewel daar natuurlijk niets mis mee was, vond Alexandra het een nogal gemaakte vorm van liefde, en daar ergerde ze zich aan. Ook leken Véronique en Lucinda, wanneer ze bij elkaar kwamen, vast van plan Alexandra op haar plek te zetten als 'het kindermeisje'. En al hoefde Alexandra zich in de verste verte nergens voor te schamen, ze vond het vermoeiend hun afkeuring fier tegemoet te treden.

Maar iedereen leek zich op zijn opperbest te gedragen. Penelopes oude vriend Gérard was er, evenals een paar oudere heren. Alexandra vermoedde dat Penelope iedereen had uitgenodigd die waarschijnlijk alleen zou zijn. In Frankrijk was het kerstavond die gevierd werd, en daarom konden David en zij op 25 december een Engels kerstfeest houden.

Uiteindelijk gingen Gérard en de meer bejaarde leden van het gezelschap naar huis en werd iedereen de eetkamer in genodigd voor het diner. Penelope vertelde Alexandra dat de ouderen graag iets wilden drinken, maar geen zin hadden in een lange, zware maaltijd waarvan ze later wakker zouden liggen. 'Volgens de traditie zouden we deze maaltijd na de nachtmis moeten eten, maar dat had ik zelfs als jongere niet aangekund.'

'Ik ook niet!' zei Alexandra. 'Kan ik ergens mee helpen?'

Maar Penelope had een paar jonge vrouwen uit Saint-Jean-du-Roc als serveerster aangetrokken, dus hoefde Alexandra niets te doen.

Alles ging goed, ook al was het een beetje saai, tot Stéphie zich opeens iets herinnerde.

'Papa? Je hebt me nooit verteld wat er met de truffel is gebeurd. Die ene die Milou in het bos vond.'

'O, chérie!' zei Antoine. 'Sorry. Er is sindsdien zo veel gebeurd. Ik heb hem aan mijn vriend verkocht, de man die ons die dag alles over de truffeljacht leerde. Ik heb er veel geld voor gekregen, en volgend seizoen gaan we op jacht naar meer.'

Stéphie klapte verrukt in haar handen. 'Dus je gaat nooit meer weg om te werken?'

'Stéphie,' zei Véronique met een stem als honing, 'je vader is een belangrijk man. Hij kan niet thuisblijven om voor jou te zorgen.'

'En hoewel ik dankzij jou en Milou veel geld heb gekregen voor de truffel,' voegde Antoine eraan toe, 'was het voor ons niet genoeg om van te leven. Maar in de komende jaren zullen we meer truffels vinden en meer verdienen. Nu is het alleen nog niet genoeg.'

Stéphie ademde uit, ze voelde zich duidelijk bekocht. 'Dan moet papa met Lexi trouwen. Dan krijgt zij haar vermogen en is er geld genoeg!'

Alexandra wilde in haar stoel verdwijnen, en het was wel duidelijk dat niemand anders aan tafel blij was met de opmerking. Verschillende mensen begonnen tegelijk te praten, maar de stem van Véronique doorsneed het rumoer.

'Je moet geen leugens vertellen, Stéphanie! Alexandra is geen sprookjesprinses met een vermogen waarmee ze ieders problemen kan oplossen.'

'Nee,' zei Lucinda. 'Volgens mij is het verhaal over dat vermogen te zeer opgeklopt. Het is waarschijnlijk helemaal niet zoveel geld.'

'Ze krijgt het echt wanneer ze trouwt,' ging Stéphie verder, met een heldere stem die voor iedereen hoorbaar was. 'Ik hoorde haar er met haar vriendin over praten aan de telefoon.'

Alexandra stond op en liep de kamer uit. Ze was niet snel in verlegenheid gebracht, maar nu bezweek ze er bijna aan. 'Indigestie!' zei ze toen ze bij de deur was, in de hoop dat ze met die verklaring het gezelschap zou tevredenstellen.

Penelope vond haar vijf minuten later over de wastafel gebogen, met haar handen tegen haar slapen in de hoop de hoofdpijn te verzachten die opeens als stekende messen aanvoelde. Waren ze maar met twee auto's gekomen, zoals ze had gewild. Dan had ze naar huis kunnen gaan.

'O, Penelope,' zei ze in het Engels. 'Wat kan ik doen? Dit is rampzalig!'

'Pff,' zei Penelope, ook in het Engels. 'Hoezo rampzalig? Stéphie heeft iets gezegd wat iedereen toch al wist. En wat het voorstel betreft dat Antoine met je moet trouwen, dat neemt toch niemand serieus. Je hebt geen enkele reden om je druk te maken.' Ze was even stil. 'Het was waarschijnlijk verstandig om Antoine de lichte opschudding die Stéphie veroorzaakte te laten afhandelen, maar echt, kind, het is een storm in een glas water. Neem nu even de tijd om je te herpakken en kom dan terug. Niemand zal verbaasd zijn dat je een *petite crise de foie* hebt gehad. Dat is traditie. Ik zal een Vichy-tablet voor je pakken. Neem die in en kom dan over een paar minuten weer bij ons zitten voor het toetje.'

'Ik hoop dat je gelijk hebt,' zei Alexandra.

'Lieve meid, je zou me teleurstellen als je *bouleversée* zou zijn door wat sociale beroering. Ik zie je zo dadelijk.'

Toen Alexandra de eetkamer weer in ging, zat iedereen vrolijk te eten en kletsen. Stéphie stond op, liep naar Alexandra toe en sloeg haar armen om haar middel. 'Het spijt me, Lexi! Ik wilde je niet in verlegenheid brengen. Papa zei dat ik dat heb gedaan.'

Alexandra omhelsde haar ook. 'Maak je geen zorgen, lieverd, ik had even een momentje nodig omdat ik pijn in mijn buik had. Weet je...' Ze hurkte neer, zodat alleen Stéphie kon horen wat ze nu wilde zeggen. 'Grand-mère heeft me een tabletje gegeven. Dat heb ik ingenomen, en toen moest ik boeren!' Ze legde zoveel nadruk op dat woord dat Stéphie giechelde. 'Ik voel me alweer veel beter,' voegde ze eraan toe. 'Goed, zijn de toetjes lekker?'

Samen gingen ze terug naar de tafel en Alexandra nam een macaron, die Jack haar met een kleine buiging en een vette knipoog aanbood. Ook tegen nog een glas champagne zei ze geen nee.

Op kerstochtend was Alexandra al vroeg uit de veren. Ze had niet goed geslapen en wilde nu een rustgevende kop warme chocolademelk. Ze had zich de hele nacht afgevraagd hoe snel ze het kasteel kon verlaten. Door Stéphies vraag had ze zich erg kwetsbaar gevoeld. En wanneer ze zich daar niet druk over maakte, vroeg ze zich af hoe ze eerste kerstdag bijzonder kon maken voor de familie. Die had voor die dag geen favoriete gebruiken, omdat ze de kerst gewoonlijk de avond ervoor vierden. Ze wilde een Engelse kerst voor hen organiseren.

De kerststal moest nog worden nagekeken en afgemaakt. Toen ze de avond daarvoor waren teruggekeerd, was Stéphie al in slaap geweest, en iedereen had het zonde gevonden het kindje Jezus zonder Stéphie erbij op zijn plaats te leggen.

En er moesten cadeautjes worden uitgepakt. Hoewel de cadeautjes van Penelope en Lucinda na het avondeten waren uitgedeeld en uitgepakt, hadden Alexandra, Jack en David erop gestaan hun cadeautjes achter te houden om eerste kerstdag meer te laten lijken op de Engelse variant. Antoine had het zijne ook achtergehouden, net als Véronique.

Alexandra stond warme chocolademelk in een pannetje op te kloppen, toen David verscheen. Hij droeg zijn Noël Coward-kamerjas en was slaperig, maar vastbesloten helder te worden.

'Gelukkig kerstfeest, lieverd,' zei hij. 'Hoe was je avond?'

Alexandra vertelde het hem, waarbij ze geen detail of blos oversloeg en een beetje overdreef hoe haastig ze de kamer uit was gelopen. Door het aan David te vertellen werd het op de een of andere manier allemaal minder akelig.

'Mijn arme meiske!' zei David. 'Wat vreselijk gênant voor je. En volgens mij wist zelfs ik niet dat jij je erfenis krijgt wanneer je trouwt. Ik dacht dat je moest wachten tot je vijfentwintigste.'

'Ik kwam er zelf pas achter tijdens het bezoek van mijn nichten en neef, en zelfs toen zou ik het niet geweten hebben als ik mijn nichten er niet over had horen praten. Stéphie was bij me, en nu lijkt ze de slechte gewoonte te hebben aangenomen mensen af te luisteren. Maar goed, zoals ze zo vaak tegen me zegt: ik ben ermee begonnen.'

'En Penelope heeft je gered? Ze lijkt steeds aardiger, hè? Toen ik haar voor het eerst ontmoette, dacht ik dat ze heel keurig en pedant was, *all prunes and prisms*, om mijn favoriete schrijver te citeren – een en al vormelijkheid. Sinds Jack en zij weer bij elkaar zijn, is ze echt zachter geworden.'

'Ze was inderdaad heel aardig. Toen ik er vannacht in bed over nadacht, vond ik het zo gênant dat ik hier eigenlijk weg zou moeten, maar nu, nou ja, misschien heeft Penelope gelijk. Stéphie zei gewoon iets wat ze niet had moeten zeggen, meer niet.'

'Zo mag ik het horen!' zei David.

'En hoe was jouw avond?' vroeg Alexandra, terwijl ze een slok van de schuimende inhoud van haar beker nam.

'Heerlijk,' zei David op een manier die niet tot verdere vragen uitnodigde, maar Alexandra geruststelde dat het in elk geval naar tevredenheid was verlopen!

'Goed, Kerstmis,' zei ze.

'Ja! Ik ben niet voor mijn gezondheid op dit goddeloze uur opgestaan. Ik moet een goed plan maken.'

'Je maakt al dagen plannen, David.'

'Ik heb ze alleen nooit afgerond. Te veel variabelen. Weet je dat ze in de Provence traditioneel dertien desserts maken?'

'Ja, dat is me al meerdere keren verteld, maar we houden een Engelse kerst, dus dat hoeft niet. Het zou sowieso veel te zwaar op de maag liggen. En? Wat voor toetjes hebben we?'

'Ik heb een heerlijk recept gevonden voor een taart met walnoten en karamel, en ik heb een *bûche de Noël* gemaakt, oftewel een kerststronk, zoals mijn oma hem zou hebben genoemd. Ik dacht dat de kinderen die wel kunnen versieren als het saai wordt.'

'Op eerste kerstdag? Dat gebeurt toch niet?'

'Jij weet net zo goed als ik hoe saai eerste kerstdag kan zijn. Ik weet dat wij sinds we samen zijn altijd een leuke kerst hebben gehad, maar wat denk je van tot theetijd moeten wachten met het uitpakken van je cadeautjes? De gekke tantes en ooms die uitgenodigd moeten worden omdat ze nergens anders heen kunnen? De toespraak van de koningin?'

'Tja, zulke kerstdagen heb ik wel meegemaakt. Meestal behoorde ik tot de gekke-tante-klasse. Ik moest door anderen voor de kerst worden uitgenodigd omdat ik nergens anders heen kon. Dat regelden de Zwitserse neven en nichten altijd. Soms was het leuk, soms niet.'

'Nou, deze kerst wordt leuk, in elk geval voor de kinderen,' zei David. 'Dus...' Hij haalde een notitieboekje met harde kaft tevoorschijn. 'Ik heb een mogelijk plan. Eerst ontbijten. Dan een wandeling. Op eerste kerstdag moet er gewandeld worden. Een lichte lunch voordat het bezoek komt: ze zijn rond drie uur uitgenodigd, en we zijn van plan om zes uur te dineren. Wanneer pakken we de cadeautjes uit?'

'O jee, dat weet ik niet. De kinderen hebben al een paar cadeautjes gehad. Ze hebben hun kerstsok. Penelope heeft ze me gegeven, gevuld en ingepakt, en Antoine heeft ze op hun bed gelegd nadat ze waren gaan slapen. Misschien kunnen we wachten tot iedereen er is?'

Dat schreef David op. 'Dus een lichte lunch na de wandeling, dan Hints, en dan...'

'Hints?'

'Natuurlijk! Dat is traditie. Je beeldt eerst de ene helft van een woord uit en dan de andere. Je hebt toch wel eens Hints gespeeld, Lexi?'

'Ja, maar ik denk dat het in twee talen lastig wordt.'

'Onzin! Ah, daar is Stéphie. Gelukkig kerstfeest, schat,' zei hij.

'Gelukkig kerstfeest,' zei Stéphie slaperig. 'Ik heb mijn kerstsok mee naar beneden genomen. Zijn de anderen al op? We pakken onze kerstsok altijd samen uit.'

'Weet je wat, ik maak nog wat warme chocolademelk, en dan wekken we ze,' stelde Alexandra voor.

'We hoeven niet gewekt te worden,' zei Félicité. 'De kittens zijn mijn slaapkamer in gekomen en op mijn gezicht gesprongen.' Ze had haar kerstsok bij zich, een prachtig geborduurd fluwelen exemplaar, en legde hem op de tafel. 'Waar is Henri?'

'Hier. Die ellendige katten!' zei hij. Ook hij had zijn sok bij zich.

'Goed, warme chocolademelk voor iedereen,' zei David. 'Is de bakker op eerste kerstdag open, denk je?'

Henri knikte. 'Alleen niet zo lang.'

'Ik ga wel!' zei Alexandra, blij met een excuus om de frisse lucht in te gaan. Het was verrassend koud, maar ze wilde de lucht op haar gezicht voelen om haar hoofd helder te krijgen.

Toen ze terugkwam, zag ze dat iedereen in de hal rond de kerststal stond te zingen. De laatste noten van 'De herdertjes lagen bij nachte' op een andere melodie dan die zij kende, stierven weg. Henri had het begeleid op zijn blokfluit.

'Dat was prachtig!' Ze vroeg zich af of het een familietraditie was. Het was in elk geval mooi. 'Doen jullie dit elk jaar?'

'We moesten onszelf bezighouden terwijl we wachtten op onze croissants,' zei Véronique met een glimlach waarmee ze

Alexandra nog geen seconde voor de gek hield. 'Kom, we gaan naar de eetkamer nu ons ontbijt er eindelijk is. Het is een bijzondere dag, en dat moeten we vieren!'

'Gelukkig kerstfeest,' zei Antoine tegen haar, in het Engels, en hij gaf haar een kus op haar wang.

'Gelukkig kerstfeest,' zei ze terug, en ze wenste dat Véronique niet naast hem stond.

Nadat ze een mand had gevonden voor de croissants, de viennoiserie en het brood ging ze naar de eetkamer. De tafel was gedekt, maar Stéphie had nog geen kans gezien om alle kleine accessoires tevoorschijn te halen om het feestelijk te maken. Dus in plaats van een gezellig ontbijt in de keuken, met het vuur dat knapperde in het kachelfornuis, de koffiepercolator pruttelend op het gasfornuis en het speelgoed uit de geopende kerstsokken van de kinderen verspreid over de tafel, ontbeten ze formeel rond de tafel in een kille kamer.

'Goed,' zei David na koffie en warme chocolademelk te hebben bijgeschonken. 'Zoals jullie allemaal weten, hebben Lexi en ik vandaag geclaimd als Engelse eerste kerstdag, dus volgen we de agenda voor die dag.'

Hoewel hij gewoonlijk uiterst gemoedelijk was, merkte Alexandra dat hij door zijn opleiding als toneelspeler met groot gezag kon spreken wanneer hij dat wilde. Daardoor hield Véronique haar mond en lette iedereen op.

'We gaan een wandeling maken. We hoeven niet ver te gaan, maar we moeten de frisse lucht in. Daarna hebben we een lichte lunch, met misschien een glas champagne, en vervolgens spelen we een gezelschapsspel of twee. Onze gasten zijn om drie uur uitgenodigd.'

Hij was zo enthousiast dat Alexandra zich afvroeg of hij ooit een toneelrol als sport- en spelleraar had gehad, en ze moest glimlachen om die gedachte.

'Maar het is zo koud!' zei Véronique. 'Ik had begrepen dat het klimaat hier in het zuiden beter was.'

'Kleed je warm aan,' zei David kordaat. 'Als je eenmaal onderweg bent, voel je het niet meer. We zien elkaar over twintig minuten bij de voordeur!'

27

Het was een mooie kerstochtend. Er hing mist, en hoewel de zon ook scheen, was het bijtend koud. Alexandra liep bij David en Félicité, terwijl Stéphie en Henri bij Milou en de kittens liepen (die niet van plan waren buitengesloten te worden). Antoine en Véronique liepen een eindje bij de anderen vandaan en leken ernstig in gesprek.

Ieders adem was zichtbaar, en al gauw kwam Félicité bij haar jongere broer en zus lopen en vergat ze haar waardigheid, zodat ze kon rondrennen om warm te blijven. Ze liepen naar een lievelingsboom aan de rand van het bos en klommen erin. De kittens joegen achter hen aan en Milou stond geïrriteerd en laatdunkend onder aan de boom naar hen te kijken.

'Hij lijkt te zeggen: "Ik kan heus wel met jullie mee naar boven klimmen, als ik zou willen",' zei Alexandra tegen David.

'Dat kan ik ook!' zei David. 'En ik zou het zeker doen, alleen moet ik terug om de kalkoen in de oven te zetten.'

'Ik dacht dat het traditie was de kalkoen er bij zonsopgang in te zetten,' zei Alexandra.

'Het is ook traditie dat de kalkoen te gaar is en de groenten tot moes zijn gekookt. Het leuke aan deze kerst is dat we onze eigen tradities kunnen maken, tradities die een stuk makkelijker te verduren zijn.'

'Kom op dan, eens kijken wie het eerst terug is!'

De kinderen, die Alexandra en David terug naar het kasteel zagen rennen, volgden al snel. Toen Antoine en Véronique eindelijk aankwamen, waren de kerstcadeautjes netjes gerangschikt in de salon, had Alexandra een jurk aangetrokken met haar Chanel-jasje eroverheen en haar grote parels om haar hals. Bovendien had iedereen minstens twee chocolaatjes gegeten uit de doos die David in de keuken had verstopt. Alexandra en David hadden ook nog snel een glaasje champagne gedronken, en iedereen was nogal giechelig.

Antoine en Véronique daarentegen waren somber gestemd. Na de lunch ging Véronique naar boven, vermoedelijk naar haar slaapkamer met jungleschildering, en bleef een poosje weg. Gekleed in een zeer elegante outfit en een bontjasje voegde ze zich later bij het gezelschap in de salon (waar het warmer was nu het haardvuur al een tijdje brandde). Ze ging op het randje van de bank zitten en keek naar het woord dat voor haar werd uitgebeeld. Het team werd geleid door Antoine en bestond uit zijn drie kinderen en Milou, die helemaal niets van toneelspelen begreep.

'De Engelsen,' zei ze na een tijdje. 'Volgens mij zijn ze gek.'

Alexandra en David keken elkaar even aan en stonden toen als één man op om zich terug te trekken in de keuken. Daar schilden ze, bereidden ze, hakten en sneden ze, maakten ze vullingen en sauzen, nipten ze van rode wijn en knabbelden ze terwijl bezig waren.

Ze gingen zo op in hun werk dat ze verrast waren toen de bel ging en Milou een blaf liet horen. Hun gasten waren gearriveerd, blijkbaar allemaal tegelijkertijd.

Als eersten kwamen Penelope en Jack binnen. Penelope zag

er stralend uit en Jack heel trots op de vrouw aan zijn arm, wier ogen glinsterden en wangen zacht bloosden. Ze hadden Lucinda bij zich, elegant en kil, blij haar kinderen te zien maar op een terughoudende manier, zodat haar haar, jurk en jasje keurig in de plooi bleven. Ze werd gevolgd door Maxime, die ook op zijn best was en er knapper uitzag dan ooit. Iedereen werd welkom geheten en naar de salon geleid, waar het nu behoorlijk warm was, dankzij de boomstam die in de haard brandde.

Het plan was dat degenen die presentjes uit te pakken hadden dat vóór het eten zouden doen. Dat was deels om David zo nodig extra tijd te geven om ervoor te zorgen dat de aardappels bruin waren en er genoeg jus was. De kalkoen, al perfect gaar, lag onder een stapel handdoeken te rusten tot hij naar naar de eetkamer kon worden gebracht.

Alexandra en David werden de keuken uit geroepen, Alexandra nog met haar schort om. Het verzoek cadeautjes uit te pakken was te dringend om nog langer te negeren.

Antoine en Véronique hadden pakjes voor de kinderen, die de dag ervoor al cadeautjes van Penelope en Lucinda hadden gekregen. Alexandra, David en Jack hadden besloten de vijfentwintigste aan te houden voor het geven van cadeautjes, ook al werd daar in bepaalde kringen met de ogen om gerold.

Alexandra had voor Antoine een fles cognac en een doos bonbons gekocht en gaf Véronique een doosje zakdoeken dat ze van een vrouw op de markt had gekocht. Ze waren omzoomd met handgemaakt kant en erg mooi. Alexandra vond het best moeilijk ze weg te geven. Op hun beurt gaven Véronique en Antoine Alexandra een nogal luxe badset met zeep, badzout en talkpoeder.

De kinderen waren erg blij met hun cadeautjes. Félicité kreeg een mooie doos aquarelverf, Henri de bladmuziek van een popliedje en een mondharmonica, en Stéphie een antiek model stal met een paar schattige paardjes. Aangezien Lucinda zoals gewoonlijk Stéphies bestaan had genegeerd, vond Alexandra het belangrijk dat zij iets ontving dat bijzonderder was dan hetgeen haar broer en zus kregen.

Toen alle cadeaus uiteindelijk waren uitgepakt, loodste David iedereen naar de eetkamer. Jack en Maxime waren heel behulpzaam bij het aansturen van iedereen, terwijl Alexandra en Lucinda de groenten binnenbrachten. De kalkoen, zo goudbruin en rondborstig als maar kon, werd door David en Antoine samen binnengebracht en aan het hoofd van de tafel neergezet, zodat Antoine hem kon aansnijden.

De maaltijd was een groot succes. Zelfs Véronique en Lucinda, die allebei de wens koesterden dat het eten zou tegenvallen, waren onder de indruk. De kalkoen was mals, de vullingen waren anders dan in Frankrijk gebruikelijk was, en zelfs de broodsaus, voor velen nieuw, werd met tegenzin als verrukkelijk gekwalificeerd.

De desserts waren een mengeling van traditioneel Frans en Engels, waaronder een zeer rijke bûche de Noël, zo chocoladeachtig als je je maar kon wensen en versierd met roodborstjes, en een kerstpudding geserveerd met cognacboter. Maxime verklaarde dat hij best alleen de cognacboter wilde eten, zo lekker was die.

Hoewel het een heel vrolijk gebeuren was, voelde Alexandra zich opgelucht toen het voorbij was en iedereen afscheid nam. Jack ging zijn koffer pakken: hij ging naar Engeland om zijn broer en diens gezin op te zoeken, deels om hun te vertellen over Penelope en zijn trouwplannen. David ging ook voor ongeveer een week terug naar Engeland, en Véronique zou de volgende ochtend de trein naar Parijs nemen, zo bleek, al vermoedde Alexandra dat ze dat oorspronkelijk niet van plan was geweest.

Onder het afruimen maakte David van de gelegenheid gebruik om Alexandra's gevoelens te peilen. 'Je weet dat ik ongeveer tien dagen wegblijf, maar als het te lastig wordt, kan ik terugkomen.'

'Het wordt niet lastig. Het komt goed!' Dat zei ze met zo veel overtuiging dat ze trots op zichzelf was.

'Dan ben je alleen met Antoine, met alleen de kinderen als chaperons.'

'Niemand vertellen, hè?'

'Hm,' zei David.

'Echt niet! Antoine vroeg me of ik vrij wilde hebben. Hij probeerde er zelfs op aan te dringen dat ik vrij nam, maar ik wil nergens heen.' Even was ze stil. 'Al zal ik wel moeten vertrekken wanneer de kinderen naar school gaan.'

'Is er al besloten wanneer dat is?'

'Ik weet het niet. Volgens mij is het een geldkwestie. Lucinda is bereid te betalen om de oudste twee naar een kostschool in Engeland te sturen, maar Antoine wil dat ze met zijn drieën hier in Frankrijk blijven. En als dat gebeurt, zal hij moeten betalen.'

'Het zou het leven echt makkelijker maken als Antoine en jij trouwden!' David plaagde haar, en ze nam er geen aanstoot aan.

'Ja, hè?' zei Alexandra. 'Antoine zal me alleen nooit vragen, hè?'

David schudde zijn hoofd. 'Dat is onwaarschijnlijk. Jammer eigenlijk. Beloof je me dat je morgen de overgebleven kerstpudding in boter bakt?'

'Goed dan.'

'En gaat het je wel lukken zonder mij alle maaltijden klaar te maken?'

Alexandra glimlachte. 'Toen ik hier net was, lukte me dat

prima, en nu heb ik allemaal restjes: kalkoen, ham, paté, kaas, allerlei heerlijke dingen. Zelfs als ik niets kook, verhongeren we niet!'

'Ik ben er nog steeds boos om dat ik geen Stilton voor ons kon krijgen. De Fransen zijn erg kleingeestig als het op kaas aankomt.'

Alexandra giechelde. 'Ja, hè? Ze houden vast aan hun eigen honderden soorten en stellen zich nooit open voor iets anders.'

'Het is hetzelfde met het brood,' zei David. 'Ze houden vast aan hun lange puntige of ronde knapperige broden, en schijnen fatsoenlijke vierkante witte sneetjes te negeren!'

'En die wil je hebben voor echte kalkoensandwiches,' zei Alexandra.

'Het scheelt in elk geval al dat snijwerk!' Toen hield David op met lachen, hij maakte zich duidelijk nog steeds zorgen. 'Red je je echt wel?'

'Natuurlijk! Ik kan best goed koken, ook al ben ik lang niet zo goed als jij en zijn maaltijden gebaseerd op restjes mijn specialiteit.'

'Je hebt mooie praatjes, Lexi,' zei David, 'maar ik maak me toch zorgen.'

Op dat moment kwam Antoine met een dienblad vol glazen binnen. 'Waar maak je je zorgen over, David?

'Dat ik weer moet koken. Maar dat is niet nodig. Ik kan prima koken.'

'Zolang jij weg bent, kook ik, David,' zei Antoine, opeens een graaf ten voeten uit. 'Alexandra kan niet de tijd vrij krijgen waar ze recht op heeft, maar ik kan in elk geval wat van haar taken overnemen.'

Met open mond keek Alexandra hem aan. Hij zette zijn dienblad neer en sloot haar mond door met zijn vinger haar kin op te tillen. 'Wees niet zo verbaasd. Ik kan heel goed koken.'

'Ik weet...' begon Alexandra.

'In Frankrijk betwijfelen we of Engelsen kunnen koken,' ging Antoine door. 'Blijkbaar betwijfel jij of Fransen dat kunnen.'

Alexandra had haar zelfverzekerdheid inmiddels hervonden. 'Ik heb er tot nu toe geen bewijs van gezien,' zei ze.

Antoine kneep zijn ogen tot spleetjes. 'Op de een of andere manier weet jij brutaal te zijn zonder onbeleefd te zijn. Is dat iets Engels? Of is het een van je speciale vaardigheden, Alexandra?'

'O, het is een specialiteit van haar,' zei David. 'Geloof me maar.'

Alexandra, die zich er opeens van bewust was hoe aandachtig Antoine haar aankeek, maakte van de gelegenheid gebruik om nog een dienblad vol vuile vaat te halen.

28

Op tweede kerstdag verliet David het kasteel in alle vroegte. Alexandra was wakker en stond dus op om afscheid te nemen. Hij gaf haar een dikke knuffel en zei dat ze goed voor zichzelf moest zorgen. Verrassend genoeg zaten de tranen haar hoog toen ze zijn knuffel beantwoordde. Ze hadden in een geluksbubbel gezeten waarin ze samen hadden gekookt, voor Félicité, Henri en Stéphie hadden gezorgd en hadden genoten van het leven in Frankrijk. Hij beloofde terug te zijn voor Driekoningen, maar zijn vertrek naar huis herinnerde Alexandra eraan dat haar tijd hier wel eens bijna voorbij zou kunnen zijn. Als de kinderen in het nieuwe jaar naar school gingen, zou zij in Zwitserland moeten gaan wonen.

Tegen de tijd dat Véronique naar beneden kwam, was de keuken brandschoon. Ze sloeg een ontbijt af, op een kop koffie na, die ze staande opdronk. Antoine stond al in de hal te wachten om haar naar het station te brengen. Alexandra nam afscheid in de keuken. Véronique en zij deden heel beleefd en formeel tegen elkaar.

Een uur later zat het hele gezin rond het kachelfornuis en voelde iedereen zich een beetje mat. Zelfs de kittens waren op Milou gaan liggen, die languit voor het vuur lag. Niemand had veel gegeten bij het ontbijt, en Alexandra probeerde iets te bedenken om te doen zodat de kerstsfeer een beetje terugkwam. Ineens beende Antoine naar binnen, terug van het station.

'Vanochtend gaan we het bos in om takken en houtblokken te verzamelen voor het vuur, en daarna gaan we uit lunchen!' Hij klapte in zijn handen. 'Opschieten, kinderen! Hij keek Alexandra aan, blijkbaar rekende hij haar ook tot de 'kinderen'.

Terwijl iedereen naar boven rende om geschiktere kleding aan te trekken, zei Henri: 'Papa nam ons vroeger vaak mee naar het bos, voordat hij zo vaak weg moest voor zijn werk.'

Met het uitje in het vooruitzicht vergat zelfs Félicité afstandelijk en puberaal te doen. Alexandra was ook opgewonden, al hield ze zichzelf voor dat dat kwam omdat ze frisse lucht en beweging nodig had.

Er was een grote, gehavende mand vastgemaakt op een karretje op grote wielen, dat ze achter zich aan sleepten. Bij de bosrand aangekomen ging iedereen zijn eigen weg om een wedstrijdje te doen wie de grootste stukken hout vond. De mand was al snel vol en Henri bood aan hem te legen bij het kasteel en terug te brengen, zodat hij opnieuw gevuld kon worden. Antoine had een kleine zaag bij zich, en al snel lagen er weer een stapel houtblokken en stukken brandhout op het karretje te wachten.

Daarna bood Alexandra aan de kar terug naar het kasteel te brengen. Ze zag de rommelige stapel die Henri had achtergelaten en voegde haar lading eraan toe. Toen ze bij de anderen terugkwam, stonden die met zijn allen everzwijnsporen te bekijken.

'Zie je deze hier? In de modder zijn de sporen heel duidelijk,' zei Antoine. 'Meerdere dieren, en vrij groot.'

'Ik hou niet van wilde zwijnen,' zei Stéphie. 'Kunnen we naar de heuvel achter het kasteel gaan? Waar ze niet zijn?'

'De meeste mensen schieten ze dood,' zei Henri. 'Waarom doen wij dat eigenlijk niet?'

'Ik laat ze liever leven tot ze ernstige schade aanrichten,' zei Antoine. 'Daar komt nog bij dat ik nog geen tijd heb gehad voor de plezierjacht, maar de volgende keer zal ik jou meenemen, Henri, en je laten zien hoe je veilig met vuurwapens omgaat.'

'Kunnen we naar het meer gaan?' vroeg Félicité. 'Het is zo koud dat het me niets zou verbazen als er ijs op ligt.'

Ze liepen door het bos om het kasteel heen naar het meer. Alexandra was verbaasd. 'Ik wist niet dat hier een meer was!'

'We hebben je te veel binnenshuis beziggehouden,' zei Antoine. 'Je hebt nog geen tijd gehad om het terrein goed te verkennen. Ben je graag in het bos? Of ben je liever in de stad?'

'Allebei,' zei Alexandra resoluut. 'Ik heb het grootste deel van mijn leven in Londen gewoond, maar ik heb altijd van het platteland genoten wanneer ik er was.' Ze genoot nu zeker, al kwam dat misschien niet door de frisse lucht en het fraaie bos.

Antoine wist veel over de natuur en liet hun meer zien dan alleen sporen van everzwijnen. 'Ik kom tegenwoordig te weinig buiten. Ik hou van het bos en de bomen, en toch lijk ik ze alleen te zien wanneer ik wegrij.'

'Maak je geen zorgen, papa,' zei Stéphie, en ze legde haar hand in de zijne. 'Je hoeft niet altijd meer weg te gaan om te werken. David zei dat je onze bijgebouwen kunt verhuren aan mensen om er vakantie te vieren. Engelsen zullen veel willen betalen om in een echt Frans kasteel te kunnen logeren.'

'Is dat zo, Alexandra?' vroeg Henri.

'Als de gebouwen worden verbouwd tot plekken waar mensen comfortabel kunnen verblijven, natuurlijk,' antwoordde ze. 'Ze zouden extra betalen voor de aristocratische omgeving, daar ben ik zeker van.'

'Laten we de gebouwen gaan verkennen,' zei Henri. 'Dat vind je vast leuk, hè, Stéphie?'

Omdat haar broer het als een grote traktatie deed klinken, stemde Stéphie er onmiddellijk mee in. Alexandra zag het plan ook wel zitten.

Ze verkenden een koetshuis dat niet meer in gebruik was, een washuis en de duiventoren. Ze worstelden zich langs sluiers van stoffig spinrag, klommen gammele houten ladders op en openden lang gesloten staldeuren.

'Kijk eens naar het uitzicht vanaf hier!' zei Alexandra, die door een kier in het metselwerk tuurde.

'Je kijkt naar een muur, Alexandra. Je kunt niets zien,' zei Antoine.

'Je zou er een groot raam in kunnen zetten! Misschien een dubbele deur. Deze gebouwen zouden heel fraai kunnen worden,' zei Alexandra, die niet begreep waarom Antoine de mogelijkheden niet zag. 'Nog niet zo lang geleden stonden deze gebouwen vol met landbouwvoertuigen en zaten er veel duiven. Misschien kun je je daarom niet voorstellen dat ze een andere bestemming kunnen hebben.'

Antoine haalde zijn schouders op. 'Alle dieren zijn een paar jaar geleden overgebracht naar de boerderij, daarom heb ik waarschijnlijk nog niet over deze gebouwen nagedacht. Vakantie vieren op een plek die nog vol duivenpoep en spinnenwebben zit, lijkt me niet erg aantrekkelijk.' Ondanks zijn laatdunkende woorden glimlachte Antoine naar Stéphie om te laten blijken dat hij een grapje maakte.

‘Denk er nu dan maar eens over na, papa,’ zei Stéphie streng. ‘Dan kun je vaker thuisblijven.’

Antoine keek op zijn horloge. ‘Het is tijd om terug te gaan en ons toonbaar te maken. We gaan uit lunchen.’

‘Ik dacht dat je zei dat je kon koken!’ zei Alexandra zonder erbij na te denken. ‘Bedoelde je eigenlijk dat je ons naar een restaurant kunt brengen zodat we kunnen eten?’ Toen zag ze zijn gezichtsuitdrukking, en haar mond werd droog. Hij was een man wiens eer in twijfel was getrokken en dat viel niet in goede aarde.

‘Kom op, kinderen! Wie het eerste thuis is!’ zei ze, en ze liep zo snel als ze kon terug naar het kasteel. Ze had het gevoel dat ze met een katje had gespeeld dat van het ene op het andere moment in een tijger was veranderd. Ze moest snel weg.

Eenmaal terug in haar kamer, waar ze haar haar in een knot draaide en haar grote parels vond, hield ze zichzelf voor dat ze moest onthouden dat ze het kindermeisje was en haar baas niet moest plagen. Dat was, zoals Véronique zou zeggen, ongepast.

Vanbuiten zag het restaurant er niet chic uit. Het leek achter een slagerij te liggen die op dat moment gesloten was. Maar rond het gebouw en verderop langs de weg stonden lukraak auto’s geparkeerd, wat erop wees dat het populair was. Antoine wurmde de auto op een plek tussen twee andere en liep voorop om het gebouw heen.

Hoewel het restaurant vol leek, stond de man die de leiding had bij de deur zodra Antoine die opende. Hij kende Antoine duidelijk al lang, en de twee mannen wisselden een paar beleefdheden uit, waarna ze naar een tafel werden geleid. Antoine knikte naar vele families en stellen die er zaten. Het was erg druk in het restaurant.

Ze kregen onmiddellijk menukaarten. 'En een voor madame,' zei de eigenaar, terwijl hij Alexandra de hare overhandigde.

Stéphie giechelde. 'Dat is geen madame, dat is Lexi.'

'*Bien sûr*,' zei de eigenaar. Antoine voelde zich verplicht meer uitleg te geven.

'Alexandra is de dappere vrouw die tijdens mijn afwezigheid voor mijn kinderen zorgt.'

Alexandra stak hem een hand toe en keek de man strak in zijn ogen, in de hoop zo het idee weg te nemen dat haar relatie met Antoine iets anders was dan professioneel. Hij schudde haar de hand, maakte een buiging en liep weg.

'Hij denkt dat je papa's vriendin bent,' zei Félicité met een zucht.

'Het doet er toch niet toe wat hij denkt?' vroeg Alexandra.

Félicité haalde haar schouders op. 'Iedereen hier kent papa. Ze denken vast allemaal hetzelfde. We komen hier wel vaker, maar papa heeft nog nooit een vrouw meegebracht.'

'Laten we gewoon van onze lunch genieten,' zei Antoine na een snelle blik door de ruimte. 'Alles is in orde. We willen Alexandra niet in verlegenheid brengen.'

Daar was het te laat voor. Alexandra was inderdaad in verlegenheid gebracht. Er kwam een fles champagne op tafel, en nu merkte Alexandra dat de vrouwen haar met speculerende blikken aankeken. Ze kon zich voorstellen wat ze dachten: was deze vrouw wel de ware voor monsieur le Comte? Was ze niet veel te jong? Had hij eindelijk een vervangster gevonden voor de mooie Lucinda? Ze wilde zich niet voorstellen wat de mannen dachten, maar troostte zich met de gedachte dat velen van hen Lucinda waarschijnlijk niet hadden ontmoet.

Antoine proostte met haar. 'Op jou, Alexandra. Drink maar. Na een glas champagne ziet alles er altijd beter uit.'

Ze lachte en nam een grote slok. Te laat besefte ze dat, hoewel de tafels vol stonden met flessen, alleen op hun tafel champagne stond. Die moest hij speciaal besteld hebben. En dat had iedereen vast gezien.

Toen kwam het eten. Alexandra begreep meteen waarom dit bescheiden restaurant zo populair was: het eten was voortreffelijk.

Er waren hardgekookte eieren met tapenade, zoutig en vol olijfsmaak, een soep van champignons met geraspte truffel (tot grote vreugde van Stéphie), een groene salade en vervolgens een stoofschotel van kip die al het feestelijke eten van de dag daarvoor mondain en smakeloos deed lijken.

'Ik vind het fijn dat je van het eten geniet, Alexandra,' zei Antoine. 'Zoveel vrouwen denken alleen maar aan hun figuur.'

Op dat moment hielp Alexandra Stéphie een bot uit haar stukje kip te halen. Ze draaide zich om. 'Ik ben blij dat ik iets doe waar je blij van wordt. Heel vaak denk ik dat ik je alleen maar erger.'

'Je doet veel dingen die me behagen,' zei hij, en toen richtte hij zijn aandacht op zijn oudere kinderen. 'Nog wat wijn en water voor jullie allebei? Stéphie, wil je nog wat limonade?'

Alexandra, die haar wijnglas oppakte, bloosde nu bijna echt. Hij had niets bijzonders gezegd, ze wist dat ze zich niet moest verbeelden dat zijn woorden een speciale betekenis hadden, maar op de een of andere manier hadden ze dat wel. Voor haar tenminste.

Toen Alexandra na de kip dacht dat ze geen hap meer kon eten, zelfs niet om Antoine een plezier te doen, verschenen er in rode wijn gepocheerde peren, geserveerd met dikke room. Macarons en chocoladetruffels volgden.

'Nu wil ik alleen nog naar huis om te slapen!' zei Stéphie. 'Is het goed als ik in het openbaar mijn tanden stook?' Ze had een in papier verpakte tandenstoker in haar hand.

'Ik weet het niet,' zei Alexandra. 'Persoonlijk heb ik liever dat je het niet doet. Neem de tandenstoker mee voor later.'

Antoine lachte. 'Je Engelse kindermeisje is erg streng, chérie. Ik zal afrekenen.'

Voor hij dat deed, ging hij bij alle tafels langs om nieuwtjes uit te wisselen en grapjes te maken. Vaak keek hij over zijn schouder naar Alexandra. Hij legt uit wie ik ben, dacht ze.

'Mag ik je tweede truffel opeten?' vroeg Henri.

'Als je in de auto onderweg naar huis dan maar niet moet overgeven,' zei Alexandra.

'Jakkie!' zei Stéphie. 'Niet overgeven!'

'Dat zal ik niet doen,' zei Henri. 'O kijk, daar is Jules, de jongen die jullie op het feest hebben ontmoet.' Hij wees naar iemand achter Alexandra.

'O god,' zei Félicité. 'Ik wil niet dat hij me zo ziet! Ik heb waarschijnlijk een knalrood hoofd en heb geen make-up op.'

'Het geeft niet,' zei Alexandra kalm. 'Kijk naar mij, en nu lachen om iets grappigs wat ik heb gezegd. Zo! Nu zie je er mooi uit. Als je zijn blik vangt, is hij vast onder de indruk.'

'Vroeger, toen je niet in jongens geïnteresseerd was, was je veel leuker,' zei Stéphie tegen haar zus.

'Ze is nog steeds leuk,' zei Alexandra. 'En jij zult je binnenkort ook in jongens geïnteresseerd zijn.'

'Ben jij in ze geïnteresseerd, Lexi?' vroeg Stéphie.

'Lexi is alleen geïnteresseerd in papa,' zei Félicité, waardoor Alexandra wenste dat ze het niet voor haar had opgenomen.

Ze zuchtte en sloeg haar ogen ten hemel. 'Jullie vader is mijn baas,' zei ze kalm. 'Het zou niet gepast zijn zo over hem te denken.'

'Nu klink je als Véronique,' zei Félicité. 'En zelfs als je niet in hem geïnteresseerd bent, ook al zijn alle andere vrouwen die bij hem in de buurt komen dat altijd wél, gaat iedereen hier ervan uit dat jullie met elkaar naar bed gaan.'

'Praat alsjeblieft niet zo in het bijzijn van je zusje. Denk liever aan je eigen liefdesleven en bekommer je niet om het mijne,' zei Alexandra.

Jules wierp inderdaad een paar steelse blikken op Félicité, waarbij ze deed alsof het haar koud liet. Zijn familie stond op om te vertrekken, dus hij bleef even bij hun tafel staan om hallo en tot ziens te zeggen. Alexandra meed zijn blik en vertrouwde erop dat hij haar niet zou herkennen. Ze wilde niet dat hij naar het feest zou verwijzen. Hoewel ze nog steeds vond dat ze had gedaan wat het beste was, wist ze niet of Antoine dat ook zo zou zien, en ze had het zo naar haar zin dat ze dat niet wilde bederven. Zodra Jules eindelijk weg was, richtte Félicité haar aandacht weer op Alexandra.

'Kan het je dan niets schelen wat de mensen van je denken?' vroeg ze.

Alexandra dacht even na. Ze moest er zeker van zijn dat ze Félicité hier de juiste les leerde.

'Ik weet dat ik niets verkeerd doe, dat is het belangrijkst. Als deze mensen deel uitmaakten van mijn gemeenschap, zou het me meer kunnen schelen. Maar als jullie, kinderen, naar school gaan, ga ik naar Zwitserland en zie ik niemand hier ooit nog weer.'

'O,' zei Stéphie. 'Dat is heel erg.'

'Niet echt,' zei Alexandra, al geloofde ze niet wat ze zei. 'Jullie zullen me niet missen wanneer jullie op school zitten en lol hebben. En ik zal jullie ansichtkaarten sturen van de besneeuwde Alpen.'

'Maar zul jij ons missen?' vroeg Henri.

'Ja,' zei Alexandra. 'Natuurlijk. Ik zorg met veel plezier voor jullie.'

'Dan moet je blijven!' zei Stéphie. 'Jij zou op papa kunnen passen.'

'Jullie vader heeft mij of iemand anders niet nodig om naar hem om te kijken,' zei Alexandra. 'Dat is toch zo, Antoine?' voegde ze eraan toe, toen hij bij hen kwam staan om te zeggen dat het tijd was om te gaan.

'Dat is helemaal waar,' zei Antoine. 'Kom, dan gaan we naar huis.'

29

De volgende ochtend werd Alexandra vroeg gewekt door Stéphie, op de voet gevolgd door Antoine, die een dienblad bij zich had met koffie, broodjes, boter en vijgenjam.

'Ontbijt op bed,' zei hij, terwijl hij het dienblad op haar knieen neerzette. 'En dan moet je opstaan. Er ligt ijs op het meer; we gaan schaatsen.'

'Ik heb geen schaatsen...'

'Er liggen hier tientallen paren,' zei hij. 'Schaatsen is al jaren een tijdverdrijf op het kasteel.'

'Doe dus niet te lang over je eten,' zei Stéphie, voor het geval Alexandra de boodschap niet had begrepen. 'Ik leer je wel schaatsen. Maak je geen zorgen.'

Alexandra treuzelde niet. Ze trok zo veel mogelijk kleren aan, met daaroverheen een van de overalls die ze op de markt had gekocht, en meldde zich toen beneden.

Antoine bekeek haar kritisch en liet haar een gehavend leren vliegeniersjack, een das en een extra paar handschoenen aan- en omdoen. 'Je krijgt het vast snel warm, maar in het begin is het koud. Welke schoenmaat heb je?'

Even was er verwarring, omdat ze niet wist wat haar continentale schoenmaat was. Uiteindelijk vond ze een paar schaatsen die min of meer pasten, toen ze over de twee paar sokken die ze al aanhad nog een paar had aangetrokken.

'Nog afgezien van het feit dat ik eruitzie als een Michelinmannetje,' zei ze, 'kan ik amper lopen, zoveel lagen heb ik aan.'

'Je kunt wel wat uittrekken zodra je het warm hebt,' zei Stéphie. 'Nee, kittens, jullie kunnen niet met ons mee. Anders krijgen jullie het koud.'

Hoewel Stéphie een sterk moederinstinct had, erkenden de kittens haar gezag niet en stonden erop achter Milou aan de deur uit te dansen.

'Weet je zeker dat we niet door het ijs zullen zakken en verdrinken?' vroeg Alexandra aan Antoine.

'Als het ijs breekt krijgen we misschien een nat pak, maar we verdrinken niet. Het is meer een moeras dan een meer. Kom mee. Ik hou je wel vast.'

De kinderen hadden allemaal hun schaatsen aangetrokken en gleden sierlijk en stijlvol weg. Antoines arm lag stevig om haar middel, en op de een of andere manier kwam Alexandra op het ijs.

'Maak nu een slag,' zei hij streng.

Ze maakte een slag, gleed uit en viel om. Hij lachte.

'Sorry,' zei hij. 'Het spijt me dat ik moet lachen, maar je bent altijd zo evenwichtig, zo elegant, dat ik dit gewoon grappig vond.'

'In Engeland is het onbeleefd om de spot te drijven met underdogs,' zei Alexandra zo hooghartig als mogelijk was nu ze op het ijs zat en haar ledematen onder haar weggleden.

Hij tilde haar op en zette haar weer op het ijs. 'Hou je stevig vast.' Zelf hield hij haar zeker stevig vast. Ze zat vastgeklemd tegen zijn zij. 'Beweeg nu wanneer ik dat doe.'

Henri, die zag dat ze het moeilijk had, schaatste snel naar haar toe en pakte haar hand. 'Kom! Papa en ik hebben je vast. Een, twee, een, twee.'

Opeens merkte Alexandra dat ze over het ijs bewoog, zo niet met gratie, dan toch zonder om te vallen. Henri, die ervan overtuigd was dat ze nu doorhad hoe het moest, liet haar los, en even dacht ze dat ze weer zou vallen.

'Ontspan je. Ik laat je niet los. Bij mij ben je veilig.'

Hoewel Alexandra heel hard haar best deed zich te ontspannen, wat niet makkelijk was, stond ze zichzelf een ogenblik toe zich voor te stellen dat Antoine die woorden in een andere context uitsprak. Ach, dat ging toch niet gebeuren. Ze moest genieten van wat ze had en niet verlangen naar iets wat ze niet zou kunnen hebben.

'Volgens mij heb ik de slag te pakken,' zei ze. 'Laat me los, maar ga niet weg.'

'Heel goed. Bravo, je hebt het door!'

Alexandra bleef een paar minuten op de been, totdat Stéphie op haar af racete en niet te stoppen was, waardoor ze weer omviel.

Nu ze de vreugde van het schaatsen had ervaren, werd ze vastberaden. Hoe vaak ze ook op het ijs belandde, ze krabbelde steeds weer overeind en schaatste weg, om vervolgens opnieuw te vallen.

Antoine hielp haar weer overeind. 'Chérie, je hoeft dit niet te doen. We kunnen naar binnen gaan en warme chocolademelk drinken.'

'Nee, nee. Ik heb een hekel aan opgeven. Ik ga naar die boom...' – ze wees naar de rand van het meer – '... en terug zonder te vallen, en dan zou warme chocolademelk heerlijk zijn.'

Het kostte haar nog drie pogingen voor het haar eindelijk lukte. Antoine hielp haar telkens weer overeind, zette haar op de been en keek naar haar aarzelende, wankelende slagen, tot ze eindelijk besefte dat ze het goed deed. Ze scháátste. Bij de boom aangekomen draaide ze zich om en schaatste terug naar Antoine.

'Kom op, Lexi!' riep hij. Hij had zijn armen gespreid en glimlachte om haar aan te sporen.

Niets kon haar nog tegenhouden. Ze vloog over het ijs zijn armen in. Een paar heerlijke ogenblikken lang omhelsde hij haar. 'Goed gedaan, chérie, goed gedaan!' Hij kuste haar op haar kruin en mompelde iets in haar haar. Diep in haar hart wist ze dat het iets liefs en teders was, maar haar verstand zei dat dat niet waar kon zijn.

Hij liet haar los. 'Kom, dan gaan we de warmte opzoeken. Ik zal mijn speciale drankje maken, dat al je pijntjes geneest. Ga zitten, dan bevrijden we je van je schaatsen.'

Alexandra voelde pas pijn zodra hij erover begon. Ze ging op de bevroren grond zitten en liet hem de veters losmaken en haar schaatsen uittrekken. Toen tilde hij haar op en droeg haar het huis in. Schaatsen, schoenen en verschillende afgedankte dassen en wanten liet hij op de grond liggen.

'Die haal ik later wel op,' zei hij.

Ze sloot haar ogen terwijl hij haar droeg, snoof zijn geur op en genoot van zijn nabijheid. Maar haar gelukzalige moment was van korte duur.

'Ga het jezelf gemakkelijk maken,' zei Antoine terwijl hij haar neerzette. 'Ik ben zo bij je.'

De kinderen vlogen langs haar heen, Félicité naar het kantoor om Jules te bellen (dat durfde Alexandra te wedden) en Stéphie naar haar kamer, met Milou en de kittens. Henri, meer ontspannen dan zijn zussen, liep ook naar boven en mompelde iets over muziek maken.

Alexandra plofte op de best verende bank, die dicht bij het haardvuur stond. Ze trok een deken over zich heen en trok haar voeten onder zich. Eigenlijk moest ze naar haar kamer gaan om haar pantoffels aan te trekken, maar ze wilde zich niet verroeren. Ze wilde gewoon even aan Antoine denken, hoe heerlijk het was geweest in zijn armen te liggen en hem dicht bij zich te hebben.

Hij bracht haar een dampende mok chocolademelk. 'Alsjeblieft. Hier krijg je het lekker warm van.'

Ze nam een slokje. 'O, er zit iets in!'

'Cognac. Drink op en ontspan je. Ik maak de lunch klaar.'

'Ik moet...'

'Nee, je moet niks,' zei hij. 'Dit is jouw vrije tijd. Als ik hulp nodig heb, vraag ik een van de kinderen wel.'

Even later merkte ze dat ze in slaap was gesukkeld, het gevolg van een vroege start, veel frisse lucht en beweging, en een flinke hoeveelheid cognac. Ze merkte ook dat iemand een kussen onder haar hoofd legde en de deken herschikte. Dat had ze makkelijk zelf kunnen doen, maar met haar ogen dicht kon ze zich verbeelden dat Antoine het deed omdat hij van haar hield, niet alleen omdat hij een aardige man was die om zijn werknemers gaf.

De volgende twee dagen zouden altijd bijzonder blijven, vond Alexandra. Ze mocht niet koken of afwassen (hoewel ze op een ochtend wel stiekem naar beneden ging om op te ruimen).

De was lag opgestapeld voor de nieuwe wasmachine, in afwachting van de jonge vrouw die doorgaans dagelijks de was deed maar nu op vakantie was. Overdag schaatsten ze, wandelden ze in het bos, lazen en schilderden ze of maakten ze muziek. 's Avonds leerde Antoine hun kaartspelletjes, met luciferstokjes als inzet. Stéphie kon haar geluk niet op.

'Het is net alsof jij en...' Stéphie viel stil, blijkbaar had ze te horen gekregen dat ze niets mocht zeggen dat Alexandra in verlegenheid kon brengen. 'Het is net alsof we twee heel lieve ouders hebben.'

'Misschien,' zei Alexandra. 'Nou, van wie wil je een verhaaltje voorgelezen krijgen? Van je vader of mij?'

'Van jou, Lexi. Jij blijft hier niet eeuwig.'

Met een brok in haar keel volgde Alexandra de kleine Stéphie de trap op.

De volgende dag was het warmer en was het ijs op het meer gesmolten. Gelukkig arriveerden Penelope en Jack later die ochtend, toen Stéphie dat trieste feit bekendmaakte. Ze waren een beetje druk en opgewonden, hielden elkaars hand vast en giechelden. Het was heel vertederend, vond Alexandra. Penelope was nogal serieus van aard.

'We komen onze bruiloft bespreken,' zei Penelope.

'Ik heb van mijn broer gehoord wanneer ze van plan zijn te emigreren. Ze worden *Ten Pound Poms*!' zei Jack. 'Dat betekent dat de Australische regering regelt dat je voor maar tien pond kunt emigreren, onder bepaalde voorwaarden. Emigreren betekent dat je je eigen land verlaat om ergens anders te gaan wonen,' legde Jack uit aan Stéphie, die haar mond open had om de vraag te stellen.

'Is Lexi dan geëmigreerd?' vroeg Stéphie.

'Niet echt,' zei Alexandra snel. 'Ik ben gewoon een tijdje in Frankrijk komen wonen. Dat is niet helemaal hetzelfde.'

'Mijn broer en zijn vrouw vertrekken binnenkort naar Australië,' zei Jack. 'We moeten op zijn laatst op 1 april trouwen.'

'En jij bent zo vriendelijk geweest te zeggen dat het hier kan, in het kasteel,' zei Penelope met een resolute glimlach tegen Antoine, die verbluft keek.

'We vroegen ons ook af of je wat familie en vrienden in je bijgebouwen kunt onderbrengen,' zei Jack.

'Echt?' zei Antoine. 'Zijn jullie niet zo dol op jullie Engelse gasten? Heb je de bijgebouwen gezien?'

'Het zit zo, Antoine,' zei Penelope, nu meer haar gebruikelijke kordate zelf. 'Als je een beetje opschiet, kun je een paar van die gebouwen klaar hebben, en dan betalen wij voor de mensen die er verblijven. Daarna kun je ze voor de rest van het jaar verhuren aan *les Anglais*. Die betalen er grof geld voor!'

'Het is veel werk,' zei Antoine, die de zaak overdacht.

'De oranjerie is uiteraard het gebouw waarin ik het meest geïnteresseerd ben, voor de receptie,' zei Penelope.

'Penelope,' zei Antoine, 'ik wil je graag helpen, en als we meer tijd hadden zou ik het met liefde doen, zoals ik eerder al zei...' Even was hij stil. 'Maar we hebben een paar maanden, meer niet.'

'Drie maanden. En Alexandra helpt je,' zei Penelope. 'De kinderen gaan in het nieuwe jaar naar school.'

'Nou...' zei Antoine. 'Ze kunnen pas volgend schooljaar op de school terecht – ik bedoel de progressieve school waar de kinderen van Philippe naartoe gaan. Ik heb nog niet de kans gehad het er met Jack en David over te hebben. Laat staan met Alexandra.'

'O,' zei Penelope.

'Ik hoorde het net voor de kerst en wilde in de vakantie niet over school praten.' Hij leek zich te schamen omdat hij het niet eerder aan zijn familie had verteld. 'Ik weet dat Henri en Félicité ernaar uitkijken naar die school te gaan.'

'Het geeft niet, papa,' zei Félicité na een ogenblik. 'We begrijpen het.'

'Nou,' ging Penelope verder, 'als Alexandra hier is, maar niet voortdurend op de kinderen hoeft te passen...'

Alexandra opende haar mond om te zeggen dat ze, als de kinderen haar niet nodig hadden, zou moeten vertrekken. Dat wilde ze alleen niet. En blijkbaar wilde Penelope ook niet dat ze iets zei.

'Nee, Alexandra, wacht even. Als de kinderen pas na de bruiloft naar school gaan, krijgen ze dus les van David en Jack,' zei Penelope. 'Dan houdt Alexandra tijd over, al moet ze hier wel zijn voor het geval Antoine weg moet.'

Alexandra vond dat ze er bezwaar tegen moest maken dat haar tijd werd ingedeeld zonder haar te raadplegen, maar omdat ze het een spannend idee vond toezicht te houden op de bouwwerkzaamheden maakte ze een instemmend geluidje.

Antoine was mondiger. 'Misschien wil Alexandra niet toezien op de renovatie van oude gebouwen of het uitmesten van de oranjerie. We moeten geen misbruik van haar maken.'

Alexandra vond haar stem. 'Zo'n project zou geweldig zijn. Ik wil het graag doen,' zei ze. 'Als jij het niet erg vindt?' Dat zei ze tegen Antoine.

Hij haalde zijn schouders op en glimlachte. 'Als jij er blij van wordt, ben ik ook blij.'

Hoewel ze opgetogen was over zijn reactie, voelde Alexandra zich verplicht een beetje tegen te stribbelen. 'Het renoveren van de gebouwen is alleen wel kostbaar.'

'We hebben mijn truffelgeld,' zei Stéphie.

'En wij betalen alles vooruit,' zei Penelope vastberaden.

'Kan ik dit even onder vier ogen met Alexandra bespreken?' vroeg Antoine. Zonder op antwoord te wachten leidde hij haar de kamer uit.

Bij de studeerkamer aangekomen herinnerde Alexandra zich dat hij iemand was die andere mensen vertelde wat ze met hun bedrijf moesten doen, niet enkel een vader die graag tijd met zijn kinderen doorbracht.

'Voordat je dit op je neemt, Alexandra,' zei hij ernstig, 'moet je jezelf even de tijd gunnen om te bedenken wat het inhoudt. Je krijgt te maken met Franse bouwvakkers, bouwvergunningen, materiaal dat je tegen de beste prijs moet inkopen, allerlei zaken die nieuw voor je zijn en die je misschien niet op je wilt nemen.'

'Ben jij er dan niet?'

'Niet voortdurend. Bij mijn laatste project moeten er nog wat losse eindjes aan elkaar geknoopt worden. Als we dit doen, krijg jij de leiding. Hoewel ik natuurlijk hoop dat we David er ook bij hebben. En Maxime voor het juridische gedeelte.'

'Ik heb zoiets nog nooit gedaan,' zei ze, opeens vol twijfel.

'Als je het wilt doen, doe het dan. Ik heb het volste vertrouwen in je. We doen wat we kunnen en maken ons niet druk over de rest.'

Alexandra was ineens opgetogen. Het was een enorm project, maar heel spannend. 'Ik wil het heel graag doen! En ik weet dat David en Jack zullen helpen wanneer ze niet lesgeven.'

Antoine glimlachte, en Alexandra had het gevoel dat de zon zelf op haar ademde. 'Dank je, Alexandra.'

30

De volgende dag bekeken Antoine en Alexandra de gebouwen veel aandachtiger dan voorheen. Alexandra had een notitieboekje en een potlood bij zich, en Antoine een meetlint. Alexandra kon zich makkelijk voorstellen hoe het eruit zou zien als er een muur werd weggehaald of verplaatst. In Londen, in haar huis daar, had ze al heel wat muren verwijderd, maar dat had ze meestal op goed geluk gedaan, niet wetend of er dan ook een plafond naar beneden zou komen. Gelukkig voor haar was dat een succesvolle strategie geweest.

Hier zouden bouwvakkers aan de slag gaan, mensen die wisten wat ze deden. Die konden ook zeggen: ‘Nee, dat gaat niet.’ Dat zou ze dan moeten accepteren, in elk geval tot ze wat meer wist over wat ze hoopten te bereiken en het bouwproces.

Antoine: ‘Er zijn een vader en zoon die veel werk in de buurt doen. Zij kennen andere vaklui. We vragen hun om te komen kijken wat er nodig is. Het wordt een grote klus, misschien nemen ze hem liever niet aan. Als dat het geval is, moeten we iemand anders zoeken.’ Antoine fronste zijn wenkbrauwen. ‘Ik wil dat je weet wat je op je neemt, chérie.’

Hij keek haar met zo’n intense blik aan dat ze haar ogen wel moest afwenden.

‘Kom, dan gaan we de oranjerie bekijken,’ zei ze. ‘Daar wil Penelope het feest houden.’

Ze keerden de bijgebouwen de rug toe en liepen naar de oranjerie, die aan de andere kant van het kasteel lag.

Toen ze het gebouw naderden, zei Antoine: ‘Het komt nogal ongelegen dat Penelope haar bruiloftsdiner zo graag in de oranjerie wil houden, maar de reden is romantisch. Als Fransman moet ik romantiek eigenlijk wel aanmoedigen.’ Alexandra wendde zich af, zodat hij haar niet zag blozen. ‘Goed,’ zei hij nadat hij de sleutel op de richel had gevonden, ‘eens kijken of we hier een geschikte plek voor een feest van kunnen maken.’

Zoals Alexandra en Penelope al eerder hadden ontdekt, moest de oranjerie vooral flink worden aangeveegd en geschilderd.

‘Dat komt doordat dit deel uitmaakt van het kasteel en recenter is gebruikt,’ legde Antoine uit, terwijl hij een vochtplek in een hoek bekeek. ‘De andere gebouwen zijn heel lang verontachtzaamd.’

‘Door Félicités muurschildering zal het hier flink opknappen, maar dan moet die wel groot zijn. Misschien kan ze Jules, de jongen die ze leuk vindt, vragen haar te helpen.’

‘Hm,’ zei Antoine. ‘Misschien ook niet, gezien de geschiedenis van dit gebouw.’

Alexandra lachte. ‘We regelen wel dat Stéphie hen helpt. En Henri ook. Zij kunnen chaperons zijn.

Terwijl Antoine de oranjerie afsloot, stemden Alexandra’s gevoelens voor haar baas haar melancholiek. Onbeantwoorde liefde kon aardig uitputtend zijn.

Toen iedereen na de kerstvakantie weer aan het werk was, gingen Antoine en Alexandra bij de bouwvakkers in het dorp langs. Het was een oud bedrijf, dat al drie generaties lang van vader op zoon was overgegaan. De vader dacht niet dat ze het werk konden aannemen. Hij legde uitgebreid uit waarom, waarbij hij op zijn tanden zoog en zijn hoofd schudde. Maar zodra zijn zoon het kantoor in liep, Alexandra zag en ontdekte dat zij de leiding zou krijgen, werd alles een stuk positiever.

'Nou,' zei Antoine na afloop, 'jij had effect op Luc. Ineens kunnen ze meteen aan de klus beginnen. Hij heeft duidelijk een voorliefde voor Engelse rozen.'

Ze moest erom blozen, maar wimpelde het compliment af. 'Hij denkt vast dat hij kan doen wat hij wil en dat ik hem dan niet doorzie. Dat heeft hij uiteraard mis.'

'Hoe doorzie je hem dan?'

'David helpt me. En ik heb het snel door wanneer mensen me proberen te beduvelen. Hoewel de meeste mensen in de antiekwereld vriendelijk zijn, zijn er ook afzetters, zoals bij alle bedrijven. Ik heb geleerd ze te herkennen. En ik denk niet dat Luc een afzetter is.'

'Ik ook niet. Kom, dan gaan we iedereen het goede nieuws vertellen. We hebben bouwvakkers! On y va!'

De dagen begonnen vroeg. Elke ochtend ging Antoine na een ontbijt van brood en koffie naar de boerderij, en Alexandra ging naar de plek waar gerenoveerd werd. Ze wikkelde een sjaal om haar haar en trok haar overall aan, aangevuld met extra lagen kleding. Ze was graag voor het begin van de werkdag ter plekke, zodat ze er al was, alert en met een glimlach, wanneer de bouwvakkers aankwamen.

In het begin had ze wel moeite met de taal. Maar de mannen waren allemaal graag bereid het Engelse meisje te helpen dat zo geïnteresseerd was, wist wat ze wilde en erom gaf hoe het werk werd uitgevoerd. Ze prees goed werk en één blik was genoeg om mensen alles wat slordig was te laten overdoen. Ze liet 's middags Engelse taart te brengen, en het werk vorderde gestaag. De oude stal zou binnenkort een comfortabel onderkomen zijn met twee slaapkamers, een redelijk grote keuken en een woonkamer met openslaande deuren naar een terras.

'Ik zou hier wel willen logeren,' zei David, die de vorderingen kwam bekijken. 'Het wordt prachtig. Goed idee om een groot raam in die muur te zetten. Dat laat licht binnen, zodat het geheel groter lijkt.'

'Ze moesten een stenen bovendorpel plaatsen, wat best lastig was,' zei Alexandra. 'Maar Luc is erg bereidwillig en behulpzaam.'

'Ik vraag me af waarom,' merkte David droogjes op.

Alexandra ging er niet op in. Zelfs zij moest toegeven dat de mannen goed voor haar werkten en dat niemand tot nu toe iets achterbaks had uitgehaald.

Zodra bekend werd wat er gaande was, kwamen mensen de vorderingen bekijken. De meesten toonden belangstelling en bewonderden het werk. Maar toen Alexandra op een ochtend onder het stof en de spinnenwebben zat, omdat ze net de bovenverdieping van een schuur had geïnspecteerd, verscheen Lucinda.

Alexandra klopte zich af en wachtte tot Lucinda iets zei. Hopelijk zat er niets levends op haar hoofd, dat over haar sjaal kroop en op het punt stond op haar gezicht te vallen. Uiteindelijk vroeg ze: 'Kan ik je helpen?'

'O, ik kom alleen even rondkijken. Iedereen zegt hoe práchtig het hier is, dus ik vond dat ik zelf maar eens een kijkje moest komen nemen.' Ze keek de schuur door, waaraan op dat moment nog niets was gedaan. Alexandra had gekeken of het misschien een project voor later was. 'Tot nu toe ben ik niet onder de indruk. Ik had gehoopt dat een paar vrienden van me hier konden verblijven, en dat gaat natuurlijk niet.'

'Deze schuur nemen we na de bruiloft pas onder handen. Zal ik je de kamers laten zien die we op tijd klaar willen hebben?'

Dat was andere koek. Op dat moment werden twee gebouwen verbouwd. Het ene was onderdeel van de oude stallen en het andere een duiventoren, de duiven dienden vroeger als voedsel voor de bewoners van het kasteel.

'Dit vordert al goed,' zei Alexandra, terwijl ze Lucinda de oude stal binnenleidde. 'Je kunt de woonkamer met terras zien en de keuken, maar de trap naar boven zit er nog niet in, dus als je de slaapkamers wilt bekijken, moet je een ladder op.'

Lucinda lachte liefjes en gebaarde naar de strakke rok die ze onder haar tweedjas aanhad, en haar hoge laarzen. 'Dat gaat natuurlijk niet in deze rok. Mag ik het andere gebouw bekijken?'

'Dat is nog lang niet klaar.'

'Toch wil ik het graag zien. Noem me nieuwsgierig, als je wilt.'

Alexandra noemde haar stilletjes al nieuwsgierig sinds ze was verschenen. 'Dat mag, als het niet te lang duurt. Ik heb het erg druk.'

'Iedereen weet hoe druk je het hebt,' zei Lucinda, terwijl ze met zijn tweeën naar het volgende gebouw liepen. 'Ze staan er verstéld van dat je zulk goed werk levert.'

'O...'

'Maar waar niemand het over heeft, is hoeveel dit allemaal kost.'

Alexandra opende haar mond om uit te leggen dat de kosten van de renovatie werden betaald uit de inkomsten van de toekomstige verhuur, ze had alleen geen idee of dat genoeg geld zou zijn. Ze besloot dat het Lucinda niet aanging en haalde haar schouders op. 'Daar kan ik niet over meepraten.'

'Blijkbaar niet, nee. Ik hoorde dat Antoine een stuk land heeft verkocht om aan geld te komen en dat hij weigert te betalen om de kinderen naar een kostschool in Engeland te sturen.'

'Wat vervelend. Het zijn mijn zaken alleen niet.'

Lucinda leek blij dat te horen. 'Nou, onthoud dat goed, voor je plannen smeedt om de tientallen bijgebouwen die hier bij het kasteel staan om te turnen tot vakantieverblijven die niemand ooit zal willen huren. Tenzij je het financiert met je eigen vermogen, natuurlijk.'

'Pardon?'

'O, sorry, dat was ik vergeten. Je moet trouwen om het te krijgen, hè? En dat zou voor jou alleen de moeite waard zijn als Antoine en jij heel dolverliefd op elkaar waren. Het is hoogstonwaarschijnlijk dat Antoine je zelfs maar een blik waardig keurt als je eruit blijft zien als een dame van lichte zeden op een slechte dag.'

Alexandra rechtte haar rug nog meer dan gewoonlijk en hief haar kin. 'Als je alles hebt gezien wat je wilt zien, mag ik je dan uitlaten? Zoals ik al zei, heb ik nog veel te doen.'

Toen Alexandra Lucinda een paar minuten later zag weglopen, besefte ze dat ze niet wist wie de woordenwisseling had gewonnen. Per saldo vond ze dat zij de waardigste was geweest, wat zeker punten opleverde.

Een van de vele zaken die Alexandra zorgen baarden, was de muurschildering in de oranjerie. Félicité werkte eraan, soms geholpen door Jules, haar vriendje. Alexandra had beloofd er niet in haar eentje naar te gaan kijken, en Félicité deed er heel geheimzinnig over. Maar Alexandra wilde de schildering echt zien, nu er nog tijd was om alles te overschilderen en een nieuwe te maken. Ze wist dat Penelope had gezegd dat zij ook de oranjerie wilde inspecteren, en wat ze absoluut niet wilde, was dat Penelope er binnen zou lopen en iets ongehoords zou zien.

Toen ze een paar dagen na Lucinda's bezoek de keuken in

liep om een hapje te eten en Félicité boter op een stuk brood zag smeren, besloot ze de koe bij de hoorns te vatten.

'Félicité,' zei ze, en ze ging tegenover haar zitten. 'De muurschildering. Die moet ik zien. Je oma wil de oranjerie aan haar cateraars laten zien. Ik wil niet dat ze eerder dan ik de schildering ziet.'

Félicité kauwde tergend langzaam. 'Oké,' zei ze. 'Het is alleen nog niet af. Wel bijna.'

'Mag ik het zien?' Tot dat moment had Alexandra zich niet gerealiseerd hoe druk ze zich erover maakte. In het grote geheel der dingen was het een klein probleem, maar voor Penelope vormde de oranjerie het hart van de bruiloft, dus moest de schildering goed zijn.

'Yep, alleen niet in je eentje. Ik ga met je mee. Zodra ik mijn ontbijt opheb.'

'Geen haast,' zei Alexandra. 'Ik wil zelf ook wat eten. Is Antoine nog op de boerderij?'

'Ja. Hij mag het pas zien wanneer het klaar is.'

'Oké.' Alexandra pakte het kontje van het stokbrood dat Félicité had laten liggen en smeerde er boter op. 'Zodra het klaar is, moeten we het groots onthullen.'

'Kunnen we Jules' ouders uitnodigen?'

Alexandra knikte. 'Vast wel.' Ze was even stil, wachtte tot Félicité zou uitleggen waarom ze dat wilde.

'Ze geloven niet dat hij me heeft geholpen. Ze denken dat hij zich met de andere jongens op hun mobylettes beneden bij de rivier in de nesten werkt. Ze overwegen hem in het weekend op school te laten blijven.'

'Ah.'

Félicité kauwde nadenkend. 'Ze zijn waarschijnlijk gewoon nieuwsgierig.'

'Schat, veel mensen zijn vaak nieuwsgierig, ik incluis.'

Een half uur later ontgrendelde Félicité de deur van de oranjerie en ging Alexandra naar binnen.

Ze kreeg een brok in haar keel van onverwachte emotie. Eén muur werd geheel in beslag genomen door een afbeelding van het kasteel met daarachter de bossen en bergen.

Er groeiden rozen tegen de kasteelmuren die er in het echt niet waren, en ervoor stond de open koets die ze in de oude stallen hadden gevonden, met een ingespannen appelschimmel. Milou en de kittens speelden bij de koets. Hoewel ze in het echt al jonge katten waren, waren ze hier nog klein. Een van hen schommelde aan Milous staart.

Naast de dieren stond Antoine, met zijn twee oudere kinderen naast zich. Voor hen stond Stéphie. Ze hield een bos bloemen vast en bood die Alexandra aan, die door haar overall en sjaal onmiddellijk herkenbaar was. Félicité had haar grote parels om haar hals geschilderd.

'O, ik sta er ook op!' zei Alexandra. 'Dat had je niet moeten doen. Ik ben hier tenslotte niet lang meer.'

'Je bent hier wel geweest,' zei Félicité. 'En ik kan je altijd overschilderen als papa hertrouwt.'

Alexandra moest lachen. Hoewel ze Félicité graag mocht, had het meisje de soms scherpe tong van haar moeder. Maar omdat haar opmerkingen naast scherp ook altijd grappig waren, kon Alexandra het haar niet kwalijk nemen. Nu sloeg ze een arm om haar heen. 'Dat is waar. Ik moet zeggen dat je me wel iets mooiers had kunnen aantrekken dan mijn werkkleding.'

Félicité haalde haar schouders op. 'Dat is het enige wat je tegenwoordig aanhebt.'

'Je klinkt als je moeder,' zei Alexandra voor ze zich kon inhouden. Tegenwoordig bekritiseerde ze Lucinda nooit meer in het bijzijn van haar kinderen. 'Ik bedoel, zoiets zei zij ook tegen mij.'

'Nou, ze heeft gelijk.'

'Ik heb het te druk om aandacht te besteden aan hoe ik eruitzie. Goed, terug naar de muurschildering. Hoe ver ben je?'
'Je kunt zien dat veel van het groen enkel geschetst is en nog geschilderd moet worden. Ik wil er ook een stukje van het meer aan toevoegen, als dat kan.' Even liet Félicité een stilte vallen. 'Ik vraag me af of ik dat van papa op een andere muur mag schilderen. Dan kan ik ons allemaal op schaatsen schilderen.'
'Misschien na de bruiloft? Het zou zonde zijn het te overhaasten. Je hebt een mooie stijl. Die is heel helder en een beetje naïef, zoals Rousseau. Weet je nog? De tijger in het bos?'
'David zei zoiets tegen me nadat hij de muurschildering in Véroniques kamer had gezien. Hij liet me inzien dat een beetje kinderlijk niet per se slecht is.'
'Niet op deze manier, nee. Denk je dat er op jouw school kunstonderwijs wordt gegeven?'
'Dat hangt ervan af naar welke school ik ga. Ik verwacht niet dat ze daar op de school die mijn moeders voorkeur heeft erg enthousiast over zijn. Of ze vinden mijn schilderingen sowieso niet mooi.'
'Je weet maar nooit,' zei Alexandra. Ze vermoedde echter dat ze het waarschijnlijk wel wist, en dat ze op de school waaraan Lucinda de voorkeur gaf Félicité liever zouden leren een dame te zijn dan haar artistieke kant te stimuleren. 'Zal ik de muurschildering nu aan je oma laten zien? Ze wil heel graag komen, en ik heb het bezoek steeds afgehouden.'
'Vind je het echt wel mooi?' Ineens keek Félicité paniekerig.
'Jazeker. Heel mooi. En David zal het met me eens zijn.'
Félicité slaakte een zucht van blijdschap.

Uiteindelijk besloten Félicité en Alexandra Jules' ouders (en Jules natuurlijk) te vragen op de dag te komen dat Penelope met haar cateraars had afgesproken.

‘We kunnen mousserende wijn opentrekken, en ik zal David vragen wat hapjes voor ze te maken,’ zei Alexandra. ‘Jack en hij kunnen ook komen, dan is het net een feestje.’

‘David heeft de schildering al een paar keer gezien,’ zei Félicité. ‘Maar ik zal het papa vragen.’ Ze was even stil. ‘Hij heeft het nog niet gezien.’

Alexandra knikte en voelde hoe nerveus Félicité was bij het idee dat haar vader de schildering zou zien. Zij deelde die zenuwen, want door de manier waarop de figuren waren neergezet leek het een beetje bruiloftachtig, al besefte ze dat ze er waarschijnlijk een heleboel achter zocht wat er niet was.

Alexandra had een jurk aan willen doen, zodat ze er minder uitzag als een arbeider en meer als iemand die bruiloften organiseerde, maar vergat de tijd, zodat ze alleen nog haar haar in een losse chignon kon opsteken en de sjaal die ze gewoonlijk om haar hoofd deed om haar middel knoopte. Omwille van de muurschildering deed ze haar parelsnoer om. David was er al toen Alexandra en Félicité aankwamen, en hij knipoogde, wat betekende dat hij haar er goed vond uitzien.

Penelope en haar twee cateraars waren de eerste bezoekers die door de deur van de oranjerie kwamen.

‘Lieve hemel!’ zei Penelope. ‘Heeft Félicité dat gemaakt? Verbluffend! Maar waar zijn mijn goede manieren? Ik zal jullie even voorstellen. Deze dames zijn de beste cateraars van de streek. Madame Pam Hopkins en haar collega, madame Elizabeth Pollard. Dit is Alexandra, die voor mijn schoonzoon werkt. Lastig te zeggen wat haar functie nu is, maar ze is hier gekomen als kindermeisje.’

Na het voorstelrondje zei Pam: ‘Wat leuk je te ontmoeten. Ik heb al veel over je gehoord.’

Daarna zei Elizabeth: ‘Je vraagt je vast af hoe twee Engelse vrouwen in Frankrijk cateraar zijn geworden. Dat doet iedereen.’

‘We hebben elkaar op de markt ontmoet,’ ging Pam verder. ‘Elizabeth was er met haar man en ik hoorde haar Engels spreken. Ik zei hallo, we raakten bevriend en ontdekten dat we allebei een passie voor eten hebben.’

‘En ik wil graag dat het eten een Engels tintje heeft,’ zei Penelope, ‘voor Jack.’

‘We zullen gerechten serveren als devilled eggs, in bacon gerolde oesters uit de oven oftewel *angels on horseback* – gerechten waar Engelsen van houden en Fransen ook van zullen genieten, denk ik,’ zei Pam. ‘We zijn nog in discussie over de hoofdgerechten. Alleen koud, uiteraard. Goed…’ Pam richtte zich tot Alexandra. ‘Vanwaaruit kunnen we het eten serveren?’

Terwijl Alexandra met de cateraars stond te praten, zag ze Antoine met Jules en zijn ouders binnenkomen. Ze liepen meteen naar de muurschildering, en Alexandra zag dat ze erg onder de indruk waren.

‘Is dit een besloten feestje? Of mag iedereen komen?’ vroeg Lucinda met luide stem. ‘O, schatje!’ zei ze tegen Félicité. ‘Heb jij dat gemaakt? Best goed, hè?’

Omdat Alexandra beschermingsdrang voelde, verzon ze een smoes en kwam ze bij het groepje voor de muurschildering staan.

‘Het is echt heel mooi,’ zei David. ‘Je dochter heeft een groot artistiek talent.’

‘O,’ zei Lucinda, die kennelijk niet wist of ze blij of geïrriteerd moest zijn.

Antoine sloeg een arm om zijn dochter en drukte een kus op haar hoofd. ‘Ik ben heel trots op je.’ Hij glimlachte naar Jules. ‘En jij – ik heb begrepen dat jij geholpen hebt.’

Jules knikte. ‘Ik heb alleen de achtergrond gedaan, ik mocht de belangrijke dingen niet doen van Félicité. O, daar zijn Henri en zijn zusje.’

Lucinda opende haar mond en sloot hem weer. Alexandra vermoedde dat ze had willen zeggen dat ze Stéphies moeder niet was en was blij dat ze zich had bedacht.

Al snel liep iedereen door elkaar, terwijl ze crémant dronken en de hapjes aten die David had klaargezet.

'Het is een mooie ruimte voor een feest, hè?' zei Penelope, die gezelschap had gekregen van Jack.

'Jazeker,' beaamde Alexandra. 'En is de muurschildering niet prachtig?'

'Alleraardigst!' zei Penelope. 'We hadden misschien liever niet gehad dat ze jou in een overall had geschilderd, maar goed, tegenwoordig zien we je nooit meer in iets anders.'

'Dat zei Félicité ook al, toen ik ernaar vroeg. Zal ik nog een glas wijn voor u halen?'

'Nee, dank je, ik denk dat ik genoeg heb gehad. Mag ik Jack meenemen om de accommodatie te inspecteren?'

'Ik ga mee,' zei Alexandra, blij met een excuus om iets wat langzaam maar zeker een echt feestje werd achter zich te laten. Ze geneerde zich ervoor dat ze op de muurschildering stond. Zo leek ze bij het gezin te horen, en dat was niet het geval.

31

Ineens was het half maart en waren er nog maar een paar weken te gaan tot de bruiloft. De tijd was voortgeraasd zonder dat iemand in de gaten had hoe dat had kunnen gebeuren. En ondanks ieders harde werk moest er nog wel het een en ander gebeuren voordat de gerenoveerde gebouwen comfortabele, stijlvolle onderkomens waren.

Alexandra had het drukker dan ooit, met klussen die aan niemand specifiek waren toegewezen – wat voegwerk hier, een plintje verven daar, kaarsen in kandelaars zetten en natuurlijk spullen voor de keukens kopen. Hoewel de dagen genadeloos verstreken, vond ze het heerlijk. Ze was alleen bang dat het allemaal niet op tijd klaar zou zijn voor de gasten, die, ergerlijk genoeg, een paar dagen voor de bruiloft zouden aankomen, al had ze er wel vertrouwen in dat het goed kwam. David was een geweldige bondgenoot en goed in het op strategische plekken neerzetten van grote spiegels, vazen en in één geval een vogelbad.

Een paar dagen voor de aankomst van Jacks familie ging iedereen naar de kleermaker in Antibes die Lucinda had aanbevolen, om hun trouwkleren nog een laatste keer te passen. Daarna zouden ze bij vrienden van Antoine overnachten die een kasteel in de buurt van Nice hadden.

Ondanks een gedegen planning was niemand in het kasteel klaar, toen Jack, Penelope en Lucinda in hun auto aankwamen zodat ze achter elkaar aan konden rijden.

'Milou is vannacht vermist geraakt,' legde David door het geopende autoraam aan Jack uit. 'Stéphie gaat niet weg voor hij gevonden is.'

Lucinda slaakte een diepe zucht, en Penelope verklaarde dat ze dan net zo goed uit de auto kon stappen om naar het toilet te gaan. Iedereen stapte uit, en Alexandra zette koffie.

'Milou is een grote hond,' zei Antoine geduldig tegen Stéphie, niet voor het eerst. 'Hij komt wel terug. Je hoeft je over hem geen zorgen te maken, p'tite.'

'Hij is vast op jacht gegaan,' zei Jack.

'Dat heeft hij nog nooit gedaan!' zei Stéphie.

'Een dag of wat geleden was hij een paar uur weg, en toen kwam hij terug,' zei David.

Maar wat ze ook zeiden, niets kon Stéphie ervan overtuigen dat haar geliefde hond niet voorgoed was verdwenen.

Uiteindelijk zei Alexandra, die toch alleen maar als adviseur zou meegaan naar Antibes: 'Ga gerust, Stéphie. Veel plezier, en maak je geen zorgen om Milou. Ik blijf hier op hem wachten, en als hij om, zeg, zes uur nog niet terug is, ga ik hem zoeken. Maar dan is hij vast wel terug, want dan heeft hij honger. Je weet hoe dol Milou op zijn eten is.'

'Dat doe je niet! Je vergeet het vast!' zei Stéphie.

'Hoe kan ik Milou nou vergeten?' vroeg Alexandra. 'Hij houdt me vanavond gezelschap, wanneer David weg is en jullie allemaal in Antibes zijn voor jullie laatste pasbeurt en plezier hebben!'

Nadat dit scenario vele malen in verschillende vormen was herhaald, vertrokken de twee auto's ten slotte naar Antibes. Stéphie was eindelijk overgehaald.

'Weet je zeker dat je je vanavond wel redt?' David stond op de trap naast Alexandra. 'Ik ga naar een kunsttentoonstelling, maar ik kan het diner erna overslaan en vroeg terugkomen.'

Hoewel hij haar nooit iets vertelde over zijn liefdesleven, wist Alexandra dat David van plan was zijn vriend in het dorp op te zoeken.

'Ik red me absoluut,' zei ze met klem. 'Ik heb vandaag nog heel wat te doen en ben Milou stiekem dankbaar dat ze me de trip naar de kleermaker heeft bespaard. Nu kan ik de tegels van de badkamer in de stal voegen. Mijn nieuwe favoriete bezigheid!'

'Eerlijk gezegd vrees ik soms voor je geestelijke gezondheid, Lexi.'

'Daarna ga ik terug naar het kasteel, eet het ongezondste, lekkerste eten dat ik kan vinden en laat me daarna in een diep bad zakken. Ik was het gruis uit mijn haar en val dan waarschijnlijk in slaap.' Ze was even stil en wist het ineens weer: 'Op voorwaarde dat Milou terug is.'

Op dat moment renden de twee kittens naar haar toe en wreven zich tegen haar benen. 'Gaan jullie nu maar op zoek naar jullie grote broer, of oom, of wat Milou ook voor jullie is. Schattig zijn is niet erg nuttig hoor!'

'Ik weet zeker dat hij terugkomt,' zei David. 'Hij is gaan jagen, of misschien is hij op vrijersvoeten. Dan veroorzaakt hij overlast en gooit een boer hem het erf af uit of belt hij naar hier.'

'Ja. De boer belt vast wanneer ik net met mijn hoofd onder water zit. Maar goed, als dat gebeurt haal ik hem op. Oké, werk aan de winkel! Haast je vanavond niet terug naar huis. Ik lig heel vroeg in bed.'

'Vergeet niet het fornuis vol houtblokken te laden als je warm water wilt. De dompelaar heeft het begeven.'

Alexandra maakte een tsk-geluid. 'Ik wist dat ik de elektricien moest vragen nog iets te doen, toen hij hier gisteren was. Maakt niet uit, hij komt morgen weer. Als het ding vóór de komst van de gasten maar gerepareerd is.'

Nu David was gerustgesteld, vertrok hij, en Alexandra ging weer aan het werk. Haar onverwachte extra vrije dag voelde als een geschenk. Er was nog zo veel te doen voordat alles klaar was.

Toen Alexandra tegen lunchtijd terugging naar het kasteel, riep ze Milou nog een paar minuten, maar alleen de katten kwamen aangerend. Ze ging naar de keuken, waar ze een paar overgebleven croissants at, opgewarmd in het fornuis, en ondertussen legde ze wat houtblokken op het vuur. Hoewel ze alles had geloofd wat ze tegen Stéphie had gezegd over Milou die naar huis zou komen zodra hij honger had, miste ze hem. Ze ging naar buiten en riep vanuit alle hoeken van de tuin, in de hoop dat ze zijn grote zwart-witte gedaante tevoorschijn zou zien komen.

Maar het was nog geen etenstijd, hield ze zichzelf voor, en ze ging weer tegels voegen.

De hele middag spookte de vraag door haar hoofd waar Milou zou kunnen zitten, en zodra alle werklui naar huis gingen en ze vond dat zij dat ook mocht, haastte ze zich terug naar het kasteel. Er was geen teken van Milou te bekennen, en er kwam geen reactie op haar geroep.

Ze riep nog eens vanuit alle hoeken van de tuin en ging naar binnen, nog steeds niet al te bezorgd. De dagen werden langer, en het werd voorlopig nog niet donker.

Ze stond eieren los te kloppen voor een omelet, toen de telefoon ging. In de hoop dat er een boer belde over Milou nam ze snel op. Ook hoopte ze dat zijn accent niet te moeilijk verstaanbaar zou zijn.

Het was geen boer, het was Stéphie. Ze hadden veel plezier gehad met de laatste pasbeurt (hun jurken zaten perfect) en een zoektocht naar handtasjes om zakdoeken en confetti in te doen. Daarna waren ze naar Antoines vrienden gereden, die een heel mooi kasteel hadden. Maar eigenlijk wilde ze alleen weten of Milou al terug was.

Heel even wilde Alexandra tegen haar liegen, zodat Stéphie van haar avond kon genieten en onbezorgd naar bed kon gaan. Dat kon ze alleen niet. Liegen tegen kinderen was bijna nooit een goede zaak, en als Stéphie morgen terugkwam en ontdekte dat Milou er niet was, zou ze Alexandra nooit meer vertrouwen.

'Nee, lieverd, hij is nog niet terug. Maar het is nog geen etenstijd voor hem, hè?'

'Een half uur geleden was het etenstijd voor hem,' zei Stéphie met onvaste stem.

'Ach, we eten allemaal wel eens laat. Wat eet jij?'

'Lexi, ik wil niet over eten praten, ik maak me zorgen om Milou.'

'Goed dan. Ik eet snel mijn omelet op en ga hem dan zoeken. En ik bel zodra ik hem gevonden heb.'

'Hoe laat het ook is?' vroeg Stéphie.

'Ja. Geef me het telefoonnummer en vraag je vader de mensen bij wie jullie overnachten te waarschuwen dat er misschien nog laat gebeld wordt. Kun je dat doen?'

'Ja.'

Ze verbraken de verbinding. Alexandra at haar omelet op en probeerde niet te denken aan het bad dat ze niet kon nemen. Het had nu niet echt zin het kachelfornuis vol met hout te laden.

Toen ze eenmaal besloten had Milou te zoeken, wilde ze zich er goed op voorbereiden. Nu het donker begon te worden, ging ze niet zomaar het bos in.

Eerst zocht ze een goede zaklamp. Daarna wat touw, zodat ze Milou kon aanlijnen als ze hem vond. Op de een of andere manier kon ze zich er niet toe zetten zijn riem mee te nemen, dat leek de goden verzoeken. Ze stopte een half stokbrood met boter en ham in haar rugzak, naast een fles water, ook al zou die zwaar zijn. Lucifers, een kaars, een bolletje touw. Ze stopte er een reservesjaal in (ze wist niet waarom ze die nodig zou hebben, maar aangezien ze toch een rugzak moest meenemen, kon ze die net zo goed volstoppen met lichte spullen) en een ijzeren beker. Verder nam ze een krant mee, een pak koekjes en wat kaas.

Ze zorgde ervoor dat ze de juiste kleren aanhad. Stevige schoenen (al waren de zolen niet erg dik), reservesokken en een oude anorak die waarschijnlijk van Antoine was geweest, die ze over haar trui aantrok. Nu voelde ze zich klaar om de Mount Everest te beklimmen, en zeker om een wandeling te maken over een paar glooiende heuvels door het bos, op zoek naar een hond.

Daarna liet ze een gedetailleerd briefje achter voor David, mocht haar iets overkomen. Ze was vastbesloten dat niemand een excuus zou hebben om haar domheid te verwijten. Ze schetste zelfs een kaart van waar ze heen wilde gaan, namelijk via een ruw voetpad naar de plek waar ze de truffel hadden gevonden.

Toen ze uiteindelijk vond dat ze verder niets meer kon doen, hees ze de rugzak om haar schouders. Hij was zwaar, maar ze wist dat de glazen fles met water het zwaarst was en dat ze niet zonder water op pad moest gaan. Ze zou vast snel aan het gewicht wennen.

Ze was net onderweg toen ze zich herinnerde dat ze vergeten was de kippen op te hokken. Ze wilde niet dat Stéphie bij terugkomst zou ontdekken dat ze allemaal waren opgegeten door een vos, dus deed ze dat eerst. Daarna ging ze weer op pad.

Hoewel ze na een dag met de bouwvakkers moe was, genoot ze in eerste instantie van de lichamelijke inspanning. Toen keek ze op en zag ze een grote zwarte wolk boven het bos hangen waarnaar ze op weg was. Even overwoog ze rechtsomkeert te maken om een andere jas te halen, steviger dan Antoines anorak, maar dat kon ze na een lange dag lichamelijke arbeid niet meer opbrengen. Ze zei tegen zichzelf dat het wel goed zou komen. Ze ging een bos in, de bomen zouden haar beschermen.

Terwijl ze om de paar minuten Milou riep, liep ze de heuvel op, en hoewel het bij haar vertrek nog lang niet donker was geweest, veranderde dat zodra ze tussen de bomen liep. Ze overwoog haar zaklamp aan te knippen. Ze had gecontroleerd of die het deed toen ze hem meenam uit het kamertje waar zulke spullen werden bewaard, maar ze wist niet hoe lang de batterijen het zouden volhouden. Ze kon hem beter bewaren voor noodgevallen, al stond ze zichzelf niet toe te bedenken wat die zouden kunnen inhouden.

Het was nu bijna muisstil in het bos, afgezien van haar geroep, af en toe het geluid van haar voeten op de grond en het vreemde plotselinge geritsel in de verte. Het waren vast geen everzwijnen of iets gevaarlijks, hield ze zichzelf voor. Het waren vast vogels. Grote vogels. Everzwijnen zouden niet in een bos zo dicht bij de bewoonde wereld rondlopen. Helaas moest ze steeds denken aan de sporen van everzwijnen die ze tijdens hun schaatsuitje hadden gezien en bestudeerd. Die sporen waren veel dichter bij de bewoonde wereld geweest dan zij nu was – hoewel ze in het bos aan de andere kant van het kasteel waren geweest, zei ze snel tegen zichzelf. Hoe dan ook, met haar geroep om de hond zou ze hen zeker afschrikken. Wilde dieren bleven bijna altijd uit de buurt van mensen, als het even kon.

Op het moment dat die bemoedigende gedachte door haar

hoofd ging, besefte ze dat ze dorst had gekregen van het lopen en roepen, dus besloot ze een pauze in te lassen. Ze vond een rotsblok om op te zitten en liet de rugzak van haar rug glijden, dronk flink wat water en at een stukje stokbrood. Even wilde ze al het water opdrinken zodat ze de fles kon weggooien, maar haar gezonde verstand zegevierde.

Geïnspireerd door een vage herinnering aan een *Swallows and Amazons*-boek liet ze een teken achter gemaakt van een paar takjes die op de grond lagen – *patterans*, zoals ze in het boek werden genoemd. Zo wist iedereen die haar zocht – dat zou David zijn – dat ze hier was geweest.

Ze ging weer op weg.

Pas nadat ze haar water ophad en zich schor had geschreeuwd, zag ze dat ze veel verder omhoog was geklommen dan ze zich had gerealiseerd. Ze concentreerde zich op de ene voet voor de andere zetten en merkte toen pas dat het bijna helemaal donker was geworden. Ineens hoorde ze een geluid. Ze besefte dat het regen was die op de bladeren kletterde. Dat was niet goed.

Ze zette haar rugzak neer en haalde haar zaklamp tevoorschijn. Als ze al had getwijfeld aan de wijsheid van haar missie, dan twijfelde ze er nu nog meer aan. Als Milou haar nog niet had gehoord, zou hij dat nu zeker niet doen. En door in het donker en de regen heuvels te beklimmen, bracht ze zichzelf alleen maar in gevaar. Ze voelde zich nu al dom omdat ze zo ver was gelopen zonder er eerst goed over na te denken.

Ze zou de zaklamp aanzetten en teruggaan.

Naar beneden lopen bleek moeilijker dan naar boven. Ze gleed uit over stenen en takken, en nu vond de regen zijn weg langs de bladeren en voegde modder aan de gevaren toe. Verschillende keren viel ze bijna. Ineens viel ze echt, waarbij ze haar zaklamp liet vallen. Ze stuiterde de heuvel af en botste tegen rotsblokken en boomwortels. Net toen door haar hoofd flitste dat dit een veel snellere manier was om naar beneden te gaan dan lopen, botste ze tegen een grote rots, die haar val brak. Ze was buiten adem en bang, durfde zich niet te verroeren voor het geval ze iets gebroken had.

Ze bleek in een beek te zitten en besefte dat de regen van de bergen af door het bos stroomde. Maar nat zijn en het koud hebben waren haar grootste probleem niet. Had ze ergens pijn? Uiteindelijk besloot ze dat het wel meeviel. Hoewel ze gebutst en geschrokken was, onder de modder zat en zich een idioot voelde, was ze niet gewond. Toch bleef ze een tijdje roerloos liggen om de gevolgen van de schok te verwerken. Zonder zaklamp zou het een stuk lastiger worden.

Bij het vooruitzicht in het donker door het bos terug te moeten lopen nu de bodem zo glibberig was, stond het huilen haar nader dan het lachen. Maar huilen hielp niet. Ze moest verder.

'Goed!' zei ze. 'We gaan op weg!' Toen wenste ze dat ze haar gedachten niet hardop had uitgesproken. Tussen de druipende bomen klonk haar stem zo eenzaam en kwetsbaar dat ze bijna weer wilde huilen. In het bos leek het donkerder dan ooit, en het leek nu ook harder te regenen.

Ze krabbelde overeind, gleed meteen weer uit en plofte hard op een rotsblok. Er kwamen nog wat tranen, maar ze was vastbesloten zich te verzetten tegen dat nutteloze zelfmedelijden. Ze moest in beweging komen, kon niet de hele nacht blijven zitten waar ze zat, in een beek, terwijl ze met de seconde natter werd en het kouder kreeg.

Ze had een wandelstok moeten meenemen, besefte ze. In de paraplubak bij de voordeur stond een mooie verzameling. Het was gewoon niet in haar opgekomen dat ze er een nodig zou kunnen hebben. Dan moest ze maar improviseren.

Er was net genoeg licht om een gevallen tak rechts van haar

te kunnen ontwaren. Het was zo glad dat het veiliger was erheen te kruipen, en als ze eenmaal bij de tak was, kon ze er een stuk afbreken om als wandelstok te gebruiken.

Ze deed haar rugzak af, die steeds tegen haar aan stootte en alles lastiger maakte, ging op haar buik liggen en begon te kruipen. Het was vreselijk in de ijskoude modder te liggen, en zich voorttrekkend op haar ellebogen kwam ze maar langzaam vooruit. De tak leek verder weg dan ze in eerste instantie had gedacht.

Net toen ze ernaar wilde reiken, hoorde ze een geluid dat klonk als op hol geslagen vee. Automatisch krulde ze zich op tot een bal om zich zo klein mogelijk te maken en trok ze haar handen onder zich. Op enkele centimeters afstand denderde een schepsel voorbij. Ze opende haar ogen en zag dat het een everzwijn was, met Milou achter zich aan.

'Milou!' schreeuwde Alexandra zo hard als ze kon, maar haar stem was zacht en hees. 'Milou! Stop!' Ze klauterde overeind zodat ze achter hem aan kon gaan, deed een paar passen, struikelde over een boomstam en viel weer. Deze keer tuimelde ze veel verder omlaag. Ze hobbelde en glibberde de heuvel af, en toen ze tot stilstand kwam deed alles pijn. Een van haar enkels was omgeklapt en deed zelfs nog meer pijn.

Deze keer kon ze geen positieve gedachten opbrengen. Ze bevond zich in een pikdonker bos, had het ijskoud en was kletsnat en het leek met de minuut harder te gaan regenen. Haar enkel deed veel pijn, en in deze omstandigheden kon bewegen gevaarlijk zijn. Naar huis gaan leek niet meer mogelijk. Het was beter hier te blijven en te hopen dat David haar de volgende ochtend zou vinden. Het was dat of in haar eentje naar huis kruipen. Ze slikte een brok in haar keel weg, van huilen zou ze zich nog rotter voelen. Nadat ze haar knieën tot aan haar kin had opgetrokken, liet ze haar hoofd erop rusten en sloot ze haar ogen.

De tijd verstreek heel traag. Elke minuut leek wel een uur. Haar enkel deed meer pijn dan enig ander deel van haar lijf, en verder was ze bont en blauw. Ze werd steeds stijver en haar spieren deden pijn, net als haar blauwe plekken. Krampachtig rilde ze.

Zelfs als David haar kwam zoeken, zou hij haar in het donker niet vinden. Hij zou haar *Swallows and Amazons*-patterans niet zien, hij had geen idee waar ze was. Ze zat vast in een Frans bos vol everzwijnen. Er ontsnapte haar een snik die zo zwak en zielig klonk dat er meer snikken volgden. Ze kroop dichter tegen de grond.

Opeens klonk er een luid gesnuif en gejank, en toen werd er aan haar oor gelikt. Het was Milou!

'O, Milou! Ik was zo ongerust.' Ze sloeg haar armen om hem heen, zo hield ze zo veel mogelijk van hem vast en drukte haar gezicht in zijn natte vacht.

Hij leek ook blij haar te zien. Hij likte haar oren en jankte van vreugde, en ondertussen klampte ze zich aan hem vast. 'Je moet nu bij me blijven, Milou. Ik had een touw voor je, maar dat ben ik kwijt. Je moet gewoon bij me blijven en niet achter everzwijnen aan gaan.'

Ze wenste dat ze die niet had genoemd. De herinnering aan die galopperende hoeven die haar op een haar na hadden gemist, maakte haar nog banger. Gelukkig had ze Milou nu. Hij hield haar wel warm. Morgen gingen ze terug, en dan zou iedereen blij zijn hen te zien. Nou ja, ze zouden blij zijn Milou te zien, dacht ze. Haar zouden ze alleen maar ongelooflijk dom vinden.

Ze kropen in het bos tegen elkaar aan, Alexandra met haar ogen dicht en haar armen stevig om de hond heen. Hij was haar vriend en bron van kostbare warmte. Haar enkel klopte, en de pijn omhulde haar als een deken van ongemak. Gelukkig ze had Milou.

Opeens voelde ze hem niet meer! Hij was uit haar armen ontsnapt en rende de heuvel op. Hij had vast weer een everzwijn gehoord. Dat ze hem had gehad gevonden en nu weer kwijt was, maakte haar wanhopig. Het enige goede in deze uitzichtloze situatie was Milou geweest, en nu had hij haar in de steek gelaten.

Ze keek de heuvel op, ook al wist ze dat het veel te donker was om hem te kunnen zien, en zag allemaal lichtjes dansen, net vuurvliegjes. Er klonken stemmen, mannen die in de duisternis naar elkaar riepen. Er was daar iemand! Iemand die kon helpen!

'Ik ben hier!' riep ze, haar stem schor en hopeloos ontoereikend. Opeens besefte ze dat ze Engels sprak.

'*Je suis ici! Aidez-moi!*'

Ze haalde adem om opnieuw te roepen, en toen sprong Milou opeens weer boven op haar en likte haar gezicht. Vlak achter hem aan kwam Antoine.

Alexandra geloofde haar ogen niet. Antoine hoorde kilometers ver weg te zijn, in Nice, en toch was hij hier.

In eerste instantie zei hij niets. Hij trok haar alleen van de grond en nam haar in zijn armen. Hij hield haar zo stevig vast dat ze amper kon ademhalen.

'O, godzijdank, godzijdank! Je bent veilig!' fluisterde hij, terwijl hij er vertederende woorden in het Frans aan toevoegde en haar hoofd onder zijn kin trok. Opeens leek hij bij zinnen te komen. 'Ik ben zo opgelucht dat je veilig bent. Toen we je rugzak vonden dacht ik dat er wel van alles met je gebeurd kon zijn.'

'Waarom ben je hier? Je ging naar Nice,' fluisterde Alexandra.

'Zodra ik wist dat je achter die ellendige hond aan ging, kon ik daar niet meer blijven. Maar hij vond me en leidde me naar jou, dus daar moeten we hem ten minste dankbaar voor zijn.'

Alexandra begon onbedaarlijk te rillen. 'Ik was zo bang,' zei ze. 'Ik dacht dat ik hier de hele nacht zou zitten.'

'We moeten je naar huis brengen. Ben je gewond?'

'Mijn enkel...'

'Kun je er gewicht op zetten?'

Ze probeerde het en kromp ineen. 'Een beetje. Hij is niet gebroken.'

'Misschien is hij verstuikt.'

'We kunnen hem wel met mijn sjaal verbinden.' Ze bracht haar hand naar haar hoofd en besefte dat ze haar sjaal ergens onderweg verloren had. Nu ze veilig was, drong nog meer tot haar door dat ze echt gevaar had gelopen. Ze vond dat ze zich moest verantwoorden. 'Ik probeerde verstandig te zijn. Ik heb een briefje achtergelaten. En tekens.'

'En ik heb ze gevonden. Kun je lopen?'

'Natuurlijk!' zei Alexandra, die weer een beetje moed kreeg. Ze probeerde opnieuw op haar enkel te staan en jammerde. 'Het kan zijn dat je me moet ondersteunen. Maar kun jij wel lopen? Het is spekglad.'

'Ik heb een skistok meegenomen. Ik laat je echt niet vallen. Kun je met je andere hand Milous riem vasthouden?'

Antoine had duidelijk niet gedacht dat het de goden verzoeken was een riem mee te nemen, zoals zij had gemeend. 'Ik doe hem om mijn pols. Hij lijkt wel dichtbij te willen blijven. Maar als hij nog een everzwijn hoort...'

'Waren er everzwijnen? O, Alexandra! Was je bang?'

'Nee,' zei ze. Toen corrigeerde ze zichzelf. 'Ik was doodsbenauwd.'

32

Terwijl Antoine haar stevig vasthield, zette ze strompelend de ene voet voor de andere. Ze besefte dat hij bijna al haar gewicht op zich nam, maar het kon niet anders. Zijn nabijheid hield haar op de been. Ze had bijna het gevoel dat ze één en dezelfde persoon waren.

Uiteindelijk kwamen ze onder in het bos aan, waar een man stond te wachten bij een gehavende Citroën Deux Chevaux met brandende koplampen.

Antoine en de man voerden een gesprek in een dialect zo zwaar dat Alexandra het niet kon verstaan. Toen tilde Antoine haar op de bijrijdersstoel en stapte achterin bij Milou. Terwijl ze voorthobbelden, viel het Alexandra op dat Antoine twee soorten Frans sprak, een voor de salon en een voor de mensen op zijn boerderij. Door haar werk met de bouwvakkers had ze wat dialectwoorden opgepikt, maar ze begreep niet veel van wat Antoine en zijn vriend net hadden gezegd, al herkende ze het woord *sanglier*, dat everzwijn betekende.

Toen ze bij de voordeur van het kasteel aankwamen, sprong Antoine uit de auto, liep eromheen en tilde haar van de bijrijdersstoel. Vervolgens droeg hij haar het huis binnen en zette haar op de grote fauteuil in de hal. Milou kwam achter hem aan. De twee jonge katten renden naar hem toe, blij dat hun leider weer thuis was.

David was er ook. 'O, Lexi! Wat is er in vredesnaam met je gebeurd? Je zit onder de modder. En daar is Milou. Jij lastige hond! We maakten ons allemaal zo veel zorgen over je.'

'Zorg goed voor haar, David,' zei Antoine. 'Ik moet even met Hervé praten en Bruno en de mannen bedanken die met me mee zijn gegaan om Alexandra te zoeken. En daarna moet ik naar Nice bellen, zodat Stéphie weet dat Milou veilig is.' Hij keek naar Alexandra, die begon te rillen. 'Meer hoef ik niet tegen haar te zeggen.'

David aarzelde niet. 'Kom, dan brengen we je naar een warme plek,' zei hij tegen Alexandra. 'Maar misschien wil je je eerst een beetje wassen. Kun je lopen?'

'Geef me je arm tot aan de deur van het toilet. Dan gaat het wel.'

Ze keek opzettelijk niet in de spiegel boven de wastafel, want ze wilde niet weten hoe belabberd en verfomfaaid ze eruitzag. Het ergste vuil verwijderde ze weg met koud water en een handdoek die waarschijnlijk voor altijd sporen van modder zou vertonen.

David stond op haar te wachten en hielp haar naar de keuken, waar het vuur hoog oplaaide in het fornuis.

'Ik heb er zo veel mogelijk hout op gelegd in de hoop warm water te krijgen,' zei David, terwijl hij haar naar de stoel hielp die dicht bij het vuur was neergezet. 'Veel heet water zal er nog niet zijn, maar als je bij het fornuis blijft zitten, warm je wel op.'

Voorzichtig ging ze zitten. Nu begon ze haar pijntjes weer te voelen. David hielp haar uit haar schoenen en sokken en wikkelde een handdoek om haar blote voeten.

'Ik pak zo je pantoffels en laat de cognac hier bij jou. Nu ga ik eerst Milou eten geven. Hij zal wel rammelen van de honger.'

Alexandra dronk de cognac die David had ingeschonken en genoot van de warmte toen ze die doorslikte.

'Oké,' zei David, 'nu moet je iets warms hebben.' Hij schonk nog wat cognac in haar glas. 'Waar heb je zin in? Warme melk? Warme chocolademelk? Soep kost meer tijd. Toast? Roerei?'

Ze onderbrak hem. 'David? Ik herinner me net iets. Hoor jij niet kunst te bekijken?'

'Ik ben teruggekomen om te zien of je op zoek was gegaan naar Milou en vond je briefje.'

'Je hebt je date dus in de steek gelaten?'

'Wat is een date vergeleken met zorgen voor mijn surrogaatkind?'

Opeens kon Alexandra wel huilen. Ze wist dat dat deels door de cognac kwam. 'Je kunt wel gaan, hoor. Het komt goed met je surrogaatkind. Ik heb het warm en ik heb alcohol. En Antoine zal verder voor me zorgen.' Ze zag dat David in de verleiding kwam. 'Echt. Ik heb vanavond zo veel problemen veroorzaakt, met mensen die naar me op zoek moesten en alles. Bezorg me nu niet ook nog een schuldgevoel vanwege je date.'

David dacht heel lang na. 'Weet je het zeker?'

'Absoluut!' Hoewel ze het niet zou hebben toegegeven, zelfs niet tegenover zichzelf, had ze zo haar eigen redenen om hem uit de weg te willen hebben.

Hij stond haar aan te kijken alsof hij nog meer redenen bedacht om niet bij haar weg te gaan. 'Morgenochtend ben ik er weer. Maar als je het echt niet erg vindt, ga ik terug.'

'Prima! Je haalt me altijd uit de nesten, David. Ik wil niet dat je sociale leven moet lijden omdat ik me als een idioot heb gedragen.'

'Een dappere, goedbedoelende idioot...'

'Ga!'

Hij kuste haar op een wang en vertrok.

Antoine kwam binnen. 'Ik heb met Stéphie gepraat en ze is dolblij. En jou heel erg dankbaar.'

'Het was echt heel dom van me. Ik had het bos niet in moeten gaan toen het regende en donker werd.'

Antoine zei niets, al twijfelde Alexandra er niet aan dat hij het met haar eens was. 'We moeten een warm bad voor je regelen,' zei hij.

Ze knikte. 'Ik heb het zo koud!'

'En je bent zo smerig!' Hij glimlachte door zijn bezorgdheid heen. 'Eerst eten. Ik maak een omelet.' Hij vulde haar glas bij.

Alexandra keek naar de cognac, in de wetenschap dat ze al heel wat gedronken had. Maar ze voelde zich er beter door, dus nam ze nog een slokje.

Antoine maakte een omelet voor haar, die ze opat. Ze was te moe om het brood op te eten dat hij haar voorzette.

'Sorry,' zei ze toen hij afkeurend keek. 'Al dat kauwen. Ik heb er gewoon de energie niet voor.'

'Kom, dan doen we je in bad en stoppen we je in bed.' Hij maakte aanstalten om haar op te tillen, maar daar verzette ze zich tegen.

'Ik kan wel lopen! Geef me gewoon je arm.' Ze wilde niet als een filmster de trap op gedragen worden terwijl ze zich allesbehalve een ster voelde.

Toch droeg hij haar bijna naar boven, aangezien hij haar flink moest ondersteunen. Het gaf haar wel een goed gevoel dat ze ten minste deels op eigen kracht liep. Ze voelde zich nog best wiebelig, maar hij was er om haar te ondersteunen.

'Hoe gaat het met je enkel?' vroeg hij zodra ze boven waren.

'Al iets beter, denk ik,' zei ze met een glimlach.

'Goed, ik laat het bad vollopen. Je moet het warme water in de gaten houden. Zodra het koud begint te worden, moet je de warme kraan dichtdraaien.'

Alexandra vroeg zich af waarom hij vond dat hij dat moest uitleggen, terwijl ze al het grootste deel van haar leven baden had klaargemaakt, maar ze zou doen wat haar gezegd werd. Ze keek toe hoe hij het water liet stromen tot het gloeiend heet was en toen pas de stop in het bad deed.

'Nu ga ik een fluitketel water aan de kook brengen om het warme water bij te vullen,' zei hij. 'Laat er geen koud water bij komen. Dit wordt niet een erg warm bad. Je kunt er je haar niet in wassen.'

Ze glimlachte opnieuw. Hij scheen haar te verwarren met Stéphie, maar hij was zo aardig dat ze niet wilde klagen.

Ze draaide de warme kraan dicht zodra het water koud werd, en even later verscheen Antoine met een waterketel. Alexandra had ervaring met het vullen van baden met waterketels, het resultaat was nooit echt bevredigend. Toch moest ze de modder op de een of andere manier wegwassen, en dit volstond.

'Blijf niet te lang in bad zitten,' zei Antoine. 'Je moet je bed in.'

Ze knikte. 'Dat weet ik.'

'Roep gerust als je hulp nodig hebt met uit bad komen.'

'Zal ik doen,' zei ze, in de wetenschap dat ze het badwater nog eerder in een blok ijs zou laten veranderen dan dat ze hem om hulp zou vragen.

Helaas gleed ze met haar geblesseerde voet uit toen ze in bad stapte. Het deed geen pijn, maar het betekende wel dat ze kopjeonder ging en haar haar nat werd. Ook al had Antoine tegen haar gezegd dat ze haar haar niet moest wassen, dat kon ze net zo goed wél doen nu het toch nat was.

Ze waste zo veel mogelijk modder van haar lijf en uit haar haar, en spoelde zich af. Het water was heel troebel. Terwijl ze zich met de kranen als steun overeind hees, besloot ze dat ze morgen het bad zou schoonmaken, als ze wat mobieler was en het niet meer zo ijskoud had.

Leunend tegen de muur droogde ze zich af, en ze trok haar nachthemd en kamerjas over haar nog vochtige lijf aan. Daarna probeerde ze haar haar zo goed mogelijk te drogen en opende ze de deur.

Buiten stond Antoine. Zijn afkeuring was overduidelijk toen hij zag dat haar haar nat was.

'Ik gleed uit,' zei ze voor hij iets kon zeggen. 'Help me maar mijn bed in.'

Hoewel Antoine de kruik met heet water door een nieuwe had vervangen, had Alexandra het nog steeds koud. Ze rilde.

'Dat komt doordat je haar nat is,' zei hij. 'Ik pak nog een handdoek.'

Hij wreef over haar haar, dat nog een beetje zanderig was. 'Iets warms om te drinken,' zei hij. 'Ik haal het wel.'

Alexandra krulde zich op tot een bal en dacht dat ze het nooit meer warm zou krijgen, maar ze was in elk geval veilig, ze lag niet in een beekje te wachten tot een everzwijn haar vertrapte.

'Hier,' zei Antoine. 'Warme melk. Ik hoop dat je het lekker vindt.'

Alexandra dronk de beker leeg. Al hielp het wel een beetje, ze had het nog steeds koud. 'Ik kan niet kiezen of ik de kruik tegen mijn voeten of tegen mijn lijf wil hebben,' zei ze klappertandend.

Hij bleef een ogenblik naar haar staan kijken, waarna hij zijn schoenen uittrok en bij haar in bed kroop.

'We moeten je warm zien te krijgen,' zei hij.

Hij legde zijn arm onder haar hoofd en trok haar tegen zich aan. Ze sloeg een arm over hem heen, legde haar hoofd op zijn borst en sloot haar ogen.

Door alle cognac die ze had gedronken, was ze vast even ingedut, want ineens was ze wakker en wist ze wat ze moest doen. Het zou niet meevallen, maar het zou haar een herinnering geven die ze voor altijd in haar hart kon bewaren, samen met het moment in het bos toen ze echt had gevoeld dat hij van haar hield. Als ze het moment voorbij liet gaan, zou ze het zichzelf misschien nooit vergeven. David had tegen haar gezegd dat je meestal spijt krijgt van dingen die je níét doet, niet van dingen die je wel doet.

'Antoine,' fluisterde ze.

'Ja?'

'Wil je met me vrijen?'

Ze voelde een schok door zijn lijf gaan en praatte snel verder, voordat hij haar kon tegenhouden. Dat ze zijn gezicht niet kon zien, maakte het makkelijker.

'Omdat ik weet dat ik binnenkort weg moet, door moet met het echte leven, en de tijd die ik op het kasteel heb doorgebracht, waarin ik zo gelukkig ben geweest, achter me moet laten. Ik weet dat ik op een dag een geschikte man zal ontmoeten en me waarschijnlijk met hem zal verloven en met hem naar bed zal gaan.' Ze haalde even adem. 'En dat is prima. Ik ga niet trouwen met iemand van wie ik niet hou, maar ik wil dat jij de eerste bent. Ik wil dat de eerste man op wie ik verliefd ben geworden de man is met wie ik de eerste keer...' Ze slikte moeizaam, want ze was niet moedig genoeg om al te veel in detail te treden. 'Ik wil gewoon dat jij de eerste bent,' zei ze.

De paar tellen stilte voordat hij reageerde leken uren te duren.

'*Mignonne*,' zei Antoine, 'ik weet niet wat ik moet zeggen. Ik voel me heel... gevleid.'

'Je hoeft niets te zeggen,' zei ze snel, voordat hij iets nog verschrikkelijkers kon zeggen. 'Doe alleen wat ik heb gevraagd. Alsjeblieft.'

Hij verschoof en liet zijn hoofd op zijn hand rusten, zodat ze niet zo verstrengeld waren en hij tegen haar kon praten. 'Ik hou te veel van je om dat te doen.'

'Als je van me houdt, waarom wil je dan niet met me vrijen?'

'Daar zijn zoveel redenen voor...'

'Zoals wat?'

'De meest praktische reden is dat je zwanger kunt raken. Ik weet dat mensen zeggen dat het de eerste keer niet kan gebeuren...'

'Dat kan wel. Dat weet ik,' zei Alexandra. 'Wat zijn je andere redenen?'

'We kunnen niet over die eerste reden heen stappen. Als je zwanger raakt, moeten we trouwen, en ik kan niet met je trouwen!'

'Waarom niet?' Haar stem stokte. 'Wat is er mis met mij?'

'Er is niets mis met je. Elke haar op je hoofd, elke cel van je lijf is prachtig. Je bent de mooiste vrouw die ik ooit heb ontmoet. Je bent intelligent, dapper, aardig, grappig, je lijkt bijna net zoveel van mijn kinderen te houden als ik en je hebt je leven geriskeerd voor een hond. Of misschien voor Stéphie – dat doet er niet toe. Je bent een echte heldin.'

'Maar?'

'Ik ben te oud voor je, en jij bent een erfgename. Als ik met je trouw, wat zal iedereen dan denken? En zeggen?'

'Moeten we ons iets aantrekken van wat mensen denken en zeggen?'

'Misschien niet, alleen zal het leeftijdsverschil niet veranderen, en het feit dat je voor me werkt ook niet. Je bevindt je in een kwetsbare positie. Je reputatie...'

'Mensen trouwen toch om hun reputatie te redden?'

'Niet in dit geval!'

Ze hield zich aan zijn trui vast. 'Ik wil een mooie herinnering...'

'Je zult een leven vol mooie herinneringen hebben. Ga nu slapen. Bedenk hoe blij Stéphie zal zijn wanneer ze Milou ziet. Rust uit. Je hebt een groot avontuur beleefd. Je moet slapen.'

Hij wurmde zich onder de dekens vandaan, maar bleef erbovenop liggen en streelde haar voorhoofd tot ze sliep.

Ze werd wakker met hoofdpijn. Te veel cognac, dacht ze. En toen spoelden de herinneringen aan wat er met Antoine was gebeurd als een vloedgolf over haar heen. Zweet prikkelde bij haar haargrens. Ze was misselijk. Hoeveel daarvan de kater was en hoeveel een verpletterend schaamtegevoel wist ze niet. Ze wist alleen dat ze dood wilde, of liever nog, honderden kilometers bij Antoine vandaan wilde zijn.

Langzaam stapte ze uit bed. Haar spieren waren erg stijf, maar haar enkel leek beter. Ze kon er bijna goed op lopen. Hoewel ze nog hinkte toen ze naar het toilet ging, bewoog ze zich veel soepeler dan de avond daarvoor.

Een snelle blik was voldoende om haar te vertellen hoe belabberd ze eruitzag: bleek, met haar dat onder rare hoeken omhoogstak en nog vochtig was.

Ze ging terug naar haar kamer en kleedde zich aan. Dat duurde een eeuwigheid. Ze trok een rok aan die ze bij haar Chanel-jasje kon dragen, vond een panty en haar enige paar pumps. Ze ging weg.

Boven aan de trap luisterde ze of ze Antoine ergens hoorde. Er klonken geluiden uit de keuken, en toen hoorde ze David iets tegen Milou zeggen. Daardoor durfde ze te denken dat Antoine niet in de buurt was. Ze liep op haar tenen naar zijn slaapkamerdeur en luisterde of hij nog sliep. Niets. De deur zat niet goed dicht, dus ze duwde er met haar vinger tegen, zodat hij ver genoeg openging om te kunnen zien dat hij er niet was.

Opluchting en teleurstelling vochten even met elkaar om voorrang, tot de opluchting won. Ze kon het niet aan hem ooit nog te zien. Zwaar leunend op de leuning kwam ze de trap af.

'Had even geroepen, Lexi! Dan had ik je naar beneden geholpen,' zei David. Hij liet zijn blik over haar heen glijden en doorzag duidelijk haar kledingkeuze en gemoedstoestand. 'Gaat het wel goed met je?'

Ze knikte. 'Ik moet weg. Zo snel mogelijk. Weet je waar Antoine is?'

David knikte. 'We kwamen elkaar op de oprijlaan tegen. Hij is teruggegaan naar Nice om de familie op te halen.'

Alexandra zakte op een stoel neer. 'Hij kan het duidelijk niet verdragen me te zien. Ik snap hem wel. Ik kan het niet verdragen hem te zien.'

'Oké, eerst thee, en vertel me dan waarom. Als je wilt.'

Het was louterend David alles te vertellen. Hij gaf geen commentaar, vulde alleen haar mok thee bij, zette eten voor haar neer en luisterde.

'Ik neem aan dat een poging wagen je op andere gedachten te brengen zinloos is?' zei hij ten slotte.

'Ja. Ik kan het niet aan Antoine weer te zien. Ik moet weg. Leg alsjeblieft aan Stéphie en de anderen uit dat ik onverwachts weg moest. Dat vinden ze vast niet erg, nu ze Milou weer hebben.' Ze stond op. 'Ik moet de treintijden naar Parijs opzoeken en Donna bellen.' Even was ze stil. 'En als zij me niet kan hebben, ga ik terug naar het pension waar ik eerder verbleef. Ik red me wel. Ik neem zo snel mogelijk de trein naar Zwitserland.'

'Echt?' zei David. 'Waarom niet eerst een beetje van Parijs genieten? Dat was je oorspronkelijk van plan, weet je nog?'

Ze knikte. 'Nou ja, als ik bij Donna kan logeren, doe ik dat misschien wel.'

‘Ik zoek de treintijden wel op terwijl jij je spullen pakt,’ zei hij. ‘Je hoeft niet alles mee te nemen, alleen de spullen die je in Parijs nodig hebt. Wanneer je bij je familie woont, heb je echt geen overall nodig.’

Hoewel ze het gevoel had gehad dat ze nooit meer zou kunnen lachen, moest ze daar toch om grinniken. ‘Zeker niet eentje die onder het gruis van baksteen zit.’

‘Laat alles wat je niet nodig hebt hier. Ik zoek het later wel uit. Pak je spullen bij elkaar en bel dan Donna. Ik weet zeker dat ze blij zal zijn van je te horen.’

33

David had gelijk: Donna was dolblij van haar te horen en stond erop dat ze kwam logeren. Aangezien David haar ook flink wat geld had gegeven in ruil voor een cheque, aarzelde ze niet een taxi te nemen van het station naar Donna's appartement, nadat de trein uiteindelijk Parijs binnen was gereden. Hoewel haar enkel aan de beterende hand was, was hij nog niet opgewassen tegen al het lopen dat op de een of andere manier altijd bij reizen met de metro kwam kijken. Het was een beetje lastig de trap op te komen, maar toen ze eenmaal had aangebeld, gooide Donna de deur open.

'O, schat!' zei Donna. 'Wat is er met je gebeurd? Kom binnen, dan nemen we een glas champagne.'

Tot haar grote schaamte barstte Alexandra in tranen uit.

'Wat is er toch, Alexandra? Neem anders een cognacje.'

'Ik drink nooit meer cognac,' zei Alexandra tussen haar snikken door.

'Wil je me erover vertellen?'

Alexandra merkte dat ze dat wilde. Ze was heel gelukkig geweest in het kasteel en was teleurgesteld bij de gedachte dat ze niet bij Jack en Penelopes bruiloft zou zijn, maar ze had vrouwelijk gezelschap gemist dat ze in vertrouwen kon nemen.

Met zijn tweeën zaten ze aan de kleine keukentafel chips te knabbelen. Na haar eerste glas champagne dronk Alexandra Perrier-water, want alcohol kon je ernstig in de problemen brengen.

Toen ze aankwam bij het stukje waar ze Antoine vroeg met haar te vrijen, hapte Donna verschrikt naar adem.

'Dat was dapper,' zei ze.

Door haar blik van absoluut afgrijzen voelde Alexandra zich nog ellendiger. 'Het kwam door de cognac. Blijkbaar had ik veel meer gedronken dan ik dacht.'

'Ik neem het je niet kwalijk dat je met hem naar bed wilde,' zei Donna. 'Antoine is zo knap. Maar het hem vragen! Als ik seks wil met Bob, kleed ik me op zo'n manier uit dat hij zin krijgt. Ik zou er echt nooit recht voor zijn raap om vragen. Niet dat ik het verkeerd vind als vrouwen dat doen, ik zou het alleen zelf nooit doen.'

'Je vindt het dus niet gek dat ik de benen heb genomen?'

'Nee! Als ik jou was nam ik een warm bad, om het koude bad van gisteravond te compenseren. Trek daarna je mooiste kleren aan, dan gaan we uit eten. Om de hoek is een schattig bistrootje, waar de obers vriendelijk zijn en we onszelf kunnen troosten met steak frites. Ik hoop dat je op zijn minst een paar dagen kunt blijven. Ik wil een vriendin hebben om mee te winkelen!'

'Als je een constante toevoer van warm water hebt, denk ik dat ik wel kan blijven. O, Donna, nog een heel grote gunst? Kun je mijn vriend David in het kasteel bellen en tegen hem zeggen dat ik veilig ben aangekomen? Dat had ik eigenlijk al eerder moeten doen.'

Het was goed om eropuit te gaan, zei Alexandra streng tegen zichzelf, mooi aangekleed en opgemaakt. Ze had de laatste tijd vele uren in een overall handarbeid verricht, nu voelde ze zich weer een vrouw.

Donna keurde haar verschijning goed. 'Je ziet er geweldig uit,' zei ze. 'Je hebt duidelijk besloten de teugels weer in eigen hand te nemen.'

Alexandra glimlachte. Hoewel ze dacht dat ze vanbinnen voorgoed gebroken was, vond ze dat ze zich sterk moest houden. Donna was zichtbaar blij dat ze kon blijven. 'Misschien ben ik er nog niet aan toe weer in het zadel te gaan zitten, maar ik ben bereid een voet in de stijgbeugel te zetten.'

Donna, die in de VS een plattelandsmeisje was geweest, kon die analogie wel waarderen.

Nadat ze de volgende ochtend hadden ontbeten met Bob, die heel vriendelijk en gastvrij was, besloot Donna dat Alexandra moest gaan winkelen. 'Niets vrolijkt een vrouw meer op dan een nieuwe hoed, zoals mijn moeder placht te zeggen. Al heb ik zelf liever een nieuwe jurk,' zei ze terwijl ze broodkruimels op haar servet veegde.

'Ik kan zeker wel wat nieuwe kleren gebruiken. Sinds ik in Frankrijk ben, lijk ik alleen maar spullen gekocht te hebben bij een boerenkraam of een brocante. Misschien wordt het tijd om een bezoekje te brengen aan de modieuze winkels van Parijs.'

Alexandra had wat geld gespaard, want in de Provence had ze nauwelijks iets uitgegeven. En iets moois om aan te trekken zou haar opvrolijken. Het zou ook haar innerlijke gevoelens goed verhullen. Niemand zou geloven dat een vrouw in een nieuwe jurk een gebroken hart kon hebben. Ze deed haar haar in een chignon om een begin te maken met haar nieuwe look.

Ondanks Donna's behulpzame suggesties vond Alexandra het lastig iets te vinden wat ze echt leuk vond. Parijs had prachtige winkels, ook al vielen vele ervan buiten haar budget. Maar haar enkel deed pijn en ze was niet in de juiste stemming om te winkelen.

Ze hadden net besloten geen kleren meer te zoeken en ergens te gaan lunchen, toen Donna opeens in een kleine winkel verdween die Alexandra over het hoofd had gezien. Ze schoot bijna onmiddellijk weer naar buiten.

'Kom hier naar binnen! Ze hebben heel mooie kleding. En redelijk geprijsd!'

Alexandra wist dat Donna's idee van 'redelijk geprijsd' verschilde van het hare, al was ze op pad gegaan met de bedoeling geld uit te geven. Toch volgde ze haar de boetiek in. Ze hadden er misschien wel een stoel waar ze even op kon zitten om haar enkel rust te geven, hield ze zichzelf voor.

De *vendeuse* kwam naar voren en vroeg in het Engels: 'Kan ik u helpen, madame?'

'Mijn vriendin heeft iets moois nodig wat niet te duur is,' zei Donna. 'Ze moet er fantastisch uitzien.'

De verkoopster knikte en richtte zich tot Alexandra. 'U hebt een zeer elegant figuur en mooi haar – al lijkt dat wel wat aandacht te behoeven – en een perfecte huid. Alles zal u betoverend staan. Voor nu iets heel eenvoudigs, denk ik.' Schijnbaar zonder te kijken stak ze een arm in een rek, waar ze een mouwloze jurk in een beeldschone tint uit haalde.

'Ik vind de kleur prachtig,' zei Alexandra.

'Ik omschrijf dit als Schiaparelli-roze,' zei de verkoopster. 'Het is een krachtige kleur, geen kleur voor een meisje, maar voor een vrouw. Al zullen veel mensen het vast niet met me eens zijn over de precieze kleur. Er hoort een jas bij.'

Voordat Alexandra goed en wel besefte wat er gebeurde, stond ze in een kleedkamer.

'Doe alstublieft de sjaal over uw hoofd,' werd tegen haar gezegd, 'zodat er geen lipstick op de jurk komt.'

Voordat ze een poging kon doen de jurk dicht te ritsen, was de verkoopster al bij haar om dat te doen. 'Kom maar naar buiten, dan kan uw vriendin u ook bekijken.'

'Daar moeten hakken onder!' zei de verkoopster vervolgens, en ze kwam met een paar op de proppen. 'En hier is de jas.'

Het was een eenvoudige, mouwloze jurk die tot een centimeter of twee boven de knie viel. De jas was een fractie langer en had een opstaande kraag en grote knopen met een gouden randje.

'Er is ook een hoed bij,' zei de verkoopster, die een strooien hoed met afhangende rand op haar hoofd zette.

Donna hapte naar adem. 'Je ziet er prachtig uit!' zei ze.

De assistente plooide de kraag van de jas en herschikte de hoed. 'Voilà! U ziet eruit als een model.'

'Koop het!' zei Donna.

Alexandra lachte. Het was fijn te zien hoe betoverend en geraffineerd ze er nu uitzag, zichzelf eraan te herinneren wie ze was geweest voordat ze naar de Provence was gegaan. Ze vond de hoed het einde.

De verkoopster noemde een bedrag dat meer dan het dubbele was van wat Alexandra sinds haar laatste bezoek aan Parijs aan kleding had uitgegeven.

Ze haalde haar schouders op. 'Waarom niet? Alleen de hoed koop ik niet. Die krijg ik nooit heelhuids in Zwitserland.'

Donna wapperde afwijzend met een hand. 'Ach, dat lukt je op de een of andere manier wel. Hij staat perfect bij de outfit. Goed, reken af, dan gaan we lunchen. Ik rammel!'

Beide vrouwen kregen de indruk dat zo'n openbare bekentenis trek te hebben de goedkeuring van de vendeuse niet kon wegdragen.

De volgende ochtend zat Alexandra in de salon, waar ze door Donna naartoe was gestuurd, ansichtkaarten te schrijven.

Donna, Alexandra en Bob hadden genoten van een heel prettige avond, maar de situatie kon niet eeuwig zo blijven. Alexandra vond het tijd om haar familie in Zwitserland te vertellen dat haar terugkeer op handen was. En daar had ze een ansichtkaart voor gekozen, zodat ze niet te veel in detail hoefde te treden.

Ze droeg haar nieuwe jurk, omdat Donna zo nog meer wilde winkelen (Alexandra wist alleen niet of haar enkel het aan zou kunnen), en daarna wilde Donna haar meenemen naar een nieuw restaurant dat het lievelingsrestaurant van de expatgemeenschap was geworden.

Ze hoorde de voordeur openklikken maar bleef schrijven, want ze probeerde net het adres van haar nicht in een te klein vakje te noteren. Ineens keek ze op. Daar stond Antoine. Hij leek ongewoon bedeesd, niet zeker wetend of hij welkom was. Een oneindig ogenblik zei hij niets.

Toen spreidde hij zijn armen. 'Mijn liefste, de kinderen hebben me het huis uit gegooid en laten me alleen terugkomen als ik jou bij me heb. Ik ben gekomen om je mee naar huis te nemen.'

34

Alexandra wist niet of ze moest lachen of huilen. Ze was geschokt, verrukt, onthutst en verward, en dat allemaal tegelijk.

'Wil je me mijn stommiteit vergeven?' ging Antoine verder. 'Ik liet je gaan omdat ik dacht dat dat het beste voor je was, maar nu weet ik dat ik het helemaal mis had.' Hij liep de kamer door naar waar zij zat. 'Jij bent mijn baken, mijn wereld, mijn zo dierbare liefste.' Hij trok haar overeind en opeens lag ze in zijn armen, met zijn mond op de hare. Ze voelde zich licht in haar hoofd door de kracht van zijn en haar eigen passie.

Buiten adem zei ze: 'Ben ik niet te jong voor je?'

'Je bent ideaal voor mij. En ik ga er de rest van mijn leven voor zorgen dat ik ideaal ben voor jou.'

'Je bent al ideaal genoeg,' mompelde ze, terwijl ze zich aan zijn revers vasthield en hem omlaagtrok, zodat ze hem nog eens kon kussen.

Toen Donna even later op de deur klopte en binnenkwam, trof ze hen beiden op de bank aan. Alexandra's haar zat nu niet langer in een elegante chignon, maar hing over haar schouders.

'Antoine?' zei ze zacht. 'Je chauffeur is beneden. Wat zal ik tegen hem zeggen?'

'Je chauffeur?' zei Alexandra. 'De laatste keer dat ik bij je was, zat je in een Deux Chevaux die over de velden hobbelde.'

'Maar ik had wel een chauffeur!' zei hij verontwaardigd.

Alexandra lachte, terwijl ze terugdacht aan de boer die zo aardig en voor haar onverstaanbaar was geweest.

'Deze is door het kantoor gestuurd. Ik moest wat papieren tekenen, dus ben ik vanmorgen opgehaald van mijn logeerplek.'

'Was je gisteravond al in Parijs?' vroeg ze, peinzend over de prettige maar voor haar eenzame avond die ze had doorgebracht met Donna en Bob, die zoveel moeite hadden gedaan om haar op te vrolijken. En dan te bedenken dat Antoine, aan wie ze voortdurend had gedacht, in dezelfde stad was geweest en zij het niet had geweten!

'Ik kon gisteravond niet naar je toe komen, hoe graag ik dat ook wilde,' zei Antoine. 'Na aankomst bij mijn peettante kon ik niet meteen weer de benen nemen, en het was al laat op de avond. Ze zou diep beledigd en geschokt zijn geweest door zulk onstuimig gedrag. En iedereen, de hele familie, heeft gezegd dat ik je fatsoenlijk ten huwelijk moet vragen.'

'O!' zei Donna opgewonden, en ze keek Alexandra aan. 'Heeft hij dat gedaan?'

Alexandra dacht even na. 'Nee, volgens mij niet.'

Meteen ging Antoine op één knie zitten. 'Mijn liefste Alexandra, wil je mij de grote eer bewijzen mijn vrouw te worden?'

Zij lachte en pakte zijn handen. 'Ik denk het wel,' zei ze, terwijl ze deed alsof ze erover nadacht. 'Misschien bevalt het me wel gravin te zijn.'

Antoine stond op en omhelsde Alexandra, waarna Donna hen beiden omarmde. 'Zo, tijd voor meer champagne?' vroeg ze.

Bob, die nog niet weg was naar kantoor, kwam binnen. 'Sinds we in Parijs wonen, heeft mijn vrouw een grote voorliefde voor champagne ontwikkeld, maar er is nog nooit een betere reden geweest om die te drinken dan deze.'

'Moet je haar meteen mee terugnemen naar het platteland?' vroeg Donna weemoedig. 'Kunnen we haar niet nog wat langer in Parijs houden?'

'Ik denk wel dat we terug moeten,' zei Alexandra. 'Ik moet een bruiloft organiseren.' Opeens verlangde ze enorm naar het kasteel en iedereen die er woonde. Het was haar thuis, en de mensen die er woonden waren haar familie.

'Ik denk dat het ook zonder ons wel goedkomt met die bruiloft,' zei Antoine. 'Ik wil je Parijs laten zien. We moeten een verlovingsring kopen, en er is een bejaarde dame aan wie ik je wil voorstellen. Zonder haar toestemming wordt er echt niet getrouwd, ben ik bang. Wanneer we dat allemaal hebben gedaan en de bruiloft goed en wel achter de rug is, gaan we naar huis.'

'Maar Stéphie...' protesteerde Alexandra.

'Stéphie zal het volkomen begrijpen. Zij was degene die mij de strikte opdracht gaf niet zonder jou naar huis te komen.'

'Trouw je alleen met me om je dochter een plezier te doen?' vroeg Alexandra.

'*Pas du tout.* Maar als ik niet met je trouw, zal mijn dochter – zullen geen van mijn kinderen – me dat ooit vergeven.'

Donna zuchtte. 'Ik ben heel erg blij voor jullie.' Even was ze stil. 'Bob, wil jij met me naar dat restaurant waar al onze Amerikaanse vrienden zo lovend over zijn? Ik zou met Alexandra gaan, maar die wil nu niet meer.'

'Waarom zouden we niet mee willen?' vroeg Alexandra. 'Het klinkt zalig.' Ondanks alles, ondanks het feit dat Antoine en zij eindelijk in het openbaar voor hun gevoelens waren uitgekomen, voelde ze zich er ineens een beetje verlegen om alleen te zijn met Antoine.

'We kunnen onze verloving in gezelschap vieren,' zei Antoine, 'en de champagne misschien nog even uitstellen?'

'O,' zei Donna, die in haar handen klapte. 'Denk je eens in hoe cool het is als we aankomen met een echte Franse comte en zijn mooie verloofde! Ik hoop dat al mijn expatvrienden er zijn.'

'We willen graag met jullie mee, als jullie het niet erg vinden,' zei Antoine. 'Ik moet eerst alleen nog wat dingen regelen.'

'Ik ook,' zei Alexandra. 'Ik moet mijn familie laten weten dat ik ga trouwen!' Ze was opeens dolgelukkig; de man op wie ze op slag verliefd was geworden, hield ook van haar. 'Moet ik een nieuwe ansichtkaart schrijven, denk je? Of kan ik gewoon zeggen: Vergeet dat allemaal maar, ik ga trouwen?'

Donna maakte een tsk-geluidje en schudde haar hoofd, blijkbaar keurde ze Alexandra's lichtzinnigheid af. 'Ik denk dat je erbij moet zetten dat hij een graaf is. Dat moeten ze weten.'

Opgetogen gaf Alexandra haar een knuffel.

Zodra ze weer alleen waren, zei Antoine: 'Duurt het lang tot je je ansichtkaart hebt geschreven? Ik wil je meenemen om een verlovingsring te kopen. Als ik dat niet doe, zal mijn peettante, die erg geducht is en die je zult ontmoeten, je een familiestuk geven dat heel ouderwets is.'

'Ik hou van oude dingen. Waarschijnlijk ben ik daarom verliefd geworden op jou...' Ze beet op haar lip, omdat ze niet wist of hij dat grappig zou vinden.

Hij trok een wenkbrauw op, maar zijn mondhoek ging omhoog. 'Ik zal eraan moeten wennen dat ik niet trouw met een vrouw die haar man toegewijd is.'

'Ik ben je wel toegewijd,' zei ze. 'Ik denk alleen dat ik dat niet te vaak tegen je moet zeggen, voor het geval je bazig wordt.'

Hij lachte. 'Jij bent de bazige hier, volgens mij. Gelukkig maar, want dat bevalt me wel. Goed, over die verlovingsring...'

'Ik zou graag een antieke willen. Sieraden die een eigen verhaal hebben, een verhaal dat we nooit te weten zullen komen, hebben iets extra romantisch. Dat is deels waarom ik van antiekmarkten hou.'

'Dan gaan we naar een antiekmarkt om de ring van je dromen te zoeken.'

'Ik heb de man van mijn dromen al, ik hoef niet ook nog eens een ring te hebben. Ik bedoel, hij hoeft niet duur te zijn.'

Hij gaf haar een heel lange kus. 'Stéphie zou nooit meer tegen me praten als je bij thuiskomst niet een heel grote diamant om je vinger hebt. Dat gezegd hebbende, als je hem op een markt wilt kopen, moeten we tot morgen wachten. Wat zullen we vanochtend doen?'

'Wanneer ontmoet ik je peettante?'

'Die zal verwittigd moeten worden.' Hij haalde diep adem. 'Door de manier waarop we elkaar hebben ontmoet, heb ik nog geen gelegenheid gehad je het hof te maken of je zelfs mee uit eten te nemen. Nu heb ik de kans dat recht te zetten. En vanochtend kunnen we de toerist uithangen. Wil je de Eiffeltoren beklimmen?'

Ze schudde haar hoofd. 'Ik wil doen wat ik van plan was toen ik Donna ontmoette en mijn leven veranderde.'

'En dat is?'

'De trappen van Montmartre op lopen en de Sacré-Coeur zien.'

'Maar liefste, je enkel!'

'Die was ik vergeten.' Alexandra dacht na. 'Onder aan die trappen veranderde mijn leven. Daar stond Donna, met een kapotte boodschappentas en omringd door uien en aardappelen.'

Hij trok haar tegen zich aan. 'Vanuit je goedhartigheid heb je haar geholpen, en zo hebben wij elkaar ontmoet.'

Alexandra slaakte een zucht van geluk. 'Toch wil ik heel graag het uitzicht van bovenaan de trappen zien. Wil je me helpen ze op te lopen?'

'Ik draag je wel naar boven, als bewijs van mijn liefde!'

Alexandra giechelde. 'Geef me gewoon je arm. Je mag op andere manieren bewijzen dat je van me houdt.'

Nadat ze naar boven waren gelopen en even op adem waren gekomen, draaiden ze zich om en keken ze uit over Parijs, dat aan hun voeten lag.

'Ik droom er al heel lang van dit uitzicht te zien. Ik wist niet dat je vanaf hier de Eiffeltoren kon zien.' Wat Alexandra niet zei, was dat ze ervan had gedroomd Parijs te zien met een man van wie ze hield. Ze kreeg een brok in haar keel, al haar dromen waren uitgekomen.

'Liefste, ik zeg het niet graag, maar ik denk niet dat we vandaag tijd hebben om de basiliek te bezichtigen, als we met Donna en Bob gaan lunchen.'

'Vind je het niet erg om met ze te lunchen?' vroeg Alexandra. 'Ze zijn zo aardig geweest...'

'Ik heb het gevoel dat ik hun mijn geluk verschuldigd ben,' zei Antoine alleen. 'Ik zou alles wel voor ze willen doen.'

Alexandra vroeg zich af of er een grens was aan hoeveel je van iemand kon houden en besloot dat die er niet was. Haar liefde voor Antoine werd steeds groter.

Na een heel geanimeerde lunch, waarbij de champagne rijkelijk vloeide, had Antoine Alexandra een paar ogenblikken voor zichzelf. 'Ik zou niets liever doen dan je meenemen naar een mooi hotel en met je vrijen. Maar ik ben erg ouderwets, erg traditioneel, en ik vind dat we moeten wachten tot we getrouwd zijn.' Hij was even stil, zodat ze het tot zich kon laten doordringen. 'Daar komt nog bij dat ik bij mijn peettante logeer, die precies zal bijhouden hoe lang ik met jou het huis uit ben, en als ze zelfs maar vermoedt dat we meer hebben gedaan dan zoenen, zal ze ons het leven onmogelijk maken.'

Alexandra lachte.

'Ik hoop dat je niet zult aandringen op een lange verloving,' voegde hij eraan toe.

'Absoluut niet!'

'Gelukkig. Nu zal ik je met Donna en Bob naar huis laten gaan. Jammer genoeg kan ik vanavond niet met je eten, maar ik kan je wel morgenvroeg ophalen om een verlovingsring voor je te kopen.'

'Hoe laat is vroeg?'

'Zeven uur?'

'Zeven uur! Voor Davids begrippen is dat laat.'

In de vroege-ochtendnevel die een mooie dag beloofde, had Parijs er niet mooier kunnen uitzien. Ze hadden geen dienstauto. Te voet gingen ze naar de Métro, die hen naar de vlooienmarkt bracht.

'Hoe is het met je enkel?' vroeg hij terwijl hij haar bij de arm nam.

'Daar komt het wel goed mee. Wat leuk is dit, hè? En zo vroeg op de dag is Parijs oogverblindend.'

Hij drukte een kus op haar wang, en ze gingen op weg.

Hoewel er verschillende kraampjes met sieraden waren, duurde het even voor Alexandra's oog op een ring viel die er anders uitzag dan de andere. Het was een enkele diamant, vrij groot, omgeven door goud en donkerblauw email. Ze pakte hem op, zag de prijs en richtte haar aandacht op een in zilver gezette rooktopaas. 'Wat vind je van deze?'

'Doe hem eens om. Vind je hem mooi?' vroeg Antoine.

'Ja.' Ze vond hem zeker mooi. Het was een vrij grote steen, die goed stond aan haar hand. 'En hij past!'

'Dan doen we deze,' zei Antoine. 'Liefste, ik zie daar een crêpekraam. Ik wist wel dat ik ergens trek van kreeg. Kun je er een met kaas voor me halen? Als ontbijt? Ik heb niet ontbeten.'

'Ik ook niet,' zei Alexandra. 'Je vergeet toch niet af te dingen, hè?' zei ze zacht. 'Je moet nooit de vraagprijs betalen.' Ze voelde zich er schuldig om dat ze hem achterliet. Antiek bij een kraam kopen was niets voor beginnelingen.

Antoine nam zijn hofmakerij serieus. Hij nam haar overal mee naartoe: naar de toeristische plekjes, naar de plekjes die alleen Parijzenaren kenden en naar alles wat ze verder konden bedenken. Ze voeren aan boord van een *bateau-mouche* over de Seine, stonden op bruggen, dronken koffie in kleine cafés en aten *baguettes jambon-beurre* op straat.

De volgende avond namen ze Bob en Donna mee uit eten, maar Antoine wilde haar nog steeds haar verlovingsring niet geven. Hij zei dat hij werd schoongemaakt en nog niet klaar was.

Hoewel Alexandra volop van het leven genoot, speelde haar geweten haar parten. Ver weg in de Provence vond de bruiloft plaats die zij had georganiseerd, die ze haar gevraagd hadden te organiseren, en zij was er niet om ervoor te zorgen dat alles tot in detail perfect zou verlopen.

Dat had ze ook aan de telefoon tegen David gezegd, nadat ze hem haar nieuws had verteld. David was heel duidelijk geweest. 'Penelope en Jack kunnen zonder jou trouwen. Je hebt ervoor gezorgd dat alles gereed is. Er zijn veel mensen in de buurt die kunnen helpen als dat nodig is, en ik ben er ook nog. Geniet van deze tijd van je leven!'

Uiteindelijk overtuigde David haar, tot op zekere hoogte. Daarna vertelde ze Donna hoe schuldig ze zich erover voelde.

Die was al even stellig. 'Laat alles maar aan hen over, lieverd. Ze redden zich wel. Jij krijgt nooit meer een tijd als deze. Straks ga je trouwen, krijg je kinderen en moet je flink aanpoten. Dit zijn zo'n beetje je wittebroodsdagen, alleen zonder de seks.'

Alexandra lachte een beetje onzeker. 'Over dat onderdeel maak ik me nu wel een beetje zorgen.'

'Dat hoeft niet,' zei Donna. 'Het komt goed. Geloof me. Jullie zijn stapelgek op elkaar. Hij zorgt er wel voor dat het fijn voor je is.'

'Dat neem ik dan van je aan. Ik weet dat ik aan de buitenkant heel wereldwijs lijk, alsof ik weet wat ik doe in het leven, maar soms ben ik gewoon een meisje zonder moeder.'

Donna wreef over haar arm. 'Je bent geweldig. Moedig, aardig, grappig en ook mooi. En Antoine is een goed mens. Ik heb hem door Bob een beetje laten natrekken, en hij is echt integer.'

'Dat weet ik. Het is geweldig dat hij de dochter van zijn vriend heeft geadopteerd en haar opvoedt als zijn eigen kind. Al is het absoluut geen straf om Stéphie te hebben.' Ze was even stil. 'Hoe zit het met jullie? Is het onbeleefd om dat te vragen? Denken jullie erover een gezin te stichten?'

'Daar denken we zeker over,' zei Donna, die opeens een beetje geheimzinnig leek. 'Eigenlijk is het te vroeg om het echt te zeggen, maar...'

'O, Donna, dat is geweldig! Wat spannend!'

'We zijn voorzichtig opgetogen,' zei ze.

Alexandra, bij wie de tranen onverwacht hoog zaten, omhelsde haar.

'Waarom ben je zo zenuwachtig voor die lunch?' vroeg Donna. 'Je weet welk mes en welke vork je moet gebruiken.' Donna maakte de netste chignon waarin Alexandra's haar ooit had gezeten.

'Het gaat om de tafelmanieren! In Engeland leggen we onze handen op onze schoot wanneer we het bestek hebben neergelegd, dus tijdens het kauwen. Ik weet dat het in Frankrijk andersom is, dat je handen altijd zichtbaar moeten zijn. Ik ben ervan overtuigd dat ik dat van de zenuwen zal vergeten, dat de peettante dan een stokje zal steken voor ons huwelijk en dat ik toch in Zwitserland moet gaan wonen.'

Donna lachte. 'Dat zal echt niet gebeuren. Zelfs als het wel gebeurt en de peettante het verbiedt, zal Antoine haar beslissing niet accepteren. Hij houdt van je. Hij wil met je trouwen! En jij...' – ze was even stil om haar handwerk goed te bekijken – '... bent de elegantste jonge vrouw in heel Parijs.' Vervolgens sprayde ze zoveel haarlak op Alexandra's haar dat er geen enkele beweging meer in zat.

Ze stond in de salon door de hoge ramen naar Parijs en de Eiffeltoren te kijken, toen ze een geluid hoorde.

Het was Antoine.

'O, je liet me schrikken! Sta je daar al lang?'

'Nee. Ik probeerde te bepalen of je mooier bent wanneer je eruitziet als een vrouw op de cover van de *Vogue* of wanneer je haar alle kanten op staat en je onder de modder zit.'

'En tot welke conclusie ben je gekomen?' vroeg Alexandra, die naar hem toe liep.

Antoine haalde zijn schouders op. 'Het enige wat door mijn hoofd ging, was dat ik telkens wanneer ik naar je kijk meer van je hou. Ben je klaar voor je vuurproef-door-een-bejaarde-Française? Je ziet er *le dernier cri du chic* uit.'

Ze droeg haar nieuwe jurk en bijpassende jas, met nieuwe lakleren pumps met kleine hakjes en een onopvallende strik op de neus van haar schoen. Donna had er niet alleen voor gezorgd dat haar haar perfect zat, maar had ook haar nagels gemanicuurd en gelakt. (Er hadden nog moddersporen onder gezeten, die Donna met een nagelvijltje en onder het slaken van de nodige afkeurende geluiden verwijderd had.)

'Merci du compliment, monsieur le Comte.' Ze wenste dat ze iets over haar verlovingsring kon zeggen, maar op de een of andere manier kon ze dat niet. Hij keek haar zo aan dat ze niet het risico wilde lopen het moment te bederven.

'Zullen we gaan?' vroeg hij. 'Ik heb de auto van kantoor beneden staan.'

Alexandra kreeg de indruk dat hij ook een beetje zenuwachtig was.

35

Afgezien van het ontbreken van een verlovingsring was er nog iets waar Alexandra zich druk om maakte.

'Denk je dat je je werk ooit kunt opgeven om je toe te leggen op de boerderij en het kasteel?' vroeg ze terwijl ze haar benen netjes achter in de auto vouwde.

'Ik heb Véronique de leiding gegeven en tegen haar gezegd dat ze me zo vaak mag raadplegen als nodig is, maar dat ik niet meer dan één keer per jaar op reis ga, en nooit langer dan een maand.'

'En dat vindt ze goed?'

Hij haalde zijn schouders op. 'Ze moet wel. En ze is er absoluut blij mee dat zij nu de leiding heeft. Ik hoop alleen dat Stéphanie ook blij zal zijn.'

'Ik vind het jammer dat ik de bruiloft van Jack en Penelope gemist heb en de meisjes niet in hun bruidsmeisjesjurken heb gezien.'

'Er zijn vast foto's van,' zei Antoine, die een beetje afwezig klonk.

Alexandra vroeg zich af of hij zich er zorgen om maakte of hij wel genoeg geld zou verdienen voor het gezin, het kasteel en de boerderij. Ze dacht aan haar eigen vermogen, waarover hij kon beschikken wanneer ze getrouwd waren. Zou ze het ooit ter sprake kunnen brengen? Hij was trots, hij wilde zijn vrouw en kinderen onderhouden. Ze zou haar geld stiekem moeten inbrengen, besefte ze, maar dat zou haar wel lukken. Ze keek uit het raam en probeerde van de rit te genieten.

'Je hoeft je geen zorgen te maken,' fluisterde hij toen ze stonden te wachten tot de deur werd geopend. 'Ik heb haar alles over je verteld.'

'Dat helpt niet!' Ze vond het enorm belangrijk dat ze, als Antoines aanstaande bruid die al zoveel punten tegen had (Engels, te jong, het kindermeisje), niets deed of zei wat misplaatst was. 'Het maakt het juist nog erger!'

De deur werd geopend door de bediende en onthulde een appartement dat veel weg had van dat van Donna en Bob, alleen stond dit vol antiek. Alexandra vond het eruitzien alsof een museum naar een kleiner pand had moeten verhuizen en niets had achtergelaten.

Hoewel Antoine er op dat moment logeerde, werden ze met de nodige plechtigheid naar de salon geleid om zijn peettante te ontmoeten.

La Comtesse de Saint-Hubert was heel klein en droeg een rok en een jasje die ze waarschijnlijk nog van voor de oorlog had en die absoluut van een van de beste Parijse modehuizen waren. Haar haar was perfect gekapt en haar diamanten waren gigantisch. Alexandra hield Antoines arm wat steviger vast. Ze was nooit erg onder de indruk van klasse of rijkdom geweest en voelde zich kind aan huis in de huizen van de aristocratie. Maar deze keer was het belangrijk of ze al dan niet werd goedgekeurd.

La Comtesse de Saint-Hubert stond erop in het Engels met een zwaar accent te praten en deed Alexandra denken aan madame Wilson, bij wie ze in Engeland een kookcursus had gevolgd, waarbij ze haar twee beste vriendinnen had ontmoet.

Ze werden aan elkaar voorgesteld, er werd champagne aangeboden en (dankbaar) aangenomen, en iedereen ging zitten.

'Wel, beste Alexandra – mag ik je zo noemen? Ik ben zo vrij geweest je familie na te gaan, aangezien je gaat trouwen met mijn petekind, dat me zeer dierbaar is, en ik was blij te ontdekken dat ik van je familie heb gehoord.' Ze boog minzaam haar hoofd.

Als Alexandra had gestaan, had ze een reverence gemaakt.

'Gelukkig,' zei Antoine. 'Het zou natuurlijk ongepast zijn als ik met iemand trouwde die niet van adellijke afkomst is.'

'Je plaagt, Antoine, maar dit zijn zeer ernstige zaken.'

'Mijn excuses, peettante.'

'Wat akelig voor je, van je ouders,' ging de gravin verder tegen Alexandra. 'Hoe tragisch.'

'Ik weet er niets meer van...'

'Zulke dingen gebeuren. Denk aan de ouders van de kleine Stéphanie.'

Alexandra knikte. Er werd niet van haar verwacht dat ze zich de handen wrong over de rampspoed die haar was overkomen. De *stiff upper lip* was niet alleen een Engels concept, besefte ze.

'En nu ik je met eigen ogen heb gezien, snap ik dat Antoine zich niet alleen vanwege je vermogen tot je aangetrokken voelt.'

'Alstublieft, peettante!'

'Hij wist niets van mijn vermogen af toen we elkaar ontmoetten,' zei Alexandra.

Een perfect gevormde wenkbrauw ging een stukje omhoog. 'Dat kan hij wel zeggen. Als hij wat onderzoek had gedaan, had hij er zo achter kunnen komen.'

Antoine begon zich duidelijk steeds meer te schamen voor zijn bejaarde familielid. 'Peettante! U weet heel goed dat ik geen onderzoek heb gedaan.'

Opnieuw ging de wenkbrauw omhoog, en de gravin wendde

zich weer tot Alexandra. 'Kun je me vertellen waarom je geen verlovingsring draagt? Ik heb verschillende familiestukken die geschikt zouden zijn...'

'Ik heb Alexandra's ring hier,' zei Antoine, en hij klopte op zijn zak. 'Hij is schoongemaakt en op maat gemaakt.'

Toen hij hem kocht, paste hij perfect, dacht Alexandra, en ze hoopte dat dat nog steeds zo was.

'Ik hoop dat hij gepast is,' zei de gravin.

Alexandra kon alleen maar hopen dat ze niet meteen zou zien dat het een goedkope, zij het erg mooie ring was.

Antoine haalde een ringendoosje uit zijn zak en pakte Alexandra's hand. Behendig opende hij het doosje. Daarin zat niet de ring die Alexandra had uitgekozen, maar de eerste ring, die ze had teruggelegd.

Hij haalde hem uit het doosje en schoof hem om haar vinger. 'Zo,' zei hij. 'Hij past perfect.'

Haar adem stokte. Aan haar vinger zat de grote, kussengeslepen diamant omgeven door goud met blauw email. Hij was absoluut prachtig.

'Laat me eens zien.'

Alexandra stak de kamer over, zodat haar ring kon worden geïnspecteerd. 'Niet slecht. Niet helemaal wat een toekomstige gravin aan haar hand zou moeten hebben, maar niet slecht.'

Alexandra trok haar hand terug en keerde terug naar haar stoel. Ze drukte een kus op Antoines wang. 'Hij is prachtig! Heel erg bedankt. Hoe wist je dat...'

'Dat dit de ring is die je eigenlijk wilde? Ik zag dat je ernaar keek, de prijs bekeek en voor een goedkopere optie ging. Ik heb beide ringen gekocht, zodat ik je echte ring op maat kon laten maken.'

'Ik begrijp het niet,' zei de gravin. 'Waarom moest je twee ringen kopen? De juwelier meet toch zeker je vinger op?'

Alexandra keek naar Antoine, die vraag was voor hem.

'We hebben hem bij een marktkraampje gekocht, peettante.'

'Dat is voor mij altijd een romantische droom geweest,' legde Alexandra uit om hem te steunen. 'Een verlovingsring kopen op een antiekmarkt.'

De gravin dacht duidelijk dat ze gek was. 'Engelse meisjes! Die zijn heel anders.' Er kwam nog een gedachte bij haar op. 'Antoine, ik begrijp dat je verloofde in vele opzichten… ongewoon is, maar ik neem aan dat jij en zij na jullie terugkeer naar de Provence niet onder één dak zullen wonen? Dat zou erg ongepast zijn.'

Alexandra haalde diep adem. Als het geen probleem was geweest een huis te delen toen ze nog het kindermeisje was, wat was er nu dan anders? Een ogenblik later realiseerde ze zich dat het in alle opzichten anders was.

'We zijn niet van plan lang verloofd te blijven,' zei Antoine.

'En ik heb een oudere Engelse vriendin die in het dorp woont. Tot ons huwelijk kan ik vast wel bij haar logeren,' zei Alexandra. Ze kon zich niet herinneren of Jack en Penelope op huwelijksreis gingen, maar wist zeker dat ze wel iets kon regelen.

'Mooi zo! Dan ben ik gerustgesteld,' zei de gravin. 'Zullen we naar de eetkamer gaan voor de lunch?'

36

Een paar dagen later waren Alexandra en Antoine onderweg naar het zuiden in een trein die anders was dan alle andere treinen waarin Alexandra ooit had gezeten.

'Jeetje,' zei ze tegen Antoine in het Engels. 'Ik heb wel eens eerste klas gereisd, maar ik heb nog nooit in een trein gezeten die helemaal eerste klas was. En lichtroze tapijten en bekleding! Zo luxe!'

Antoine glimlachte naar haar. 'Hij gaat alleen niet naar Saint-Jean-du-Roc. Maxime komt ons tegemoet, zodat we niet hoeven over te stappen. Hij was het met me eens dat iedereen het verdient af en toe zo te reizen.'

'Het is geweldig. Dank je wel.'

Terwijl ze het zich gemakkelijk maakte op haar roze zitplaats, met haar voeten op het roze tapijt, bedacht ze hoe anders deze reis was dan die van vorig najaar, toen ze voor het eerst naar het kasteel was getreind. Destijds was ze afgereisd naar een onbekende plek, voor een baan waarvoor ze geen kwalificaties had, en dat alles voor een man die ze amper had gezien. Nu reisde ze op hoge snelheid door Frankrijk in een luxe trein met de man van haar dromen, die toevallig bij die eerste ontmoeting vele maanden geleden ook al de man van haar dromen was.

Hoewel het nog niet zo lang geleden was dat ze de Provence had verlaten om naar Parijs te gaan, had ze het gevoel dat ze een leven lang was weggeweest, toen ze Maxime op hen zag staan wachten naast een chique auto die ze nog niet eerder had gezien.

'Maxime!' zei ze, en ze liep zijn armen in. Hij voelde als een verloren gewaande broer.

'Alexandra! Antoine! Hoe konden jullie je losrukken uit Parijs?'

'Ik?' vroeg Antoine. 'Ik zou veel langer zijn gebleven, maar deze dame was vastbesloten dat we terug moesten.'

'Ik wilde naar huis,' zei ze simpelweg.

Maxime knikte.

Naarmate ze dichter bij het kasteel kwamen, werd Alexandra steeds opgewondener. Nadat ze waren aangekomen en ze uit de auto was, legde ze haar vingers tegen haar lippen. 'Ik wil ze verrassen,' fluisterde ze.

Op hun tenen liepen ze de hal in. De deur naar de keuken zat vast dicht, anders zou Milou zeker naar buiten zijn gekomen. Antoine opende de keukendeur zo stilletjes dat niemand het hoorde. Ineens keek Stéphie op. Milou blafte, en een van de kittens klom langs Alexandra's jas omhoog naar haar schouder.

'Jullie zijn er!' zei Stéphie. Ze stond op en haastte zich naar hen toe.

'Lexi!' zei David, die dichterbij stond. Hij gaf haar een dikke knuffel.

'Papa!' zei Félicité, en ze omhelsde Antoine.

Henri kwam dichterbij en gaf Alexandra een onbeholpen knuffel, die haar ontroerde. Toen kwam Félicité erbij staan. 'Zijn jullie verloofd?' vroeg ze. 'Mag ik je ring zien?'

De ring werd door iedereen bekeken en bewonderd, en ondertussen probeerde David iedereen op een stoel te krijgen.

'Wanneer hebben jullie voor het laatst gegeten? Hebben jullie honger? Er is soep, of brood met kaas. We hebben genoeg eieren, als jullie een omelet willen.'

'Zullen we champagne opentrekken, Antoine?' vroeg Maxime.

'Ik heb liever een glas rosé, uit de demi-john,' zei Alexandra. 'Dan weet ik dat ik thuis ben.'

'Zo,' zei Stéphie toen iedereen op een stoel zat en aan het eten, drinken of allebei was. 'Wanneer gaan jullie trouwen?'

'Daar hebben we het nog niet over gehad,' zei Alexandra. 'Binnenkort, hoop ik.'

'Mag ik bruidsmeisje zijn?' vroeg Stéphie.

'Uiteraard. Het wordt alleen geen grote bruiloft, denk ik,' zei Alexandra bedeesd. 'Alleen naaste familie.'

'Hoezo?' vroeg Antoine. 'Ik vind dat we iedereen die we kennen moeten uitnodigen. Ik wil dat de hele wereld ziet hoe trots ik ben op mijn mooie bruid, en hoeveel ik van haar hou.'

'Je zult je neven en nichten uit Zwitserland moeten uitnodigen,' zei Maxime. 'Dan kunnen we jullie in Huberts mooie auto rondrijden.'

'En je kunt niet trouwen zonder Lizzie en Meg uit Engeland. Dat gaat gewoon niet,' zei David. 'Misschien kunnen ze komen logeren en je helpen met de voorbereidingen?'

Alexandra begon te lachen. 'Bij Donna heb ik Lizzie gebeld toen we ons net hadden verloofd, en hoewel ze niets zei, weet ik dat ze teleurgesteld zal zijn als ze niet een tijdje kan overkomen. Ik heb haar gevraagd Meg ook te bellen. Is dat oké, Antoine?'

'Natuurlijk. Zolang je mijn stijve familieleden kunt verdragen, mag je zoveel vrienden uitnodigen als je wilt. Eigenlijk is dat wel een goed idee, want zo wordt de vormelijkheid van mijn familie een beetje afgezwakt.' Hij liet een korte stilte vallen. 'We moeten ook ruimte vrijhouden voor jouw familie, chérie.'

'Dat zal wel moeten,' zei Alexandra met tegenzin. 'Misschien logeren ze liever in het hotel in het dorp. Ik zal tegen ze zeggen dat er geen plaats is in het kasteel en dat in de stallen alles heel rustiek is. Alleen al het woord "stal" is vast genoeg om ze af te schrikken.'

'Houden jullie de bruiloft hier, net als grand-mère en Jack?' vroeg Stéphie.

'Natuurlijk,' zei Antoine. 'Er is toch geen betere plek? Tenzij Alexandra liever voor een andere plek kiest.'

'O nee,' zei ze. 'De bruiloft moeten we hier houden.' Haar stem verstrakte van emotie. 'Dit is ons thuis.' Ze schraapte haar keel. 'En, was de bruiloft van grand-mère en Jack mooi?' vroeg ze.

'Best wel,' zei Stéphie. 'Met jou erbij zou het leuker zijn geweest.'

'Mijn moeder nam de leiding,' zei Félicité. 'Ik mocht Jules niet uitnodigen van haar.'

'En Milou ook niet,' zei Stéphie. 'De kittens en hij moesten de hele dag in een stal opgesloten blijven.'

Antoine keek Alexandra aan. 'Ik nodig Milou en de kittens officieel uit voor onze bruiloft. Ze zijn een belangrijk onderdeel van ons leven.'

'Penelope en Jack zagen er heel gelukkig uit,' zei David. 'En ze waren zo blij dat ze hun huwelijk in de oranjerie konden vieren. Jacks familie was erg onder de indruk.'

Later, toen Maxime afscheid nam, nam Antoine Alexandra apart. 'Ik logeer bij Maxime,' zei hij. 'Voor de vorm.'

Alexandra slaakte een zucht, maar ze wist dat hij het juiste deed. 'Ik ga kijken hoe snel mijn Engelse vrienden kunnen overkomen,' zei ze. 'Dan kunnen ze me chaperonneren. Lizzie wil mijn jurk maken, en Meg zal vast de taart willen maken, ook al verzorgt ze niet de hele catering.'

Antoine kuste haar op haar wang. 'We laten haar de taart met plezier maken, alleen niet al het verdere eten. Ze is toch bruidsmeisje? Dan zal ze voor jou moeten zorgen.'

Alexandra lachte. 'Ach ja.'

De volgende dag werd ze heel vroeg gewekt door Stéphie, die in Alexandra's bed kroop maar geen rust kon vinden. Nu Alexandra wakker was, kon zij dat ook niet meer, merkte ze.

'Ik heb een idee,' fluisterde ze tegen Stéphie, ook al was er niemand binnen gehoorsafstand. 'We staan op en gaan een taart bakken voor je vader. Hij komt vroeg hierheen, want hij zei dat hij ons brood en croissants zou brengen. Zou het niet leuk zijn een taart voor hem te bakken?'

Stéphie kwam uit bed en sprong op en neer. 'We hebben al heel lang niet meer samen een taart gebakken. Kom!'

'Wat voor eentje zullen we bakken?' vroeg Alexandra, terwijl ze met Stéphie door de tuin liep nadat ze eieren hadden geraapt.

'Zijn lievelingstaart is citroen,' zei Stéphie. 'Zelf ben ik dol op chocola.'

'Hij houdt ook van chocoladetaart, dat weet ik zeker,' zei Alexandra. Het taartproject was ten bate van Stéphie; haar vader zou blij zijn met alles wat zijn jongste dochter maakte.

Het was nog maar half negen toen ze een auto hoorden. Alexandra en Stéphie keken elkaar opgewonden aan.

'De taart is nog niet klaar!' zei Stéphie.

'Wel bijna,' zei Alexandra. 'Zodra hij afgekoeld is, kunnen we de ganache erop doen. Als we dat te snel doen, glijdt die er zo weer vanaf.'

Ze hoorden iemand de voordeur openen en door de hal lopen. De keukendeur ging open, maar in plaats van Antoine was het Lucinda.

Alexandra's stralende lach verstrakte en Stéphie zei duidelijk teleurgesteld: 'O!'

'Goedemorgen, Lucinda,' zei Alexandra. 'We dachten dat je Antoine was met het ontbijt.'

'Sorry dat ik jullie teleurstel. Ik ben vroeg omdat ik een auto heb geregeld om me naar het vliegveld te brengen. Ik moet heel binnenkort weg. Ik ben hierheen gekomen om afscheid te nemen van mijn kinderen.' Dat zei ze met een dramatische zwaai van haar hoofd.

'O,' zei Alexandra. 'Volgens mij zijn ze nog niet wakker...'

'Ik ga ze wakker maken,' zei Stéphie, die aanvoelde dat ze dat wilden.

Zodra ze alleen waren, zei Lucinda: 'Je hebt dus gekregen wat je wilde: een ring om je vinger, een graaf en een kasteel. Niet slecht voor een kindermeisje.'

Alexandra hoorde de verbittering en besloot die te negeren. Zij was hier de winnaar, ze kon grootmoedig zijn. 'Inderdaad. Waar ga je naartoe?'

'Terug naar mijn man in Argentinië. Eigenlijk ben ik alleen weggegaan om hem een lesje te leren.'

'En om je kinderen te zien?' opperde Alexandra.

'O ja, dat natuurlijk ook. Ik wilde er zeker van zijn dat ze goed onderwijs krijgen.' Ze liet een stilte vallen en wierp Alexandra een blik toe die een mindere vrouw in steen zou hebben veranderd. 'En dat krijgen ze niet!'

'Ik weet zeker dat Antoine ze naar de school stuurt die het beste voor ze is.'

'Nu hij een vrouw met geld trouwt, kan hij het zich veroorloven ze naar een fatsoenlijke school te sturen.'

Alexandra wenste dat Félicité en Henri opschoten. Die ochtend was hun moeder bijzonder onaangenaam. 'Ga toch zitten. Ik zal koffie voor je zetten.'

'Je wilt me ook nog taart aanbieden, neem ik aan. Je zou toch onderhand moeten weten dat ik je obsessie voor zoetigheid niet deel.' Desondanks trok Lucinda een stoel onder de tafel uit en ging zitten. 'Je weet dat hij met je trouwt vanwege je geld, hè? Je hebt hem weinig anders te bieden.'

Alexandra besloot terug te bijten. 'Ik vind het voor hem best een goede deal. Want dan heeft hij een moeder voor zijn huidige en toekomstige kinderen. En een chatelaine voor zijn huis. Dat is toch een koopje, zelfs zonder mijn vermogen.'

'Inderdaad!' zei Antoine, die via de achterdeur in de keuken was verschenen zonder dat iemand hem had gehoord. Hij had zijn armen vol stokbroden en papieren zakken, vermoedelijk met croissants en gebak. 'En Alexandra's vermogen is precies dat: háár vermogen.' Hij legde de broden en zakken neer. 'Ben je van plan te blijven ontbijten, Lucinda?'

'Nee,' zei ze. Blijkbaar was haar verbittering verdwenen. 'Ik ben gekomen om afscheid van de kinderen te nemen. Ik ga terug naar Argentinië. Mijn man wil dolgraag dat ik naar huis kom, en hier heb ik geen leven.'

'Ga zitten, Antoine,' zei Alexandra. 'Wat fijn dat je ontbijt voor ons hebt meegebracht. Ik zal zo koffiezetten.'

Tot haar grote opluchting verschenen Félicité en Henri met Stéphie. Ze waren aangekleed, maar zagen eruit alsof ze net uit bed kwamen.

'Misschien wil je even alleen zijn met Félicité en Henri?' stelde Alexandra voor, want ze wilde dolgraag aan deze pijnlijke scène ontsnappen. 'Stéphie, laten we eens kijken wat je vader voor ons heeft meegebracht en het op het terras opeten. Het is een prachtige ochtend.' Ze pakte een paar zakken en hoopte voor Stéphie dat er een pain au chocolat in zat. Daarna ging ze door de achterdeur naar buiten, en ze vertrouwde erop dat Stéphie haar zou volgen. Milou en de katten vonden het duidelijk een goed idee.

Op het terras keken ze uit over het park in de richting van het bos. Het zou een mooie dag worden.

'Ik ben blij dat ze weggaat,' zei Stéphie. De bladerdeegkruimels vlogen in het rond. 'Is dat slecht van me?'

'Nee. Het is jouw mening, en Lucinda doet nooit erg aardig tegen je.'

'Ik vind het niet erg dat ze niet aardig is en nooit cadeautjes voor me koopt, maar ik vind het niet leuk dat ze me lief vindt.'

'O, Stéphie,' zei Alexandra lachend. 'Ik begrijp het helemaal. Het is echt vervelend om lief gevonden te worden door iemand die je niet mag!'

Even later stond Antoines gezin, Alexandra incluis, op de trap voor het kasteel te zwaaien terwijl Lucinda's auto de oprijlaan af reed. Zodra ze uit het zicht was, liep Stéphie weg en ging iedereen naar binnen. Alexandra liep naast Félicité.

'Wat vervelend voor jullie. Ik hoop dat je het niet al te erg vindt dat je moeder weer weg is, terwijl je haar net wat beter leerde kennen.'

Félicité haalde haar schouders op. 'Het geeft niet. Ze is niet echt een moeder voor me. Ze is gewoon een volwassene die denkt dat ze het recht heeft me te vertellen wat ik moet doen.'

'Wanneer we ouder zijn, gaan we haar in Argentinië opzoeken,' zei Henri ietsje enthousiaster. 'Dat is vast leuk.'

'Dat zal geweldig zijn,' zei Alexandra. 'Dan kunnen jullie op een mooi paard over de pampa's galopperen en een heerlijke tijd hebben!'

Félicité en Henri keken haar verwonderd aan. 'Zie je onze moeder dat echt doen?' vroeg Henri.

Alexandra glimlachte. 'Misschien nu niet, maar mensen veranderen…'

'Als je het niet erg vindt,' zei Henri, 'ga ik even kijken of er nog pains au chocolat zijn.'

Zijn zus volgde hem. Het stelde Alexandra gerust dat geen van beiden van streek was door Lucinda's vertrek.

37

Alexandra dacht dat ze het druk had gehad met de voorbereidingen voor de bruiloft van Penelope en Jack, maar met haar eigen bruiloft was ze nog veel drukker. Een van de eerste dingen die ze deed was haar vriendin Lizzie en haar gezin uitnodigen om te komen logeren – dat waren haar man Hugo, en haar dochtertje, Letty. Het plan was dat Hugo zijn vrouw en kind zou afleveren, een paar dagen zou blijven, dan weer naar huis zou gaan en zou terugkomen voor de bruiloft. Ondertussen zou Lizzie Alexandra's bruidsjurk maken.

Meg, een andere vriendin, kwam zodra ze vrij kon krijgen van haar werk als lunchkok voor directies. Zij zou de taart maken. Een derde vriendin, Vanessa, vergezelde haar. Vanessa zou alles doen wat er van haar gevraagd werd, maar eigenlijk wilde ze gewoon delen in de vreugde, zo gaf ze aan de telefoon tegenover Alexandra toe.

De komst van Lizzie, Hugo en hun dochter zorgde voor veel opwinding en blijdschap. Stéphie wilde Letty onmiddellijk vasthouden, en ze ging zo goed met de baby om dat haar ouders het gevoel hadden dat ze in veilige handen was.

'Dit was Antoines kamer,' zei Alexandra toen het welkomstetentje na hun aankomst eenmaal voorbij was. 'Hij verhuist tot na de bruiloft naar de vernieuwde stal. Het leek me leuk jou in de de buurt te hebben.'

'Handig voor het passen van de jurk,' zei Lizzie, die verrukt om zich heen keek.

'Als je voor Letty een eigen kamer wilt, denk ik dat dit kamertje wel geschikt is. Het is heel dichtbij.' Alexandra herinnerde zich Véroniques afschuw nog toen ze haar had gevraagd er te overnachten.

'Vindt Antoine het niet erg om ergens anders te slapen?' vroeg Lizzie.

'Zijn peettante is heel correct. Ze zei dat we gechaperonneerd moesten worden. Ik denk dat Antoine het moeilijk zou vinden haar in de ogen te kijken als hij haar instructies niet zou opvolgen, ook al zou ze dat niet weten.'

'Ik mag Antoine wel,' zei Hugo. 'Daar ben ik blij om. Anders zou ik misschien de ondertrouw moeten verbieden of zoiets.'

'Ik waardeer je bezorgdheid, Hugo,' zei Alexandra op plagerige toon, 'maar ik denk niet dat dat nodig zal zijn.'

David was blij weer herenigd te zijn met de meiden, en de eerste avond zat iedereen herinneringen op te halen en vergastten ze Antoine op verhalen uit hun gezamenlijke leven in Londen. Pas toen Letty, die in een wiegje achter de bank lag te slapen, wakker werd voor een voeding, besefte iedereen hoe laat het was en gingen ze naar bed.

Met een baby om voor te zorgen was Stéphie in haar element, en zelfs Félicité bloeide op, omringd door vrouwen die niet veel ouder waren dan zijzelf, die haar als gelijke behandelden en haar kunst oprecht bewonderden.

Vanessa, die met Meg was gekomen, schoot in de organiseermodus en maakte veel lijstjes.

Een van de eerste dingen die moesten worden geregeld, was

dat Alexandra en Antoine naar de *mairie* gingen om het wettige aspect van de ceremonie te regelen. Alexandra liet haar geboorteakte zien, en daarna was het allemaal heel recht toe recht aan. Dat Antoine een oude vriend van de burgemeester was, kon ook geen kwaad.

Ze spraken een datum af voor het wettige deel van het huwelijk. De inzegening in de kerk zou de dag erna plaatsvinden.

'Ik weet dat je vriendinnen een schitterende bruiloft voor ons organiseren,' zei Antoine op weg naar huis, 'maar wat wil je daarna doen? Op huwelijksreis gaan? We kunnen naar Londen gaan, of naar Zwitserland – overal waar je maar heen wilt.'

'Kunnen we even stoppen om er fatsoenlijk over te praten? In het kasteel is het zo druk dat we amper de kans krijgen elkaar te spreken.'

Antoine zette de auto bij een boerenhek stil. 'Ik weet het. Mijn peettante had het niet beter kunnen regelen.'

'Het is nogal frustrerend, hè?' zei Alexandra.

'Gelukkig hoeven we niet lang te wachten voor we getrouwd zijn en samen in het kasteel kunnen wonen,' zei Antoine.

'Dat brengt ons bij de kwestie van onze huwelijksreis. Zou je het raar vinden als ik zeg dat ik nog niet weg wil? De kinderen beginnen net op hun nieuwe school. Ik wil graag weten of ze goed gesetteld zijn voor we verdwijnen.'

'Soms denk ik dat je meer van de kinderen houdt dan van mij!' zei hij verontwaardigd.

'O, Antoine! Ik weet zeker dat ik uiteindelijk evenveel van jou zal gaan houden.' Ze giechelde toen hij haar kietelde, en het eindigde onvermijdelijk met een kus.

Na thuiskomst gingen ze lunchen in de tuin. Door de lentezon was het precies warm genoeg, en het voelde feestelijk aan. Maar het werd een werklunch, zo bleek.

'We moeten een paar dingen van jullie weten,' zei Vanessa, die haar altijd aanwezige klembord naast zich op tafel had liggen.

'Bijvoorbeeld wat voor taart jullie willen,' vroeg Meg. 'Eerlijk gezegd is het een beetje laat om nog een traditionele vruchtentaart te maken, maar als jullie daar je zinnen op hebben gezet, red ik het wel.'

'Ik heb nog niet eerder over taart hoeven nadenken,' zei Alexandra.

Antoine haalde zijn schouders op. 'In Frankrijk zou de traditionele taart een *croquembouche* zijn, al weet ik dat die lastig te maken is.'

Alexandra zag de ogen van haar vriendin schitteren van opwinding terwijl ze een blik wisselde met David, haar partner in crime toen ze allemaal nog in Londen woonden.

'David?' zei Meg. 'Gaat ons dat lukken, denk je? Of moeten we het een lokale patisserie vragen?'

Alexandra wist dat Meg dolgraag de uitdaging wilde aangaan. 'Ik zou het geweldig vinden als jullie hem kunnen maken, Meggy. Ik heb liever een ietwat schots en scheve croquembouche gemaakt door David en jou dan een volmaakt exemplaar uit een winkel.' Ze wierp een blik op Antoine in de hoop dat hij het zou begrijpen.

'We zouden ons vereerd voelen als jullie onze bruidstaart willen maken,' zei Antoine, die het kennelijk heel goed begreep.

'Dat is dan besloten,' zei Vanessa, en ze noteerde het op het klembord. 'Kan iemand de quiche doorgeven? Ik heb opeens best trek.'

'Wil je dat iedereen aan tafeltjes zit of dat mensen staand canapés eten?' vroeg Meg, die haar eigen lijst had.

'Mensen hebben een reis afgelegd en velen van hen blijven overnachten, dus ik vind dat we ze een fatsoenlijke maaltijd moeten voorschotelen,' zei David, die niets liever deed dan mensen te eten geven.

'Mee eens,' zei Antoine. 'We houden de bruiloft tenslotte in de oranjerie.'

'Ik maak een nieuwe muurschildering, of in elk geval een nieuw stukje,' zei Félicité. 'Eentje voor jou en Papa.'

'Niets te buitensporigs, alsjeblieft, chérie,' zei Antoine.

'O, ik weet niet,' zei Alexandra. 'Ik vind dat je de vrije hand moet hebben.'

Nadat Antoine, David en Henri waren weggegaan om andere dingen te doen, bleven de vrouwen achter. Ze deelden nog een *pichet* rosé en een bord macarons – Megs eerste poging. Er waren nog steeds belangrijke zaken te plannen.

'Ik heb een paar schetsen voor de jurk gemaakt,' zei Lizzie. 'Uiteraard kopen we pas stof wanneer Alexandra helemaal tevreden is met het ontwerp.'

'Ik wil iets heel eenvoudigs,' begon Alexandra.

'En chics,' ging Lizzie verder.

'Lang of kort?' vroeg Vanessa. 'Beide zouden je goed staan.'

'Ik vind dat je een lange jurk moet dragen,' zei Stéphie. 'Met een kroontje.'

'Dat vind ik ook,' zei Alexandra, blij dat ze zich kon vinden in Stéphies ideeën.

'Ik ook,' zei Lizzie. 'Ik zal een toile maken. Daar heb ik wel tijd voor.'

'Wat is een toile?' vroeg Stéphie.

Toen haar was uitgelegd dat een toile een versie van de jurk was genaaid van goedkopere stof, zodat hij perfect passend kon worden gemaakt, zei Stéphie: 'Mag ik die naderhand hebben?'

'Natuurlijk,' zei Alexandra. 'Dan maken we hem wel een beetje korter.'

‘En de jurken van de bruidsmeisjes?’ vroeg Félicité.

Alexandra hoorde Lizzie even naar adem happen en besefte dat het te veel werk voor haar zou zijn die ook nog te maken.

‘Kan ik niet de jurk aan die ik op grand-mères bruiloft heb gedragen?’ vroeg Stéphie. ‘Die vind ik zo mooi! Moet ik echt iets anders aan?’

‘Vind jij de jurk mooi, Félicité?’ vroeg Lizzie grootmoedig, waarschijnlijk in de hoop dat het antwoord ja zou zijn.

‘Gaat wel,’ zei Félicité. ‘Ik vind het niet erg hem nog eens aan te trekken.’

‘Ik vind het heel jammer dat ik jullie niet heb gezien in jullie kleren voor de bruiloft van Penelope en Jack,’ zei Alexandra. ‘Alleen als je het zeker weet, Félicité…’

Félicité was er minder enthousiast over dan Stéphie dat ze nog een bruiloft te plannen hadden, al vond ze het wel leuk hoe Alexandra’s vrienden haar in hun groep hadden opgenomen. ‘Ik weet het zeker,’ zei ze.

‘Félicité en jij hebben dus een jurk,’ zei Alexandra. ‘En mijn Engelse bruidsmeisjes?’

‘We kunnen vast wel jurken kopen,’ zei Meg. ‘Hoe zeggen ze het ook weer? *Prêt-à-porter?*’

‘Confectie?’ zei Lizzie. ‘Zijn die wel mooi genoeg?’

‘Bij de winkel in Antibes waar we onze jurken hebben laten maken, hadden ze mooie jurken,’ zei Félicité. ‘Mijn moeder had de winkel aanbevolen, dus het was natuurlijk heel duur.’

‘Daar hoef je je geen zorgen over te maken. Ik sta op het punt een vermogen te erven!’ Alexandra moest lachen, ze kon het niet helpen. Het was allemaal zo krankzinnig. ‘We kunnen gaan kijken, en als ze niet mooi genoeg zijn, proberen we wel een andere winkel. Wil je even de macarons doorgeven? Ze zijn erg lekker, Meggy.’

‘Het was moeilijk om ze van het bakpapier te krijgen, maar

ik ben er heel tevreden over,' zei Meg, terwijl ze het lichtgroene rondje inspecteerde dat ze vasthad.

Later, toen Lizzie en Alexandra alleen waren in de kamer die Jacks slaapkamer was geweest en nu de kleedkamer was, slaakte Alexandra een zucht.

'Ik weet dat jij gefrustreerd raakte door je moeder en haar plannen voor je bruiloft,' zei Alexandra tegen Lizzie, die haar van oksel tot vloer opmat. 'Maar het zou wel handig zijn wat plannen te hebben. Er is nog zo veel te doen. We moeten nog zo veel beslissingen nemen.'

Lizzie noteerde het resultaat en gaf haar vriendin een knuffel. 'Ik vind het echt naar voor je. Het is vast zwaar om op zo'n moment geen moeder te hebben.'

Alexandra schraapte haar keel. 'Ik ga er altijd van uit dat ik me prima red zonder ouders, maar misschien hebben ze toch zo hun nut. En ook al heb ik geen vader en moeder, ik heb wel veel mensen die van me houden en naar me omkijken.'

'David is dol op je. Hij is het beste soort vader, vind ik,' zei Lizzie. 'Hij commandeert je niet rond, helpt je altijd uit de nood en verheft zijn stem niet.'

'Ik weet niet wat er zonder David van me terecht zou zijn gekomen,' zei Alexandra, denkend aan de tijd dat ze met hem in Londen woonde. 'Hij heeft ermee ingestemd met me naar het altaar te lopen.'

'En ik denk dat Stéphie een uitstekende surrogaatmoeder zal zijn,' zei Lizzie. 'Ze is bazig, weet wat het beste voor je is en houdt heel veel van je.'

'En Penelope en Jack! Vanwege mijn bruiloft heeft Penelope een heel korte huwelijksreis gehad.'

'Ze is een beetje beangstigend, maar ze is vast van plan ervoor te zorgen dat alles perfect verloopt. Ze moet er nog van overtuigd worden dat Megs eten goed genoeg is, en dat is enkel voor het diner de avond ervoor!'

Alexandra glimlachte. 'Ja. Dat komt deels omdat de cateraars vriendinnen van haar zijn. Pam en Elizabeth. Allebei Engels en allebei erg goede koks. Ik weet niet wat Penelope zal zeggen wanneer ze ontdekt dat Meggy en David een croquembouche maken.'

'Meg en David zouden geweldig werk hebben geleverd met het eten, maar ik ben blij dat jullie cateraars hebben. Dan kunnen David en Meg echt meegenieten van het feest.'

'Dat vind ik ook,' zei Alexandra. 'En als de croquembouche instort, dan is dat maar zo!'

Lizzie lachte. 'Mag ik je van schouder tot schouder opmeten? Jij stelt misschien geen hoge eisen aan je croquembouche, maar we willen dat je jurk eruitziet alsof hij echt door Givenchy is gemaakt.'

'Alsof ik echt Audrey Hepburn ben.'

Een paar dagen later was iedereen het erover eens dat Lizzie, in Davids woorden, een prachtprestatie had geleverd. Alexandra zag er in haar eenvoudige bruidsjurk zonder mouwen en met een opstaande kraag mooier uit dan Audrey Hepburn. Haar haar was opgestoken in een chignon (door Donna, die met Bob uit Parijs was gekomen en daar veruit het best in was). Een lange sluier, op zijn plek gehouden door een tiara (geleend van Antoines peettante), zweefde over haar rug.

Maar de gesp was van Alexandra's schoen gevallen, en Lizzie was bezig hem er weer aan te naaien. Binnen in de kerk kon je de 'Canon in D majeur' van Pachelbel horen (Henri en een vriend hadden veel geoefend en speelden nu prachtig).

David beende rond, zo zenuwachtig als een vader die op het punt stond zijn dochter naar het altaar te begeleiden. Maxime was er ook, onwaarschijnlijk knap in zijn trouwkleding.

‘Het lijkt nog niet zo lang geleden dat we jouw huwelijk organiseerden,’ zei Meg tegen Lizzie om gewoon even een praatje te maken. Misschien zag ze dat Alexandra zenuwachtig werd. ‘En nu organiseren we een bruiloft in de Provence.’

‘Jij bent als volgende aan de beurt, Meg,’ zei Vanessa.

‘Ik ben niet van plan te trouwen,’ zei Meg. ‘In elk geval de komende jaren nog niet. Ik wil eerst carrière maken.’

‘Goed zo, Meggy,’ zei David. ‘Ik heb het gevoel dat ik zo op moet als Hamlet in Stratford.’

‘*Courage, mon brave!*’ zei Maxime, die hem een schouderklop gaf. Alexandra keek toevallig op en zag de blik die de twee mannen wisselden. Ah! dacht ze. Natuurlijk! Maxime is Davids speciale vriend. Wat leuk! Ze glimlachte breed naar hen, en David trok een gezicht, niet in staat zijn geluk te verhullen.

‘Zo, die zit weer vast,’ zei Lizzie, die dat alles was ontgaan.

‘Godzijdank,’ zei David. ‘Trek nu je schoen aan, Assepoester, dan breng ik je naar je prins op het witte paard.’

‘Papa is maar een comte, geen prins,’ zei Stéphie.

‘Ik weet het, liefje,’ zei Alexandra, die een kus op haar wang drukte. ‘Soms moet je je normen een beetje naar beneden bijstellen. En ik hou echt van hem!’

Epiloog

Antoine en Alexandra stonden hand in hand op de trap voor het kasteel. Ze keken naar het feest dat nog gaande was in de oranjerie en dat zich had uitgebreid naar het gazon. Een paar uur geleden waren ze er weggegaan, onder veel gejuich en nadat het bruidsboeket was gegooid (Meg had het gevangen en snel teruggeworpen).

'Het was een prachtige bruiloft,' zei Alexandra. 'Iedereen die me dierbaar is, was erbij. En ook een paar mensen van wie ik niet wist dat ik erg op ze gesteld ben. Mijn Zwitserse familie, bijvoorbeeld.'

'Ja! Ze woonden zich echt uit... Wat?'

'Ze lééfden zich uit,' zei Alexandra, 'maar ik vind het leuk zoals je het zegt.'

Hij haalde zijn schouders op. 'Hoe dan ook, ze zijn nu goed bevriend met mijn peettante, die van plan is hen in Zwitserland op te zoeken.'

'En David...'

'Ach ja. David en Maxime. Ik had het niet gezien, maar het is perfect. Ik denk dat David goede zaken zal doen met de antiekverkoop tussen de twee landen.'

‘Ik ben heel blij dat ze hier gaan wonen en dus deel blijven uitmaken van onze familie,’ zei ze.

‘Volgens mij hebben mijn kinderen het erg naar hun zin.’

‘Ze hebben zich goed gedragen, hè? Ik geloof niet dat Lizzie Letty één keer heeft hoeven vasthouden, zo leuk vond Stéphie het om haar rond te dragen. En de oudste twee hebben ook een pluim verdiend.’

‘Dankzij hun geweldige Engelse kindermeisje,’ zei hij, en hij kuste haar opnieuw.

‘Wat belangrijk is, is niet het gezin of de familie waarmee je begint,’ zei Alexandra, nog steeds bedachtzaam. ‘Maar het gezin en de familie die je creëert.’

‘Klopt helemaal. Over een gezin gesproken: dat doet me eraan denken dat er nog een kleine kwestie is die onze aandacht verdient…’

Dankwoord

In mijn dankwoorden komen vaak dezelfde namen voor, wat aangeeft hoe ongelooflijk loyaal en aardig mensen zijn. Dit is mijn kans ze te bedanken.

Zoals altijd dank aan Bill Hamilton en iedereen bij A.M. Heath.

Aan Richenda Todd, die me jaar in, jaar uit behoedt voor het maken van afgrijselijke fouten en plein public.

Nogmaals aan mijn schoonzus Susan Makin, die me vertelde over het Franse platteland in de jaren zestig.

Aan Selina Walker, de beste redacteur en een dierbare vriendin, en haar assistent Sophie Whitehead. Aan het team achter me dat zo cruciaal is in het hele proces, onder wie Sarah Harwood, Charlotte Bush, Evie Kettlewell, Mat Watterson, Claire Simmonds, Sarah Ridley, Ceara Elliot, Jacqueline Bissett, Linda Hodgson, Helen Wynn-Smith, Laurie Ip Fung Chun, Hope Butler, om maar enkelen te noemen. Als mijn team zijn jullie allemaal van wezenlijk belang voor me. Ik ben jullie zo dankbaar!

Aan eerder onbezongen vrienden en collega-auteurs: Jo Thomas, A.J. Pearce, Jill Mansell, Milly Johnson, Janie Millman, Judy Astley, Catherine Jones, Bernadine Kennedy en de hele schrijfgemeenschap. We houden elkaar in zware tijden op de been. Ik weet niet waar ik zonder jullie zou zijn, maar ik weet wel dat het niet leuk zou zijn! Jammer genoeg ontbreekt op deze lijst onze geliefde Jane Wenham-Jones. Niet langer onder ons, maar onvergetelijk.

Lees meer van

Katie Fforde

Een feestelijke dag

Lizzie is net in Londen komen wonen en vastbesloten het beste uit haar nieuwe leven te halen. Haar moeder mag er dan op gebrand zijn dat ze een geschikte echtgenoot ontmoet om een perfect huwelijk mee te sluiten, maar Lizzie wil eerst nog wat lol maken.

Het is 1963 en Londen begint te swingen. Lizzie knipt haar haren kort, koopt een nieuwe jurk – tot boven de knie, volgens de laatste mode – en verhuist samen met twee van haar beste vriendinnen naar een prachtig maar licht verwaarloosd huis in de welvarende wijk Belgravia. Al snel is Lizzies leven zo opwindend dat ze de trouwplannen die haar moeder voor haar aan het smeden is helemaal vergeet. Het enige waar Lizzie aan kan denken is dat de jongeman op wie ze verliefd is, al verloofd blijkt te zijn met iemand anders. Zal ze ooit haar eigen 'lang en gelukkig' vinden?